아쿠타가와 류노스케 전집

芥川龍之介 全集

조사옥 편

본권번역자
신영언
김정희
손순옥
임훈식 외

제이앤씨
Publishing Company

* 작품의 배열과 분류는 편년체(編年体)를 따랐고, 소설·평론·기행문·인물기(人物記)·시가·번역·미발표원고(未定稿) 등으로 나누어 수록했다. 이는 일본 지쿠마쇼보(筑摩書房)에서 간행한 전집 분류를 참조하였다.
* 일본어 가나의 한글 표기는 교육부·외래어 표기법에 준했고, 장음은 단음으로 표기하였다.

「라쇼몬(羅生門)」 집필 즈음의 류노스케(龍之介)

머리말

　일본 작가 아쿠타가와 류노스케(芥川龍之介)의 문학은, 현재 일본이라는 지리적 공간과 일본어라고 하는 언어공간을 넘어서 세계 약 14개 국어로 번역 소개되어 애독되고 있다. 이는 다양한 문학 표현 방식이나 텍스트 그 자체가 재미있기도 하지만, 36세라는 짧은 인생 속에서 어떻게 살아가야 할지를 고뇌한 궤적이 독자의 심금을 울리기 때문이다. 불꽃놀이 때 밤하늘을 수놓는 화려한 보랏빛 불꽃을 붙잡듯이 그가 생명을 다해 쓴 작품을 읽고 있자면, 21세기를 살아가는 우리에게 용기와 희망을 주는 것이 확실히 그 속에 존재하고 있는 것을 느끼게 된다.

　그렇다면 아쿠타가와의 문학은 왜 이렇게 외국인들에게도 널리 읽히고 있는 것일까. 그의 작품이 스토리성이 풍부한 데다가 모두 단편이라는 점도 사랑받는 이유 중의 하나일 것이다. 또한 인간의 에고이즘이나 생존의 문제가 격조 높은 문체로 표현되어 있다는 것에서도 매력을 느낄 것이다. 냉전 후 앞이 보이지 않는 불안한 시대 속에서 인간을 둘러싼 사랑과 죄의 문제를 고민한 아쿠타가와의 소설은 지금의 독자들에게도 시사하는 바가 크다.

　더욱이 아쿠타가와의 작품에서는 모순·부조리·요괴·악마 등이 항상 문제가 되었다. 게다가 아쿠타가와는 그의 일생을 통해서 종교, 특히 기독교에 관심을 가지고, 마지막 작품인 「서방의 사람」 「속 서방의 사람」에서는 그리스도의 생애를 제재(題材)로 한 작품을 남겼다. 운명할 당시 머리맡에는 『신구약성서(新舊約聖書)』가 놓여 있었다. 최근 한국에서 아쿠타가와 연구가 급부상한 것도 이런 아쿠타가와의 자세를 검증하기 위해서라고 할 수 있다.

한국은 일본어 학습이 활발한 나라이다. 대학의 일본 관련 학과에서는 아쿠타가와의 작품이 자주 교재로 사용된다. 또한 아쿠타가와 작품의 애독자가 많은 만큼 당연히 연구자도 많다. 아쿠타가와를 대상으로 한 연구로 박사학위를 취득한 사람도 15명 이상에 이른다. 학회에서도 아쿠타가와 연구 발표가 끊이지 않고 아쿠타가와의 문학을 석·박사논문, 학부의 졸업논문으로 선택하는 학생도 많다. 아쿠타가와 작품도 왕성하게 번역되어 왔지만 전집 번역 간행은 지금까지 이루어지지 않았다. 따라서 한국의 독자들이 아쿠타가와의 작품을 폭넓게 읽을 수 있도록 하기 위해 전집 번역 간행에 대한 요망이 커졌던 것이다.

아쿠타가와 전집의 번역은, 이웃나라 중국에서 한발 먼저 완성되었다. 2005년 3월, 山東文芸出版社에서 간행된 『芥川龍之介全集』은 5권으로 각 권당 평균 800페이지가 넘는 두꺼운 책이다.

중국에서 간행된 『芥川龍之介全集』에 이어 2006년 3월에는 영국의 대형 출판사인 펭귄사에서 J.Rubin 번역으로 아쿠타가와의 소설 18편이 새로 소개되었다. 이는 아쿠타가와의 문학이 세계의 문학으로 인정받은 증거라고도 할 수 있다.

또한 2006년에는 「国際芥川龍之介学会」의 창립 대회가 한국의 서울에서 개최되었다. 이러한 흐름 속에서 아쿠타가와 연구자들을 중심으로 한글판 『芥川龍之介全集』을 출판하고자 하는 기운이 고조된 것이다.

번역자의 대부분은 아쿠타가와 류노스케 연구자이다. 대학에서 일본문학을 가르치고 학생들의 아쿠타가와 연구 논문을 지도하고 있는 교수들이기도 하다. 이렇게 『芥川龍之介全集』 전 8권을 번역 간행함으로써, 한국의 많은 일반 독자들에게 아쿠타가와의 문학을 소개할 수 있게 된 것을 기쁘게 생각한다. 대학이나 대학원의 졸업 논문 작성이나 대학에서 가르치고 있는 연구자들의 연구에도 크게 기여할 수 있기를 기원한다.

2009. 7

조사옥

목 차

아쿠타가와 류노스케 전집

芥川龍之介 全集

I

노년(老年)

손순옥

　도쿄 하시바의 옥천헌(玉川軒)이라는 다식요리점에서 샤미센 반주에 맞추어 가락을 붙여 이야기를 읊어나가는 조루리(浄瑠璃) 중에서도 에도시대 중기에 상류층의 인기를 끌었던 낭창낭창한 가락의 잇추부시(一中節) 발표회가 있었다. 아침부터 어두침침하게 흐려 있더니 결국 한낮에는 눈이 되어, 등불을 밝혀야 할 무렵에는 이미 정원의 소나무에 매어놓은 제설용 새끼줄이 느슨해질 정도로 쌓여있었다. 그러나 유리문과 미닫이, 이중으로 꼭 닫은 방안은 화롯불로 얼굴이 달아오를 만큼 따뜻하다.

　인상이 무거운 나카즈(中洲) 요정의 바깥주인은, 갈색비단의 하오리(羽織)에 세로무늬로 잘 차려입은 롯킨(六金) 씨를 억지로 붙잡아 세워놓고 "어떠실까? 하나 벗는 것이, 검은 머릿기름이 자르르 흐르는구먼."하며 놀리고 있었다. 롯킨 씨 외에도 야나기바시 쪽 사람들이 세 명, 스미다강 쪽에 있는 다이치의 대기 찻집에서 안주인이 한 명 와 있었지만 모두 마흔을 넘긴 사람들뿐이었다. 거기에 오가와의 어르신과 나카즈 주인들의 부인이나 영감님들이 여섯 명 정도, 남자손님은 우지시교라는 허리가 굽은 잇추부시의 사범과 그 문하생들이 일곱 여덟 명, 그 중의 세 사람은 에도 삼좌(三座)의 연극이나 히에 신사(日枝神社)의 산왕제(山王祭)를 알고 있는 패거리들이었으므로, 이 사람들 사이에서는 후카가와(深川)의 도바야의 숙사에서 있었던 기다유부시의 모임 이야기나 긴자 야마시로가시의 츠토가 개최한 센자후다(千社札)[1]의 동호모임 이야기가 상당히 떠들썩하게 나온 모양이었다.

객실은 별채의 다다미 열다섯 장 규모로 이 요리 집에서 가장 넓은 방이다. 바구니 등에 켜진 전등이 군데군데 둥근 그림자를 고급 삼나무로 장식한 천장에 비추고 있다. 어둑어둑한 일본 객실의 장식용 공간인 도코노마에는 엄동설한에 피는 매화와 수선화가 오랜 세월을 자랑하는 구리로 된 병에 안쓰럽게 꽂혀있었다. 족자는 에도 중기의 하이진 다이기(太祇)의 필체로 보인다. 노란 파초섬유로 짠 바탕천에 그을린 종이의 위아래를 뚝 자른 가운데에 가는 글씨로 「빨간 열매로 / 보고 날아온 새야 / 겨울 동백꽃」이라는 하이쿠가 쓰여 있다. 자그마한 청자 향로가 연기도 내지 않고 얌전히 보랏빛 장위에 얹어 있는 것도 겨울답다.

그 앞에 양탄자를 두 장 깔아 마루를 대신했다. 선명한 진홍색이 샤미센의 몸통 가죽에도, 켜는 사람 손에도, 칠보에 마름모꼴의 꽃잎 문양을 새긴 화사한 오동나무 독서대에도 따뜻하게 반사되고 있는 것이다. 그 도코노마의 양측으로 모두 마주보고 앉아있었다. 상좌에는 사범인 시교가, 다음이 나카즈의 바깥주인, 그리고 나서 오가와의 손님과 순서를 따라 오른쪽이 남자분, 왼쪽이 여성분으로 나뉘어져 있다. 그 오른쪽의 말석에 앉아있는 사람이 이 중에 은퇴한 영감이었다.

영감은 후사(房) 씨라 불리며, 재작년에 환갑을 지낸 노인이다. 열다섯

---

1) 많은 신사(神社)를 참배하는 사람이 순방한 기둥이나 천장 등에 붙이는 쪽지. 그 쪽지를 교환하는 모임이 있기도 하다.

때부터 찻집 술맛을 알아, 스물네 살 때에는 요시와라의 젊은 유녀와 정사(情死)소동을 벌인 일도 있다고 한다. 그 후 얼마 안 되어 부모에게서 물려받은 현미도매업을 말아먹고, 서투른 재주만 많아 제대로 대성하지 못한 채 지병인 주벽(酒癖) 등으로, 짧은 속요에 신작을 덧붙인 우타자와(歌沢)의 사범도 했다가 또 금세 마음이 바뀌어 하이카이(俳諧)의 우열을 가리는 점자(占者)를 하기도 하는 식이었다. 연달아 영락하여 한동안은 하루 세 끼 끼니도 어려운 형편이었으나, 그래도 다행히 먼 친척한테서 지금은 이 요릿집을 떠맡아 편안한 노후를 즐기는 몸이 되었다. 나카즈의 대장의 말로는, 어린 마음에도 잊을 수 없는 것은 그 무렵 한창이었던 후사 씨가 신전마쓰리의 부적에 「들길의 소나기」라는 유카다를 입고 목소리를 들려준 때였다고 말하지만 요즈음은 부쩍 노쇠하여 좋아하는 가요도 좀처럼 부르지 않게 되었고, 한 때 빠져있던 꾀꼬리도 어느 사이엔가 키우지 않게 되었다. 전환기마다 엿보고 다녔던 연극도 9대째의 이치가와 단주로(市川団十成郎)나 오가미 키쿠고로(尾上菊五郎)와 같은 명배우가 사라지고 나서는 전혀 갈 의욕이 없어진 것 같다.

지금도 명품인 치찌부(秩父) 비단으로 만든 노란 하오리 겉옷과 속옷을 잘 갖춰 입은 위에 하카다 오비를 하고 말석에 앉아 듣고 있는 것을 보면, 아무리 봐도 한 평생을 방탕과 유예로 시간을 보낸 사람이라고는 생각되지 않는다. 나카즈의 주인이나 오가와의 나리가 "후사 씨, 니혼바시 근처 이타진미치의 — 뭐랬더라 … 그래 그래, 야에지 오키쿠. 오랜만에 그 이야기라도 해주시지 않겠습니까?"라고 말을 걸어도 "요즘에는 이제 허세부릴 기력도 없어져서…" 라고 머리 빠진 이마를 쓰다듬으며, 자그마한 몸을 한층 작게 할 뿐이다.

그런데도 묘한 것이 이단(二段) 삼단(三段)으로 넘어가는 동안에 '검은 머리 흐트러져 지금 것도 무거워라'라거나 '밤이라는 글자를 금실로 꿰매어 놓고 옷자락 펴놓고 세이주로와 함께 잤을 때'라는 등의 요염한 대목을 하늘거리듯 돌아가는 샤미센 반주에 따라 읊조려 갈 때의 잇추부시의 구수한 목소리는 오랫동안 잠자고 있던 이 노인의 마음을 조금씩 눈뜨게 했던 것 같다. 처음에는 등을 구부리고 기운 없이 듣고 있던 것이 어느새 허리를 바로 세우고 몸을 쭉 뻗어 롯킨 씨가 '아사마(浅間)에 저녁안개 피어오르고'라는 아사마 가락을 읊기 시작하여 '원망도 사랑도, 남은 나날도 설령 마음이 변한 것은 아닐 테지요'라는 대목부터는 눈을 감은 채 샤미센 줄에라도 타고 있는 듯 작게 어깨를 흔들며, 흘깃 보아도 옛날 일을 새삼 뒤돌아보고 있는 듯이 느껴졌다. 수수하면서도 깊은 맛이 구성진 가운데 나가우타(長唄)나 조루리의 한 유파인 기요모토(淸元)에서는 좀처럼 들을 수 없는 발랄한 흥을 감춘 잇추부시의 시와 가락은 오랜 세월 사느라 쓴맛 단맛을 다 아는 사람의 마음 밑바닥까지도 스며들어, 때 아닌 인정의 파도를 일으켜 놓고 마는 것이다.

「아사마 저 위로」와 「하나코」가 번갈아 가며 끝나자 후사 씨는 "편안히 더 놀다 가세요."라고 먼저 인사를 하고는 자리를 떴다. 마침 그때 식사가 나왔으므로 잠시 동안은 여러 가지 이야기로 떠들썩했지만, 나카즈의 주인은 후사 씨가 나이를 먹은 것에 꽤나 놀란 모양인지 "저렇게도 변하는 건가, 도로경비를 보는 늙은 파수꾼처럼 되어서 말이야, 후사 씨도 이제 끝났구먼."하고 말하자 "언젠가 당신이 말씀하신 사람이 저분?" 하고 롯킨 씨가 물었다. "스승님도 알고 계시니 여쭈어 보시구려. 예능을 타고난 사람이에요. 속곡(俗曲)인 우타자와(歌沢)도 잘하고 잇추부시도 잘해요. 그런가 하면 애조를 띤 신나이(新内)도 읊조린 적이 있는 사내지요. 원래는 그것도 스승님과 같은 우지(宇治)의 이에모토에게 예

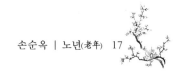

능을 익히러 갔던 사람이었지요."

"고마카타(駒形)에 사는 잇추의 사범 - 시초오(紫蝶)였든가요? - 그 여자와 눈이 맞은 것도 그 무렵이었지요." 라고 오가와의 나리도 끼어들었다.

후사 씨에 관한 이야기는 자꾸자꾸 꼬리를 물고 잠시는 계속되었으나 마침내 야나기바시의 늙은 기생의 「도성사(道成寺)」가 시작됨과 동시에 객실은 다시 처음과 같이 조용해졌다. 이것이 끝나면 바로 오가와 나리의 「경청(景清)」이 시작되어야 하므로 나리는 자리에서 물러나 조심스럽게 일어섰다. 실은 그 김에 날계란이라도 먹을까 하던 참이었으나, 복도에 나오자 나카즈의 주인이 역시 살며시 빠져나와

"오가와 씨 몰래 한잔 하지 않으시겠어요? 당신의 다음 차례는 제가 부를 「화분에 심은 나무」이니까요. 맨정신으로는 도저히 배짱이 생기질 않아서요."

"저도 날계란이나 찬 술 한잔 들이키려던 참입니다. 마찬가지로 술기운이 없으면 기력이 없으니까요."

그래서 함께 소변을 보고, 복도를 따라 안채 쪽으로 돌아오니 어딘가에서 소곤소곤 이야기소리가 들린다.

기다란 복도의 한쪽은 유리미닫이로 정원의 죽백나무와 고오야마키 상록수에 쌓인 눈이 푸르스름하게 흐려진 사이로, 어두운 스미다강 하류의 물결을 가로질러 건너편 언덕의 등불이 노랗게 점점이 세어졌다. 강가의 하늘은 찌리찌리하며 은 가위를 사용하듯이 두 번쯤 철새가 운 뒤에는 샤미센 소리마저 들리지 않고 바깥도 안쪽도 고요해졌다. 들리는 것은 작은 관목의 붉은 열매에 쌓이는 눈 내리는 소리, 눈 위에 또 흩날리는 눈 소리, 커다란 팔손이 잎을 구르는 눈 소리가 재봉틀의 바느

질 소리가 울리듯이 아스라한 속삭임을 주고받을 뿐 이야기 소리는 그 공간을 은밀하게 이어가고 있었다.

"고양이가 물먹는 소리도 안 들려"라고 오가와의 나리가 나직이 중얼거렸다. 걸음을 멈추고 들어보니 소리는 아무래도 오른쪽 미닫이 안에서 나는 듯하였다. 그것은 끊어질 듯 끊어질 듯 하며, 이렇게 들려왔다.

"무엇에 이리 마음이 토라진 거야? 그렇게 울고만 있으면 방법이 없잖아. 뭐? 당신은 기노쿠니야의 여종과 사연이 있다고? 농담하면 안 돼. 사내 같은 할망구를 어떻게 할까. 정신 차리시게. 그렇게 말하니까 나쁜 거야. 도대체 자네 같은 사람이 있는데 다른 여자를 만들 리가 없잖아. 애초에 친해진 계기가 말이야. 내가 가요곡의 복습으로 '내 사람이라고 여기면 가벼운 우산의 눈, 사랑의 무거운 짐을 어깨에 메고'를 읊을 때였어. 그때 자네가……"

"후사 씨답네."

"나이를 먹었어도 여간 아니에요."

오가와의 나리도 이렇게 말하면서 실눈을 뜨고 열려있는 미닫이 속을, 엉거주춤한 자세로 살짝 들여다봤다. 두 사람 모두 분바른 여인이 있을 거라고 공상하고 있었던 것이다.

방안에는 전등이 그림자도 드리우지 않은 채 어슴푸레 빛나고 있다. 세척되는 도코노마에는 대덕사의 족자가 쓸쓸히 걸려있고, 중국수선화의 푸른 싹을 조심스럽게 꽂은 고운 수반이 그 아래에 놓여 있다. 도코노마 앞 화로에 불을 쬐고 있는 사람이 후사 씨로, 이쪽에서는 검은 비로도 옷깃을 달고 있는 고가이마키를 아무렇게나 걸친 뒷모습이 보일 뿐이다.

여자의 모습은 어디에도 없다. 감색과 갈색의 체크무늬로 된 고타츠

이불 위에는 유행가 노래책이 두세 권 펼쳐져 있고 목에 방울을 단 작은 하얀 고양이가 그 곁에 웅크리고 앉아있다. 고양이가 움직일 때마다 목의 방울소리가 들릴 듯 말 듯 한 희미한 소리를 내고 있다. 후사 씨는 대머리가 부드러운 고양이털에 닿을 정도로 가까이 다가가, 혼자 간드러진 대사를 누구에게랄 것도 없이 되풀이하고 있었던 것이다.

"그때에 너는 왔어. 그렇게까지 말한 내가 밉다고 했지. 예능에 관한 일이라면⋯⋯"

나카즈의 주인과 오가와의 나리는 말없이 서로 얼굴을 마주보았다. 그리고 긴 복도를 살금살금 걸어 다시 객실로 되돌아왔다.

눈은 그칠 기미도 없다. ⋯⋯

(1914년 4월)

청년과 죽음과(青年と死と)

김효순

배경은 아무 것도 필요 없다. 환관 두 사람이 이야기를 하면서 나온다.

— 이달만 해도 산달이 된 비(妃)가 여섯이나 되니까요. 지금 배가 부른 사람까지 치면 몇 십 명인지 알 수가 없습니다.

— 하지만 그게 모두 상대가 누군지 모른다는 것이지요?

— 한 명도 알 수가 없습니다. 비들은 우리들 이외에 남자는 발걸음을 할 수 없는 비에 있으므로, 도대체 그런 일이 일어날 까닭이 없는 데 말입니다. 그래도 매달 아이를 낳는 비들이 있으니까 놀랄 수밖에요.

— 누군가 몰래 숨어들어오는 남자가 있는 게 아닐까요?

— 저도 처음에는 그렇게 생각했습니다. 그런데 아무리 수직군사를 늘려도 비들이 끊임없이 아이를 낳습니다.

— 비들에게 물어봐도 모릅니까?

— 글쎄, 그것이 참 이상합니다. 이리저리 물어본즉 몰래 숨어들어오는 남자가 있기는 있습니다. 하지만 그것은 목소리뿐으로 모습은 보이지 않는다는 것입니다.

— 아, 그래요. 그것 참 신기하군요.

— 마치 거짓말 같은 이야기입니다. 그러나 어쨌든 고작 이것이, 신

기하게 숨어들어오는 남자에 관한 유일한 지식이니까, 어떻게든 이제
부터 예방책을 강구해야만 합니다. 그쪽은 어떻게 생각하십니까?

— 별 뾰족한 방법은 없습니다만, 어쨌든 그 남자가 찾아오는 것은
사실이지요?

— 그건 그렇습니다.

— 그렇다면 모래를 뿌려두면 어떨까요? 그 남자가 공중에서 날아
온다면야 모르겠지만, 걸어서 온다면 발자국이 남을 테니까요.

— 아, 그렇군요. 그것 참 묘안입니다. 그 발자국을 따라가면 필시
붙잡을 수 있겠군요.

— 어쨌든 해봅시다.

— 바로 해보지요. (두 사람 모두 떠난다.)

궁녀들이 여럿이서 모래를 뿌리고 있다.

— 자, 싹 뿌렸습니다.

— 저쪽 구석이 아직 남아있어요.(모래를 뿌린다)

— 이번에는 복도에 뿌립시다.(모두 떠난다)

청년 둘이 촛불 아래에 앉아있다.

B : 그곳에 다닌 지 벌써 1년이나 되었군.

A : 빠르군. 1년 전까지는 유일실재(唯一実在 : 철학, 종교 용어로써 의식
    현상을 유일한 실재로 생각하는 것)네, 최고선(最高善)이네 하는 말에

식상해져 있었으니까 말일세.

B : 이젠 아트만(ātman : 산스크리트어로 개체의 본질이라는 뜻)이라는 말
    도 거의 다 잊어버렸어.

A : 나도 벌써 예전에 '우파니샤드(Upanisad : 고대인도의 철학 문헌. 우주
    원리인 브라만과 아트만의 일체를 주장)철학이여 안녕'일세.

B : 그 시절엔 삶이나 죽음 같은 문제를 정말이지 진지하게 생각했지.

A : 뭐, 그 시절에는 그저 생각하는 것에 대해서만 이야기를 했지. 생
    각하는 것이라면 오히려 요즘에 얼마나 더 생각하는지 모르네.

B : 그런가? 나는 그 후로 한 번도 죽음에 대해 생각해 본 적이 없어.

A : 생각을 안 해도 되는 것이라면 그래도 되겠지.

B : 하지만, 아무리 생각을 해도 알 수 없는 것을 생각하고 있는 것
    은 어리석지 않은가?

A : 하지만, 누구든 다 죽을 때가 있는 법이니까 말일세.

B : 아직 1, 2년 안에 죽지는 않겠지.

A : 글쎄.

B : 그야 내일 죽을 지도 모르지. 하지만 그런 걱정을 하고 있다간
    아무 것도 재미있는 것이 없게 될 것일세.

A : 그것은 잘못된 것이야. 죽음을 예상하지 않는 쾌락만큼 무의미
    한 것은 없지 않나?

B : 나는 의미가 있든 말든 죽음 같은 것을 예상할 필요는 없다고
    생각하네만.

A : 하지만, 그렇다면 스스로를 기망(欺罔)하며 살아가는 것 아닌가?

B : 그것은 그럴지도 모르지.

A : 그렇다면 뭐 지금 같은 생활을 하지 않아도 되겠지. 자네도 기

망을 벗어나기 위해 이런 생활을 하고 있는 것 아닌가?

B : 어쨌든 지금 내게는 사색을 할 생각이 전혀 없어졌기 때문에 자네가 뭐라 해도 이러는 수밖에 없네.

A : (딱하다는 듯이) 그렇다면 할 수 없지.

B : 쓸데없는 말씨름을 하는 사이에 밤이 깊어진 것 같네. 자, 슬슬 나가 볼까?

A : 그러세.

B : 그럼, 입으면 모습이 보이지 않는 그 망토를 집어주게. (A 집어서 건넨다. B 망토를 입자 모습이 사라져 버린다. 목소리만 남는다) 자, 가세.

A : (망토를 입는다. 마찬가지로 사라진다. 목소리뿐) 밤이슬이 내렸군.

❖ ❖

목소리만 들린다. 암흑.

A의 목소리 : 어둡군.

B의 목소리 : 하마터면 자네 망토를 밟을 뻔 했네.

A의 목소리 : 바람소리가 나고 있군.

B의 목소리 : 응, 벌써 노대 아래까지 왔네.

❖ ❖

많은 여자들이 앉아 있기도 하고 일어서 있기도 하고 누워서 뒹굴고 있기도 하다. 희미한 불빛.

— 오늘 밤은 아직 안 오네.

— 벌써 달도 숨어버렸어.

— 빨리 오면 좋겠어.

— 이제 소리가 날 때가 되었는데 말야.

— 목소리만 나는 게 좀 아쉬워.

— 음, 그렇지만 살은 닿잖아.

— 처음에는 무서웠어.

— 나는 밤새도록 떨고 있었어.

— 나도 그래.

— 그러면 떨지 말라고 하잖아?

— 응, 그래, 그래.

— 그래도 여전히 무서웠어.

— 그 분은 몸은 풀었나?

— 벌써 예전에 풀었지.

— 기뻐하지?

— 아이가 참 예뻐.

— 나도 엄마가 되고 싶어.

— 아이, 난 싫어. 나는 그럴 생각은 조금도 없어.

— 그래?

— 응, 싫지 않아? 나는 오로지 남자에게 사랑받는 게 좋아.

— 아, 그래?

A의 목소리 : 오늘밤은 아직 불이 켜져 있네. 너희들의 살이 파란

사(紗) 안에서 움직이는 모습이 예쁘구나.

— 어머, 오셨군요.

— 이쪽으로 오세요.

— 오늘밤은 이쪽으로 오세요.

A의 목소리 : 오늘은 금팔찌를 끼고 있군.

— 예, 그게 왜요?

B의 목소리 : 아무것도 아냐. 네 머리카락에서는 쟈스민 향기가 나

는데?

— 예.

A의 목소리 : 너는 아직도 떨고 있구나.

— 기뻐서요.

— 이쪽으로 오세요.

— 아직도 그쪽에 계세요?

B의 목소리 : 네 손은 부드럽구나.

— 언제까지고 사랑해 주세요.

— 오늘밤은 다른 데 가시면 싫어요.

— 꼭이요. 잘 부탁해요.

— 아아, 아아.

여자 목소리가 점점 희미한 신음소리가 되었고 마침내 들리지 않게

된다.

침묵. 어디선가 갑자기 많은 병졸이 창을 들고 나온다. 병졸의 목소리.

— 여기에 발자국이 있다.

— 여기에도 있어.

― 저기 봐. 저쪽으로 도망갔어.

― 놓치지 마라. 놓치지 마.

소요. 여자들은 모두 비명을 지르며 도망을 친다. 병졸은 발자국을
따라 여기저기 쫓아다닌다. 불이 꺼지고 무대가 어두워진다.

❖ ❖

A와 B 모두 망토를 입고 나온다. 반대 방향에서 검은 복면을 쓴 남
자가 온다. 주위는 어둑어둑하다.

A와 B : 누구냐? 그곳에 있는 것은?

남자 : 자네들이야말로 내 목소리를 잊어서는 안 될 것이다.

A와 B : 누구냐?

남자 : 나는 죽음이다.

A와 B : 죽음이라고?

남자 : 그렇게 놀랄 필요 없다. 나는 옛날에도 있었다. 지금도 있다.
　　　앞으로도 있을 것이다. 어쩌면 '있다'고 할 수 있는 것은 나밖
　　　에 없을 지도 모른다.

A : 자네는 무슨 일로 온 것인가?

남자 : 내가 할 일은 항상 한 가지 밖에 없을 텐데.

B : 그 일로 온 것인가? 아아, 그 일로 온 것이란 말이지.

A : 아, 그 일로 온 것이라고? 나는 자네를 기다리고 있었다. 이제야
　　자네 얼굴을 볼 수 있겠군. 자, 내 목숨을 가져가게.

남자 : (B에게) 자네도 내가 오기를 기다렸나?

B : 아니, 나는 자네 따위를 기다리지 않았어. 나는 살고 싶어. 제발
　　내가 삶을 조금 더 맛볼 수 있게 해주게. 나는 아직 젊어. 내 혈

관에는 아직 따뜻한 피가 흐르고 있어. 부디 내가 내 생활을 조금 더 즐길 수 있게 해 주게.

남자 : 자네도 내가 한 번도 기망에 속은 적이 없다는 사실을 알고 있겠지?

B : (절망해서) 나는 꼭 죽어야만 하는가? 아아, 나는 아무래도 죽어야 하는 것인가?

남자 : 자네는 철이 들고 나서는 죽은 것이나 마찬가지네. 지금까지 태양을 올려다볼 수 있었던 것은 내 자비 덕분이라고 생각하는 것이 좋을 것이네.

B : 그것은 나만이 아니잖나. 태어나면서 죽음을 지고 오는 것은 모든 인간의 운명이야.

남자 : 나는 그런 뜻으로 한 말이 아니네. 자네는 오늘까지 나를 잊고 살았을 것이네. 나의 호흡을 안 듣고 있었겠지. 자네는 모든 기망을 벗어나려고 쾌락을 추구하면서 자네가 추구한 쾌락 그 자체 역시 기망에 불과하다는 사실을 몰랐지. 자네가 나를 잊었을 때 자네의 영혼은 굶주리고 있었네. 굶주린 영혼은 항상 나를 찾는다네. 자네는 나를 피하려다 오히려 나를 초래한 것이네.

B : 아아.

남자 : 나는 모든 것을 멸망하게 하는 존재가 아니라네. 모든 것을 낳는 존재지. 자네는 모든 것의 어머니인 나를 잊고 있었지. 나를 잊는 것은 삶을 잊는 것이라네. 삶을 잊은 자는 멸망해야만 해.

B : 아아. (쓰러져 죽는다)

남자 : (웃는다) 멍청한 놈. (A에게) 두려워 할 필요 없네. 이쪽으로
　　　가까이 오게.

A : 나는 기다리고 있었네. 나는 자네를 두려워하는 겁쟁이가 아니야.

남자 : 나는 자네 얼굴이 보고 싶었네. 이제 날도 밝겠지. 자 내 얼
　　　굴을 잘 봐 두게.

A : 그 얼굴이 자네 얼굴인가? 나는 자네 얼굴이 이렇게 아름다울
　　줄은 몰랐네.

남자 : 나는 자네의 목숨을 앗으러 온 것이 아니야.

A : 아니, 나는 기다리고 있었네. 나는 자네 말고는 아무것도 모르
　　는 사람이네. 나는 목숨을 가지고 있어봤자 소용없는 인간이지.
　　내 목숨을 가져가게. 그리고 나를 고통에서 구해주게.

제3의 목소리 : 바보 같은 말 하지 말게. 내 얼굴을 잘 보게. 자네의
　　　　　　　목숨을 건진 것은 자네가 나를 잊지 않았기 때문이
　　　　　　　네. 그러나 내가 자네의 모든 행위를 시인하는 것은
　　　　　　　아니네. 내 얼굴을 잘 보게. 자네의 잘못을 알겠나?
　　　　　　　이제부터 살 수 있을지 없을지는 자네 노력 여하에
　　　　　　　달려있다네.

A의 목소리 : 내 눈에는 자네의 얼굴이 점점 젊어지는 것이 보이네.

제3의 목소리 : (조용히) 여명이네. 나와 함께 커다란 세계로 가세.

여명의 빛 속에 검은 복면을 쓴 남자와 A가 나가는 것이 보인다.

❖ ❖

대여섯 명의 병졸이 B의 시체를 끌고 온다. 시체는 벌거벗겨져 있고 군데군데 상처가 있다.

— 용수보살(竜樹菩薩)에 관한 속전(俗伝)으로부터

(1926년 8월)

횻토코 탈(ひょっとこ)

김난희

아즈마교(吾妻橋) 난간에 기대어 사람들이 많이 서 있다. 때때로 순경이 와서 잔소리를 하건만, 또다시 처음과 마찬가지로 사람들이 산더미처럼 모여든다. 모두가 이 다리 밑을 지나다니는 꽃구경 유람선을 보기위해 서 있는 것이다.

배는 강 하류로부터 두세 척씩 물이 빠진 강을 거슬러 올라온다. 대개는 운송용 거룻배에다 돛을 만드는 데 쓰는 목면 천으로 천정을 씌웠으며, 그 주위로 홍백색 휘장을 층층으로 늘어뜨리고 있다. 그리고 뱃머리에는 깃발을 달거나 고풍스런 기치를 세우고 있다. 안에 있는 사람들은 모두 술에 취해 있는 것 같다. 휘장 사이로는 일제히 수건으로 요시와라 유녀들이 쓰는 '요시와라 가부리'를 두르거나 쌀집 아낙네들처럼 '고메야 가부리'를 한 사람들이 '하나' '둘' 하고 손가락으로 세고 있는 것이 보인다. 목을 흔들면서 괴로운 듯이 뭔가를 노래하는 사람이 보인다. 그것을 다리 위에서 바라보면 우스꽝스럽다. 반주와 악대를 실은 배가 다리 밑을 지나가면 다리 위에서는 '와'하는 웃음소리가 터진다. 그 속에는 '바보'라고 말하는 소리도 들려온다.

다리 위에서 보면 강물은 양철 판처럼 하얗게 태양빛을 반사하고 있으며, 가끔씩 지나가는 증기선 뱃전에는 파도가 부서지며 눈부시게 도금칠을 하고 있다. 그리고 매끄러운 수면 위를 쾌활한 북소리, 피리 소리, 샤미센 소리가 이(虱)처럼 근질근질하게 문다. 삿포로 맥주 양조 공장 벽돌담이 끝나는 곳에서부터 제방 위를 훨씬 넘은 곳까지 그을린 듯 희멀건 한 것이 육중하게 이어져있는데 때마침 지금이 한창인 벚꽃들이다. 고토토이(言問 : 지명)의 선창에는 화선(和船 : 일본배)과 보트가 많이 정박해 있는 것 같다. 그것은 이쪽에서 보면 제국대학의 보트 창고 때문에 햇빛이 차단되어 그저 너저분하게 한 덩어리의 검은 색처럼 움직이고 있다.

그러자 그곳으로 다리를 빠져나온 또 한 척의 배가 나타났다. 이 역시 아까부터 몇 척씩이나 지나던 꽃유람 거룻배이다. 홍백의 휘장에 똑같이 홍백의 기드림을 세웠으며 벚꽃 색으로 붉게 물들인 똑같은 모양의 수건 띠를 두른 사공이 두세 명 노와 장대를 번갈아 젓고 있다. 그래도 배의 속도는 그다지 빠르지 않다. 휘장 뒤로 보이는 사람의 수는 쉰 명쯤 되는 것 같다. 다리를 빠져 나올 때까지는 두 사람이 샤미센으로 '매화에도 봄'인가를 연주하고 있었는데, 그 곡이 끝나자 갑자기 징소리를 넣은 바카바야시(馬鹿囃子 : 북, 징, 피리에 의한 반주)가 시작되었다. 다리 위의 구경꾼들이 '와'하고 웃는 소리가 들린다. 게중에는 인파에 눌린 어린애의 울음소리도 들린다.

"저것 좀 봐요. 춤을 추고 있어요."하는 날카로운 여자소리도 들린다. 배 위에서는 '횻토코 탈(한쪽 눈이 작고 입이 뾰족한 추남얼굴을 한 가면)'을 쓴 키 작은 남자가 기드림 아래에서 바카오도리(馬鹿踊り : 바카바야시에 의한 춤)를 추고 있다.

홋토코를 쓴 남자는 지치부 메이센(秩父銘仙 : 지치부에서 나는 촘촘한 옷
감)옷의 상의를 벗은 채 유젠(友禅 : 염색법의 일종) 몸통에 살색 시보리
염색(염색기법의 일종)의 소매를 단 화려한 속옷을 드러내고 있다. 검은
색 깃이 칠칠치 못하게 벌어져 있고 감색 겐조(紺献上 : 하카타에서 생산하
는 기하학문양의 오비를 만드는 천)로 만든 오비(허리 띠)가 풀린 채 축 늘어
진 것을 보면 상당히 취한 것 같다. 춤은 물론 엉터리다. 다만 적당히
오카구라 시사의 바보 같은 몸짓이라든가 손짓을 반복하고 있는 것에
지나지 않는다. 그것도 술 때문에 몸이 말을 듣지 않는지 가끔씩 중심
을 잃고 뱃전에서 떨어지는 것을 막으려고 손과 발을 움직이고 있다
고밖에는 생각되지 않는 일도 있다.

그것이 더욱 우스꽝스러운지 다리 위에서는 시끌벅적 소란을 피운
다. 그리고 모두 웃으면서 각양각색의 대화를 주고받는다.

"어때 저 허리놀림은."

"기분이 좋은 모양이지. 어디서 굴러 온 녀석일까."

"우습네그려. 아니 비틀거리는구먼."

"차라리 맨얼굴로 춤을 추면 나을 텐데 말야."

── 대략 이런 어투였다.

그동안에 취기가 더해진 것일까. 홋토코의 발걸음이 이상해졌다. 마
치 불규칙한 메트로놈처럼 꽃구경용 수건으로 뺨을 감싼 머리가 몇
차례나 배의 바깥쪽으로 고꾸라질 뻔했다. 사공도 걱정스러웠던지 두
번 정도 뒤에서 뭐라고 소리치는데 그 또한 귀에 들어오지 않는 모양
이다.

그러자 방금 지나가던 증기선이 일으킨 파도가 비스듬하게 수면을
미끄러져 거룻배를 크게 혼들었다. 그 바람에 홋토코의 작은 체구는

그 여파를 타고 비틀비틀 앞쪽으로 세 걸음 정도 나아가다가 그것이 겨우 멈추는가 싶더니, 이번에는 갑자기 회전을 멈춘 팽이처럼 빙그르르 한 번 큰 원을 그린다. "앗!" 하는 사이에 메리야스 잠방이를 입은 다리를 허공에 올리고는 벌러덩 거룻배에 굴러 떨어졌다.

다리 위의 구경꾼들이 또 환호를 지르며 웃었다. 배 안에서는 그 바람에 샤미센의 막대가 부러진 것 같다. 휘장 사이로 보니 재미있는 듯이 취해서 떠들던 무리들이 허둥대며 일어섰다 앉았다 한다. 지금까지 연주하던 바카바야시도 숨이 막힌 듯 뚝 그치고 말았다. 그리고 다만 웅성웅성하는 소리가 난다. 아무튼 뜻밖의 혼란이 일어났음에 틀림없다. 그리고 잠시 후 빨간 얼굴을 한 남자가 휘장 안에서 고개를 내밀고는 자못 낭패한 듯이 손을 움직이면서 빠른 어조로 뭔가 사공에게 부탁했다. 그러자 거룻배는 어찌된 셈인지 갑자기 뱃머리를 왼쪽으로 돌리며 벚꽃과는 반대편 산 쪽에 있는 슈쿠(宿 : 지명)의 강기슭을 향하기 시작했다.

다리 위의 구경꾼들이 홋토코의 갑작스런 죽음에 대한 소문을 들은 것은 그로부터 십 분 후이다. 보다 자세한 것은 다음날 신문의 '십파일속(十把一束)'이라는 난(欄)에 실려 있었다. 신문에 의하면 홋토코의 이름은 야마무라 헤이키치(山村平吉), 병명은 뇌일혈이었다.

❖ ❖

야마무라 헤이키치는 아버지 때부터 니혼바시 와카마쓰쵸(若松町)에 있는 안료상(顏料商)을 했다. 죽은 나이는 사십오 세, 마르고 주근깨가 있는 아내와 군대 간 아들을 남기고 있다. 생활은 윤택하다고는 할 수 없으나 고용인을 두세 사람 쓰고 있으며 남들만큼은 살고 있다. 소문

으로는 청일전쟁 무렵 아키타 부근에서 나는 암록청 안료를 매점에
관계한 것이 걸려서 오래된 점포(老舗)라고는 하지만 최근엔 단골손님
이 손에 꼽을 정도밖에는 없었다고 한다.

　헤이키치는 둥근 얼굴에다 머리가 약간 벗겨졌으며 눈꼬리에 주름
이 져 있다. 어딘지 익살스러운 면이 있는 사내로서 누구에게나 겸손
했다. 도락은 술을 마시는 일이고 술은 다 좋아한다. 다만 취하면 반
드시 바카오도리를 추는 버릇이 있다. 그에 대해 당사자에게 물어보
면 옛날 하마초의 도요타의 여주인이 무당춤을 배울 때 연습을 했으
므로 그 당시 신바시와 요시마치에서 오카구라(お神楽) 춤이 크게 유행
했다고 한다. 그러나 춤은 자신이 자랑하는 만큼 잘 추지는 못한다.
좋게 말하면 기센(喜撰 : 신선이 된 가인의 이름)이 춘다기보다는 거슬리지
가 않을 정도라고 말할 수 있다. 이는 당사자도 알고 있는지 술을 마
시지 않은 맨 얼굴일 때는 오카구라의 '오'자도 입 밖에 꺼내지 않는
다. "야마무라 씨, 뭔가 보여주세요."라고 청해도 농담으로 흘리고 피
해버린다. 그러면서도 좀 취기가 돌면 곧바로 수건을 뒤집어쓰고 입
으로 북과 피리 반주소리를 입으로 동시에 내면서 앉은 채 어깨를 흔
들며 '홋토코 춤'을 추곤 한다. 그리고 한번 춤추기 시작하면 계속 흥
이 나서 추는 것이다. 옆에서 샤미센을 커든지 우타이(謠)를 하든지 그
런 것에는 개의치 않는다. 그런데 그 술이 탈이 되어 뇌졸중처럼 쓰러
지거나 혼절한 적이 두 번 정도 있었다. 한번은 시내의 공중목욕탕에
서 몸을 헹구다가 시멘트로 된 물받이 위로 쓰러졌다. 그때는 허리를
다쳤을 뿐 십 분도 안 되어 정신이 들었지만, 두 번째 자기 집 창고 안
에서 쓰러졌을 때는 의사를 불러 겨우 정신이 들게 했다. 깨어나기까
지 그럭저럭 삼십 분 정도 시간이 걸렸다. 헤이키치는 그때마다 의사

로부터 금주를 권유받았지만 신기하게도 빨간 얼굴을 하지 않은 것은 고작 그 순간뿐이었다.

항상 "한 홉쯤이야."로 시작해서 점점 양이 늘어 보름도 안 되어 어느새 도로 아미타불이 되고 만다. 그래도 본인은 아무렇지도 않은 듯 "역시 마시지 않으면 오히려 몸에 안 좋을 것 같아서"라며 당치도 않은 말을 하고 시치미를 뗀다.

❖ ❖

그러나 헤이키치가 술을 마시는 것은 본인이 말하듯이 생리적인 필요뿐만은 아니다. 심리적으로도 마시지 않고는 못 견디는 것이다. 왜냐하면 술을 마시면 담대해져서 말하자면 누구 앞에서라도 거리낌이 없어지는 듯한 기분이 된다. 춤추고 싶으면 춤을 춘다. 잠자고 싶으면 잠을 잔다. 누구도 이를 나무라는 자는 없다. 헤이키치한테는 무엇보다도 이 점이 고마운 것이다. 왜 이게 고마운가. 그것은 스스로도 알 수 없다.

헤이키치는 취하기만 하면, 자신이 완전히 딴 사람이 된다는 것을 알고 있다. 물론 바카오도리를 추고 난 후 맨 정신이 되어서 "어젯밤은 대단했어요."라고 말하면 아주 멋쩍어져서 "아무래도 술에 취하면 주책이 없어져서요. 무엇을 어떻게 했는지 오늘 아침이 되어보니 마치 꿈결 같다고나 할까요."라면서 평범한 거짓말을 늘어놓고 있지만 실은 춤 춘 것도 잠든 것도 지금까지 생생하게 기억하고 있다. 그리고 그 기억 속에 남아있는 자신과 현재의 자신을 비교하면 아무래도 똑같은 인간이라고는 생각되지 않는다. 그렇다면 어느 쪽이 진정한 헤이키치인가. 그 자신도 확실히 알 수 없다. 취한 것은 일시적이며 맨 정신일 때는 계속된다. 그렇다면 깨어있을 때의 헤이키치가 진정한 헤이키치처럼 생각되지만 그 자신은 묘하게도 어느 쪽이라고 딱 잘라 말하기 어렵다. 왜냐하면 헤이키치가 나중에 어리석었다고 생각하게 되는 것은 취했을 때 했던 일들뿐이다. 바카오도리는 그나마 괜찮다, 화투놀이하기, 오입질하기, 어떨 때는 여기에 쓸 수 없을 정도의 일도 저지른다. 그런 일을 하는 자신이 제정신이라고 생각할 수 없다.

야누스(Janus)라는 신(神)한테는 머리가 두 개 있다. 어느 쪽이 진짜 머리인지 아는 자는 아무도 없다. 헤이키치도 그와 마찬가지다.

평소의 헤이키치와 취했을 때의 헤이키치는 다르다고 말했다. 평소의 헤이키치만큼 거짓말쟁이는 드물다. 이것은 헤이키치 스스로가 때때로 이렇게 생각하는 것이다. 그러나 그렇다고 해서 헤이키치가 손익계산을 해서 거짓말을 하는 것은 전혀 아니다. 먼저 그는 거의 거짓말을 한다는 것을 의식하지 않고 거짓말을 하고 있다. 거짓말을 하고 난 다음에는 곧바로 '자신이 거짓말을 했구나.'하고 알아차리지만 막상 거짓말을 하고 있을 때는 전혀 결과를 예상할 여유가 없는 것이다.

헤이키치는 스스로도 왜 그런 거짓말을 했는지 알지 못한다. 하지만 남들과 말하다 보면 저절로 말하려고 하지도 않았던 거짓말이 터져 나온다. 그러나 특별히 그것이 고통스러운 것은 아니다. 나쁜 짓을 했다는 생각이 드는 것도 아니다. 그래서 헤이키치는 매일 태연하게 거짓말을 하고 있다.

❖ ❖

헤이키치의 말에 따르면 11년에 미나미덴마쵸(南伝馬町)에 있는 지업사(紙業社)에 종업원으로 일했다. 그곳 주인은 대단히 일련종(日蓮宗)에 미친 사람으로서 세끼 식사도 제목(題目)을 외우기 전에는 수저를 드는 법이 없을 정도였다. 그런데 헤이키치가 주인과 대면한 지 두 달쯤 되자 그곳 안주인이 갑작스런 발심에서 젊은 남자와 함께 입은 옷 그대로 줄행랑을 치고 말았다.

그래서 일가의 안온함을 추구하기 위한 신앙심이 전혀 도움이 되지 않았다고 생각한 탓인지 일련종 광신도였던 주인이 갑자기 개종을 선언하고 제석천(帝釈天 : 불법수호신)의 족자를 강물에 버리는가 하면 일련종의 수호신인 칠면 대명신(七面大明神)의 초상을 가마솥 아궁이에 넣어서 태워버리는 등 큰 소동이 있었다고 한다.

그리고 그곳에 스무 살이 될 때까지 있으면서 가게의 셈을 속여 놀러간 적이 몇 차례 있었는데, 그 무렵 알고 지내던 여자한테서 동반자살하자는 청을 받고 난처했던 적이 있다. 마침내 순간을 모면하고 당장은 무마되었는데 나중에 듣자하니 그 여자는 그로부터 삼 일쯤 후에 비녀가게 기술자하고 동반자살을 했다고 한다. 깊이 사귀던 남자가 자신을 버리고 다른 여자한테 가버리자 그 보복으로 아무나 붙잡고 죽고 싶어졌다는 것이다. 그리고 스무 살에 아버지가 돌아가시자 지업사를 그만두고 자기 집으로 돌아왔다. 보름쯤 지난 어느 날 아버지 때부터 고용하고 있던 지배인이 어린 주인한테 편지를 한 장 받고 싶다고 말했다. 쉰을 넘긴 우직한 남자인데 그 당시 오른손 손가락을 다쳐서 붓을 들 수가 없었던 것이다. '만사가 잘 진행되고 있으니 곧 간다.'라고 써 달라고 해서 그대로 써 주었다. 수신인이 여자여서 "방심하지 말라."면서 놀렸더니 "이자는 저의 누님입니다."라고 대답했다. 그리고 사흘쯤 지났는데 그 지배인이 고객들을 돌아보겠다면서 집을 나간 채 아무리 지나도 돌아오지 않는다. 장부를 조사해보니 구멍이 뚫려있다. 편지는 역시 알고 지내는 여자한테 보낸 것이다. 편지를 써 준 헤이키치만큼 바보는 없다…

이것이 모두 거짓말이다. 헤이키치의 일생(사람들이 알고 있는)에서 이러한 거짓말을 빼버리면 나중에 아무것도 남는 게 없음에 틀림없다.

❖ ❖

헤이키치가 꽃유람선 안에서 반주하는 사람들의 홋토코 탈을 빌려 뱃전에 올라간 것도 역시 늘 하듯이 거나하게 취한 기운에서 한 행동이다.

그리고 춤을 추다가 배안에 굴러 떨어져서 죽은 것이다. 배 안에 있던 무리들은 모두 놀랐다. 가장 놀란 것은 머리 위로 떨어지게 된 기요모토 스승이다. 헤이키치의 몸은 스승의 머리 위로부터 김밥과 삶은 달걀이 나와 있는 배 동체부분의 빨간 모포 위로 굴러 떨어졌다.

"장난치지 말게. 상처라도 나면 어쩌려고." 이 또한 헤이키치가 장난치고 있다고 생각한 마을의 촌장이 화가 나서 한 말이다. 하지만 헤이키치는 움직일 기색이 보이지 않는다. 그러자 촌장 옆에 있었던 가발집 주인이 어째 낌새가 이상하다고 느꼈는지 헤이키치의 어깨에 손을 대고 "어르신, 어르신… 혹시… 어르신… 어르신" 하고 불러보았지만 여전히 아무런 반응이 없다. 손끝을 만져보니 차갑다. 가발집 주인은 마을 촌장과 둘이서 헤이키치를 일으켜 세웠다.

"어르신… 어르신… 어르신… 어르신…" 가발집 주인의 목소리가 흥분하여 높아진다.

그러자 바로 그때 숨소리인지 목소리인지 분간이 안 되는 희미한 소리가 가면 밑에서 주인의 귓전으로 전해졌다.

"가면을… 가면을 치워 줘… 가면을." 촌장과 가발집 주인은 떨리는 손으로 수건과 가면을 벗겼다.

그러나 가면 밑에 있던 헤이키치의 얼굴은 이미 헤이키치의 얼굴이 아니다. 콧방울이 줄어들고 입술색은 변했으며, 하얀 이마에는 비지땀이 흐르고 있다. 언뜻 보아서는 누구도 이 모습이 애교 있고 엉뚱한 말을 잘하는 헤이키치라고는 생각할 수 없다. 단지 변함이 없는 것은 뾰족이 입을 내밀고 얼빠진 얼굴을 한 채 선실의 빨간 모포 위에서 조용히 헤이키치의 얼굴을 쳐다보고 있는 홋토코 탈뿐이다.

(1914년 12월)

선인(仙人)

김난희

❖ 상 ❖

　언제쯤의 이야기인지는 알 수 없다. 중국 북쪽지방에 이 마을에서 저 마을로 돌아다니는 길거리 흥행사 이소이(李小二)라는 남자가 있었다. 쥐한테 곡예를 시켜서 돈벌이를 하는 남자이다. 쥐를 넣어두는 자루가 한 개, 옷과 가면을 넣어두는 상자가 한 개, 그리고 무대 역할을 하는 작은 이동식 대(台) 같은 것이 한 개 있는데 그밖에는 아무것도 가지지 않았다.

　날씨가 좋으면 사람의 왕래가 많은 사거리에 서서 곧 그 이동식 대를 어깨에 얹어 놓는다. 그리고 북을 두드리며 사람을 불러 모으기 위해서 노래를 부른다. 멀리서도 잘 보이는 시중(市中)에서의 일이므로 어른이든 아이든 발걸음을 멈추지 않는 자는 거의 없다. 주위에 인파가 형성되면 이(李)는 자루 속에서 쥐를 한 마리 꺼내 옷을 입히고 가면을 씌워 무대 입구에서 무대 위로 올려 보낸다. 쥐는 훈련을 잘 받았는지 종종걸음으로 무대 위를 돌아다니며 비단실처럼 윤이 나는 꼬리를 두세 번 과장스럽게 움직이고는 살짝 뒷다리만으로 서 보인다.

비단 옷 아래로 보이는 앞발의 발바닥이 붉다. 이 쥐가 지금부터 잡극
(雜劇 : 원나라 때 유행한 가극)의 막간을 연출할 배우이다.

그때 구경꾼들의 반응을 보면 어린애들은 처음부터 박수를 치며 재
미있어하는데 어른은 쉽사리 감탄하는 듯한 표정을 보이지 않는다.
오히려 태연하게 담배를 피우거나 코털을 뽑으면서 무시하는 듯한 눈
짓으로 무대 위를 돌아다니는 광대 쥐를 바라보고 있다. 하지만 곡(曲)
이 진행되면서 비단 천으로 만든 의상을 걸친 여주인공 역의 쥐와 검
은 가면을 쓴 상대역 쥐가 계속해서 귀문도(鬼門道 : 元曲의 무대장치로 배
우들이 출입하는 곳)에서 기어 나오고 이것들이 날고 뛰면서 이소이가
부르는 노래와 그 사이로 들려오는 대사에 맞춰 여러 동작을 보이자
구경꾼들도 계속 냉담할 수만은 없었는지 차츰 주위의 인파 속에서는
'잘한다'는 소리가 나기 시작한다. 그러자 이소이도 마침내 흥이 나서
분주하게 북을 두드리며 능숙하게 쥐들을 부린다. 그리고 '침흑강명비
청총한 내유몽고안한궁추(沈黑江明妃青塚恨 耐幽夢孤雁寒宮秋)[1]'라는 마치
원(馬致遠 : 元代 잡극의 대가)의 구(句)라든가 제목정명(題目正名 : 앞의 구와
뒤의 구)을 노래할 즈음이 되면 가설무대 앞에 놓여있는 항아리 안에
어느새 동전들이 산더미처럼 쌓인다.

하지만 이런 장사를 하면서 입에 풀칠을 하는 것은 결코 쉬운 일이
아니다. 첫째 열흘만 날이 굳으면 굶고 만다. 여름에는 보리가 익어갈
무렵부터 장마철에 들게 되면 의상들과 가면에 곰팡이가 슨다. 겨울
또한 바람이 불거나 눈이 내리면 장사는 망치게 된다. 이럴 때는 달리
방도가 없기 때문에 어두침침한 주막 한구석에서 쥐들을 상대로 지루

---

1) 마치원의 원곡(元曲) 「한궁추」의 일부분. 정단(正旦)은 왕소군(王昭君), 정말(正末)은
원제(元帝)이다. 한(漢)의 원제가 명비(明妃) 왕소군을 잃고 슬퍼하는 내용으로 왕
소군은 한의 우환을 없애기 위해 흉노 선우에게 시집을 갔다.

함을 달래고 보통 때라면 분주할 황혼을 기다리기라도 하듯이 보낸다. 쥐의 수는 모두 다섯 마리인데 거기다 이소이의 아버지 이름, 어머니 이름, 아내 이름 그리고 행방을 모르는 두 아이의 이름을 붙여 주었다. 그것들이 보자기 입구에서 차례로 기어 나와 온기가 없는 방안을 추운 듯이 떨며 돌아다니다, 신발 끝에서 무릎 위까지 위태롭게 올라와 구슬 같은 까만 눈으로 물끄러미 주인의 얼굴을 바라보기라도 할 때면, 세상살이의 고달픔에 익숙해있는 이소이도 때때로 눈물이 난다. 하지만 그것은 말 그대로 가끔씩의 일이며 어느 쪽이냐 하면 내일의 생계를 생각해야 하는 번거로움과 그러한 번거로움을 누르려는 막연한 불쾌한 감정에 마음을 빼앗겨 귀여운 쥐들의 모습도 눈에 들어오지 않을 때가 많다.

게다가 요즘은 나이도 들고 몸의 상태도 안 좋아 무척 장사가 힘들다. 가락이 긴 부분을 노래할 때면 숨이 찬다. 목소리도 옛날처럼 맑지가 않다. 이런 상태로는 언제 어떤 일이 일어날지 모른다. 이러한 불안은 마치 중국 북쪽 지방의 겨울처럼 이 가련한 홍행사의 마음에서 일체의 빛과 공기를 차단시켜 마침내 남들처럼 평범하게 살아가려는 생각마저 가차 없이 고갈시키고 만다. 산다는 것이 왜 괴로운가. 왜 괴로워도 살아가지 않으면 안 되는가. 물론 이소이는 이런 문제를 생각한 적은 없다. 하지만 괴로움을 부당하다고 여긴다. 그리고 이 고통을 주는 것이 무엇인지 이소이는 알지 못하지만 무의식적으로 미워한다. 어쩌면 이소이가 매사에 지니고 있는 막연한 반항심은 이 무의식적인 증오가 원인이 되고 있는지도 모른다. 그러나 그렇다고는 해도 이소이도 많은 동양인처럼 운명 앞에서는 비교적 굴종을 보이지는 않는다. 비바람 치는 하루를 객사의 한방에서 지낼 때 그는 배고픔을 용케 참으면서 다섯 마리의

쥐들을 향해 다음과 같이 말했다. "참고 있어라. 나도 배고픔과 추위를
참고 있으니까. 어차피 살아있기 위해서는 괴로움은 당연한 것이라고
여겨라. 그것도 쥐보다는 인간 쪽이 얼마나 괴로운지 모른다."

❖ 중 ❖

눈이 내려 흐린 하늘이 어느새 진눈깨비 섞인 비를 뿌리고, 좁은 길
거리는 진흙으로 질퍽하게 덮여 종아리까지 들어갈 정도의 어느 추운
날 오후의 일이었다. 이소이는 장사를 마치고 돌아오는 참이다. 예전
처럼 쥐를 넣은 주머니를 어깨에 둘러매고 우산을 잃어버린 슬픔에
흠뻑 젖은 채 사람들의 왕래가 없는 변두리 길을 걸어온다. 그런데 길
가에 작은 사당이 보였다. 때마침 비는 전보다 세차게 내려서 어깨를
움츠리며 걷고 있는데 코끝에서 물방울이 떨어진다. 옷깃 사이로는
물이 들어간다. 어찌할 바 몰라 이소이는 사당을 보자 황급히 그 처마
밑으로 뛰어들었다. 먼저 얼굴의 빗물을 닦아낸다. 그리고 소매를 짰
다. 겨우 진정이 되어서 머리 위의 편액을 보았는데 거기에는 산신묘
(山神廟)라는 세 글자가 적혀 있었다.

입구 돌계단을 두세 계단 오르자 문이 열려 있어서 내부가 보인다.
내부는 생각한 것보다도 더 좁다. 정면에는 일존(一尊)의 금갑산신(金甲
山神 : 본존신으로 판결을 내리는 신)이 거미줄에 갇힌 채 어렴풋하게 날이
저물기를 기다리고 있다. 그 오른쪽에는 판관(判官 : 죽은 자를 취조하는
역)이 하나 있는데 그것은 누가 장난을 쳤는지 목이 없다. 왼쪽에는 작
은 도깨비가 하나 녹면주발(綠面朱髮)로 거칠고 얄미운 표정을 하고 있
는데, 이 또한 공교롭게도 코가 이지러져있다. 그 앞에 있는 것은 지

전(紙錢:관에 넣는 돈)인 것 같다. 이는 어슴푸레한 속에서 금색 종이, 은색 종이가 힘없이 빛을 발하고 있기에 지전임을 알 수 있었다.

이소이는 이 정도 간파하고는 시선을 사당 안쪽에서 바깥쪽으로 옮기려고 했다. 그러자 바로 그 순간 지전을 쌓아 놓은 속에서 사람이 하나 나타났다. 실은 아까부터 거기에 웅크리고 있었는데 그때 비로소 어슴푸레한 것에 익숙해진 이소지의 눈에 보이게 된 것이다. 하지만 그에게는 마치 그것이 지전 속에서 홀연히 모습을 드러낸 것처럼 생각되었다. 그래서 그는 다소 흠칫해하면서 조심스럽게 보는 둥 마는 둥한 표정으로 물끄러미 그 사람을 살펴보았다.

때가 낀 도포(道服)를 입고 있었으며, 새가 둥지를 틀 것 같은 머리를 한 볼품없는 노인이다. (하하, 비렁질을 하며 다니는 도사구나! 하고 이소이는 생각했다.) 여윈 무릎을 두 손으로 감싸 안듯이 하고는 그 무릎 위에 수염이 길게 자란 턱을 괴고 있다. 눈은 뜨고 있지만 어디를 보고 있는지 알 수 없다. 비를 만났다는 것만은 도포의 어깨가 흠뻑 젖어 있는 걸로 보아 곧 알 수 있었다.

이소이는 이 노인을 보았을 때 뭔가 말을 걸지 않으면 안 될 것 같은 느낌이 들었다. 첫째는 젖은 쥐새끼 모양을 한 노인의 모습이 다소 동정심을 유발시켰기 때문이고, 또 하나는 세상의 이치가 이런 경우에는 이쪽에서 말을 붙여주는 것을 언제부턴가 관습으로 형성시켜놓았기 때문이다. 혹은 이밖에도 처음의 기분 나쁜 느낌을 잊으려는 노력이 좀 보태졌는지도 모르겠다. 그래서 이소이가 말을 했다.

"정말 얄궂은 날씨입니다."

"그렇군요." 노인은 무릎 위에서 턱을 떼고는 비로소 이소이를 쳐다보았다. 새 부리 같이 구부러진 매부리코를 두세 번 과장스럽게 움직이면서 미간을 좁히며 본 것이다.

"나 같은 장사를 하는 사람한테는 비처럼 난처한 것은 없습니다."

"하하, 어떤 장사를 하는 지요."

"쥐를 부려서 연극을 시키는 겁니다."

"그거 신기하군요."

이러한 식으로 두 사람 사이에는 조금씩 대화를 주고받게 되었다. 그러는 사이에 노인도 지전 속에서 나와 이소이와 함께 입구의 돌계단 위에 앉게 되어서 이제는 얼굴의 모습도 분명하게 보였다. 형색이 비쩍 마른 것은 아까 본 모습과 비교할 바가 못 된다. 이소이는 그래도 좋은 상대를 발견했다고 여기고는 주머니랑 상자를 돌계단 위에 내려놓은 채, 똑같은 어투로 여러 가지 이야기를 했다.

도사는 말수가 없는 편인 듯 시원스럽게 대답하지는 않는다. '과연'이라든가, '그렇군요'라고 말할 때 이빨이 없는 입이 공기를 씹는 듯한 운동을 한다. 뿌리 부분이 지저분한 누런색을 하고 있는 수염도 이에 따라서 위아래로 움직인다. 그 모습이 정말 초라하다.

이소이는 이 늙은 도사에 비하면 모든 면에서 자신 쪽이 생활 면에서 낫다는 것이 어쩐지 미안한 생각이 들었다. 그는 화제를 생활고로 돌리고는 자신의 삶의 곤궁함을 일부러 과장해서 말했는데, 이는 전적으로 이 미안한 마음에서 고심한 결과이다.

"정말이지 그것은 울고 싶을 정도랍니다. 먹지도 않고 온종일 지낸 적도 가끔씩 있습니다. 요전에도 곰곰이 생각했습니다. 나는 쥐한테 연극을 시켜서 먹고 산다고 생각하지만 어쩌면 쥐들이 나한테 이런 장사를 시켜서 먹고 사는지도 모르겠습니다. 실제로 그렇습니다."

이소이는 힘없이 이런 말을 했다. 하지만 도사는 여전히 말이 없다.

그 점이 이소이의 신경에는 아까보다도 한층 사무쳐왔다.(이사람 내가 말한 것을 완전히 왜곡해서 듣는 게로구나. 쓸데없는 것을 말하지 않고 가만히 있었으면 좋았을 걸) 이소이는 마음속에서 이렇게 자신을 질책했다. 그리고 살짝 곁눈질로 노인의 모습을 살폈다. 도사는 얼굴을 이소이와 반대방향을 한 채 비를 맞고 있는 사당 밖의 마른 버드나무를 바라보며 한 손으로는 끊임없이 머리를 긁고 있다. 얼굴은 보이지 않지만 어쩐지 이소지의 마음을 꿰뚫어보고 상대를 하지 않는 것 같다. 그런 생각을 하자 다소 불쾌한 기분이 들었지만 자신이 동정에 철저치 못했다는 불만 쪽이 더 컸기에, 이번에는 화제를 올 가을 메뚜기가 가져온 재앙으로 돌렸다. 이 지방 사람들이 입은 참상 이야기에서 농가들의 곤궁을 말함으로써 노인의 궁핍함을 정당화시켜주고 싶은 생각이었다.

그러자 이야기 도중에 늙은 도사는 이소이 쪽으로 얼굴을 돌렸다. 주름이 겹쳐진 속에 웃음을 참는 것 같은 근육의 긴장이 있다.

"그대는 나를 동정해주는 것 같은데"라고 말하며 노인은 참을 수 없다는 듯 소리 높여 웃었다. 까마귀가 우는 것 같은 날카롭고 쉰 목소리로 웃는 것이다.

"나는 돈에는 아무런 어려움이 없는 인간이요. 원한다면 그대의 생계 정도는 도와주고 싶소."

이소이는 말허리를 잘린 채 아연실색해서 그저 도사의 얼굴을 바라보고 있었다.(이 사람은 미치광이다.) 겨우 이러한 반성이 생겨난 것은 잠시 동안 직시하면서 침묵했던 때이다. 하지만 그 반성은 곧 바로 늙은 도사의 다음 말에 의해 무너져 버렸다.

"천일(千鎰: 鎰은 돈의 단위로서 一鎰은 스무 냥에 해당)이나 이천일(二千鎰)

로 족하다면 당장이라도 드리지요. 실은 나는 평범한 인간이 아니요."
노인은 간단하게 자신의 경력을 말했다. 원래는 아무개 마을의 백정
이었는데 우연히 여조(呂祖: 신선의 이름)를 만나서 도를 배웠다고 한다.
말이 끝나자 도사는 조용히 일어나서 사당 안으로 들어갔다. 그리고
한 손으로 이소이를 가리키면서 또 한 손으로는 마루바닥 위의 지전
을 긁어모았다.

이소이는 오감을 잃은 사람처럼 멍하니 사당 안으로 들어갔다. 양
손을 쥐똥과 먼지들이 쌓인 바닥 위에 짚고 납작 엎드린 듯한 형색을
하고 머리만 쳐들어 아래로부터 도사의 얼굴을 바라보고 있는 것이다.

도사는 구부러진 허리를 고통스러운 듯이 펴고는 긁어모은 지전을
양손으로 바닥에서 건져 올렸다. 그리고 그것을 손바닥으로 비비더니
분주하게 발밑에 뿌리기 시작했다. 짤랑 짤랑거리면서 바닥에 떨어진
금화와 은화 소리가 갑자기 사당 밖의 빗소리를 압도했다. 뿌려진 지
전들이 손을 떠남과 동시에 곧 수많은 금전과 은전으로 바뀐 것이다.

이소이는 이 비처럼 쏟아지는 돈 속에서 마루바닥에 기어있는 채로
멍하니 노도사의 얼굴을 올려다보고 있었다.

❖ 하 ❖

이소이는 도주(陶朱: 월나라 구천의 부하로서 이름 난 부자이다)의 부(富)를
얻었다. 가끔씩 그 선인을 만난 것을 의심하는 사람이 있으면 그는 그때
노인에게 받은 사구(四句)로 된 글귀를 꺼내 보여주었다. 이 이야기를
오래전에 어떤 책에서 본 작자(作者)는 유감스럽게도 문자 그대로 기억
하고 있지를 않다. 그래서 큰 줄거리를 중국 이야기를 번역한 듯한 일본

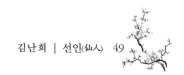

글로 써서 이 이야기의 말미에 붙이고자 생각했다. 다음은 이소이가 왜 선인이 되고나서도 구걸을 하며 다니는지 물음에 대한 대답이라고 한다.

"인생은 고통이다. 그러니 즐겨야 한다. 인간은 죽는다. 그래서 산다는 것을 안다. 죽음과 고통을 모두 초월하면 무료하다. 죽음과 고통이 있는 범인이 선인보다 낫다."

(1915년 7월)

라쇼몬(羅生門)

조사옥

어느 날 해질 무렵이었다. 한 하인이 라쇼몬(羅生門) 밑에서 비가 멎기를 기다리고 있었다.

넓은 문 밑에는 이 남자 외에는 아무도 없었다. 단지 군데군데 붉은 칠이 벗겨진 커다란 둥근 기둥에 귀뚜라미가 한 마리 앉아 있을 뿐이었다. 라쇼몬이 스자쿠(朱雀) 대로에 있으니만큼 이 남자 외에도 비를 피하고 있는 이치메 가사(市女笠: 사초(菅)로 엮어 만든 삿갓)를 쓰거나 모미에보시(揉烏帽子: 귀족이나 무사가 투구 밑에 쓴 두건)를 쓴 사람들이 두세 명은 더 있을 법하다. 그런데 이 남자 외에는 아무도 없다.

왜냐하면 요 2~3년 동안 교토(京都)에는 지진이나 회오리바람, 화재나 기근 같은 재앙이 계속해서 일어났다. 그래서 장안의 피폐상은 이만저만이 아니었다. 옛 기록에 의하면 불상이나 불교 기물을 부수어서 붉은 칠이 묻어 있거나 금은박이 붙어 있는 그 나무를 길바닥에 쌓아놓고 장작감으로 팔았다고 한다. 장안이 그 모양이니 나생문의 수리 같은 것은 애당초부터 버려둔 채 아무도 돌보는 사람이 없었다. 그러자 그렇게 황폐해진 것이 잘 됐다고 생각하는 여우나 너구리가 살고 도둑이 살았다.

드디어 마침내는 인수할 사람이 없는 송장을 이 문으로 가져와서, 버리고 가는 관습까지 생겼다. 그래서 해가 보이지 않게 되면 누구든지 기분 나빠하여 이 문 근처에는 발도 들여놓지 않게 되어버렸던 것이다.

그 대신 이제는 어디서 왔는지 까마귀가 많이 몰려왔다. 대낮에 보면 그 까마귀들이 몇 마리씩 원을 그리며 높다란 용마루 주위를 울면서 날아다니고 있다. 특히 문 위의 하늘이 저녁노을로 붉게 물들 때에는 그것이 깨를 뿌린 것처럼 확실하게 보였다. 물론 까마귀는 문 위에 있는 송장의 고기를 쪼아 먹으러 오는 것이다. 그렇지만 오늘은 시간이 늦은 탓인지 한 마리도 보이지 않았다. 그저 군데군데 허물어져 가는 그리고 그 무너진 틈에서 긴 풀이 돋아난 돌계단 위에 까마귀의 똥이 점점이 하얗게 달라붙어 있는 것이 보인다. 하인은 일곱 계단으로 되어있는 돌계단의 맨 윗단에, 많이 빨아서 색이 바랜 감색 겹옷 차림으로 걸터앉아, 오른쪽 뺨에 돋아난 큰 여드름에 신경을 쓰면서 비가 오는 것을 멍하니 바라보고 있었다.

작가는 앞에서 '하인이 비가 멎기를 기다리고 있었다.'고 썼다. 그러나 하인은 비가 그쳐도 특별히 어떻게 하려는 목적도 없었다. 보통의 경우라면 물론 주인집으로 돌아갔을 터였다. 하지만 그 주인집에서 4~5일 전에 해고되었다. 앞에서도 쓴 것처럼 당시 교토의 거리는 말할 수 없이 피폐해져 있었다. 지금 이 하인이 오래도록 섬기고 있던 주인집에서 해고된 것도 바로 이 피폐의 여파임에 틀림이 없다. 그러니까 '하인이 비가 멎기를 기다리고 있었다.'기보다도 '비에 갇힌 하인이 갈 곳이 없어서 어찌할 바를 모르고 있었다.'라 하는 편이 적합하겠다. 그런데다 오늘의 날씨도 이 헤이안(平安) 시대 하인의 센티멘털

리즘에 적잖이 영향을 미쳤다. 오후 4시쯤을 지나서부터 내리기 시작
한 비는 여전히 그칠 기미가 없었다. 그래서 하인은 무엇보다도 당장
내일 살아갈 일을 어떻게든 해 보려고 — 말하자면 어찌 되지도 않을
것을 어떻게든 해 보려고 종잡을 수 없는 생각을 더듬으며 아까부터
스자쿠 대로에 내리는 빗소리를 무심히 듣고 있었던 것이다.

비는 라쇼몬을 둘러싸고 멀리서 쏴 하는 소리를 몰고 온다. 땅거미
는 점차 하늘을 낮게 만들어 위를 올려다보니 비스듬히 내민 기와 끝
에, 문의 지붕이 묵직하고 어두컴컴한 구름을 떠받치고 있다.

어떻게 되지도 않을 일을 어떻게든 하기 위해서는 수단 방법을 가
리고 있을 틈이 없다. 가리고 있다가는 토담 밑이나 길가의 흙 위에서
굶어 죽을 뿐이다. 그러고는 이 문 위로 옮겨져서는 개처럼 버려지고
말 뿐이다. 가리지 않는다고 한다면 — 하인의 생각은 몇 번씩이나 똑
같은 길을 배회한 끝에야 간신히 이런 국면에 봉착했다. 그러나 이
‘한다면’은 언제까지나 결국은 ‘한다면’이었다.

하인은 수단 방법을 가리지 않는다는 것을 긍정하면서도 이 ‘한다
면’의 결말을 짓기 위해서 당연히 그 후에 오는 ‘도둑이 되는 것 외에
는 도리가 없다.’는 것을 적극적으로 긍정할 만한 용기가 생기지 않았
던 것이다.

하인은 크게 재채기를 하고 난 후 만사가 귀찮다는 듯이 일어났다.
저녁 공기가 쌀쌀한 교토는 벌써 화로가 있었으면 할 정도로 쌀쌀했
다. 바람은 문의 기둥과 기둥 사이를 저녁의 어둠과 함께 사정없이 불
어제친다. 붉은 칠을 한 기둥에 앉아 있던 귀뚜라미도 이제 어디론가
가버렸다.

하인은 목을 움츠리면서 황색 홑옷에 겹쳐 입은 감색 겹옷의 어깨

를 올리고 문 주변을 둘러보았다. 비바람 걱정이 없고 남의 눈에 띄지 않는 하룻밤 편하게 잘 수 있을 만한 곳이 있으면 거기서 아무튼 밤을 새우려고 생각했기 때문이었다. 그러자 다행히 문 위의 누각으로 오르는 폭이 넓고 게다가 붉은 칠을 한 사다리가 눈에 띄었다. 그 위라면 사람이 있다 하더라도 어차피 송장뿐일 것이다. 그래서 하인은 허리에 찬 손잡이가 나무로 된 칼이 빠져나오지 않도록 주의하면서 짚신을 신은 발로 그 사다리의 맨 아랫단을 밟기 시작했다.

그로부터 몇 분인가 뒤의 일이다. 라쇼몬의 누각 위로 올라가는 폭이 넓은 사다리 중간쯤에서 한 사내가 고양이처럼 몸을 움츠리고 숨을 죽이며 위쪽의 동태를 엿보고 있었다. 다락 위에서 비치는 불빛이 희미하게 그 사내의 오른쪽 뺨을 적시고 있다. 짧은 수염 속에 빨갛게 고름이 든 여드름이 난 뺨이다. 하인은 처음부터 이 위에 있는 자들은 송장뿐이라고 대수롭지 않게 여기고 있었다. 그런데 사다리를 두세 단 올라가 보니 위에서는 누군가가 불을 켜고 게다가 그 불을 이리저리 옮기고 있는 것 같았다. 그 흐릿하고 노란 빛이 구석구석에 거미줄이 쳐진 천장 위로 흔들거리며 비쳤기 때문에 금방 알아차릴 수 있었던 것이다. 이 비 오는 밤에 이 라쇼몬 위에서 불을 밝히고 있는 것을 보면 보나마나 보통 사람은 아니다.

하인은 도마뱀붙이처럼 발소리를 죽이고 가파른 사다리를 맨 윗단까지 기듯이 하며 간신히 올라갔다. 그러고는 몸을 될 수 있는 대로 납작하게 하고서 목을 가능한 한 앞으로 내밀고 조심조심 누각 안을 들여다보았다.

살펴보니 누각 안에는 소문에 들은 대로 몇 구의 시체가 아무렇게나 버려져 있었는데 불빛이 미치는 범위가 생각보다 좁아서 몇 구인지도 알 수 없었다. 다만 희미하게나마 알 수 있는 것은 그 안에 벌거 벗은 시체와 옷을 입은 시체가 있다는 것이었다. 물론 그 중에는 여자 와 남자가 섞여 있는 것 같았다. 그리고 그 시체는 모두 그것이 전에 는 살아 있던 인간이었다는 사실조차 의심스러울 정도로 흙을 이겨서 만든 인형처럼 입을 벌리거나 손을 뻗치기도 하며 뒹굴뒹굴 바닥 위 에 뒹굴고 있었다. 더욱이 어깨나 가슴 같은 높은 부분에 어렴풋하게 불빛을 받아 낮은 부분의 그림자를 한층 어둡게 하면서 영원히 벙어 리처럼 말이 없었다.

하인은 그 시체들이 썩는 지독한 냄새에 자신도 모르게 코를 막았 다. 그러나 다음 순간에는 그 손이 벌써 코를 막는 것을 잊어버렸다. 어떤 강렬한 감정이 이 남자의 후각을 거의 송두리째 빼앗아 버렸기 때문이었다.

하인의 눈은 그때 비로소 그 시체 가운데 웅크리고 있는 인간을 보 았다. 노송나무 껍질 색깔의 옷을 입고, 키가 작고 마른, 머리가 하얗게 센 원숭이 같은 노파였다. 그 노파는 오른손에 불을 붙인 소나무 가지 를 들고 그 시체 중에서 얼굴 하나를 들여다보듯이 뚫어지게 바라보고 있었다. 머리카락이 긴 것을 보니 아마도 여자의 시체일 것이다.

하인은 60퍼센트의 공포와 40퍼센트의 호기심이 발동해서 잠시 동 안은 숨쉬는 일조차 잊고 있었다. 옛 기록을 쓴 기자의 말을 빌리자면 '머리와 몸의 털도 곤두서듯'이 느꼈던 것이다. 그러자 노파는 소나무 가지를 마룻바닥 틈새에 끼워 넣고 지금까지 바라보고 있던 시체의 목에 양 손을 대더니 마치 어미 원숭이가 새끼 원숭이의 이를 잡듯이 그 긴 머리카락을 한 개씩 뽑기 시작했다. 머리카락은 손이 움직이는 대로 빠지는 것 같았다.

그 머리카락이 한 개씩 빠짐에 따라 하인의 마음에서는 공포가 조금씩 사라져 갔다. 그리고 그와 동시에 이 노파에 대한 격렬한 증오심이 조금씩 발동하기 시작했다 ─ 아니, '이 노파에 대한'이라고 하면 어폐가 있을지도 모른다. 오히려 온갖 악에 대한 반감이 1분마다 강도를 더해 가는 것이었다. 이 때 누군가가 이 하인에게 아까 문 밑에서 이 사내가 생각하고 있던 굶어 죽을 것이냐 도둑이 될 것이냐 하는 문제를 새삼 들고 나온다면 아마도 하인은 아무런 미련도 없이 굶어 죽는 것을 선택했을 것이다. 그만큼 이 사내가 악을 증오하는 마음은 노파가 마룻바닥에 꽂은 소나무 가지처럼 맹렬하게 타오르기 시작했던 것이다.

물론 하인은 왜 노파가 송장의 머리카락을 뽑는지 알지 못했다. 따라서 합리적으로는 그것을 선악의 어느 쪽으로 보아야 할지 알지 못했다. 그러나 하인으로서는 이 비 오는 밤에 라쇼몬 위에서 송장의 머리카락을 뽑는다는 것은 그것만으로도 이미 용서할 수 없는 악이었다. 물론 하인은 조금 전까지 자기가 도둑이 될 생각이었다는 일 따위는 까마득하게 잊고 있었다.

그래서 하인은 양 다리에 힘을 주어 갑자기 사다리에서 위로 뛰어 올라갔다. 그리고 허리에 찬 칼을 잡으며 성큼성큼 노파 앞으로 다가갔다. 노파가 놀랐음은 말할 것도 없다. 노파는 하인을 힐끗 보더니 마치 고무총에 쏘이기라도 한 것처럼 튀어 올랐다.

"이봐요, 어딜 가!"

하인은 시체에 발이 걸려 넘어지면서 쩔쩔매고 도망치려는 노파의 앞을 가로막고 이렇게 소리쳤다. 노파는 그래도 하인을 밀치고 나가려고 한다. 하인은 또 그걸 가지 못하게 하려고 되민다. 두 사람은 시체 사이에서 잠시 동안 말없이 맞붙었다. 그러나 승패는 처음부터 알고 있었다. 하인은 드디어 노파의 팔을 붙잡고 억지로 비틀어서 그 자리에 쓰러뜨렸다. 마치 닭다리처럼 뼈와 가죽뿐인 팔이었다.

"뭘 하고 있었지? 말해. 말하지 않으면 이거야."

하인은 노파를 밀쳐 버리고는 갑자기 칼집에서 칼을 뽑아 흰 무쇠빛을 그 눈앞에 들이대었다. 하지만 노파는 잠자코 있었다. 양 손을 와들와들 떨면서 어깨로 숨을 몰아쉬며, 눈알이 눈꺼풀 밖으로 튀어나올 정도로 눈을 부릅뜨고 벙어리처럼 끈질기게 잠자코 있었다. 이를 보자 하인은 이 노파의 생사가 전적으로 그 자신의 의지에 지배되고 있다는 사실을 처음으로 명백하게 의식했다. 그리고 이 의식은 지금까지 험악하게 타오르던 증오의 마음을 어느 사이엔가 식혀 버렸다. 뒤에 남은 것은 단지 어떤 일을 해서 그것이 원만하게 성취되었을 때의 안도감과 만족감이 있을 뿐이었다. 그래서 하인은 노파를 내려다보며 목소리를 약간 누그러뜨리고 이렇게 말했다.

"나는 포도청의 관리 따위는 아니다. 지금 막 이 문 밑을 지나던 나그네다. 그러니 당신에게 오랏줄을 묶어서 어떻게 하겠다는 건 아니야. 단지 이 시간에 이 문 위에서 무얼 하고 있었는지, 그걸 나한테 말만 하면 되는 거다."

그러자 노파는 부릅뜨고 있던 눈을 한층 크게 뜨고 그 하인의 얼굴을 빤히 쳐다보았다. 눈꺼풀이 빨갛게 된 육식조와 같은 날카로운 눈으로 본 것이다. 그리고 주름살로 거의 코와 하나가 된 입술을 무언가 씹고 있는 듯이 움직였다. 가느다란 목에서 튀어나온 결후가 움직이고 있는 것이 보인다. 그때 그 목구멍에서 까마귀가 우는 듯한 목소리가 할딱할딱 하인의 귀에 전해져 왔다.

"이 머리카락을 뽑아서 말이야, 이 머리카락을 뽑아서 말이야, 가발을 만들려고 했어."

하인은 노파의 대답이 의외로 평범한 데에 실망했다. 그리고 실망과 동시에 다시 조금 전의 증오가 차가운 모멸감과 함께 마음속으로 치밀어 왔다. 그러자 그런 기색이 상대방에게도 전해졌던 모양이다. 노파는 한 손에 아직도 송장 머리에서 뽑은 긴 머리카락을 쥔 채 두꺼비가 중얼거리는 것 같은 목소리로 우물거리면서 이런 말을 했다.

노파는 대략 이런 의미의 말을 했다.

"하긴, 송장의 머리카락을 뽑는 것이 다소 나쁜 짓인지도 모르지. 하지만 여기에 있는 송장들은 모두 그 정도는 당해도 싼 인간들뿐이야. 지금 내가 머리카락을 뽑은 여자 같은 건 말이야, 뱀을 네 치 정도씩 잘라서 말린 것을 건어포라고 하면서 호위병들의 거처로 팔러 다녔어. 역병에 걸려서 죽지만 않았다면 지금도 팔러 다녔을 거야. 그것도 말이야, 이 여자가 파는 건어포는 맛이 좋다면서 호위병들이 빠지지 않고 술안주로 사갔다지 뭐야. 나는 이 여자가 한 짓을 나쁘다고 생각지 않아. 안 그러면 굶어 죽으니까 어쩔 수 없이 한 짓이겠지. 그러니까 그 어쩔 수 없다는 것을 잘 아는 이 여자는 아마 내가 하는 짓도 너그럽게 보아 줄 거야."

하인은 칼을 칼집에 꽂고 그 칼의 손잡이를 왼손으로 누르며 냉담하게 이 이야기를 듣고 있었다. 물론 오른손으로는 빨갛게 고름이 든 뺨의 큰 여드름에 신경을 쓰면서 듣고 있는 것이었다. 그런데 이 이야기를 듣고 있는 동안에 하인의 마음에는 어떤 용기가 솟아 올라왔다. 그것은 아까 문 밑에서는 이 사내에게 결여되어 있던 용기였다. 그리고 또 아까 이 문 위로 올라와서 이 노파를 붙잡을 때의 용기와는 전혀 반대 방향으로 움직이려는 용기였다. 하인은 굶어 죽을 것이냐 도둑이 될 것이냐로 방황하지 않게 되었을 뿐만이 아니다. 그때의 이 사내의 마음가짐으로 말한다면 굶어 죽는 것 따위는 거의 생각조차 할 수 없을 정도로 의식 밖으로 밀려나 있었다.

"틀림없지?"

노파의 말이 끝나자 하인은 비웃는 듯한 목소리로 다짐을 했다. 그리고 한 발짝 앞으로 나서더니 갑자기 오른손을 여드름에서 떼어 노파의 목덜미를 움켜쥐면서 잡아먹을 듯이 이렇게 말했다.

"그렇다면 내가 날강도 짓을 한다 해도 원망하지 않겠지? 나도 그렇게 하지 않으면 굶어 죽을 몸이야."

하인은 재빨리 노파의 옷을 벗겨 들었다. 그리고 발을 붙들고 늘어지려는 노파를 거칠게 걷어차서 시체 위에 쓰러뜨렸다. 사다리 입구까지는 겨우 다섯 발짝을 셀 정도다. 하인은 빼앗아 든 노송나무색 옷을 겨드랑이에 끼고 눈 깜짝할 사이에 가파른 사다리를 밤의 밑바닥으로 걸어 내려갔다.

한동안 죽은 듯이 쓰러져 있던 노파가 시체 가운데서 그 발가벗은 몸을 일으킨 것은 그로부터 얼마 지나지 않아서였다. 노파는 중얼거리는 듯한 신음하는 듯한 소리를 내면서 아직도 타고 있는 불빛에 의지하여 사다리 입구까지 기어갔다. 그리고 거기에서 짧은 백발을 거꾸로 하며 문 밑을 내려다보았다. 밖에는 오직 칠흑 같은 밤이 있을 뿐이었다.

하인의 행방은 아무도 모른다.

(1915년 9월)

코(鼻)

김정희

젠치(禪智)나이구1) 큰스님의 코로 말할 것 같으면 이케노오(池の尾: 교토 우지시 우지천 상류의 산간지역)에서 모르는 사람이 없다. 길이는 대여섯 치로 윗입술 위에서부터 턱까지 늘어져 있는 데다, 겉모양은 처음도 끝도 똑같이 굵직하다. 말하자면 가늘고 긴 순대 같은 것이 얼굴 한복판에 덜렁 매달려있는 꼴이다.

50세를 넘긴 큰스님은 사미승이던 옛날부터 내도장 공봉(供奉)2)직에 오른 오늘날까지 마음속으로는 늘 이 코로 인해 괴로워해 왔다. 물론 겉으로는 지금도 그다지 신경 쓰지 않는 것 같은 얼굴을 하고 있다. 이것은 전심으로 극락정토를 갈구해야 할 승려의 몸으로 코에 대해 걱정하는 것이 잘못이라고 생각했기 때문만은 아니다. 그보다는 오히려 자신이 코에 대해 신경 쓴다는 걸 타인이 아는 것이 싫었기 때문이었다. 큰스님은 일상 이야기 속에서 코라는 말이 나오는 것을 무엇보다 두려워했다.

---

1) 나이구(內供) : 내공봉승(內供奉僧)의 줄임말. 널리 덕이 높은 승려 10명을 선별하여, 궁중의 내도장(內道場)에서 천황의 건강 등을 기원하는 독경을 맡았다.
2) 내도장 공봉(內道場 供奉) : 궁중의 도장에서 불도를 수행하는 스님.

큰스님이 코를 두고 힘겨워하는 이유는 두 가지이다. — 첫째는 현실적으로 긴 코가 참으로 불편했기 때문이다. 밥을 먹을 때도 애당초 혼자서는 먹을 수가 없다. 혼자 먹으면 코끝이 밥 주발 속의 밥에 닿았다. 그래서 큰스님은 제자 한 사람을 밥상 맞은편에 앉히고는 밥을 먹을 동안 너비 한 치에 길이 두 자나 되는 막대기로 코를 쳐들고 있으라고 했다. 그러나 이렇게 해서 밥을 먹는다는 것은 받쳐 들고 있는 제자에게도, 코를 들린 큰스님에게도 결코 쉬운 일은 아니다. 한번은 이 제자 대신 그 일을 맡았던 동자승이 재채기를 하는 바람에 팔이 흔들려 큰스님의 코를 죽 그릇에 빠트렸던 이야기는 당시 교토까지 떠들썩하게 알려졌다. — 그러나 큰스님이 자신의 코를 괴롭게 여기는 가장 큰 이유는 결코 그런 것이 아니었다. 큰스님은 실은 이 코로 인해 상처받은 자존심 때문에 괴로워했던 것이다.

이케노오 근방 사람들은 이런 코를 가진 젠치 큰스님이 그나마 속인(俗人)이 아닌 것이 다행이라고 여겼다. 저런 코로는 시집 올 여자가 아무도 없을 것이라고 생각했기 때문이다. 개중에는 또 저 코 때문에 출가(出家)했을 거라고 수근대는 사람조차 있었다. 그렇다고 큰스님은 자기가 승려이기 때문에 이 코로 인해 번민하는 일이 다소 줄었다고는 생각하지 않는다. 큰스님의 자존심은 아내를 거느린다는 결과적인 사실에 좌우되기에는 너무나 섬세했기 때문이다. 그래서 큰스님은 적극적이든 소극적이든 이 자존심의 훼손을 회복하려고 애를 썼다.

우선 큰스님이 생각한 것은 이 긴 코를 실제보다 짧아 보이게 할 방법이었다. 그래서 주위에 사람이 없을 때면 거울을 마주하고 다양한 각도에서 얼굴을 비춰가며 열심히 머리를 짜 보았다. 경우에 따라서는 얼굴의 위치를 바꾸는 것만으로는 안심할 수 없어 턱을 괴어도 보고, 턱 끝에 손가락을 대어도 보며, 끈기 있게 거울을 들여다 볼 때도 있었다. 그러나 스스로도 만족할 만큼 코가 짧아 보인 적은 이제껏 단 한 번도 없었다. 때에 따라서는 고심을 하면 할수록 도리어 길게 보이는 것 같은 느낌조차 들었다. 이런 때는 거울을 상자에 넣어버리고 새삼 한숨을 쉬면서 마지못해 또다시 관음경을 읽으려고 독경 책상으로 되돌아가는 것이었다.

그리고 또 큰스님은 끊임없이 남의 코에 신경을 썼다. 이케노오의 절은 승공강설(僧供講說)3)등의 행사가 자주 열리는 절이다. 절 안에는 승방이 틈도 없이 늘어섰고 욕실에서는 절의 승려들이 매일 목욕물을 데웠다. 따라서 이곳에 출입하는 속인(俗人)과 승려인 체 하는 자들도 참으로 많았다. 큰스님은 그런 사람들의 얼굴을 끈기 있게 관찰했다. 단 한 사람이라도 자신과 똑같은 코를 가진 사람을 찾아내어 안심하고 싶었기 때문이다. 그래서 큰스님의 눈에는 속인들의 감색 비단옷도 하얀 명주옷도 들어오지 않는다. 하물며 승려들의 주황색 모자나 쥐색 법의에 이르러서는 눈에 익었던 차림새라 있는지 없는지 똑같았다. 큰스님은 사람을 보지 않고 오로지 코만 보았다. ― 그러나 매부리코는 더러 있어도 큰스님 같은 코는 한 번도 눈에 띄지 않았다. 그러한 일이 거듭될 때마다 큰스님의 마음은 더욱 더 불쾌해졌다. 큰스님이 누구와 이야기를 하다가 자기도 모르게 길게 매달린 코끝을 잡아 보고는 나이답지 않게 얼굴을 붉히는 것은 모두 이 불쾌감으로 인한 탓이다.

마지막으로 큰스님은 내전외전(內典外典)4) 속에서 자기와 같은 코를 가진 인물을 발견해서 하다못해 얼마간 위안을 받을 생각까지 해본 적도 있다. 그러나 목련(目連)존자나 사리불(舍利弗)존자5)의 코가 길었

---

3) 승공강설(僧供講說) : 스님께 공양을 하기도 하고, 법문도 듣는 행사.
4) 내전외전(內典外典) : 내전은 불교의 교전, 외전은 그 외의 일반 서적.

다는 것은 어떤 경문에도 적혀 있지 않았다. 물론 용수(龍樹)나 마명(馬鳴)[6]도 보통 사람의 코를 가진 보살이다. 큰스님은 중국 이야기를 나누던 길에 촉한(蜀漢)의 유현덕의 귀가 길었다는 소리를 들었을 때에, 그것이 코였다면 얼마나 내 마음이 편안했을까라고 생각했다.

큰스님이 이런 소극적인 고심을 하면서도 한편으로는 또 적극적으로 코를 짧게 할 방법을 시도한 사실은 일부러 여기서 말할 필요도 없다. 큰스님은 이 방면에서도 거의 할 수 있는 일을 다 해 보았다. 쥐 참외(참외 과의 다년생 덩굴 풀)를 달여 마셔본 적도 있으며, 쥐 오줌을 코에 발라본 적도 있다. 그러나 무엇을 어떻게 해도 코는 여전히 대여섯 치의 길이로 길게 입술 위에 늘어져 있는 것이 아닌가.

그러던 어느 해 가을 큰스님의 심부름을 겸해 교토에 올라간 어떤 제자승이 아는 의사로부터 긴 코를 짧게 하는 방법을 배워 왔다. 그 의사라는 사람은 원래 중국에서 건너온 사람으로 당시는 초라쿠지(長楽寺)의 공승(供僧)[7]이었던 분이다.

큰스님은 늘 하던 대로 코 따위에는 신경 쓰지 않는 척 일부러 그 방법도 바로 해보자는 소리를 하지 않고 있었다. 그러면서도 한편으로는 그저 지나가는 말처럼, 식사 때마다 제자에게 수고를 끼쳐 미안하다느니 어떻다느니 하는 말을 슬그머니 흘렸다. 내심으로는 물론 제자승이 자기를 설득하여 그 방법을 쓰게 하도록 기다리고 있었다. 제자승도 이 책략을 모를 리 없다. 그러나 그것에 대한 반감보다 그런 책략을 써 보는 큰스님의 심정이 오히려 제자승의 동정을 사게 했던 것이리라. 제자승은 큰스님의 예상대로 집요하게 이 방법을 시도하도

---

5) 목련(目連), 사리불(舎利弗) : 두 사람 모두 부처님의 수제자.
6) 용수(龍樹), 마명(馬鳴) : 두 사람 모두 고대 인도의 불교 이론가.
7) 공승(供僧) : 궁중의 불사에 종사하기 위해 관에서 임명된 10명의 선사(禪師).

록 권유하기 시작했다. 그리하여 큰스님 자신도 또 그 예상대로 결국 열성적인 권고를 듣고 따라하게 되었다.

그 방법이라고 하는 것은 다만 끓는 물에 코를 삶아서 그 코를 사람이 밟는다는 매우 간단한 것이었다.

끓는 물은 절의 욕실에서 매일 끓고 있다. 그래서 제자승은 욕실에서 손가락도 넣을 수 없을 정도로 뜨거운 물을 바로 주전자에 담아 왔다. 그러나 직접 이 주전자에 코를 담그게 되면 김이 쏘여져 얼굴에 화상을 입을 염려가 있다. 그래서 네모난 나무 쟁반에 구멍을 뚫어서 그것을 주전자 뚜껑으로 하고, 코를 그 구멍을 통해 끓인 물속에 넣기로 했다. 그렇게 하니 코만 뜨거운 물속에 잠길 뿐 얼굴은 조금도 뜨겁지 않았다. 잠시 후 제자승이 말했다.

"이제 적당히 삶아졌겠지요."

큰스님은 쓴웃음을 지었다. 이 말만 듣는다면 누구도 코 이야기인 줄은 짐작도 못할 것이라고 생각했기 때문이다. 코는 뜨거운 물에 삶아져서 벼룩에 물린 듯 근질거린다.

제자승은 큰스님이 네모난 쟁반의 구멍에서 코를 빼내자 아직도 김이 나고 있는 코를 양쪽 발에 힘을 주어 밟기 시작했다. 큰스님은 옆으로 드러누워 코를 마루 바닥위에 내밀고는 제자승의 발이 위 아래로 움직이는 것을 바로 눈앞에서 보고 있는 것이다. 제자승은 이따금 참으로 황송하다는 얼굴로 큰스님의 벗겨진 머리를 내려다보며 이런 말을 했다.

"아프지 않으십니까? 의사가 세게 밟으라고는 하셨지만, 그래도 아프지 않으세요?"

큰스님은 고개를 흔들어 아프지 않다는 뜻을 전하려고 했다. 그러나 코를 밟힌 상태이니 마음대로 고개가 움직여지지 않았다. 그래서 눈을 치켜뜨고 제자승의 발꿈치 갈라진 곳을 바라보며 화가 난 듯한 목소리로,

"아프지 않다."

사실 코가 엄청 근질거리던 참에 꼭꼭 밟아주는 지라 아픈 것보다 오히려 속이 시원할 정도였다.

한참이나 밟아대고 있으니 이윽고 좁쌀 같은 것이 코에 생기기 시작했다. 말하자면 털을 잡아 뜯은 새를 통째로 그을리게 한 것 같은 모양새였다. 제자승은 이것을 보자 발을 멈추고 혼잣말처럼 이렇게 말했다.

"이것을 족집게로 뽑으라고 하셨습니다."

큰스님은 불만스러운 듯이 볼이 부어서 말없이 제자승이 하는 대로 맡기고 있었다. 물론 제자승의 친절을 모르는 바는 아니다. 그러나 그것을 안다고 해도 자기의 코를 마치 물건처럼 취급하는 것이 유쾌하지 않다고 생각했기 때문이다. 큰스님은 믿지 못하는 의사의 수술을 받는 환자 같은 얼굴로 마지못해 제자승이 코의 털구멍에서 족집게로 지방을 떼어내는 것을 바라보고 있었다. 지방은 새의 깃털 대 같은 모양이었고, 네 푼 정도의 길이로 빠지는 것이었다.

이윽고 이 일이 한바탕 끝나자 제자승은 그제야 한숨 놓인다는 듯한 얼굴로 말했다.

"이것을 다시 한 번 삶으면 됩니다."

큰스님은 역시 눈썹을 여덟 팔 자로 모은 채 불만스러운 얼굴로 제자승이 하는 대로 내버려 두었다.

이제 두 번째로 삶아낸 코를 꺼내 보니 과연 전에 없이 짧아져 있

다. 이만하면 흔히 볼 수 있는 매부리코와 큰 차이가 없다. 큰스님은 그 짧아진 코를 쓰다듬으며 제자승이 내미는 거울을 쑥스러운 듯 조심조심 들여다보았다.

코는 — 턱밑까지 늘어져 있던 코는 거짓말처럼 위축되어 지금은 겨우 윗입술 위에서 기운 없이 그저 모양만 유지하고 있다. 군데군데 얼룩덜룩하게 빨개진 곳은 아마도 밟혔을 때의 흔적이리라. 이렇게 되면 이제 누구도 비웃을 일은 없을 게 틀림없다. — 거울 안에 있는 큰스님의 얼굴은 거울 밖에 있는 큰스님의 얼굴을 보고 만족스러운 듯이 눈을 깜빡거렸다.

그러나 그날 하루 종일 코가 또다시 길어지지 않을까라는 불안감도 있었다. 그래서 큰스님은 독경을 할 때에도 식사를 할 때에도 틈만 나면 손을 내밀어 살짝 코끝을 만져 보았다. 그러나 코는 얌전히 입술위에 놓여 있을 뿐 특별히 그보다 아래로 늘어질 것 같은 기색도 없다. 그리고 하룻밤을 자고난 다음날 일찍 눈이 뜨이자 바로 큰스님은 제일 먼저 자기의 코를 만져 보았다. 코는 여전히 짧다. 큰스님은 거기서 몇 년 만에 법화경 사경(寫経)의 공덕을 쌓았을 때와 같은 자유롭고 생동적인 기분에 젖었다.

그런데 이삼 일 지나는 동안 큰스님은 의외의 사실을 발견했다. 그것은 때마침 볼일이 있어서 이케노오의 절을 방문한 사무라이가 전보다 더 한층 우습다는 얼굴로 이야기도 제대로 하지 않고 뚫어지게 큰스님의 코만 바라보고 있었던 것이다. 그뿐만이 아니라 일전에 큰스님의 코를 죽 속에 빠뜨린 적이 있던 동자승조차 강당 밖에서 큰스님과 엇갈렸을 때 처음에는 아래를 향해 웃음을 참고 있었지만 결국 참을 수 없었던지 한 번에 풋 하고 웃음을 터트리고 말았다. 용무를 분부받았던 행자님들도 얼굴을 마주하고 있는 동안만은 조심히 듣고 있다가도 큰스님이 뒤로 돌아서기만 하면 곧바로 킥킥 웃어대는 일도 한두 번이 아니었다.

큰스님은 처음에는 그것이 자기의 얼굴이 변한 탓이라고 해석했다. 그러나 아무래도 이 해석만으로는 설명이 충분하지 않는 것 같다. ─ 물론 동자승이나 행자님이 웃는 원인은 거기에 있는 게 틀림없다. 그러나 똑같은 웃음이라도 코가 길었던 옛날과는 웃는 모습이 어딘지 모르게 다르다. 늘 보던 긴 코보다 낯선 짧은 코가 더 우스꽝스럽게 보인다면 뭐 그럴 수도 있지. 그렇지만 거기에는 아직도 무언가 다른 뜻이 있는 것 같다.

"예전에는 그렇게 밉살스럽게 웃지는 않았는데."

큰스님은 읽으려던 경문을 중단하고 대머리를 갸웃거리며 가끔 이렇게 중얼거리곤 했다. 불쌍한 큰스님은 그럴 때에는 반드시 옆에 걸려있는 보현(普賢)보살의 탱화를 멍하니 바라보면서 코가 길었던 사오일 전의 일을 떠올리고는 '이제는 몹시 비천하게 되어버린 사람이, 드날리던 그 옛날을 그리워하듯이' 침울해지곤 하는 것이었다. ─ 큰스님에게는 유감스럽게 이 문제에 답을 내릴만한 지혜가 부족했다. ─ 인간의 마음에는 서로 모순된 두 가지의 감정이 있다. 물론 누구라도 타인의 불행에 동정심을 품지 않는 이는 없다. 그런데 막상 그 사람이 불행을 어떻게든 극복해 낼 수 있으면, 이번에는 이쪽 편에서 어쩐지 아쉬운 듯한 마음이 든다. 조금 과장해서 말하면 다시 한 번 그 사람을 똑같은 불행에 빠뜨려 보고 싶은 듯한 마음조차 든다. 그리하여 어느새 소극적이지만 그 사람에 대해 어떤 적의까지 품게 될 때도 있다. ─ 큰스님이 이유를 알지 못하면서도 왠지 불쾌하게 느꼈던 것은 이

케노오의 승려와 속인의 태도에서 이런 방관자의 이기주의를 은근히 느꼈기 때문이다.

그래서 큰스님은 날이 갈수록 기분이 나빠졌다. 입만 벌리면 누구에게나 심술궂게 몹시 꾸짖었다. 끝내 코를 치료해 준 그 제자승조차 "큰스님은 법간탐(法慳貪)[8]의 죄를 받으실 게야." 라고 험담을 할 지경까지 이르렀다. 특히 큰스님을 화나게 한 것은 언제나 그렇듯이 장난꾸러기 동자승이다. 어느 날 개가 시끄럽게 짖어대는 소리가 나서 큰스님이 무심코 밖에 나가보니 동자승은 두 자 되는 나무 막대기를 휘두르며 털이 길고 마른 삽살개를 쫓아 다니고 있었다. 그것도 그저 쫓아다니는 게 아니다. "코를 맞아볼래? 요놈 코를 맞아볼래?"라고 놀려대면서 악착같이 뒤쫓아 다니고 있는 것이다. 큰스님은 동자승의 손에서 나무 막대기를 빼앗아 그 얼굴을 세게 내리쳤다. 나무 막대기는 이전에 코를 받쳤던 것이었기 때문이다. 큰스님은 공연히 코를 짧게 한 것이 오히려 원망스러워졌다.

그러던 어느 날 밤의 일이다. 날이 저물고 나서 갑작스레 바람이 몰아치더니 탑의 풍경 소리가 시끄러울 정도로 베갯머리에 와 닿았다. 게다가 날씨도 제법 추워져서 노년의 큰스님은 잠을 자려 해도 잠이 오지 않았다. 그래서 잠자리에서 말똥말똥 하고 있자니 문득 코가 전에 없이 가려웠다. 손을 대어 보니 수종(水腫)이 생긴 듯 조금 부어 있다. 어쩐지 그 부분만 열이 나는 것 같았다.

"무리하게 짧게 하려고 했기 때문에 병이 났는지도 몰라."

큰스님은 불전에 향을 올리듯 공손한 손짓으로 코를 누르며 그렇게 중얼거렸다.

---

8) 법간탐(法慳貪) : 법전(法典)에 대해 무자비(無慈悲)한 행위를 하거나, 법술(法術)을 쉽게 타인에게 전수하지 않는 일.

다음날 아침 큰스님이 늘 하던 대로 눈을 떠 보니 절 안의 은행나무며 칠엽수가 하룻밤 새에 잎을 떨어뜨려서 마당은 황금을 깔아 놓은 것처럼 환했다. 탑의 지붕에 서리가 내린 탓이리라. 아직 희미한 아침 해에 구륜9)이 눈부시게 빛나 보인다. 젠치 큰스님은 덧문을 걸어 올린 툇마루에 서서 깊게 숨을 들이마셨다.

거의 잊혀져가던 어떤 감각이 다시 큰스님에게 돌아온 것은 바로 이 때다. 큰스님은 당황하여 코에 손을 대었다. 손에 닿은 것은 어젯밤의 짧은 코가 아니었다. 윗입술에서 턱 아래까지 대여섯 치 남짓 늘어진 옛날의 긴 코였다. 큰스님은 코가 하룻밤 사이에 다시 원래대로 길어진 것을 깨달았다. 그리고 그와 동시에 코가 짧아졌을 때와 똑같은 상쾌한 기분이 어디선지 모르게 되돌아오는 것을 느꼈다.

"이렇게 되면 이젠 아무도 비웃을 사람은 없을 거야."

큰스님은 마음속에서 그렇게 스스로에게 속삭였다. 긴 코를 새벽녘 가을바람에 흔들면서.

(1916년 1월)

---

9) 구륜(九輪) : 탑의 노반(露盤)위에 세운 아홉 개의 고리를 끼운 장식 기둥.

고독지옥(孤独地獄)

송현순

이 이야기를 나는 어머니로부터 들었다. 어머니는 그것을 나의 작은 종조부(從祖父)님께 들었다고 한다. 이야기의 진위는 알 수 없다. 다만 종조부님 자신의 성행(性行)으로 추측해보건대 이런 일도 충분히 있을 법하다고 생각할 뿐이다.

작은 종조부님은 이른바 유흥에 아주 밝은 사람으로 막말(幕末) 연예인이나 문인들까지 아는 사람들이 많았다. 가와타케 모쿠아미(河竹黙阿弥)[1], 류카 데타네카스(柳下亭種員)[2], 젠자이 안에키(善哉庵永機)[3], 젠자이 도에(善哉冬映)[4], 구다이메 단주로(九代目団十郎)[5], 우지 시분(宇治紫

---

1) 가와타케 모쿠아미(河竹黙阿弥 1816~1893) : 막말에서 메이지(明治) 초기에 활약한 가부키(歌舞伎) 작가. 가부키란 16세기에서 17세기에 걸쳐 일본 교토(京都)를 중심으로 일어나 19세기 에도시대에 완성된 일본 고유의 민중 연극. 어원은 傾く(かぶく,かたむく) 즉 '기울다'라는 동사가 명사형으로 변화한 것으로, 정상적인 궤도에서 벗어난 행동, 이색적이고 색다른 풍속, 호색적인 동작 등의 뜻을 담고 있다.
2) 류카 데타네카스(柳下亭種員 1807~1858) : 에도시대에 활약한 합권(合巻) 작가.
3) 젠자이 안에키(善哉庵永機 1822~1893) : 막말 하이진(俳人), 바쇼(芭蕉) 전집을 편집한 것으로 유명하다.
4) 젠자이 도에(善哉冬映) : 막말에 활약한 하이진(俳人)
5) 구다이메 단주로(九代目団十郎 1837~1903) : 명치시대에 활약한 가부키 배우.

文)6), 미야코 센추(都千中)7), 겐콘보 료사이(乾坤坊良斎)8) 등과 같은 사람들이다. 그 중에서도 모쿠아미는 『에도 자쿠라 기요미즈 세켄』(江戸桜清水清玄)9)에서 기노쿠니야 분자에몬(紀国屋文左衛門)10)을 쓸 때 이 작은 종조부님을 소재로 했다. 죽은 지 벌써 이럭저럭 50년이 다 되가는데 생전에 한때는 현세(現世)의 기노쿠니야 분자에몬으로 불렸던 적이 있었기 때문에 지금도 이름만큼은 들어 알고 있는 사람이 있을지도 모르겠다. ― 성은 사이키(細木), 이름은 도지로(藤次郎), 필명은 고이(香以), 속칭은 야마시로가시(山城河岸)의 쓰토(津藤)라는 남자이다.

그 쓰토가 어느 날 요시와라(吉原)의 다마야(玉屋)에서 승려 한 사람과 친해졌다. 혼고(本郷) 근방의 어느 선사 주지로 이름은 젠초(禅超)라고 했다고 한다. 그 사람 역시 표객(嫖客 : 유곽이나 술집을 드나들며 유흥을 즐기는 사람)이 되어, 다야마의 니시키기(錦木)라는 창녀와 정이 들었다. 물론 고기를 먹거나 아내를 얻는 것이 승려에게 금지되던 시절의 일이니까 겉으로는 어디까지나 출가는 아니다. 기하치조(黄八丈)11) 기모노에 부드러운 검은빛 비단으로 가문(家紋)까지 새겨 넣은 차림으로 사람들에게는 의사라고 칭하고 있었다. ― 그 사람과 우연히 친숙한 사이가 되었다.

우연이라는 것은 등불을 매다는 시절(요시와라나카노조에서 음력 7

---

6) 우지 시분(宇治紫文 1791~1858) : 잇추부시(一中節) 1세. 잇추부시는 바로 조루리 유파의 하나로, 17세기 말 교토의 미야코노다유(都の大夫) 잇추(一中)가 시작하였다고 하여 잇추가락(一中節)의 이름이 붙어졌다. 현악기에 맞춰 가락을 읊는 것과 비슷하다.
7) 미야코 센추(都千中) : 잇츄부시 6세
8) 겐콘보 료사이(乾坤坊良斎): 막말 만담가(落語家), 야담가(講談師)
9) 『에도 자쿠라 기요미즈 세켄』(江戸桜清水清玄) : 가부키 각본
10) 기노쿠니야 분자에몬(紀国屋文左衛門 1672~1734) : 에도 중기의 유명한 호상(豪商)
11) 도쿄도(東京都)의 하치조지마(八丈島)에서 만든 특산품이었던 데서 생긴 명칭으로 노란 색 바탕에 다갈색 줄무늬, 격자무늬 등을 넣은 견직물.

월 1일부터 그믐날까지 술집이나 음식점에서 등을 매달던 것에서 기인)의 어느 날 밤 다야마의 2층에서 쓰토가 화장실에 갔다 오는 길에 무심코 복도를 지나는데, 난간에 기대어 달을 바라보는 남자가 있었다. 빡빡 깍은 머리의 어느 쪽인가 하면 키가 작은 데다 앙상하게 마른 남자이다. 쓰토는 달빛으로 이 사람을 이곳에 출입하는 의사모습을 한 채 손님의 비위를 맞추며 주흥을 돋우는 남자 지쿠나이(竹内)라고 생각했다. 그래서 지나가면서 손을 뻗어 잠깐 그 귀를 잡아 당겼다. 놀라서 뒤돌아볼 때 웃어주려고 했기 때문이다.

그런데 뒤돌아본 얼굴을 보고서는 오히려 이쪽이 놀랐다. 빡빡 깍은 머리를 제외하면 지쿠나이와 닮은 곳은 하나도 없다. — 상대방은 이마가 넓은 것에 비해 눈썹과 눈썹 사이가 험악하고 좁았다. 눈이 커 보이는 것은 살이 없기 때문일 것이다. 왼쪽 볼에 있는 큰 점은 그때도 똑똑히 보였다. 게다가 광대뼈가 튀어나와 있다. — 이 정도의 얼굴 생김새가 띄엄띄엄 황망하게 쓰토의 눈에 들어왔다.

"무슨 볼 일인가?"

그 까까머리는 화가 난 듯한 목소리로 이렇게 말했다. 얼마간은 술기운도 감돌고 있는 것 같았다.

앞에서 쓰는 것을 깜빡 잊었는데 그때 쓰토에게는 술자리에서 음악가무를 담당하는 예인(芸人)이 한 사람, 북을 들고 다니는 사람이 한 사람 딸려 있었다. 이 패거리들은 쓰토가 사과하는 것을 그냥 잠자코 보고 있을 수만은 없었다. 그래서 북을 들고 다니는 사나이가 쓰토를 대신해서 그 손님에게 실수에 대한 사과를 했다. 그리고 그 사이에 쓰토는 예인을 데리고 서둘러 자기 방으로 돌아갔다. 아무리 유흥에 밝은 사람이라고 하더라도 겸연쩍었던 모양이다. 까까머리 쪽에서는 북을 들고 다니는 사람에게 실수의 자세한 사정을 듣더니 곧 바로 기분을 돌려 크게 웃었다고 한다. 그 까까머리가 바로 젠초였던 것은 말할 것도 없다.

그 후로 쓰토가 과자상자를 들려 그쪽으로 사과하러 보낸다. 그쪽에서도 미안해하며 일부러 답례로 찾아온다. 이렇게 두 사람의 교정이 맺어졌다. 우선 맺어졌다 해도 다마야의 2층에서 만날 뿐으로 서로 왕래는 하지 않은 듯하다. 쓰토는 술을 한 방울도 마시지 않지만 젠초는 오히려 대주가(大酒家)이다. 그리고 어느 쪽인가 하면 젠초 쪽이 소지품에 더없는 사치를 한다. 마지막으로 여색에 탐닉하는 것도 역시 젠초 쪽이 심하다. 쓰토 자신이 이런 상황을 보고 어느 쪽이 출가 한 것인지 모르겠다고 평했다. — 몸집이 크고 뚱뚱할 뿐만 아니라 용모도 추한 쓰토는 머리 가운데를 짧게 밀어버린 머리카락이 조금 자란 상태의, 또 은사슬에 부적주머니를 달아 목에 건 모습으로 평소는 자주 무늬 없는 감색 면직으로 된 기모노에 석자 정도의 짧은 허리띠를 즐겨 매는 남자이다.

어느 날 쓰토가 젠초를 만나보니 젠초는 니시키기(錦木)의 겉옷을 걸치고 샤미센(三味線)을 연주하고 있었다. 평소에도 혈색이 좋지 않은 남자였지만 오늘은 더욱 좋지 않다. 눈도 충혈되어 있다. 탄력이 없는 피부가 가끔 입가에서 경련한다. 쓰토는 곧바로 무슨 걱정이 있는 것은 아닌가 생각했다. 나 같은 사람이라도 상담 상대가 될 수 있다면 꼭 되고 싶다. — 그런 말을 넌지시 비쳐 보았지만 별로 이렇다 할 털어놓을 것도 없는 듯하다. 다만 평소보다도 말수가 적어져 자칫 이야기가 끊어지기 십상이었다. 그래서 쓰토는 이것을 표객이 걸리기 쉬운 권태라고 해석했다. 주색을 마음대로 하는 사람이 걸린 권태는 주색으로 나을 리가 없다. 이런 상황에서 두 사람은 평소와 달리 친밀한 이야기를 나누게 되었다. 그러자 젠초는 갑자기 뭔가 생각난 듯한 태도로 이런 말을 했다고 한다.

불설(仏説)에 의하면 지옥에도 여러 가지가 있는데, 우선 대체적으로 근본지옥(根本地獄), 근변지옥(近辺地獄), 고독지옥(孤独地獄), 이렇게 세 가지로 나눌 수가 있을 것 같네. 그것도 '인간세계를 땅 밑으로 500유젠나를 지나면 바로 지옥(南瞻部州下過五百踰繕那乃有地獄)'이라는 구절12)이 있으니까 대개는 옛날부터 지하에 있던 것으로 되어 있었겠지.

다만 그중에서 고독지옥만큼은 산간광야수(山間曠野樹) 아래 공중, 어디에든지 홀연히 나타난단 말야. 말하자면 눈앞의 경계가 바로 그대로 지옥의 고난이 눈앞으로 나타나는 것이지. 나 자신은 2, 3년 전부터 이 지옥에 떨어지고 말았어. 모든 것이 조금도 영속되는 흥미를 주지 않더군. 그러므로 항상 하나의 경계에서 또 하나의 경계를 좇아 살고 있는 게야. 물론 그래도 지옥은 벗어날 수 없어. 그렇다고 해서 경계를 바꾸지 않으면 더욱 고통스럽다네. 그래서 역시 전전하며 그날그날의 고통을 잊을 것 같은 생활을 해가지. 허나 그것도 결국에는 고통스러워질 수밖에 없다고 한다면 죽어버리는 것 외에 달리 방법이 없어. 옛날에는 괴로워하면서도 죽는 것이 싫었지. 지금은……

마지막 말은 쓰토의 귀에 들어오지 않았다. 젠초가 다시 샤미센 박자에 맞추며 낮은 소리로 말을 했기 때문이다. — 그 이후 젠초는 다

---

12) 불교경전 구사론(具舍論)에 나오는 구절로, 南瞻部州란 원래 수미산(須弥山) 남쪽에 있는 인도를 칭하기도 하지만, 인간세계나 현세를 칭하는 말로 사용되기도 한다. 유젠나(踰繕那)는 거리를 재는 단위이다.

야마에 오지 않게 되었다. 누구도 이 방탕 삼매의 선승이 그 후 어떻게 되었는지 알고 있는 자는 없다. 다만 그날 젠초는 니시키기(錦木) 옆에 금강반야바라밀경(金剛般若波羅密経)을 한 권 잊어버리고 갔다. 쓰토가 후년 영락하여 시모후사(下総) 사무카와(寒川)13)에서 한거했을 때 늘 책상 위에 있던 서적 중의 하나가 이 금강반야바라밀이다. 쓰토는 그 표지 뒷면에 '민들레 이슬을 알아차리는 나이 40'이라고 자작시를 써넣었다. 그 책은 지금은 남아있지 않다. 시구(詩句)도 이제 기억하고 있는 사람은 한 사람도 없을 것이다.

1857년쯤의 이야기이다. 어머니는 지옥이라는 말이 가지는 흥미로 이 이야기를 기억하고 있는 것 같았다.

하루의 대부분을 서재에서 지내고 있는 나는 생활상에서 본다면 우리 작은 종조부님이나 이 선승과는 전혀 관련이 없는 세계에서 살고 있는 인간이다. 또 흥미상(興味上)으로 보아도 나는 도쿠가와(徳川) 시대의 희작(戱作)이나 우키요(浮世) 그림14)에 특별한 흥미를 가지고 있는 자가 아니다. 그런데도 내 자신 속에 있는 어떤 마음은 자칫 고독지옥이라는 말을 사이에 두고 내 자신의 동정을 그들의 생활에 쏟아 부으려고 한다. 하지만 나는 그것을 거부하지는 않겠다. 왜냐하면 어떤 의미에서는 나도 역시 고독지옥에서 고통을 받고 있는 한 사람이기 때문이다.

---

13) 지바(千葉)현 지바시에 소재한 사무카와(寒川).
14) 에도시대에 성행한 풍속화. 주로 화류계 여성이나 연극배우 등을 소재로 한 그림이 많다.

아버지(父)

윤상현

내가 중학교 4학년 때 이야기이다. 그 해 가을, 닛코(日光)를 시작으로 아시오(足尾)에 이르는 3박 4일간의 수학여행을 갔었다. 학교에서 '오전 6시 30분 우에노(上野) 정류장 앞 집합, 6시 50분 출발…'이라는 등사본으로 찍힌 알림장을 받았다.

수학여행 당일, 나는 아침밥을 먹는 둥 마는 둥 하고 집에서 헐레벌떡 뛰어나왔다. 전차로 가면 우에노 정류장까지 20분이 채 걸리지 않았다. ─ 그렇게 알고 있으면서도 왠지 마음 한 켠이 조급했다. 정류장에 세워져 있는 빨간 표지판 앞에 서서 전차를 기다리면서도 안절부절 못하는 마음은 여전했다.

하늘을 쳐다보니 공교롭게 날씨가 흐려 있었다. 여기저기 공장에서 울리는 기적 소리가 회색빛 수증기를 내뿜어 그것이 모두 안개비가되어 내리진 않을까 걱정스러웠다. 무료한 하늘 아래로 열차가 고가철도를 달린다. 그리고 의복 공장으로 가는 짐마차가 보이기 시작한다. 가게 문이 하나씩 열린다. 어느새 내가 있는 정류장에도 두세 명

사람들이 서 있다. 그들은 모두 잠이 부족한 듯 피곤에 지친 얼굴들이었다. 춥다고 느끼기 시작했을 때 마침 그곳에 전차가 들어왔다.

전차 안은 사람들로 만원이었다. 그 틈 속에서 겨우 손잡이를 잡으려고 할 때 누군가 뒤에서 내 어깨를 치는 사람이 있었다. 나는 황급히 뒤돌아보았다. "안녕"하는 소리와 함께 내 눈앞에는 노세 이소(能勢五十雄)가 서 있었다. 그도 나처럼 감색 직물로 짠 제복을 입고 외투는 말아 왼쪽 어깨에 걸치고 있었으며 삼으로 만든 각반에 허리에는 도시락 보자기와 물통을 늘어뜨리고 있었다.

노세는 나와 같은 소(小)학교를 나와 같은 중학교에 들어간 친구였다. 그는 특별히 이렇다 할 정도로 잘하는 과목이 있는 것은 아니었지만 그렇다고 해서 못하는 과목이 있는 것도 아니었다. 그런데도 대수롭지 않은 일에는 의외로 재주가 많아 유행가를 한번 듣기만 하면 금방 박자를 외워 버리곤 하였다. 그리고 수학여행 중 여관에라도 묵는 밤에는 자신이 외운 노래를 장기자랑으로 보여주곤 하였다. 그 외에도 한시(漢詩)에 가락을 붙이거나 사쓰마(薩摩) 비파 연주를 흉내 내기, 만담이나 옛날이야기, 성대모사, 마술 등 못하는 것이 없었다. 게다가 그는 몸짓이나 얼굴 표정으로 남을 웃기게 하는 독특한 기술을 가지고 있었다. 그런 이유로 반 아이들의 인기는 물론 선생님 사이에서도 평판이 좋았다. 원래 나와는 서로 집을 오가는 사이였지만 그렇다고 해서 매우 친하다고 할 정도는 아니었다.

"오늘따라 너도 빨리 가는구나."

"나야 항상 빠르지."

노세는 약간 우쭐대는 태도로 이렇게 말하였다.

"그래도 며칠 전에 지각했잖아."

"며칠 전이라니?"

"국어 시간에 말이야."

"아, 바바(馬場)한테 혼날 때 말이구나. 그야 원숭이도 나무에서 떨어질 때가 있는 거니까."

노세는 선생님의 이름을 함부로 부르는 버릇이 있었다.

"사실 나도 그 선생님에게 혼났었지."

"지각 때문에?"

"아니, 책을 잊고 안 가져와서."

"은단(仁丹)은 되게 잔소리가 심하단 말이야."

맛이 쓰디쓴 '은단'은 노세가 바바 선생님에게 붙인 별명이었다. ― 노세와 이런 저런 이야기를 하는 사이에 어느덧 전차는 역 앞에 도착하였다.

탈 때처럼 사람들로 꽉 찬 전차 안을 겨우 빠져나와 우에노 정류장에 들어서자 아직 시간이 이른 탓인지 반 녀석들은 두세 명밖에 모이지 않았다. 서로가 "안녕"하고 인사하기 무섭게 앞 다투어 대합실 안에 있는 나무 벤치를 향해 달려가 앉았다. 그리고 언제나처럼 이야기로 와자지껄한 분위기가 되었다. 그때 우리들은 하나같이 '저(僕)'라는 말 대신에 '나(己)'라고 부르며 스스로 강한 남자인 척 하던 또래들이었다. 그리고 저마다 '나'라고 부르는 녀석들 입에서는 이번에 가게 될 수학여행을 시작으로 친구들의 험담, 선생님 악평 등이 쏟아져 나왔다.

"이즈미(泉)는 치사한 자식이야. 그 녀석은 선생용 참고서를 가지고 있어서 한 번도 예습 따위를 한 적이 없거든."

"히라노(平野)가 더 치사하지. 그 놈은 역사 시험 때만 되면 시대 순을 죄다 손톱에 적어 간단 말이야."

"그렇게 말하면 선생들도 치사하긴 마찬가지지."

"아무렴, 치사하고말고. 혼마(本間)는 receive에서 i와 e 중 어느 쪽이 먼저 오는지도 변변히 모르는 주제에 교사용 참고서로 대충 속이면서 가르치고 있잖아."

어느 이야기를 들으나 온통 치사하다는 말뿐 제대로 된 소문은 하나도 없었다. 그러던 차에 노세는 자기 옆 벤치에 앉아 신문을 읽고 있던 직장인의 구두를 보고 빠끔레이라고 놀렸다. 이것은 당시 마킨레이라고 하는 새로 출시되어 유행한 고급 구두가 있었는데 이 남자의 구두는 광택이 전혀 없는 데다 구두 앞부분에 빠끔히 구멍이 나 있었기 때문이었다.

"빠끔레이는 역시 좋은 구두야."

노세가 이렇게 말하자 모두 일시에 폭소를 터뜨렸다. 그리고 우리들은 이 말을 시작으로 대합실에 오가는 여러 사람들을 관찰하기 시작했다. 동시에 한 사람 한 사람 도쿄 중학생들이 아니면 말할 수 없는 건방진 악평을 거침없이 쏘아대기 시작했다. 그런데 희한하게도 이런 장난에서는 내빼거나 얌전빼는 학생이 우리들 중 단 한 명도 없었다. 그 중에서도 노세의 비유가 단연 가장 신랄하고 또한 매우 해학적이었다.

"노세, 노세, 저 아줌마 좀 봐."

"저 아줌마는 복어가 낳은 거 같은 얼굴을 하고 있군."

"이쪽 빨간 모자도 뭔가 닮은 거 같아. 그렇지 않아 노세?"

"저 녀석은 카를 5세(Karl V, 1500~1588. 신성로마제국 황제)군 그래."

결국 마지막에 가서는 노세 혼자서 악평을 도맡아 하게 되었다. 그러자 그때 우리들 중 한 녀석이 열차시간표 앞에 서 빽빽이 적혀 있는 숫자를 살펴보는 괴상한 남자를 발견하였다. 그 남자는 빛바랜 붉은 양복을 걸치고 있었으며, 줄무늬가 조잡한 회색 바지 사이로 평행봉을 연상시키는 앙상한 두 다리가 나와 있었다. 테두리가 넓은 검은색 낡은 중절모 아래로 반백의 머리카락이 삐져나온 것을 보아 이미 꽤 나이가 든 중년인 것 같았다. 그런데도 그는 바둑무늬로 만들어진 화려한 손수건을 목 주위에 두르고 마치 지휘봉처럼 보이는 설죽(雪竹)으로 만든 긴 지팡이를 살짝 겨드랑이 사이에 끼고 있었다. 그것은 옷차림이나 행동거지 모두 펀치(당시 인기 있던 잡지) 삽화를 잘라 내어 그대로 정류장에 붐비는 사람들 속에 세워놓았다고밖에 생각할 수 없었다.
— 처음 발견한 그 녀석은 또다시 새로운 놀림감이 생겨서 즐거운 듯 히쭉히쭉 거리며 노세의 손을 끌어당겼다.

"이봐, 저 녀석은 어때?"

그제야 우리 모두는 그 괴상한 남자를 보았다. 남자는 약간 몸을 뒤로 젖히면서 조끼 주머니에서 보라색 실끈에 매달린 커다란 니켈 회중시계를 꺼내 시간표에 적힌 숫자와 열심히 비교해 보고 있었다. 옆모습만 본 나는 이내 그가 노세 아버지라는 것을 알아차렸다. 그러나 그곳에 있던 우리 패거리들은 어느 누구도 그 사람이 노세 아버지라는 사실을 알지 못했다. 그래서인지 모두는 노세 입에서 과연 저 우스꽝스러운 인물을 어떻게 놀릴 것인지 들으려고 웃을 준비하면서 조금은 흥분된 듯 노세 얼굴을 바라보고 있었다. 중학교 4학년인 우리들은 그 순간 노세의 마음을 헤아릴 수가 없었다. 나는 황급히 "저 분은 노세 아버지이셔."라고 말하려고 하였다. 하지만 그때,

"저 녀석은 말이지. 저 녀석은 런던 거지야."라는 노세의 목소리가 들렸다. 일순간 모두가 웃음을 터뜨린 것은 말할 필요도 없었다. 그

중에는 일부러 몸을 뒤로 젖히고 회중시계를 꺼내면서 노세 아버지 모습을 흉내 내는 녀석마저 있었다. 나는 나도 모르게 고개를 숙였다. 그때 노세 얼굴만은 도저히 볼 용기가 없었기 때문이었다.

"이 녀석 표현이 제법인데."

"저기, 저 모자 좀 봐."

"중고가게에서 팔까."

"중고가게조차 안 팔 걸."

"그럼 박물관이겠군."

모두가 또다시 재미있다는 듯 웃어댔다.

흐린 하늘 탓인지 우에노 정류장은 해질녘처럼 어두컴컴하였다. 나는 어두컴컴한 날씨 속에서 살며시 런던 거지가 있는 쪽을 훔쳐보았다. 그러자 언제부턴가 엷은 햇살이 비치는가 싶더니 높은 천장에 나 있는 창문에서 가느다란 빛줄기가 노세 아버지를 비록 희미하지만 비스듬히 비추고 있었다. — 주위에는 모든 사물들이 움직이고 있었다. 눈에 비춰진 곳이든 비춰지지 않는 곳이든 움직이고 있었다. 그리고 이 작은 움직임들이 점점 커다랗게 술렁대는 하나의 소리가 되어 역 전체를 안개처럼 뒤덮고 있었다. 하지만 노세 아버지만큼은 그 안개에서 벗어나 있는 것 같았다. 요즘 세상과 동떨어진 양복을 입은, 요즘 세상과 동떨어진 노인은 어지럽게 움직이는 사람들의 홍수 속에서 세상을 초월한 검은 중절모를 뒤로 젖혀 쓰고 보라색 실끈에 매달린 회중시계를 오른손 위에 놓으며 여전히 낡아서 고장난 펌프처럼 열차 시간표 앞에 멈춰 서 있었던 것이다.……

나중에 노세에게 넌지시 물으니 당시 대학 약국에 근무하시던 노세 아버지는 노세가 우리들과 함께 수학여행에 가는 모습을 보고 싶어

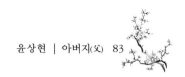

일부러 출근길에 당신 아들 몰래 정류장까지 왔다고 한다.

　노세 이소는 중학교를 졸업한 후 얼마 안 있어 폐결핵에 걸려 사망했다. 그 추도식은 중학교 도서관에서 거행하였는데 그때 제모를 쓴 노세 사진 앞에서 추도문을 읽던 학생이 바로 나였다.

　"노세여, 부모님에게 효도를" — 그때 나는 추도문 속에 이런 구절을 넣었다.

                                        (1916년 3월)

이(虱)

송현순

❖ 1 ❖

겐지 지원(元治元, 1864)년 11월 26일 교토(京都) 치안유지의 임무를 맡고 있던 가슈가(加州家)의 일행은 마침 조슈(長州) 정벌에 참가하기 위해 최고 대신(国家老)1) 조오스미(長大隅) 태수(太守)를 대장으로 하여 오사카(大阪) 아지천(安治川) 하구에서 배를 띄웠다.

소대장은 쓰쿠다 규다유(佃久太夫), 야마기시 산주로(山岸三十郎) 두 사람으로 쓰쿠다 조(組)의 배에는 흰 깃발, 야마기시 조(組)의 배에는 붉은 깃발이 달려있다. 500석을 쌓을 수 있는 곤피라(金比羅)2) 배가 모두 각각 홍백 깃발을 바람에 날리며 하구에서 바다로 힘차게 나아갔을 때의 모습은 너무도 용맹스러웠다고 한다.

그러나 그 배에 타고 있던 무리들은 그다지 한가하게 앉아서 우쭐댈 상황이 아니다. 우선 어느 쪽 배에도 한 척에 주종(主従) 34명, 사공

---

1) 에도 시대 제 다이묘(大名)의 영지에서 근무하던 가로(家老). 에도에서 근무하는 에도 가로(家老)와는 구분된다.
2) 불법의 수호신, 일본에서는 항해의 안전을 지키는 신으로 신앙됨.

4명 모두 합쳐 38명씩 타고 있다. 그러므로 배안은 모두 몸도 제대로 움직일 수 없을 만큼 비좁다. 그리고 또 선실에는 단무지를 담은 미꾸라지 통이 발 디딜 틈도 없이 진열되어 있다. 익숙해지기 전에는 그 냄새를 맡으면 누구나 금방 구역질이 난다. 그리고 또 음력 11월 하순이기 때문에 해상(海上)으로 불어오는 바람이 마치 살을 에는 듯이 차갑다. 특히 날이 저물고 나서는 마야산(摩耶山)에서 불어오는 바람이 북서 계절풍인 데다 바다라서 역시나 북쪽 태생인 젊은 무사들도 대부분은 추워서 이가 덜덜 떨리는 형편이었다.

게다가 배안에는 이가 많이 있었다. 그것도 옷 솔기에 숨어있는 것 같은 어설픈 이가 아니다. 돛에도 우글거리고 있고, 깃발에도 우글거리고 있다. 돛대에도 우글거리고 있으며 닻에도 우글거리고 있다. 조금 과장해서 말한다면 인간을 태우기 위한 배인지 이를 태우기 위한 배인지 판단할 수 없을 정도이다. 물론 그 정도이니까 옷에는 몇 십 마리라고 할 것 없이 들끓고 있다. 그리고 그것이 사람 피부에만 닿으면 바로 임자 만났다고 콕콕 물어댄다. 그것도 5마리나 10마리라면 어떻게든 토벌할 수 있지만 앞에서도 말했듯이 참깨를 뿌려놓은 것처럼 많이 있기 때문에 도저히 박멸할 수 있는 것이 아니다.

그래서 쓰쿠다 조와 야마기시 조 할 것 없이 배 안에 있는 무사라는 무사의 몸은 모두 이에게 물린 자국으로 마치 홍역에라도 걸린 것처럼 가슴이고 배고 온통 벌겋게 부어올라 있었다.

그렇지만 아무리 손 쓸 방법이 없다고 해도 그대로 방치해둘 수는 더욱 없다. 그래서 배 안에 있는 무리들은 틈만 있으면 이 사냥을 했다. 위로는 대신에서 아래로는 짚신을 들고 따라다니는 하인까지 모두 벌거벗고 이곳저곳에 있는 이를 제각기 찻잔 속에 잡아서는 넣고

잡아서는 넣고 하는 것이다. 커다란 돛에 세토내해(瀬戸内海)의 겨울 해를 받은 곤피라 배 안에서 삼십 몇 명이나 되는 무사가 아랫도리 하나만 걸치고 찻잔을 들고 용총줄(帆綱) 아래 닻 그늘에서 열심히 이만 찾아다니던 때를 상상하면 지금으로서는 누구나 우스꽝스럽다는 느낌이 먼저 들겠지만 '필요' 앞에서 모든 일이 진지해지는 것은 유신(維新) 이전이라고 해도 지금과 그다지 다르지는 않다. ― 그래서 배의 벌거숭이 무사들은 그 자신이 커다란 이처럼 추운 것을 참고 매일 끈기 있게 여기저기를 돌아다니며 열심히 마룻바닥의 이만 잡고 있었다.

❖ 2 ❖

그런데 쓰쿠다 조의 배에 이상한 남자가 하나 있었다. 이 자는 모리곤노신(森権之進)이라는 50세 전후의 괴팍한 성격의 사람으로 신분은 연간 70섬을 받는 선도병(先導兵)이다. 이 남자만큼은 이상하게 이를 잡지 않는다. 잡지 않기 때문에 물론 어디고 할 것 없이 이가 들끓고 있다. 상투에 올라가 있는 녀석이 있는가 하면 하카마(袴 : 일본옷의 겉에 입는 아래 옷) 허리부분 가장자리를 건너가고 있는 녀석이 있다. 그래도 별로 신경을 쓰는 기색이 없다.

그렇다고 이 남자만 이에게 물리지 않는가 하면 또 그것도 아니다. 역시 다른 사람들처럼 몸 전체가 동전모양으로 얼룩덜룩이라고 표현해도 좋을 만큼 군데군데 벌겋게 되어있다. 게다가 본인이 그것을 긁고 있는 것을 보면 가렵지 않은 것도 아닌 것 같다. 그러나 가렵든 가렵지 않든 아주 태연한 척하고 있다. 태연한 척하는 것만이라면 그래도 좋은데 다른 무리들이 열심히 이 사냥을 하고 있는 것을 보면 반드시 옆에서 이런 말을 한다.

"잡으면 죽이지 말게나. 죽이지 말고 찻잔에 넣어두면 내가 받아주지."

"받아서 어떻게 하려고?"

동료 한 사람이 어이가 없는 얼굴을 하고서 이렇게 물었다.

"받아서 말인가? 받아서 내가 키우면 되지."

모리는 침착하게 대답하는 것이다.

"그렇다면 죽이지 않고 잡아서 주지."

동료는 농담이라고 생각했기 때문에 친구 두세 명과 함께 한나절 걸려 이를 산 채로 두세 잔 잡아서 모았다. 이 남자는 속으로는 이렇게 잡아가지고 '자, 키워.'라고 하면 제 아무리 옹고집인 모리라도 질려서 입을 다물 거라고 생각했기 때문이다.

그런데 이쪽에서 아직 무슨 말을 하기도 전에 모리가 자신 쪽에서 말을 걸었다.

"잡았는가? 잡았으면 내가 받아주지."

같은 일을 하는 동료들은 모두 놀랐다.

"그럼, 여기에 넣어 주시게나."

모리는 태연히 의복 목깃을 풀었다.

"억지로 태연한 척 하다가 나중에 곤혹스러워 하지 말게나."

동료가 이렇게 말했지만 당사자는 귀도 기울이지 않는다. 그래서 한 사람씩 들고 있던 찻잔을 뒤집어 쌀집 주인이 한 홉들이 되로 재듯이 줄줄 이를 그 목덜미에 옮겨주니 모리는 소중하게 바깥으로 흘린 녀석을 주우며,

"고맙네. 이것으로 오늘 밤부터 따뜻하게 잘 수 있겠어."라고 혼잣

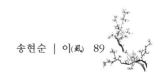

말을 하며 히죽 히죽 웃고 있다.

"이가 있으면 따뜻할까?"

어안이 벙벙한 동료들은 서로 얼굴을 마주보면서 특별히 누구에게 라고 할 것 없이 이렇게 말했다.

그러자 모리는 이를 넣은 다음의 옷깃을 정성껏 바로잡으며 일단 모두의 얼굴을 업신여기듯 둘러보고 나서 이런 말을 꺼냈다.

"여러분은 모두 최근에 추위로 감기에 걸려있는 데 말야. 이 곤노신은 어떤가? 재채기도 하지 않지. 콧물도 흘리지 않아. 더구나 열이 났네, 손발이 시리다라고 말한 기억은 아직껏 없다고. 여러분은 이것을 누구 덕분이라고 생각하시나? — 모두 이 이(虱) 덕분이지."

어쨌든 모리의 이야기에 의하면 몸에 이가 있으면 반드시 콕콕 문다. 물기 때문에 아무래도 긁고 싶어진다. 그래서 온몸을 물리면 당연히 몸 전체 구석구석까지 긁고 싶어진다. 그런데 인간이란 것은 편리하게 되어있어 가렵다 가렵다 생각하고서 긁고 있는 사이에 자연히 긁은 곳이 열이 있는 것처럼 따뜻해진다. 그래서 따뜻해지면 졸리게 된다. 졸리게 되면 가려운 것도 모른다. — 이런 이치로 몸에 이만 많이 있으면 잠들기도 좋고 감기도 걸리지 않는다. 그러므로 어떻게 해서든 이는 키워야 한다. 잡아서는 안 된다는 것이다. ……

"역시 그런 건가?"

동료 두세 명은 모리의 이(虱)론을 듣고서 감동한 듯 이렇게 말했다.

❖ 3 ❖

그 후 그 배 안에서는 모리의 흉내를 내어 이를 키우는 무리들이

나왔다. 이 무리들도 틈만 있으면 찻잔을 들고서 이를 쫓아다니는 것은 다른 무리들과 별로 다르지 않다. 다만 다른 것은 그 잡은 이를 하나하나 빠짐없이 모두 품속에 넣어 소중하게 키워두는 것뿐이다.

그러나 어느 나라 어떤 세상에서도 프레 꾀르쉐르(precurseur)[3]의 논리가 그대로 모두에게 수용되는 일은 좀처럼 없다. 배안에서도 모리의 이(虱)론에 반대하는 파리지엥(Pharisien)[4]이 많이 있었다.

그중에서도 필두제일(筆頭第一)의 파리지엥은 이노우에 덴죠(井上典蔵)라는 선도병이다. 이 사람도 역시 묘한 남자로 이를 잡으면 반드시 전부 먹어버린다. 저녁 식사를 마치면 찻잔을 앞에 놓고 맛있게 뭔가 으드득 으드득 씹고 있기에 옆으로 다가가 찻잔 속을 들여다보면 그게 모두 잡아서 모은 이였다.

"어떤 맛이야?"라고 물으면,

"글쎄, 기름 냄새 볶은 쌀 같은 맛일 거야."라고 한다.

이를 입에서 으깨는 자는 어디에도 있지만 이 남자는 그렇지 않다. 완전히 간식을 먹는 기분으로 매일 이를 먹고 있다. ─ 이 남자가 우선 첫 번째로 모리에게 반대했다.

이노우에처럼 이를 먹는 사람은 그 외에 한 사람도 없지만 이노우에의 반대설에 가담하는 자는 상당히 있다. 이 무리들의 논리에 의하면 이가 있다고 해서 인간의 몸은 결코 따뜻해지는 게 아니다. 그뿐만이 아니라 효경(孝敬)[5]에도 신체발부(身体髪膚)는 부모에게서 받은 것이다. 억지로 손상시키지 않는 것이 효의 시작이라고 되어있다. 스스로 원해서 그 신체를 이 같은 것에게 물리게 하는 것은 불효도 이만저만

---

3) 불어로 선구자를 의미함.
4) 불어로 허례를 지키려 고집하는 자를 의미함.
5) 유교경전의 하나로 공자가 제자인 회자에게 효도를 설해 기록한 것.

이 아니다. 그러므로 반드시 이 사냥을 해야 한다. 키워서는 안 된다는 것이다.

이런 상황으로 모리의 무리와 이노우에의 무리 사이에는 때때로 언쟁이 일어난다. 그것도 그저 언쟁 정도로 끝날 때는 상관이 없다. 그러나 결국 마지막에는 그것이 원인으로 생각지도 못한 칼부림까지 일어나게끔 되었다.

그것이라고 하는 것은 어느 날 모리가 또 소중하게 키우기 위해 다른 사람에게 받은 이를 찻잔에 넣어두었는데 방심을 틈타 이노우에가 어느새 그것을 먹어 버렸다. 모리가 와서 보니 이미 한 마리도 없다. 그래서 이 선구자가 화를 냈다.

"왜 남의 이를 먹었는가?"

허리에 손을 얹으며 눈빛을 바꿔 이렇게 다그치자 이노우에는,

"도대체 이를 키운다는 게 정신 나간 거지."라고 콧방귀를 뀌며 전혀 상대할 기색이 없다.

"먹는 쪽이 정신 나간 거지."

모리는 욱해져 마루바닥을 두드리며,

"이봐, 이 배 안에 누구 하나 이의 은혜를 입지 않은 자가 있는가? 그 이를 잡아먹는다는 것은 은혜를 원수로 갚는 것과 같은 거야."

"나는 이의 은혜를 입은 기억은 털끝만큼도 없군."

"아니, 설사 은혜를 입지 않았다고 해도 함부로 살아있는 목숨을 죽인다는 것은 언어도단이지."

두세 마디 격해졌는가 싶더니 모리가 갑자기 눈빛을 바꿔 새우껍질 같은 모양을 새긴 단도(短刀) 손잡이에 손을 얹었다. 물론 이노우에도 물러서지는 않는다. 곧바로 붉은 색 칼집의 긴 칼을 끌어당기며 일어

선다. — 발가벗고서 이를 잡고 있던 무리들이 당황해서 두 사람을 붙 잡지 않았다면 아마도 어느 쪽인가 한쪽 목숨에도 관계될 상황이었다.

　이 소동을 실지로 본 사람의 이야기에 의하면 두 사람은 일동에게 붙잡혀 안겨있으면서도 여전히 입에 거품을 물고, "이, 이"라고 외쳤 다고 한다.

❖ 4 ❖

　이런 상황으로 배 안의 무사들이 이 때문에 칼부림을 일으키고 있 는 동안에도 5백 석을 실을 수 있는 곤피라 배만큼은 마치 그런 일에 는 아랑곳하지 않는 듯 홍백 깃발을 차가운 바람에 날리며 유유히 멀 리 조슈(長州) 정벌의 길에 오르기 위해 눈이 올 것 같은 하늘 아래를 서쪽으로 서쪽으로 달려갔다.

(1916년 3월)

술벌레(酒虫)

윤 일

❖ 1 ❖

근래에 없는 무더위이다. 어디를 봐도 진흙으로 굳힌 집들의 기와 지붕이 납처럼 탁한 햇빛을 반사해 그 밑에 달려있는 제비집조차 이 상태에서는 안에 있는 새끼나 알을 그대로 쪄 죽일 기온이다. 더구나 밭이라는 밭에는 삼도 기장도 모두가 타는 흙의 열기에 축 늘어져 머리를 숙이고 무엇 하나 퍼런 모양으로 시들어 있지 않은 것이 없다. 그 밭 위에 보이는 하늘도 요즘의 더운 기운에 쬐어서인지 땅에 가까운 대기는 맑은 날씨에도 침침하게 흐려져 있어 싸라기눈을 질냄비에 볶은 듯 형태뿐인 구름의 봉우리가 알알이 떠 있다. ― '술벌레'의 이야기는 이 무더위에 일부러 염천의 보리 타작마당에 나와 있는 세 남자의 이야기에 의해 시작된다. 희한하게도 그 중의 한 사람이 벌거벗은 채 하늘을 보고 땅 위에 나뒹굴고 있다. 게다가 무슨 이유인지 가는 줄로 손도 다리도 칭칭 감겨져 있다. 하지만 당사자는 별로 괴로워하고 있지 않은 듯하다. 키가 작고 혈색이 좋은 왠지 모르게 둔파한 느낌을 주는 돼지 같이 살찐 남자이다. 그리고 흔한 옹기가 하나 이 남자의 머리맡에 놓여 있지만 이것도 안에 무엇이 들어 있는지 모른다. 다른 한 사람은 노란 법의를 입고 귀에 작은 청동의 고리를 단 언뜻 보기에 코끼리 같은 이상한 승려이다. 피부색이 남다르게 검은데다가 머리나 수염이 곱슬곱슬한 것을 보니 아무래도 서역에서 온 사람인 듯하다. 이 사람은 아까부터 끈기 있게 주홍빛 무늬가 들어간 막대[1]를 휘두르며 벌거벗은 남자에게 모여드는 등에 파리를 쫓고 있었지만 역시 조금은 지쳤는지 지금은 옹기 곁에 와서 칠면조 같은 모습으로 점잔빼며 웅크려 있다. 또 다른 한 사람은 이 두 사람에서 멀리 떨어져 보리타작한 마당구석에 있는 초막의 처마 밑에 서 있다. 이 남자는 턱 끝에 쥐꼬리 같은 명색뿐인 수염을 기르고 발뒤꿈치가 가릴 정도의 긴 검정 옷에다가 매듭을 칠칠치 못하게 늘어트리고 있는 다갈색 허리띠로 치장하고 있다. 하얀 새의 깃털로 만든 부채를 가끔씩 소중히 부치는 모습은 아마도 유학자인가 뭔가 임에 틀림이 없다. 이 세 사람이 모두 다 약속한 듯이 입을 다물고 있다. 게다가 조금도 움직이지 않는다. 뭔가 지금부터 일어나려는 일에 비상한 흥미라도 있어 그 때문에 모두 숨을 죽이고 있는 것처럼 생각된다.

시각은 정확히 정오일 것이다. 개도 낮잠을 자고 있는지 짖는 소리 하나 들리지 않는다. 보리 타작마당을 에워싸고 있는 삼이나 기장도 파란 잎을 햇빛에 반짝이면서 죽은 듯이 조용하다. 그 다음에 그 끝에 보이는 하늘도 한 면이 숨 막힐 듯이 더워 불같은 아지랑이를 피워 오르게 하며, 구름 봉우리조차 이 한발에 숨을 헐떡이는 것이 아닌가 의심된다. 바라다 본 바, 숨을 쉬고 있는 듯한 것은 이 세 사람의 남자 외에는 없다. 그리고 이 세 사람이 또 관제묘(関帝廟)[2]에 안치되어 있

---

1) 승려들이 가지는 불구(仏具)의 하나로 막대 끝에 말총 다발 따위를 매었다.
2) 『삼국지』에 등장하는 인물 관우를 모신 사당.

는 점토인형처럼 침묵을 지키고 있다. — 물론 일본의 관제묘 이야기가 아니다. 중국의 장산이라는 곳에 사는 유씨의 보리타작 마당에서 어느 해 여름에 일어난 일이다.

❖ 2 ❖

벌거벗고 염천에 나뒹굴고 있는 자는 이 보리타작 마당의 주인으로 성은 유씨 이름은 대성이라고 부르는 장산에서는 굴지의 재산가 중의 한 사람이다. 이 남자의 도락은 오로지 술을 마시는 것으로 아침부터 거의 술잔을 놓은 적이 없다고 한다. 게다가 "혼자서 마실 때마다 한 항아리를 다 비운다."고 하니 보통사람과는 다른 주량이다. 하긴 앞에서 이야기한 것처럼 "성에 가까운 밭두렁이 삼백여 두렁, 반절은 기장을 심는다."니 마시기 위해 가산을 탕진할 만한 걱정도 필요 없다. 그런데 왜 벌거벗고 염천에 나뒹굴고 있는가 하면 거기에는 그만한 연유가 있다. — 그 날 유씨가 술친구의 한 사람인 손선생(이 사람이 하얀 부채를 들고 있는 유학자이다)과 함께 통풍이 좋은 방에서 죽부인에 기대어 바둑을 두고 있는데 하인이 와서는 "지금 호도사(宝幢寺)라는 절의 스님이 오셔서 꼭 주인님을 뵙고 싶다고 하시는데 어떻게 할까요?"라고 했다.

"뭐? 호도사?"라고 말하고는 유씨는 작은 눈을 눈부시듯이 깜박거리다가 이윽고 더운 듯이 뚱뚱한 몸을 일으키면서,

"그럼 이곳으로 모셔라."라고 시켰다. 그리고는 손선생의 얼굴을 살짝 엿보며,

"아마 그 절의 승려일거요."라며 덧붙였다.

호도사에 있는 승려라는 이는 서역에서 온 남만승3)이다. 이 사람이 의술도 행하는가 하면 방중술도 가르친다고 해서 이 근방에서는 평판이 좋다. 예를 들어 장삼(張三)의 흑내장이 갑자기 나았다든가, 고자인 이사(李四)의 그 자리에서 회복됐다든가 등의 거의 기적에 가까운 소문이 돌고 있었던 것이다. 이 소문은 두 사람도 듣고 있었다. 그 남만승이 지금 무엇 때문에 일부러 유씨의 집까지 찾아온 것일까? 물론 유씨쪽에서 부른 기억 따위는 전혀 없다. 먼저 말해 두지만 유씨는 손님이 찾아와 기뻐하는 남자가 전혀 아니다. 단 다른 손님이 한 사람 와 있을 경우에는 새로운 손님이 온다고 하면 대체로 흔쾌히 만나 준다. 손님 앞에서 다른 손님이 있는 것을 자랑거리라도 되는 것처럼 여기는 아이와 같은 허영심을 갖고 있기 때문이다. 더구나 오늘 남만승은 요즈음 어디에서도 평판이 좋다. 결코 만나서 부끄러운 손님이 아니다. ― 유씨가 만나자고 한 동기는 대체로 이런 것에 있었다.

"무슨 일이죠?"

"아마도 동냥일 거요. 시주라도 하라고 하겠죠."

이런 이야기를 두 사람이 하는 중에 이윽고 하인의 안내로 들어오는 것을 보니 키가 크고 모서리가 져 광채가 나는 눈을 한 이채로운 승려이다. 노란 법의를 입고 곱슬곱슬한 머리를 길러 어깨에 윤기 있게 늘어뜨리고 있다. 그리고 주홍빛의 막대를 쥔 채 우두커니 방 한가운데 서 있다. 인사도 없을 뿐 아니라 말도 하지 않는다. 유씨는 잠시 망설이고 있다가 그 사이에 왠지 모르게 불안해져서,

"무슨 일인가?"라고 물어봤다.

그러자 남만승이 말했다.

---

3) 만승(蠻僧). 남만은 옛날 중국에서 인도차이나 등의 남해 지방의 여러 민족을 가리킨 이름으로 이 지방에서 온 승려를 일컫는 말.

"당신이죠? 술을 좋아하는 사람은."

"그렇소."

유씨는 질문이 너무나 당돌하기에 애매하게 대답을 하면서, 도움을 청하듯이 손선생 쪽을 봤다. 손선생은 시치미를 떼고 혼자서 바둑판에 돌을 내려놓는다. 마치 상대하고 싶지 않다는 모습이다.

"당신은 희귀한 병에 걸려 계십니다. 그것을 알고 계신가요?"

남만승은 확인하듯이 이렇게 말했다. 유씨는 병이라고 들었기 때문에 의아스러운 얼굴로 죽부인을 쓰다듬으며,

"병…이라뇨?"

"그렇습니다."

"아니 어렸을 적부터……"

유씨가 이렇게 이야기하자 남만승은 말을 가로채며,

"술을 드셔도 취하지 않으시죠?"

"……"

유씨는 말똥말똥 상대의 얼굴을 보면서 입을 다물어 버렸다. 실제 이 남자는 아무리 술을 마셔도 취한 적이 없다.

"그것이 병의 증거입니다."

남만승은 엷은 웃음을 지면서 말을 이어,

"배 속에 술벌레가 있어 그것을 제거하지 않으면 이 병은 낫지 않습니다. 빈도(貧道)⁴⁾는 당신의 병을 치료하러 왔습니다."

"나을까요?"

유씨는 엉겁결에 불안한 듯 소리를 냈다. 그리고는 스스로 그것을 부끄러워했다.

---

4) 승려가 자기를 낮추어 일컫는 말.

"나으니까 온 것입니다만."

그러자 지금까지 잠자코 문답을 듣고 있던 손선생이 갑자기 말참견을 했다.

"뭔가 약을 쓰시는가?"

"아니, 약 따위를 사용할 거까지는 없습니다."

남만승은 무뚝뚝하게 대답했다.

손선생은 원래 도불(道仏 : 도교와 불교) 두 종교를 이유 없이 경멸하고 있다. 때문에 도사나 승려와 같이 있어도 말을 해 본 적이 거의 없다. 그러다가 지금 갑자기 말을 걸고 싶어진 것은 전적으로 술벌레라는 단어에 흥미를 느꼈기 때문으로 술을 좋아하는 선생은 이 말을 듣자 자기의 배 속에도 술벌레가 있지 않을까 하고 약간 불안해졌기 때문이다. 하지만 남만승의 마지못한 대답을 들으니 갑자기 자신이 바보가 된 듯한 기분이 들어 선생은 약간 얼굴을 붉히면서 원래대로 묵묵히 바둑돌을 두기 시작했다. 그리고 이와 동시에 내심 이런 건방진 중 따위를 만나고 있는 주인 유씨가 바보 같다고 생각하기 시작했다. 유씨 쪽에서는 물론 그런 일에 개의치 않는다.

"그럼 침이라도 사용하는가요?"

"아뇨, 더 간단한 일입니다."

"그럼 주술인가요?"

"아뇨, 주술도 아닙니다."

이런 대화를 주고받은 끝에 남만승은 간단하게 그 치료법을 설명해 주었다. ― 그에 의하면 단지 벌거벗고 양지에 가만히만 있으면 괜찮다는 것이다. 유씨는 그것이 너무나도 쉽게 생각되었다. 그 정도의 일로 낫는다면 그보다 더 좋은 일은 없다. 게다가 의식하고 있지는 않았지만 남만승의 치료를 받는다는 점에서 호기심도 조금은 발동했다. 그래서 결국 유씨도 이쪽에서 머리를 숙여가며 "그럼 부디 치료를 부탁드립니다."라고 말하게 되었다. — 유씨가 벌거벗고 염천의 보리 타작마당에서 누워 있는 것에는 이러한 까닭이 있는 것이다.

그러자 남만승은 몸을 움직여서는 안 된다고 하면서 유씨의 몸을 가는 줄로 칭칭 감았다. 그리고서는 사내아이 종을 시켜서 술을 담은 옹기를 하나 유씨의 머리맡에 가지고 오게 했다. 내친걸음에 술친구인 손선생이 이 희한한 치료에 입회하게 된 것은 말할 필요도 없다.

술벌레라는 것이 어떤 것인지, 그것이 배 속에서 없어지면 어떻게 되는 지, 머리맡에 있는 술 옹기는 무엇에 쓸려는지, 그것을 알고 있는 것은 남만승 외에는 한 사람도 없다. 이러면 아무것도 모른 채 염천에 벌거벗고 나와 있는 유씨는 너무나 세상 물정에 어두운 것처럼 보이지만 보통 인간이 학교 교육을 받는 것도 실은 대체로 이와 같은 일을 하고 있는 것이다.

✢ 3 ✢

덥다. 이마에 땀이 송송 배어나와 그것이 땀방울이 된다고 생각하자, 뚝하고 뜨뜻미지근하게 눈으로 흘러내려온다. 공교롭게도 가는 줄로 묶여있기 때문에 물론 손을 내밀어 닦을 수도 없다. 거기서 목을 움직여 땀의 진로를 바꾸어 보려고 하자 그 순간 격심한 현기증을 일으킬 것 같은 느낌이 들어 유감스럽게도 이 계획 또한 포기했다. 그 사이에 땀은 거리낌 없이 눈꺼풀을 적시고 코 옆에서 입언저리를 돌아 턱 밑에까지 흘러간다. 기분 나쁘기가 이루 말할 수 없다.

거기까지는 눈을 뜨고 하얗게 탄 하늘이나 잎을 늘어트린 삼밭을 말똥말똥 바라보고 있었지만 땀이 줄줄 흘러내리면서는 그조차 단념하지 않으면 안 되었다. 유씨는 이 때 처음으로 땀이 눈에 들어가면 따갑다는 것을 안 것이다. 거기서 도살장의 양 같은 얼굴로 신묘하게 눈을 감은 채 가만히 햇빛을 쬐고 있자 이번에는 얼굴이라고도 몸이라고도 말할 수 없는 윗부분의 피부가 점차로 쓰라림을 느끼게 되었다. 피부의 전면이 온갖 방향으로 움직이려는 힘이 들어 있지만 피부 자신은 그에 대해 조금도 탄력을 지니고 있지 않다. 그래서 여기도 저기도 따끔따끔하다. - 라고 설명하면 좋을 정도의 쓰라림이다.

이것은 땀에 의한 괴로움이 아니다. 유씨는 조금씩 남만승의 치료를 받으면서 화가 치밀기 시작했다. 그러나 이것은 나중에 생각해 보니 아직 고통스럽지 않은 쪽이었다. ─ 그 사이에 목이 말라왔다. 유씨도 조맹덕(曹孟德)인가 조조5)인가 누구인가가 길 앞에 매화나무 숲이 있다고 말하며 군사의 갈증을 해소시켰다는 일은 알고 있다. 하지만 지금의 경우 아무리 매실의 달콤새콤함을 머리에 떠올려도 목이 마른 것은 조금도 전과 변함이 없다. 턱을 움직여 보거나 혀를 깨물어 보았지만 입속은 아직도 열이 나 있다. 거기에다 머리맡의 옹기가 없었다면 어느 정도는 참기 쉬웠을지 모른다. 그러나 옹기 주둥이에서 술 향기가 분분하여 끊임없이 유씨의 코를 공격해 온다. 더구나 기분 탓인지 그 향기가 시간에 따라 점점 진해져 오는 느낌마저 든다. 유씨는 적어도 옹기만이라도 보려고 눈을 떴다. 윗눈을 떠보니 주둥이와 의젓하게 부풀어 오른 몸통부분 절반만이 눈에 들어온다. 눈에 들어오는 것은 그뿐이지만 동시에 유씨의 상상 속에서는 옹기의 침침한

---

5) 조조(曹操), 『삼국지』에 등장하는 인물.

내부에 황금색을 띈 술이 찰랑찰랑 가득 차있는 모습이 떠올랐다. 엉겁결에 금이 간 입술을 마른 혀로 핥아 보았지만 침이 나올 기색이 전혀 없다. 땀조차 지금은 햇빛에 말라 전처럼 흐르지 않게 되었다.

순간 격심한 현기증이 계속해서 두세 번 일어났다. 두통은 아까부터 끊이지 않는다. 유씨는 드디어 마음속으로 남만승을 원망하기 시작했다. 그리고 또 무엇 때문에 자신이 저런 인간의 말장난에 놀아나 이 바보 같은 고통을 당하는가를 생각했다. 그 사이에 목은 점점 더 말라왔다. 가슴이 묘하게 메슥거려 온다. 더 이상 참을 수 없어 가만히 있을 수 없다. 거기서 유씨는 결국 결심하고 머리맡의 남만승에게 치료의 중지를 요청할 양 신음하면서 입을 열었다. —

그러자 그 순간이었다. 유씨는 무엇인지 모를 덩어리가 조금씩 가슴에서 목으로 기어 나오는 것을 느꼈다. 그것이 어쩌면 지렁이처럼 꾸물거린다고 생각하자 어쩌면 도마뱀처럼 조끔씩 기어가는 것 같기도 하다. 어쨌든 어느 부드러운 물체가 부드럽게 꿈틀꿈틀 식도 위를 밑으로부터 올라오는 것이었다. 그리고 결국 마지막에는 목울대 밑을 억지로 빠져나갔다고 생각하자 이번엔 갑자기 미꾸라지 같은 것처럼 미끈거리며 어둔 곳을 빠져나와 기세 좋게 뛰쳐나왔다. 그 순간 옹기병 쪽에서 무언가 술 속으로 첨벙하고 떨어지는 듯 소리가 났다.

그러자 남만승이 갑자기 차분히 앉아 있던 엉덩이를 들어 올리고 유씨의 몸에 묶여 있는 가는 줄을 풀기 시작했다. 이미 술벌레가 나왔으니 안심하라고 이야기한다.

"나왔습니까?"

유씨는 신음하듯이 이렇게 이야기하면서 빙빙 도는 머리를 일으키면서 신기함에 목이 마른 것도 잊고 벌거벗은 채 병 쪽으로 다가갔다.

이것을 보자 손선생도 흰 부채로 햇빛을 가리면서 바쁘게 두 사람 곁
으로 걸어온다. 그리고 세 사람이 동시에 병 속을 들여다보자 살색이
붉은, 진흙 자기와 닮은, 작은 도룡뇽 같은 것이 술 속에서 헤엄을 치
고 있다. 길이는 세 치 정도일 것이다. 입도 있고 눈도 있다. 아무래도
헤엄치면서 술을 마시고 있는 것 같다. 유씨는 이 광경을 보자 갑자기
속이 메스꺼워졌다. ―

❖ 4 ❖

남만승의 치료 효과는 즉각적으로 나타났다. 유대성은 그 날부터
뚝 술을 마실 수 없게 되었다. 지금은 냄새를 맡는 것도 싫다고 한다.
그러나 희한한 일이 유씨의 건강이 그때부터 조금씩 쇠약해졌다. 올
해가 술벌레를 토하고 난 지 삼 년이 되는데 왕년의 통통히 살찐 모습
은 어디도 없다. 안색이 좋지 않은 피부에 기름 긴 채 험상궂은 얼굴
뼈를 감싸고, 서리 맞은 듯 좌우 양쪽의 살쩍이 겨우 관자놀이 위에
남아있을 뿐 일 년 중에 몇 번 잠자리에 드는지 모를 정도라고 한다.
그러나 그 이후 쇠약해진 것은 유씨의 건강만이 아니다. 유씨의 가
산도 차츰 기울어 지금은 삼백 두렁이 넘는 성 근처의 밭도 거의 다른
사람 손으로 넘어갔다. 유씨 자신도 어쩔 수 없이 익숙하지 않은 가래
를 쥐고 초라한 나날을 보내고 있다.
술벌레를 토하고 난 후 왜 유씨의 건강이 쇠약해졌는가? 어째서 가
산이 기울었는가? ― 벌레를 토했다고 하는 것과 유씨의 그 뒤의 몰락
을 인과관계로 늘어 보는 이상, 이것은 누구나 갖기 쉬운 의문이다.
현재 이 의문은 장산에 살고 있는 온갖 직업의 사람들에 의해 계속되
어 한편으로는 그 사람들의 입으로부터 온갖 종류의 답을 얻었다. 지

금 여기에 들고 있는 세 개의 답도 실은 그 중에서 가장 대표적인 것을 선택한 것에 지나지 않는다.

첫 번째 답. 술벌레는 유씨의 복으로 유씨의 병이 아니다. 우연히 바보 남만승을 만나서 자진해서 하늘이 준 복을 잃어버리게 된 것이다.

두 번째 답. 술벌레는 유씨의 병으로 유씨의 복이 아니다. 왜냐하면 한 번 마시는데 한 항아리를 마신다는 것은 도저히 보통사람이 생각할 수 없는 것이기 때문이다. 그래서 만약 술벌레를 제거하지 않았다면 유씨는 반드시 죽었음에 틀림이 없다. 그리고 보니 가난과 병이 번갈아 오는 것도 오히려 유씨에게는 행복이라고 이야기할 만하다.

세 번째 답. 술벌레는 유씨의 병도 아니며 유씨의 복도 아니다. 유씨는 옛날부터 술만 마시고 있었다. 유씨의 일생에서 술을 빼면 나중에는 아무것도 남지 않는다. 그리고 보니 유씨는 즉 술벌레, 술벌레는 즉 유씨이다. 때문에 유씨가 술벌레를 떠난 것은 스스로 자기를 죽인 것과 같다. 결국 술을 마실 수 없게 된 날부터 유씨는 유씨이지만 유씨가 아니다. 유씨 자신이 이미 없어진 것이라고 한다면 옛날의 유씨의 건강이든 재산이든 없어진 것도 지극히 당연한 이야기일 것이다.

이들 답 중에서 어느 것이 가장 합당한지 자신도 모르겠다. 자신은 단지 중국의 소설가의 다이텍티시즘(Didacticism)[6]을 흉내 내 이러한 도덕적 판단을 이 이야기의 마지막에 열거해 봤을 뿐이다.

(1916년 4월)

---

6) 교훈주의. 교훈적 경향.

노로마 인형(野呂松人形)

이민희

　어느 날 갑자기 노로마 인형놀이를 할 예정이니 보러오지 않겠느냐는 초대장이 날아왔다. 초대한 자가 누구인지는 모르나 서면의 내용으로 보아 내 친구의 지인인 것만은 확실했다. 'K씨도 구경하러 오신다고 하니'라는 식으로 쓰여 있었기 때문이다. 두말할 필요도 없이 K는 내 친구이다. — 좌우지간 초대에 응하기로 했다.

　당일 K의 설명을 듣기 전까지는 노로마 인형이 무엇인지 나도 잘 몰랐다. 노로마 인형에 대해서는 후에 『세상이야기(世事談)』라는 책에서 "에도(江戶)시대의 이즈미다유(和泉太夫) 좌의 노로마쓰 간베(野呂松勘兵衛)라는 자가 머리가 납작하고 얼굴이 검푸른 기괴한 모습의 익살스런 인형을 사용했는데, 이것을 노로마 인형이라고 한다. 노로마쓰의 준말이다."라고 쓰여 있는 문구를 통하여 확인할 수 있었다. 옛날에는 에도시대의 구라마에(藏前)라고 불리던 쌀 창고의 녹미를 수령하던 사람이나, 무사들의 부족한 재정을 보충할 요량으로 어용상인들에게 임시로 부과하던 금전을 수령하던 사람, 혹은 문관 등 이른바 돈 있고 시간 있는 사람들이 노로마 인형놀이를 즐겼다고 하나, 지금 이것을 찾는 사람은 별로 없는 듯하다. 그날 나는 차로 행사장인 닛포리(日暮里)에 있는 어느 별장에 갔다. 2월 말의 어느 흐린 날 해질녘이었다. 해지기 전이라서 그런지 빛이라고도 그림자라고도 할 수 없는 밝음이 길가에 감돌고 있었다. 새싹이 돋아나기에는 아직 이르지만 공기는 습기를 머금고 있어 왠지 모르게 따뜻했다. 두세 번 길을 묻고서야 겨우 찾은 그 집은 사람의 왕래가 뜸한 골목에 있었는데 그렇다고 하여 아주 조용한 곳도 아니었다. 옛날식의 작고 낮은 문을 들어서서 화강암으로 깔린 폭이 좁은 길을 따라 현관 앞에 이르자 징 하나가 손님맞이 마루의 기둥에 매달려 있었다. 그 옆에 한 손에 쥘만한 크기의 주칠을 한 막대기까지 갖추어져 있기에 그것을 막 치려는 찰나 한발 앞서 현관 장지문 뒤에 있던 사람이 "이쪽으로 오십시오."하며 말을 건넸다.

　접수처처럼 보이는 곳에서 줄쳐진 장부에 이름을 적고 안으로 들어가자 현관에 이어서 다다미 여덟 장과 여섯 장으로 된 방을 하나로 합하여 만든 어두운 좌석에는 벌써 상당수의 손님이 자리 잡고 있었다. 나는 사람들 앞에 나서야 할 때에는 주로 양복을 입고 간다. 왠지 하카마를 입어야 하는 자리면 주저하게 된다. 번잡한 일본의 에티켓도 양복바지라면 대충 넘어가기 쉽기 때문이다. 나처럼 예절에 익숙지 않은 사람에게 양복은 지극히 편리하다. 그래서 나는 그날도 대학의 제복을 입고 갔다. 그러나 거기에 모인 사람들 중 양복을 입은 사람은 나 말고는 아무도 없었다. 놀랍게도 평소 내가 알고 지내던 영국인조차 가문의 문양을 넣은 일본식 예복에 서지로 만든 하카마를 입고 쥘부채를 앞에 두고 기다리고 있었다. 이러하니 K처럼 장사꾼 집안의 자제가 명주실로 짠 두 겹 기모노를 몸에 두르고 있는 것은 당연하다.

이 두 친구에게 인사를 하고 자리에 앉으려 하니 왠지 내 자신이 마치 외부인이라도 된 듯한 느낌이 들었다.

"이렇게 손님이 많이 왔으니, ─씨도 흡족하겠지."라며 K가 나에게 말을 건넸다. ─씨란 나에게 초대장을 보낸 사람의 이름이다.

"그 사람도 인형놀이에 등장하는 거야?"

"그럼, 한두 곡은 배웠대."

"오늘도 나오려나?"

"아니, 안 나올 거야. 이래 봬도 오늘은 이쪽의 명사들이 나온다니까."라면서 K는 노로마 인형놀이에 대한 여러 이야기를 했다. 프로 수는 어림잡아 약 칠십 개쯤 되고 거기에 사용되는 인형은 이십 개 정도란다. 나는 이따금씩 다다미 여섯 장으로 된 좌석의 정면에 마련된 무대 쪽을 바라보면서 멍하니 K의 설명을 듣고 있었다.

무대는 석 자 남짓한 높이에 다다미 두 장 정도의 너비 그리고 금박을 입힌 칸막이로 되어 있다. K의 말에 의하면 이것은 '데스리(手摺り)'1)라고 하여 언제라도 해체할 수 있도록 만들어져 있다고 한다. 무대의 좌우에는 새로 마련한 삼색비단으로 된 가리개가 드리워져 있다. 뒤로는 금병풍을 둘러친 것 같다. 엷은 어둠 속에서 칸막이와 병풍의 황금빛이 그을음을 한 겹 뒤집어 쓴 것 같이 묵직하게 땅거미를 헤치고 있다. ─ 나는 이 간소한 무대를 보고 매우 기분이 좋아졌다.

"인형은 남자와 여자가 있어서 말이지, 남자는 아오즈(青頭), 모지베(文字兵衛), 쥬나이(十内), 노승 등이 있어."

K는 지치지도 않고 설명한다.

"여자도 종류가 많은가?"라고 영국인이 물었다.

---

1) 인형놀이에서 인형을 조종하는 사람의 허리 아래 부분을 가리는 가로로 걸쳐 놓은 일반지.

"여자는 아사히(朝日), 데루히(照日)가 있어. 그리고 오키네, 아쿠바(惡婆) 따위도 있다나봐. 그 중에서 가장 유명한 것은 아오즈인데, 이건 맨 처음부터 지금의 종가에 전래되고 있다는데…"

공교롭게도 나는 이때 갑자기 소변이 보고 싶어졌다. — 뒷간에서 돌아오니 이미 전등에 불이 들어와 있었다. 그리고 어느새 '데스리' 뒤에는 검은 비단으로 복면을 한 사람이 한 명 인형을 들고 서있다. 드디어 교겐(狂言)2)이 시작된 것이다. 나는 다른 손님들의 양해를 구하면서 그들 틈을 지나서 제자리로 돌아왔다. 그리곤 K와 일본식 예복을 입은 영국인 사이에 앉았다. 무대 위의 인형은 무사의 예복인 남색 스오우에 다테에보시를 쓴 무사다.

"아직도 나는 내로라할 보석이 없으니, 진귀한 보석을 찾으러 서울에 사람을 보내야겠다."

인형을 조종하는 사람이 이렇게 말했다. 말이나 어투 따위가 아이쿄겐(間狂言)3)을 보는 것과 다를 바가 없다. 이윽고 무사가,

"우선 요로쿠(与六)를 불러서 일러두자. 거기 요로쿠 있느냐?"라고 하자, "예."라고 대답하며 검은 비단으로 얼굴을 가린 또 한 사람이 무사의 하인인 다로가자(太郎冠者) 같은 인형을 들고 무대 왼쪽의 삼색비단 속에서 나타났다. 이 사람은 갈색 한가미시모(半上下)4)에 칼을 차지 않은 모습이다.

이어서 무사인형이 왼손을 작은 칼자루에 댄 채로 오른손에 들고 있는 부채로 요로쿠를 손짓하여 부르고는 이렇게 말했다. —

---

2) 일본 전통예능의 한가지로 노가쿠(能楽)의 막간에 상연하는 대사중심의 희극.
3) 노(能)의 중간에 교겐을 하는 사람이 맡는 연기. 또는 그 역.
4) 에도시대에 오메미에(御眼, おめみえ : 에도 막부 직속의 가신 중에서 장군을 배알할 자격이 없는 무사)가 출근할 때 입는 예복, 서민도 예복으로 입었음.

"천하가 평온해지고 경사스런 시대가 오면 너 나 할 것 없이 보석 모으기를 하는데, 너도 알다시피 나는 아직도 내로라할 보석이 없으니, 네가 서울에 가서 진귀한 보석이 있으면 구해오너라."

요로쿠 "예?"

무사 "서둘러라."

"예?"

"아, 예"

"예?"

"아, 예"

"예, 그런데 주인님께서는…"

— 이후 요로쿠의 긴 독백이 시작되었다.

인형은 매우 간단하게 생겼다. 우선 옷 이외에는 다리 같은 것이 없다. 입이 열리거나 눈이 움직이는 후세의 인형에 비하면 현격한 차이라고 할 수 있다. 손가락을 움직일 수는 있지만 그것도 좀처럼 사용하지 않는다. 한다는 것은 오로지 몸동작뿐이다. 몸을 앞뒤로 구부리거나 손을 좌우로 움직이거나 — 그밖에 다른 몸짓은 아무것도 안 한다. 동작과 동작 사이가 늘어지는 것 같으면서도 어딘지 모르게 매우 느긋하여 품위가 있다. 나는 여기서 재차 강하게 인형에 대하여 내 자신이 외부인이 된 듯한 부조화된 느낌을 받았다. 아나톨 프랑스(1844~1924: 프랑스 작가 자크 아나톨 프랑수아 티보의 필명)가 쓴 책 중에 이런 구절이 있다. — 시대와 장소의 제한을 받지 않는 미(美)는 어디에도 없다. 자신이 어느 예술작품을 즐길 수 있는 것은 그 작품에 나타난 생활에 대한 관계를 자신이 발견했을 때뿐이다. 트로이의 유적지인 히사를리크(Hisarlik)의 질그릇은 나로 하여금 『일리아드』에 더욱 애정을 갖도록 만든다. 내가 만약 13세기 피렌체의 생활에 대하여 몰랐다면 단테의 신곡을 지금처럼 감상할 수는 없었을 것이다. 나는 이렇게 말하겠다. 모든 예술작품은 그것이 제작된 장소와 시대를 알아야만 비로소 진정으로 사랑하게 되며 또한 이해할 수 있는 것이다……

나는 황금색 배경 앞에서 유장한 동작을 반복하고 있는 남색 스오우와 갈색 한가미시모를 보고 문득 이 한 구절이 떠올랐다. 우리가 쓰고 있는 소설도 언젠가는 이 노로마 인형처럼 느껴질 때가 올 것이다. 우리는 시대와 장소의 제한을 받지 않는 미가 있을 것이라고 믿고 싶어 한다. 우리를 위해서라도 우리가 존경하는 예술가를 위해서라도 그렇게 믿고 싶어진다. 그러나 그것이 과연 현실에서 있을 법한 이야기란 말인가……

노로마 인형은 마치 그런 바람이 불가능하다고 말하려는 듯이 금박을 입힌 칸막이 위에서 목조로 된 하얀 얼굴을 움직이고 있다. 교겐은 그 후 사기꾼이 나와서 요로쿠를 속이고, 요로쿠는 돌아와서 주인의 노여움을 산다는 데에서 끝이 났다. 연주는 샤미센(三味線 : 삼현으로 된 일본 고유의 현악기)이 없는 연극의 반주음악과 노(能 : 일본 고전 예능의 한 가지)의 반주음악을 합친 것 같다. 나는 다음번 교겐을 기다리는 동안 K와도 이야기하지 않고 멍하니 혼자서 아사히를 마시며 있었다.

(1916년 7월)

마죽(芋粥)

신기동

간교(元慶 : 877-884) 말이나 닌나(仁和 : 885-888) 초엽에 있었던 이야기일 것이다. 언제이건 시대는 그다지 이 이야기에서 중요한 역할을 하고 있지 않다. 독자는 다만 헤이안 조(平安朝)[1]라고 하는 먼 옛날이 배경이 되어 있다고 하는 것을 알고 있기만 하면 된다.

— 그 무렵, 섭정 후지와라 모토쓰네(藤原基経)[2]를 받들어 모시고 있는 무사 중에 아무개 고이(五位)[3]가 있었다. 아무개라고 쓰지 않고 누구라고 분명하게 성명을 밝히고 싶지만 애석하게도 옛 기록에는 그것이 전해지고 있지 않다. 필시 실제로 전해질 가치가 없을 정도로 평범한 남자였을 것이다. 애당초 옛 기록의 기자라고 하는 사람들은 평범한 사람이나 평범한 이야기에 별로 흥미를 가지고 있지 않았던 것 같다. 이런 점에서 그들과 일본의 자연파[4] 작가들과는 상당히 다르다.

---

1) 平安京(지금의 교토(京都) 중심부)이 수도였던 794년부터 가마쿠라막부(鎌倉幕府)가 설치된 1185년까지의 400여 년간을 말한다.
2) 836-991. 헤이안 전기(平安前期)의 관료. 섭정은 천왕을 대신해서 정치를 하는 것 또는 그 사람을 말한다.
3) 관위(官位)의 하나. 전상(殿上)에 오르는 것이 허용된 계급 중 최하위직. 五位에서 四位로 오르는 것은 아주 어려웠다고 함.

왕조시대의 소설가는 의외로 한가한 사람이 아니다. 하여튼 섭정 후 지와라 모토쓰네를 모시고 있는 무사 중에는 아무개 고이(五位)가 있 었다. 이 사람이 이야기의 주인공이다.

고이는 풍채가 아주 볼품없는 남자였다. 무엇보다도 키가 작다. 그 리고 빨간 딸기코에다 눈 꼬리가 쳐져 있다. 콧수염은 물론 옅다. 볼 에 살이 없어 하관이 빠져 뾰족하게 보인다. 입술은 — 하나하나 세고 있자면 한이 없다. 고이의 외모는 그만큼 특이하고 볼품없게 생겨먹 었다.

이 남자가 언제 어떻게 해서 모토쓰네네 밑에 있게 되었는지 그것은 아무도 모른다. 하지만 오래 전부터 언제나 똑같은 빛바랜 스이칸(水干)5)에다 똑같은 쭈글쭈글한 모자를 쓰고 같은 역할을 불평불만 없이 매일 되풀이하고 있는 것만은 확실하다. 그래서인지 지금은 누가 봐 도 이 남자에게 젊었던 때가 있었다고는 생각하지 않는다. (고이는 마 흔이 넘었다.) 그 대신에 태어났을 때부터, 추위 보이는 딸기코와 모양 뿐인 콧수염을 주작대로(朱雀大路)6)에 부는 바람에 드러내 놓고 있었을 것 같은 느낌이 든다. 위로는 주인인 모토쓰네네로부터 아래로는 소를 부리는 아이까지 은연중에 모두 그렇게 믿어 의심하는 자가 없다.

이런 풍채를 하고 있는 남자가 주위에서 받는 대우는 새삼 쓸 것까 지도 없으리라. 사무라이 방7)에 있는 동료들은 고이에 대해서 거의

---

4) 일본근대문학의 자연주의를 의미함. 러일전쟁(1904) 이후 일본문단을 주도한 문 예사조의 한 유파로, 현실을 직시해서 있는 그대로를 묘사한다고 하는 창작이 념 하에 많은 명작을 남겼으나, 작가의 신변에 題材를 한정한 觀照의 리얼리즘으 로 고착해 갔고, 일본특유의 <사소설>의 토대를 준비하는 가운데 문학운동으 로서 쇠퇴해 갔다.

5) 平安時代, 궁정이나 귀족에 소속되어 일하던 하급관리의 옷.

6) 平安京의 중앙을 남북으로 가르는 대로. 이 대로에 의해서 시가지는 右京과 左京 으로 나누어졌다.

파리만큼의 주의도 기울이지 않는다. 직위도 있고 없고 숙소에 모두 스무 명에 가까운 하급 사무라이조차도 그의 출입에는 이상하리만치 냉담하기 짝이 없다. 고이가 뭐라고 해도 결코 그들끼리의 잡담을 그만 둔 적은 없다. 그들에게 있어서는 공기의 존재가 보이지 않듯이 고이의 존재도 눈에 띄지 않을 것이다. 하급 사무라이조차 그 모양이니 사무라이 방의 우두머리라든가 실무책임자라든가 하는 상급자들이 아예 그를 상대하지 않는 것은 오히려 당연한 일이다. 그들은 고이에 대해서는 거의 어린애 같은 무의미한 악의를, 차가운 표정 뒤에 감추고 언제나 손짓만으로 볼일을 봤다. 인간에게 언어가 있는 것은 우연이 아니다. 따라서 그들도 손짓만으로는 볼일을 다 볼 수 없을 때가 종종 있다. 그러나 그들은 그것을 애당초 고이의 능력에 결함이 있다고 생각하고 있는 듯하다. 그래서 그들은 도움이 되지 않으면 이 남자의 비뚤어진 모자 끝에서 헤어진 짚신 뒤축까지 구석구석 쳐다보거나 내려다보고, 그리고 나서 코로 비웃으면서 고개를 홱 돌려 버린다. 그래도 고이는 화를 낸 적이 없다. 그는 모든 부정을 부정으로 느끼지 않을 만큼 배짱 없고 겁 많은 인간이었다.

그런데 동료 사무라이들은 보다 적극적으로 그를 놀리려고 했다. 연장자가 그의 볼품없는 풍채를 소재로 해서 오래된 우스개를 늘어놓으려고 하듯이 나이 어린 동료도 또 그것을 기회로 소위 즉흥화술 연습을 하려고 했기 때문이다. 그들은 이 고이의 면전에서 그 코와 콧수염, 모자와 스이칸(水干)을 품평해서 그칠 줄 몰랐다. 그 뿐만이 아니다. 그가 오륙년 전에 헤어진 주걱턱 마누라와 그 마누라와 관계가 있었다고 하는 주정뱅이 중도 종종 그들의 화제가 되었다. 게다가 어떤

---

7) 황족이나 귀족의 집에 있는 사무라이 대기실.

때는 아주 질 나쁜 장난도 친다. 그것을 지금 하나하나 늘어놓을 수는 없다. 하지만 그의 대나무 통 안의 술을 마시고 거기에 오줌을 넣어 둔 일을 쓰면 그 외는 대개 짐작이 갈 거라고 생각한다.

　그러나 고이는 이들의 야유에 대해서 전혀 무감각했다. 적어도 겉으로는 무감각한 것 같이 보였다. 그는 어떤 말을 들어도 얼굴색조차 바뀐 적이 없다. 묵묵히 옅은 콧수염을 쓰다듬으면서 할 일을 할 뿐이다. 다만 동료의 장난이 도가 지나쳐서 상투에 종이조각을 붙이거나 칼집에 짚신을 묶어 두거나 하면 그는 웃는지 우는지 모르는 얼굴을 하고 "못쓰겠구먼, 그대들은."라고 한다. 그 얼굴을 보고, 그 목소리를 들은 사람은 누구라도 일순 어떤 서글픔을 느낀다.(그들에게 놀림을 당하는 것은 한 사람, 이 딸기코 고이만이 아니다. 그들이 모르는 누군가가 — 다수의 누군가가 그의 얼굴과 목소리를 빌려서 그들의 무정함을 책망하고 있다.) — 그러한 생각이 그들의 마음에 희미하게나마 일순 스며들기 때문이다. 다만 그때의 마음을 언제까지 계속 가지고 있는 사람은 극소수이다. 그 극소수 중의 한 명에 어떤 계급 없는 사무라이가 있었다. 이 자는 단바(丹波)[8] 지방에서 온 남자로 아직 보드라운 콧수염이 겨우 코 밑에 나기 시작한 청년이다. 물론 이 남자도 처음에는 다른 사람들과 같이 아무 이유도 없이 딸기코 고이를 경멸했다. 하지만 어느 날 어떤 기회에 "못쓰겠구먼, 그대들은."이라고 하는 목소리를 듣고부터는 아무리 해도 그 말이 머리를 떠나지 않았다. 그 이후 이 남자의 눈에만큼은 고이가 완전히 딴 사람으로 보이게 되었다. 영양 부족에다 혈색 나쁜, 얼빠진 듯한 고이의 얼굴에도 세상의 박해에 울상을 짓고 있는 '인간'으로 엿보였기 때문이다. 이 계급 없는

---

8) 일본의 구지역명. 현재의 교토부와 효고(兵庫)현의 일부에 속함.

사무라이에게는 고이의 일을 생각할 때마다 세상의 모든 것이 갑자기 원래의 저속함을 드러내고 있는 것 같이 생각되었다. 그리고 동시에 풀죽은 딸기코와 셀 수 있을 정도로 듬성듬성한 콧수염이 왠지 일말의 위안을 자신의 마음에 안겨다 주는 듯하였다. ……

그러나 그것은 오직 이 남자 한 사람에게만 한정된 것이다. 이런 예외를 제외하면 고이는 여전히 주위의 경멸 속에서 개와 같은 생활을 계속하지 않으면 안 되었다. 무엇보다도 그에게는 옷다운 옷이 하나도 없다. 감청색의 스이칸과 같은 색의 바지가 하나씩 있지만, 지금은 그것이 허옇게 바래서 남색인지 곤색인지 분간이 안 되는 색이 되어 있다. 스이칸은 그나마 어깨가 조금 낡아서 실로 짠 허리띠나 국화 꽃 모양의 장식 색이 이상하게 변해있을 뿐이지만 바지는 소맷자락이 닳은 정도로 심하다. 그 바지 안으로부터 속바지도 입지 않은 가는 다리가 나와 있는 것을 보면 흉보기를 좋아하는 동료가 아니라도 가난한 귀족의 수레를 끌고 있는 마른 소를 보는듯한 서글픈 생각이 든다. 게다가 차고 있는 칼도 아주 형편없는 것으로 손잡이의 쇠장식도 이상할 뿐만 아니라 칼집의 검은 칠도 벗겨져 있다. 이것이 딸기코에 볼품없이 짚신을 질질 끌면서 그렇지 않아도 굽은 등을 쌀쌀한 날씨에 더 웅크리고 뭔가를 찾고 있는 듯이 좌우를 살피고 종종걸음으로 걷고 있으니 지나가던 행상까지도 업신여기는 것이 무리도 아니다. 실제로 이런 일조차 있었다.

어느 날 고이가 산조보문(三条坊門)9)을 신천원(神泉苑)10) 쪽으로 가는 곳에서 아이들이 예닐곱 명 길가에 모여서 뭔가를 하고 있는 것을 본

---

9) 현재의 JR 二条駅에서 동쪽으로 뻗어 있는 길. 坊門은 평안경을 동서로 가르는 도로.
10) 평안경 조성 시에 만들어진 황거의 정원.

적이 있다. '팽이'라도 돌리고 있는가 하고 뒤에서 엿보니 어디에선가 온, 길 잃은 삽살개의 목에 줄을 걸고 때리고 차고 하는 것이었다. 겁이 많은 고이는 지금까지 뭔가에 동정을 한 적은 있어도 주위를 꺼려서 아직 한 번도 그것을 행동으로 나타낸 적이 없다. 하지만 이 때만은 상대가 아이들이었기 때문에 약간의 용기가 생겼다. 그래서 최대한 미소를 지으면서 나이가 들어 보이는 아이의 어깨를 두드리고, "이제, 그만하지. 개도 맞으면 아프잖아."라고 말했다. 그러자 그 애는 뒤돌아보면서 눈을 치켜뜨고 경멸하듯이 힐끗힐끗 고이의 차림새를 봤다. 말하자면 사무라이 방의 실무책임자인 별당(別当)이 말이 안 통할 때 이 남자를 보는 듯한 얼굴을 하고 본 것이다.

"쓸데없는 참견은 받고 싶지 않아."

그 아이는 한 발 물러서면서 거만하게 입술을 내밀고 또 이렇게 말했다.

"뭐야! 이 딸기코가."

고이는 이 말이 자신의 얼굴을 때리는 것 같이 느껴졌다. 하지만, 그것은 전혀 욕을 먹어서 화가 났기 때문이 아니다. 하지 않아도 될 말을 해서 수치를 당한 자신이 서글퍼졌기 때문이다. 그는 수습이 되지 않은 상황을 쓴웃음으로 얼버무리면서 말없이 또 신천원 쪽으로 걷기 시작했다. 뒤에서는 아이들이 예닐곱 명 어깨를 나란히 해서 눈꺼풀을 뒤집거나 혀를 내밀고 있다. 물론 그는 그런 것을 모른다. 알고 있다고 해도 그것이 배짱 없는 고이에게 무슨 의미가 있을까. ……

그러면 이 이야기의 주인공은 경멸당하기 위해서만 태어난 사람으로 달리 아무런 희망도 가지고 있지 않은가 하면 그렇지도 않다. 고이는 오륙 년 전부터 마죽이라고 하는 것에 이상한 집착을 가지고 있었

다. 마죽이라는 것은 마를 잘게 썰어서 그것을 칡즙과 함께 삶은 죽을
말하는 것이다. 당시 이것은 비길 데 없는 최고의 맛이라고 해서 천황
의 식탁에까지 올라갔다. 따라서 고이와 같은 사람의 입으로는 일 년
에 한 번, 정월의 주연 때밖에 들어가지 않는다. 그때도 먹을 수 있는
것은 목구멍을 약간 적실 정도의 소량이다. 그래서 마죽을 실컷 먹어
보고 싶다고 생각하는 것이 오래전부터 그의 유일한 욕망이 되어 있
었다. 물론 그는 그것을 누구에게도 이야기한 적이 없다. 아니, 그 자
신조차 그것이 그의 일생을 지배하고 있는 욕망이라고는 명백히 의식
하지 않았을 것이다. 하지만 사실은 그가 그 때문에 살아 있다고 해도
과언이 아닐 정도였다. ― 인간은 때로는 채워질지 채워지지 않을지
알 수 없는 욕망을 위해서 일생을 걸어버린다. 그런 어리석음을 비웃
는 사람은 필시 인생에 대한 방관자에 지나지 않는다.

그러나 고이가 몽상하고 있었던 '마죽을 실컷 먹어보는 것'은 의외
로 쉽게 사실로 되어 나타났다. 그 자초지종을 쓰려고 하는 것이 마죽
이야기의 목적이다.

어느 해 정월 이일 모토쓰네의 저택에 잔치가 열렸을 때의 일이다.
(잔치는 동궁(東宮), 중궁(中宮) 주최의 대향연과 같은 날에 섭정관백가(摂政関白
家)11)가 대신(大臣) 이하의 간다치메(上達部)12)를 초대해서 여는 향연으로 대향연
과 같다.) 고이도 다른 사무라이들 사이에 섞여서 남은 음식으로 대접
을 받았다. 그 당시는 남은 음식을 거지들에게 나누어 주는 습관이 없
어서 남은 반찬은 그 집의 사무라이가 한 곳에 모여서 먹기로 되어있
기 때문이다. '대향연과 다름없다'라고해도 옛날 일이니까 가짓수가
많은 것 치고는 변변한 게 없다. 떡, 튀김떡, 전복찜, 말린 닭고기, 우

---

11) 섭정가(摂政家)와 관백가(関白家). 천황의 정무를 대행하거나 보좌하는 최고위직.
12) 공경(公卿)의 이칭.

지(宇治)13) 산 어린 빙어, 오우미(近江)14) 산 붕어, 도미 소금절임포, 연어알찜, 문어구이, 이세(伊勢)15) 새우, 여름감귤, 감귤, 귤, 곶감 등과 같은 음식이다. 또한 그중에 그 마죽이 있었다. 고이는 매년 이 마죽을 고대하고 있었다. 하지만 언제나 사람이 많기 때문에 자신이 먹을 수 있는 양은 얼마 되지 않았다. 올해는 특히 양이 적었다. 그래서 그런지 여느 때보다도 맛이 아주 좋다. 그래서 그는 먹어 치운 뒤의 그릇을 물끄러미 쳐다보면서 듬성듬성한 콧수염에 붙어 있는 국물을 손바닥으로 닦아서 누구에게랄 것도 없이 "언제쯤이면 이걸 실컷 먹어 보지"라고 말했다.

"대부전(大夫殿)16)은 마죽을 실컷 먹어 본 적이 없는 것 같군."

고이의 말이 끝나기도 전에 누군가가 비웃었다. 거칠고 힘 있는 무인다운 목소리다. 고이는 굽은 등의 목을 들고 접먹은 듯이 그 사람 쪽을 봤다. 목소리의 주인공은 그 무렵 같은 모토쓰네 휘하에 있던 행정장관 도키나가(時長)의 아들인 후지와라 도시히토(藤原利仁)17)이다. 어깨가 딱 벌어지고 키가 눈에 띠게 큰 남자인데 군밤을 씹으면서 흑주잔을 비우고 있었다. 벌써 취기가 많이 올라 있는 듯하다.

"딱한지고."

도시히토는 고이가 얼굴을 드는 것을 보자 경멸과 연민을 함께 담은 듯한 목소리로 말을 계속했다.

"원한다면, 도시히토 이 몸이 실컷 먹여 드리지."

---

13) 교토부 남부의 시. 차의 명산지이며, 헤이안(平安) 시대, 귀족의 별장, 유원지가 있던 곳.
14) 일본의 구지역명. 지금의 사가(佐賀)현인데, 이 작품에서는 비와호(琵琶湖)를 가리킨다.
15) 일본의 구지역명. 지금의 미에(三重)현.
16) 고이(五位)의 별칭.
17) 생몰년 미상. 헤이안 중기의 무인.

늘 학대를 받는 개는 어쩌다 고기를 받아도 쉽게 달려들지 못한다. 고이는 그 특유의 웃는지 우는지 모르는 얼굴을 하고 도시히토의 얼굴과 빈 주발을 번갈아 쳐다보고 있었다.

"싫은가."

"………"

"어때."

"………"

고이는 그러는 사이에 뭇사람의 시선이 자신에게 쏠아지고 있는 것을 느끼기 시작했다. 어떻게 대답하는가에 따라서 또 일동의 조롱을 받지 않으면 안 된다. 또는 어떻게 대답해도 결국 바보 취급을 당할 것 같은 기분이 든다. 그는 망설였다. 만일, 그때 상대가 조금 귀찮은 듯한 목소리로 "싫다면 권하지는 않겠네."라고 하지 않았더라면 고이는 언제까지나 주발과 도시히토를 번갈아 보고 있었을 것이다.

그는 그 말을 듣자 허둥지둥 대답했다.

"아니 …… 황공하옵니다."

이 문답을 듣고 있는 자는 모두 일시에 실소를 금할 수가 없었다. "아니, 황공하옵니다." — 이렇게 말하고 고이의 대답을 흉내 내는 사람도 있다. 노란 등자와 붉은 귤을 담은 떡갈나뭇잎 접시나 외다리받침 그릇 위로 많은 모자들이 웃음소리와 함께 한꺼번에 물결처럼 움직였다. 그중에서도 가장 큰 소리로 기분 좋게 웃은 사람은 도시히토 자신이다.

"그렇다면 조만간에 부르겠네."

이렇게 말하면서 그는 조금 얼굴을 찌푸렸다. 터져 나오려고 하는 웃음과 방금 마신 술이 함께 목구멍에 걸렸기 때문이다.

"……분명히 괜찮다고 했겠다."

"황공합니다."

고이는 벌겋게 되어 더듬거리면서 조금 전의 대답을 또 되풀이했다. 이번에도 모두가 웃는 것은 말할 것도 없다. 그것을 말하게 하고 싶어서 일부러 다짐을 받은 도시히토 본인은 조금 전보다도 한층 더 우습다는 듯이 벌어진 어깨를 들썩거리며 소리 내어 웃었다. 이 북방의 야인은 생활하는 법을 두 가지밖에 모른다. 하나는 술을 마시는 것이고, 다른 하나는 웃는 것이다.

그러나 다행히 화제의 중심은 곧 이 두 사람을 벗어났다. 어쩌면 이것은 다른 사람들이 설령 조롱이라도 해도 모든 사람의 주의를 이 딸기코 고이에게 집중시키는 것이 불쾌했기 때문인지도 모른다. 하여튼 화제는 이리 저리 바뀌어 술도 안주도 얼마 남지 않았을 때는 아무개 초보 사무라이가 무까바키(行縢)[18]의 한 쪽 가랑이로 두 발을 넣어서 말에 올라타려고 했던 이야기가 좌중의 흥미를 모으고 있었다. 하지만 고이만은 그 이야기가 전혀 들리지 않는 것 같다. 아마 마죽이라고 하는 두 글자가 그의 모든 생각을 지배하고 있기 때문일 것이다. 앞에 구운 꿩고기가 있어도 젓가락을 대지 않는다. 흑주 잔이 있어도 입에 대지 않는다. 그는 오직 양 손을 무릎 위에 놓고 맞선을 보는 처녀 같이 새기 시작한 구렛나루 언저리까지 홍조를 띠우면서 검은색 빈 주발을 하염없이 바라보고 멍청하게 미소를 짓고 있다.

그렇게 사오일 지난 날 오전, 가모가와(加茂川)[19]의 하천 부지를 따라서 아와다구치(粟田口)[20]로 통하는 가도에 조용히 말을 모는 두 남자

---

18) 승마 시에 허리에 차서 허리 아래를 가려서 초목의 이슬을 막는 것. 사슴, 곰, 호랑이의 모피로 만들었다.
19) 교토시내 동부를 흐르는 강.

가 있었다. 한 사람은 짙은 푸른색의 사냥복에다 같은 색의 바지를 입고 금은 장식을 한 칼을 찬 '검은 콧수염에 멋진 구레나룻'를 기른 사나이다. 또 한 사람은 볼품없는 진녹색의 스이칸에다 엷은 솜옷을 두 겹 겹쳐 입은 마흔 정도 되어 보이는 사무라이로, 이쪽은 허리띠를 엉성하게 매고 있는 모양이나 딸기코에다 콧구멍 주변이 콧물에 젖어 있는 모습이나, 행색이 이루 말할 수 없이 초라하다. 두 사람이 탄 앞의 말은 적갈색 털, 뒤의 말은 흰색 바탕에 검은색이 섞인 세 살배기 말로 길을 가는 행상이나 사무라이도 뒤돌아 볼 정도의 빠른 걸음이다. 그 뒤에 또 말 걸음에 뒤처지지 않으려고 따라가는 두 사람은 무구(武具)운반 졸개와 잡용 하인임에 틀림없다. — 이것이 도시히토와 고이의 일행인 것은 일부러 여기에서 언급할 필요도 없다.

겨울이라고는 하지만 조용하게 갠 날인데 하천부지의 색이 희게 바랜 돌 사이 졸졸 흐르는 물가의 마른 쑥을 간들거리게 할 정도의 바람도 없다. 하천을 보고 서 있는 키 작은 버드나무는 잎 없는 가지에 엿가락 같이 미끈한 햇살을 받아서 잔가지에 앉아 있는 할미새가 꼬리를 움직이는 것조차 선명하게 그림자를 가도에 떨어뜨리고 있다. 히가시야마(東山)의 짙은 녹색 위에 서리를 얹고 빛바랜 융단 같은 어깨를 다 드러내고 있는 것은 아마 히에산(比叡山)일 것이다. 두 사람은 눈부시게 반사되는 나전장식 안장에 앉아 채찍질을 하지도 않고 유유히 아와다구치를 향해서 가고 있는 것이다.

"어딘지요? 소인을 데리고 가시려고 하시는 곳은."

고이가 어설픈 손놀림으로 고삐를 양손으로 당기면서 말했다.

"바로 저기야. 걱정할 만큼 멀지는 않아."

---

20) 교토시에 있는 동네.

"그렇다면 아와다구치 부근인가요?"

"우선 그렇게 생각해 두는 것이 좋을 거야."

고이는 도시히토가 오늘 아침에 히가시산 근처에 뜨거운 물이 솟고 있는 곳이 있으니까 거기로 가자고 해서 따라온 것이다. 딸기코 고이는 그 말을 그대로 받아들였다. 오랫동안 목욕을 하지 않았기 때문에 전부터 온몸이 근질근질하다. 마죽을 얻어먹는 데다, 목욕까지 할 수 있다면 생각치도 않던 행운이다. 이렇게 생각해서 미리 도시히토가 끌고 오게 한 백마에 올라탔던 것이다. 그런데 재갈을 나란히 해서 여기까지 와 보니, 아무래도 도시히토는 이 부근으로 올 생각이 아니었던 것 같다. 실제로 이런 저런 생각을 하고 있는 사이에 아와다구치는 지나쳐 버렸다.

"아와다구치는 아닌가요?"

"조금, 더, 저 쪽이야."

도시히토는 미소를 머금으면서 일부러 고이의 얼굴을 보지 않고 조용히 말을 몰았다. 길 양쪽의 인가는 점점 드문드문해져서 이제는 넓디넓은 겨울 밭 위로 먹이를 찾고 있는 까마귀만 보일 뿐 산그늘에 조금 남아 있는 눈 색도 약간 푸르스름하게 흐려 보인다. 갠 날이지만 뾰족뾰족한 옻나무 잔가지가 눈이 아프도록 하늘을 찌르고 있는 것도 어쩐지 을씨년스럽다.

"그러면, 야마시나(山科) 근처라도 되는지요?"

"야마시나는 여기야. 목적지까지는 좀 더 가야 돼."

과연 그렇게 말하는 사이에 야마시나도 지나쳤다. 지난 정도가 아니다. 어쩌고저쩌고하는 사이에 세키야마(關山)도 지나서 이럭저럭 정오를 조금 지났을 무렵에는 드디어 미이데라(三井寺)[21] 앞까지 왔다.

미이데라에는 도시히토가 잘 아는 스님이 있었다. 두 사람은 그 스님을 찾아가서 점심을 대접받았다. 식사가 끝나자 또 말을 타고 갈 길을 서둘렀다. 갈 길은 지금까지 온 길에 비하면 인가가 훨씬 인적이 드문 곳이다. 당시는 특히 도적이 사방에서 설쳐 대는 험악한 시절이다. ― 고이는 굽은 등을 더 웅크리고 도시히토의 얼굴을 쳐다보듯이 해서 물었다.

"아직 멀었나요?"

도시히토는 미소를 지었다. 나쁜 장난을 쳐서 들킨 소년이 어른을 향해서 짓는 미소이다. 코끝에 모은 주름과 눈꼬리에 가득한 근육이 웃어 버릴까 웃지 말아야 할까로 망설이고 있는 것을 말하고 있는 것 같다. 그리고서 드디어 이렇게 말했다.

"실은 말이야, 쓰루가(敦賀)22)까지 데리고 가려고 생각했어."

웃으면서 도시히토는 채찍을 들고 먼 하늘을 가리켰다. 그 채찍 아래에는 선명하게 오후의 햇볕을 받은 오우미 호수가 빛나고 있다.

고이는 당황했다.

"쓰루가라고 하시면, 저 에치젠(越前)23)의 쓰루가인 지요. 저 에치젠의 ―"

도시히토가 쓰루가 사람, 후지와라 아리히토(藤原有仁)의 사위가 되고 나서 대개는 쓰루가에 머물고 있다고 하는 것도 평소에 듣지 않은 바도 아니다. 하지만 그 쓰루가까지 자신을 데리고 갈 거라고는 생각치도 못했다. 무엇보다도 수많은 산과 강이 가로질러 있는 에치젠으로 불과 두 명의 하인을 데리고서 이대로 어떻게 무사히 갈 수가 있단

---

21) 비와호(琵琶湖) 주변에 있는 천태종 寺門파의 총본산.
22) 후쿠이(福井)현 남부의 항구도시.
23) 일본의 구지역명으로 지금의 후쿠이현 동부.

말인가. 하물며 요즘은 길 가던 나그네가 도적한테 살해되었다고 하는 소문도 사방에서 들린다. ― 고이는 애원하듯이 도시히토의 얼굴을 봤다.

"너무 황당하군요. 히가시야마라고 하시더니, 야마시나, 야마시나라고 하시더니, 미이데라. 이제는 또 에치젠의 쓰루가라고 말씀하시는 것은, 도대체 어떻게 된 것인지요? 진작 바로 말씀하셨더라면 하인들을 더 데리고 왔을 건데 쓰루가라고 하시니 너무 어이없습니다."

고이는 거의 울상이 된 얼굴로 중얼거렸다. 만약 '마죽을 실컷 먹는다는' 것이 그의 용기를 부추기지 않았더라면 그는 틀림없이 거기에서 헤어져서 교토로 혼자 돌아왔을 것이다.

"도시히토와 온 것이 천명이라고 생각하자. 길에서 어떻게 될까 걱정하는 것은 쓸데없는 짓이야."

고이가 당황하는 것을 보자 도시히토는 눈썹을 약간 찌푸리면서 비웃었다. 그리고 무구(武具)운반 하인을 불러서 가지고 오게 한 화살 통을 어깨에 걸치자 역시 그 손에서 검은 색 옻칠을 한 활을 받아 들고 그것을 안장 위에 눕히면서 앞장서서 말을 몰았다. 이렇게 된 이상 의지가 약한 고이는 도시히토의 뜻에 맹종할 수밖에 없었다. 그래서 그는 불안한 듯이 황량한 주위의 들판을 바라보면서 어렴풋이 기억하고 있는 관음경을 입 안에서 읊고 딸기코를 안장의 앞 고리에 비벼대듯이 해서 미덥지 못한 말 걸음을 무심히 터벅터벅 옮기게 했다.

말발굽이 울리는 들판은 띠로 어지럽게 뒤덮여서 군데군데 있는 물웅덩이도 차갑게 하늘을 비춘 채 그 겨울의 오후를 언젠가 그대로 얼어붙게 하지나 않을까 하는 생각이 든다. 그 들판 끝에는 일대의 산맥이 햇볕을 등지고 있기 때문인지 반짝거려야 할 잔설의 빛도 없이 보라색을 띤 어두운 색을 기다랗게 드리우고 있지만, 그것마저 살풍경한 나뭇가지에 가려서 두 명의 종자 눈에는 들어오지 않을 때가 많다.
— 그러자 도시히토가 느닷없이 고이 쪽을 돌아다보고 말을 걸었다.

"저기에 좋은 사자(使者)가 왔다. 쓰루가에 보낼 전언을 말해야겠다."

고이는 도시히토가 뭘 말하는 지를 잘 몰랐기 때문에 쭈뼛쭈뼛 그 활로 가리키는 쪽을 바라보았다. 원래부터 사람 모습이 보일만한 곳은 아니다. 다만 야생포도인지 뭔지 하는 넝쿨이 관목 더미에 엉켜 있는 곳에 한 마리의 여우가 따뜻한 털색을 기울기 시작한 햇볕에 드러내면서 어슬렁어슬렁 걸어가고 있다. — 라고 생각하고 있는 참에 여우는 황급히 몸을 날려서 쏜살같이 어디론가 달리기 시작했다. 도시히토가 갑자기 채찍을 울려서 그 쪽으로 말을 달리기 시작했기 때문이다. 고이도 정신없이 도시히토의 뒤를 쫓았다. 하인도 물론 뒤쳐질 수는 없다. 한동안은 돌을 차는 말발굽 소리가 따그닥 따그닥 하고 넓은 들판의 정적을 깨고 있었지만, 이윽고 도시히토가 말을 멈춘 것을 보니, 언제 잡았는지 벌써 여우의 뒷발을 붙잡고 안장 옆으로 거꾸로 늘어뜨리고 있다. 여우가 달릴 수 없게 될 때까지 쫓아가서는 그것을 말 밑에 깔고 손으로 생포했을 것이다. 고이는 듬성듬성한 콧수염에 맺혀 있는 땀을 허둥지둥 닦으면서 겨우 그 옆으로 말을 대었다.

"이봐, 여우야, 잘 들어."

도시히토는 여우를 눈앞으로 높이 치켜들고서는 일부러 무서운 목소리로 이렇게 말했다.

"그대, 오늘 밤에 쓰루가의 도시히토 집에 가서 이렇게 말해. 도시히토는 바로 지금 급하게 손님을 데리고 오시려는 참이야. 오전 10시경, 다카시마(高島) 부근까지 남자들에게 안장 없은 말 두 필을 끌고 마중 나오게 해. 알았지, 잊지마!"

말이 끝나자 도시히토(利仁)는 여우를 한 바퀴 돌려서는 멀리 풀밭 속으로 내던졌다.

"야! 잘도 달리네. 잘도 달려."

겨우 따라온 두 명의 종자는 도망가는 여우의 행방을 눈으로 좇으면서 손뼉을 치고 소리 질렀다. 낙엽 같은 색을 한 그 짐승의 등은 어두워지는 해 속으로 나무뿌리, 돌뿌리를 마다하지 않고 쏜살같이 달려간다. 그것이 일행이 서 있는 곳에서 손에 잡힐 듯이 보였다. 여우를 눈으로 쫓고 있는 사이에 어느샌가 그들은 광야가 완만한 사면을 그리고 물이 마른 강바닥과 하나가 되는 그 바로 위쪽으로 나와 있었다.

"미덥지 못한 심부름꾼이야."

고이는 내심 소박한 존경과 찬탄을 표하면서 이 여우조차 마음대로 부리는 거친 무인의 얼굴을 새삼스럽게 쳐다보았다. 자신과 도시히토 사이에 어느 정도의 차이가 있는지 그런 것은 생각할 여유가 없다. 다만 도시히토의 의지에 지배되는 범위가 넓은 만큼 그 의지 속에 포용되는 자신의 의지도 그만큼 자유로워진다고 하는 것을 마음 든든하게 느낄 뿐이다. — 아첨은 필시 이럴 때 가장 자연스럽게 나오는 것이리라. 독자는 앞으로 딸기코의 태도에서 내시 같은 뭔가를 찾아내어도 그것만으로 함부로 이 남자의 인격을 의심해서는 안 될 것이다.

내던져진 여우는 비스듬한 경사면을 구르듯이 해서 뛰어 내려가자 물이 없는 강바닥의 돌 사이를 단숨에 획획 뛰어넘더니 또 맞은편 경사면으로 기세 좋게 비스듬하게 뛰어 올라갔다. 올라가면서 뒤돌아보니 자신을 생포했던 사무라이 일행은 아직 경사면 위에 말을 나란히 하고 서 있다. 그것이 모두 손가락을 모은 크기 정도로 작게 보인다.

특히 지는 해를 받은 적토마와 백마가 서리를 머금은 대기 속에 그림을 그린 것보다 더 선명하게 떠올라 있다.

여우는 고개를 돌리자 다시 마른 덤불 속을 바람 같이 달리기 시작했다.

일행은 예정대로 다음 날 오전 10시 경에 다카시마 근처에 왔다. 이곳은 비와호에 접한 자그마한 부락으로 어제와 달리 흐릿하게 구름 낀 하늘 아래에 몇 채 안 되는 초가집이 드문드문 흩어져 있을 뿐 물가에 서있는 소나무 사이에는 회색의 물결을 모으고 있는 호수의 면이 닦는 것을 잊어버린 거울 같이 차갑게 펼쳐져 있다. — 여기까지 오자 도시히토가 고이를 뒤돌아보고 말했다.

"저기를 봐, 사내들이 마중을 나온 것 같구나."

과연 두 마리의 안장 놓인 말을 끌고 있는 이, 삼십 명의 남자들이 말에 올라 탄 자도 있고 걷는 자도 있는데, 모두 스이칸의 소매를 찬 바람에 날리면서 호숫가의 소나무 사이로 해서 일행 쪽으로 걸음을 서두르고 있다. 마침내 이들이 가까워졌다고 생각하자 말에 타고 있던 자들은 황급히 안장에서 내리고 도보로 온 자들은 길가에 머리 조아려 공손하게 도시히토가 오는 것을 기다렸다.

"역시 저 여우가 심부름을 잘 했나봅니다."

"태어날 때부터 둔갑을 하는 짐승이지, 저 정도의 일을 하는 것은 아무것도 아니야."

고이와 도시히토가 이러한 이야기를 하고 있는 사이에 일행은 가신들이 기다리고 있는 곳으로 왔다.

"수고했어."라고 도시히토가 말을 건넨다. 무릎 꿇고 머리 조아리고 있던 자들이 바삐 일어서서 두 사람의 말고삐를 잡는다. 갑자기 모든 것이 생기가 돌았다.

"저녁 무렵에 희한한 일이 있었습니다요."

두 사람이 말에서 내려서 가죽자리 위에 앉으려고 할 때 적갈색 스이칸을 입은 백발의 가신이 도시히토 앞에 와서 이렇게 말했다.

"뭐가?"

도시히토는 가신들이 가지고 온 술이랑 도시락을 고이에게도 권하면서 호탕하게 물었다.

"그렇다면 말씀드리겠습니다. 밤 여덟시 경에 안주인께서 갑자기 정신이 이상하게 되셔서 말입니다. '나는 사카모토(阪本)의 여우야. 오늘, 주군께서 말씀하신 것을 전할 테니까 가까이 와서 잘 들어'라고 말씀하시는 것입니다요. 그래서 모두가 가까이 다가가니, 안주인께서 말씀하시기를, '주군께서는 바로 지금 갑자기 손님을 대동하고 오시려고 하는 참이야. 내일 오전 열시 경에 다카시마 근처까지 사내들을 보내서 마중하게 해, 그리고 안장이 얹힌 말 두 필을 끌고 가게 해.'라고 명령하시는 겁니다."

"그것 참 해괴한 일이로구나."

고이는 도시히토의 얼굴과 가신들의 얼굴을 자세하게 비교해 보면서 양쪽이 만족할 만하게 장단을 맞추었다.

"그것도 그냥 말씀하시는 것이 아닙니다. 아주 무섭다는 듯이 부들부들 떠시면서 말입죠, '늦게 가면 안 돼. 늦으면, 내가, 주군의 질책을 받아야 해.'라고 하시면서 계속해서 우시는 것입니다."

"그래서, 그리고서 어떻게 했어."

"그리고서 혼이 나간 듯이 주무시는데 말입니다. 저희들이 나갈 때에도 아직 깨어나지 않으신 것 같았습니다."

"어때."

가신들의 이야기를 다 듣자, 도시히토는 고이를 보고 의기양양하게 말했다.

"도시히토 이 몸은 늘 짐승도 마음대로 부릴 수 있어."

"그저 놀랄 뿐입니다."

고이는 딸기코를 긁으면서 약간 머리를 숙이고 그리고 나서 애써 질렀다는 듯이 입을 벌려 보였다. 콧수염에는 바로 지금 마신 술이 방울이 되어 들어붙어 있다.

그날 밤의 일이다. 고이는 도시히토의 자택 방에서 삼발 등잔을 바라보는 둥 마는 둥 하면서 잠 안 오는 긴 밤을 멀뚱멀뚱 지새우고 있었다. 그러고 있으니 저녁에 여기에 도착할 때까지 도시히토나 도시히토의 종복과 담소하면서 넘어 온 마쓰야마(松山), 오가와(小川), 가래노(枯野), 또는 풀, 나뭇잎, 돌, 들불의 연기 냄새 — 그러한 것들이 하나씩 고이의 마음속에 떠올랐다. 특히 해질 무렵에 저녁 안개를 헤치고 이 집에 당도해서 화로에 타고 있는 석탄불의 붉은 불꽃을 봤을 때의 안도감 — 그것도 지금 이렇게 누워있으니 먼 옛날에 있었던 일이라고 밖에는 생각이 되지 않는다. 고이는 솜이 한 뼘 두께나 들어 있는 누런 이불 밑에 편안히 발을 뻗고 멍하니 자기 자신과 자신의 누운 모양을 둘러보았다.

이불 밑으로는 도시히토가 빌려 준 두툼한 담황색 솜옷을 두 개나 겹쳐 끼어 입고 있다. 그것만으로도 땀이 날 정도로 따뜻하다. 거기에다 저녁 식사 때 한잔 걸친 술의 취기가 오르고 있다. 베갯머리 쪽 칸막이 하나를 사이에 둔 저편에는 서리가 차갑게 내려앉은 넓은 정원이 있지만, 그것도 이렇게 기분 좋게 취해 있으니 조금도 불편하지 않

다. 만사가 교토의 자기 방에 있을 때와 비교하면 천양지차다. 무엇보
다도 시간이 지나는 것이 더디다는 생각이 든다. 그러나 한편으로는
날이 샌다고 하는 것이 — 마죽을 먹게 된다고 하는 것이 그렇게 빨리
와서는 안 된다고 하는 생각이 든다. 그리고 또 이 모순된 두 개의 감
정이 서로 부딪힌 후에는 환경의 급격한 변화에서 비롯되는 불안정한
기분이 오늘 날씨 같이 으스스하게 춥게 다가온다. 그것이 모두 방해
가 되어서 모처럼의 따뜻함도 잠을 쉽게 청해 줄 것 같지 않다.

그러자 바깥의 넓은 정원에서 누군가가 큰 소리를 내고 있는 것이
귀에 들어 왔다. 목소리로 봐서는 아무래도 오늘 도중까지 마중 나온
백발의 가신이 뭔가를 이야기하고 있는 듯하다. 그 쉰 목소리가 서리
에 울린 탓인지 나무에 스치는 바람처럼 낭랑하게 한 마디씩 고이의
뼛속까지 전해져 오는 느낌조차 든다.

"여기에 있는 하인들 잘 들어, 주인께서 내일 묘시24)까지 둘레 세
치, 길이 열 척 되는 마른 늙은 사람, 젊은 사람, 각각 하나씩 가져 오
도록 이르셨어. 잊지들 말게. 묘시까지야."

그것이 두세 번 되풀이 되는가 싶더니 이윽고 인기척이 끊어지고
주위는 금새 원래대로 조용한 겨울밤이 되었다. 그 정적 속에 삼발 등
잔의 기름이 심지를 타고 올라가는 소리가 지-지-하고 난다. 붉은 솜
같은 불이 일렁거린다. 고이는 하품을 한 번 씹어 부수고 또 하릴없는
생각에 잠겨 들었다. — 마라고 말한 걸로 봐서는 물론 마죽을 만들려
고 가져오게 했음이 틀림없다. 그렇게 생각하니 잠시 바깥에 주의를
집중한 덕분에 잊고 있었던 조금 전의 불안한 마음이 어느 샌가 다시
살아났다. 특히 아까보다도 한층 심해진 것은 너무 빨리 마죽을 맛보

---

24) 오전 6시.

고 싶지 않다고 하는 심정으로, 그것이 심술궂게도 상념의 중심에서 떠나지 않는다. 아무래도 이렇게 쉽게 '마죽을 실컷 먹어보는' 일이 사실로 되어 나타나서는 모처럼 지금까지 몇 년이나 참고 기다리고 있었던 것이 정말이지 헛수고같이 생각된다. 할 수 있다면 뭔가 갑자기 탈이 나서 일단 마죽을 먹을 수 없게 된 다음에 다시 그 탈이 없어져서 드디어 마죽을 먹어 보게 된다고 하는 그런 순서로 모든 것을 이루어지게 하고 싶다. ― 이러한 생각이 '팽이돌기'처럼 빙글빙글 한 곳을 돌고 있는 사이에 언젠가 고이는 여행의 피로로 푹 잠이 들었다.

다음날 아침 눈을 뜨자마자 고이는 어제 밤에 들은 이야기가 신경이 쓰여서 격자문을 열어 봤다. 그러자 모르는 사이에 너무 자서 묘시를 넘겨버렸는지 넓은 마당에 깔아 놓은 네다섯 장의 긴 멍석 위에는 장작 같은 것이 어림잡아 이삼천 개, 비스듬히 튀어 나온 적갈색 지붕의 처마 끝에 닿을 정도로 산처럼 쌓여 있다. 자세히 보니 그것이 모두 둘레 세치, 길이 다섯 자 정도의 터무니없이 큰 마였다.

고이는 잠이 덜 깬 눈을 비비면서 거의 당혹에 가까운 경악을 느끼고 말문이 막혀서 주위를 둘러 봤다. 넓은 마당 군데군데에는 새로 박은 듯한 말뚝 위에 큰 가마솥을 대여섯 개 쭉- 걸어 놓고 흰 천의 상의를 입은 하녀가 수십 명이나 그 주위에서 움직이고 있다. 불을 지피는 사람, 재를 긁어내는 사람, 또는 새 원목으로 만든 통에 '칡넝쿨즙'을 퍼서 솥 안에 부어 넣는 사람, 모두 마죽을 만들 준비로 눈이 돌아갈 정도로 바쁘다. 솥 밑에서 올라오는 연기와 솥 안에서 피어오르는 뜨거운 김이 아직 남아 있는 새벽 운무와 하나가 되어서 물체도 똑똑히 분간이 안 될 정도로 회색으로 넓은 마당 가득히 꽉 찬 가운데서 붉은 것은 맹렬히 타오르는 가마솥 밑의 불꽃뿐 눈에 보이는 것, 귀에 들리는 것, 모두 전장이나 화재현장에라도 온 듯한 소란이다. 고이는 새삼스럽게 이 거대한 마가 이 거대한 가마솥 안에서 마죽이 되는 것을 생각했다. 그리고 자신이 그 마죽을 먹기 위해서 교토에서 일부러 에치젠의 쓰루가까지 온 것을 생각했다. 생각하면 생각할수록 뭐하나 허탈하지 않은 것이 없다. 고이의 동정해야만 할 식욕은 실로 이 때 이미 절반을 잃어버린 것이다.

그리고서 한 시간 뒤, 고이는 도시히토나 장인인 아리히토와 함께 아침상을 마주했다. 앞에 있는 것은 한 말들이 양철통에 가득 담긴 넘실넘실 바다같이 가득 찬 놀랄만한 마죽이다. 고이는 아까 그 처마까지 쌓아 올린 마를 수십 명의 장정이 날이 선 부엌칼을 잽싸게 다루면서 한 쪽 끝에서부터 깎아 내듯이 힘 있게 자르는 것을 봤다. 그리고 그것을 그 하녀들이 이리저리 서로 왔다 갔다 하면서 하나 남김없이 큰 가마솥에 집어서는 넣고 집어서는 넣고 하는 것을 봤다. 마지막으로 그 마가 멍석 위에 하나도 보이지 않게 되었을 때, 마 냄새와 칡 냄새를 머금은 몇 줄긴가의 김이 어지럽게 가마솥 안에서 맑은 아침 하늘로 춤추며 올라가는 것을 봤다. 이것을 가까이에서 본 그가 지금 양동이에 넣은 마죽을 마주했을 때 아직 입도 대기 전에 이미 배가 가득 찬 느낌이 든 것은 분명 무리도 아닐 것이다. ― 고이는 양동이를 앞에 두고 난감한 듯이 이마의 땀을 닦았다.

"마죽을 실컷 먹어 본 적이 없다고? 자, 사양하지 말고 드시게."

장인인 아리히토는 아이들에게 말해서 다시 몇 개인가의 양철 양푼을 밥상 위에 늘어놓게 했다. 그 속에는 어느 것도 마죽이 넘칠 듯이 들어 있었다. 고이는 눈을 감고 그렇지 않아도 빨간 코를 한층 붉히면서 양푼에 들어있는 마죽의 반을 큰 그릇에 퍼서 억지로 다 먹었다.

"아버님도 그렇게 말씀하시지 않는가, 이것만큼은 사양할 것 없네."

도시히토도 옆에서 새 양푼을 권하고 심술궂게 웃으면서 이렇게 말했다. 난처한 것은 고이이다. 솔직하게 말하면, 처음부터 마죽은 한 주발도 먹고 싶지 않다. 그것을 지금 참고 겨우 양푼으로 반 정도만 먹었다. 이 이상 먹으면 목구멍을 넘기기 전에 올려 버릴 것 같다. 그렇다고 해서 먹지 않으면 도시히토나 아리히토의 호의를 무시하는 것과 같다. 그래서 그는 눈을 감고 나머지 반을 삼분의 일 정도 먹었다. 이제 더는 한 입도 먹을 수가 없다.

"뭐라고 말씀 드려야 할지, 많이 먹어서 이젠 — 이거 참 뭐라 말씀 드려야 할지."

고이는 허겁지겁 두서없이 이렇게 말했다. 아주 질렸는지 콧수염에도 코끝에도 겨울이라고는 생각이 들지 않을 정도로 땀이 방울이 되어 맺혀 있다.

"거 참, 소식(小食)이구만, 손님께서는 사양하는 것 같이 보이는 걸. 이봐, 이봐 뭣들 하고 있어!"

아이들은 아리히토의 지시에 따라서 새 양푼 안에서 마죽을 떠서 주발에 담으려고 한다. 고이는 양손을 파리라도 쫓듯이 해서 사양의 뜻을 나타내었다.

"아니 이제 충분합니다.…… 죄송합니다만, 충분합니다."

만일 이때 도시히토가 갑자기 맞은 편 집 처마를 가리키고 "저길 보게"라고 말하지 않았더라면 아리히토는 또 고이에게 마죽을 권하기를 멈추지 않았을지도 모른다. 그러나 다행히 도시히토의 목소리는 일동의 주의를 그 처마 쪽으로 모으게 했다. 적갈색 지붕의 처마에는 바로 아침 해가 비치고 있다. 그리고 그 눈부신 햇빛에 광택이 좋은

모피를 반짝거리며 한 마리의 짐승이 점잖게 앉아 있다. 보니 그것은
어제 도시히토가 들판 길에서 잡은 그 사카모토의 여우였다.

"여우도 마죽이 먹고 싶어서 왔나 보구나. 이보게들 저 녀석에게도
먹여 주게."

도시히토의 명령은 말이 끝나자마자 실행되었다. 처마에서 뛰어내
린 여우는 바로 넓은 마당에서 마죽을 대접받았다.

고이는 마죽을 먹고 있는 여우를 바라보면서 여기에 오기 전의 그
자신을 그리운 마음으로 돌이켜 봤다. 그것은 많은 사무라이들에게
조롱을 당하던 그였다. 교토의 아이들에게조차 "뭐야, 이 딸기코가."
라고 욕을 먹고 있는 그였다. 빛바랜 스이칸에다 바지를 입고 임자 없
는 개같이 주작대로를 어슬렁거리고 있는 애처럽고 고독한 그였다.
그러나 동시에 또 마죽을 실컷 먹어 보고 싶다고 하는 욕망을 오직 혼
자 소중하게 간직하고 있던 행복한 그였다. ― 그는 더 이상 마죽을
먹지 않아도 된다고 하는 안도와 함께 얼굴 가득히 땀이 점점 코끝에
서 말라가는 것을 느꼈다. 개여 있기는 해도 쓰루가의 아침은 몸속까
지 파고 들 것같이 바람이 차다. 고이는 허겁지겁 코를 누름과 동시에
양푼을 마주하고 큰 하품을 했다.

(1916년 8월)

원숭이(猿)

윤상현

제가 기나긴 항해를 마치고 겨우 어린 기생(군함에서는 후보생을 이렇게 부릅니다) 기한도 끝나려고 할 즈음이었습니다. 제가 타고 있던 군함 A가 요코스카에 입항하고 나서 삼 일째 되던 날 오후, 그럭저럭 3시 정도였을 겁니다. 여느 때와 같이 힘차게 상륙 집합 나팔소리가 울렸습니다. 모든 승무원들은 제각기 일사불란하게 우현(右舷)부터 차례로 상륙 순서를 기다리려고 상갑판에 모여 정렬을 하고 있을 때, 이번에는 돌연 승무원 전원 집합 명령 나팔 소리가 울렸습니다. 물론 이것은 예사로운 일이 아니었습니다. 연유도 알지 못하는 저희들은 갑판 승강장 입구를 올라오면서 "도대체 무슨 일이지."라고 서로 수군거렸습니다.

막상 모든 승무원이 집합하자 그 앞에 서서 부함장은 이렇게 말했습니다.

"……본 군함 내에서 근래 도난당한 자가 2, 3명 있다. 특히 어제 마을에 있는 시계방 주인이 방문했을 때에도 은으로 만들어진 회중시계가 2개 분실된 것도 있고 해서 오늘은 지금부터 승무원 전원 신체검사를 하고 아울러 소지품 검사도 실시하도록 한다.……"

대강 이러한 취지의 내용이었던 것 같습니다. 시계방 주인 도난 사건은 처음 듣는 이야기였습니다만, 도난당한 사람이 있다는 것은 저희들도 알고 있었습니다. 확실히는 모르나 해군 하사관 한 명과 수병(水兵) 두 명 모두 돈을 도둑맞았다는 것입니다.

물론 신체검사이니까 모두가 옷을 벗고 알몸인 채로 있었습니다. 하지만 다행히 10월 초순으로 항구 근처에 떠있는 빨간 부표에 햇살이 강렬하게 내려쬐는 것을 보니, 아직은 늦여름의 기온이 남아 있어 그런지 그다지 어려운 일은 아니었습니다. 다만 곤란한 점이 있었다면 상륙하자마자 놀러 가려고 했던 몇 명의 무리들로, 검사가 시작되자 주머니에서 춘화(春畵)가 나오거나 콘돔이 나온 소동 정도였습니다. 그것을 본 당사자들은 부끄러워 얼굴이 붉어지고 우물쭈물하며 어쩔 줄을 몰라 했습니다. 아무래도 그 중 두세 명은 상관에게 기합을 받았을 것입니다.

여하튼 총 승무원이 600명이나 되니 대충 검사를 한다 하더라도 상당한 시간이 걸립니다. 또한 600명의 사람이 모두 다 벗은 알몸으로 상갑판 가득 서있으니까 진기한 풍경이라고 말한다면 이만큼이나 진기한 풍경은 없을 것입니다. 그 중에서도 얼굴이나 손목 부위가 새까만 자는 기관병들로, 이들은 이번 도난 사건으로 비록 한때지만 혐의를 받은 적이 있었기 때문에 속옷마저 벗어 던지고 찾아 볼 수 있으면 어디라고 찾아봐 달라고 사뭇 비장한 얼굴이었습니다.

상갑판에서 이러한 소동이 시작되는 동안, 중갑판이나 하갑판에서는 소지품 검사를 하기 시작하였습니다. 갑판 승강장 입구에는 빠짐 없이 후보생이 배치되어 있어서, 상갑판에 있는 승무원은 물론 아래로 한 발짝도 들어설 수가 없었습니다. 그 중에 저는 마침 하갑판을 검사하는 임무를 맡았기 때문에, 다른 동료들과 함께 병사들의 옷에 달린 호주머니나 지갑을 검사하며 걸어 다녔습니다. 이런 수색 작업은 군함을 타고 나서 여태껏 처음 겪는 일이었지만 기둥 뒤를 찾는다던가, 옷이 놓여져 있는 선반 구석을 휘젓는다던가 하는 것은 생각보다 성가신 일입니다. 그러한 와중에 가까스로 저와 같은 후보생인 마키다(牧田)가 도난품을 발견하였습니다. 시계나 돈 모두 나라시마(奈良島)라는 신호병의 모자를 넣어둔 상자 안에 있었던 것입니다. 그 이외에도 지금껏 급사가 잃어버렸다고 하는 푸른 조개 손잡이인 나이프도 들어 있었다고 합니다.

이 소식을 접하자 '집합 해산'에서 즉시 '신호병 소집'이라는 새로운 명령이 내려졌습니다. 다른 승무원들은 빨리 범인을 잡게 되어 기뻐했으며 모두가 기뻐하지 않는 사람이 없었습니다. 특히 기관병들은 전에 의심받았다는 이유도 있고 해서 더욱 기뻐하는 것 같았습니다. 하지만 집합한 신호병들을 보니 나라시마는 없었습니다.

저는 아직 경험이 없었기에 이러한 일은 전혀 알지 못합니다만, 군함에서는 도난품이 발견되어도 범인을 찾을 수 없는 경우가 자주 있다고 합니다. 물론 그들 대부분은 자살을 하는 경우로 십중팔구는 석탄 창고 안에서 목을 매달고 죽기 때문에 배에서 떨어져 죽는 일은 거의 없습니다. 다만 한번은 제가 탄 군함에서 칼로 배를 찌른 적이 있다고 합니다만 다행히 숨이 거두기 직전에 발견되어 목숨만은 건질 수가 있었습니다.

군함 내에서는 이러한 사고가 종종 있어 왔기 때문에 나라시마가 보이지 않자 장교들도 모두 놀라 섬뜩해 하였습니다. 특히 지금도 눈앞에 생생한 것은 부함장의 당황한 모습으로, 이전에 전쟁 시에는 상당히 용맹을 떨쳤던 사람이라고 합니다만 이렇게 안색이 변하고 안절부절못하는 모습을 보면 옆에서 보기에도 실소를 금할 수 없을 정도였습니다. 저희들은 모두 그것을 보고서 서로 경멸에 찬 눈으로 주고받았습니다. 평소에 정신수양인가 뭔가를 강조해 온 주제에 저 낭패한 모습은 뭐냐고 하는 마음을 내심 가지고 있었던 겁니다.

그리하여 곧 부함장의 명령으로 함 내 수색이 시작되었습니다. 그렇게 되고 보니 일종의 유쾌한 흥분에 사로잡힌 것은 단지 저 혼자만이 아니었습니다. 불구경 가는 구경꾼의 속물근성과 같은, 마치 그런 기분이 들었습니다. 경찰이 범인을 체포하러 가게 되면 상대방이 저항할지도 모른다는 불안이 있겠지만, 군함 내에서는 그러한 일이 결코 없습니다. 특히 저희들과 수병 사이에는 상하구분의 위계질서라는 것이 엄해서 군인이 되어 보지 않으면 알 수 없을 정도로 심하기 때문에, 그것이 상당한 장점이라면 장점이라 할 수 있습니다. 저는 용감한 태세로 갑판 승강장 입구를 향해 달려 내려갔습니다. 마침 그때, 저와 함께 내려간 동료 중에 마키타가 있었습니다. 이 자 또한 재미있어 견딜 수 없다는 듯이 뒤에서 저의 어깨를 두드리며 "이봐, 원숭이를 잡았을 때 일은 생각하지 마."라고 말하는 것이었습니다.

"응, 오늘 원숭이는 그때 원숭이만큼 민첩하지 않으니까 괜찮아."

"그렇게 깔보다가는 놓칠 수 있어."

"아니, 그까짓 것 도망가 봐야 원숭이는 원숭이니까."

이러한 농담을 하면서 아래로 내려갔습니다. 여기서 말한 원숭이는 먼 항해 중 오스트레일리아에 갔을 때, 브리스베인에서 포대대장이 누군가에서 받아 온 원숭이를 말합니다. 이 원숭이가 항해 중 빌헬름,

하프엔에 입항하기 이틀 전 함장의 시계를 가져간 채로 어딘가 도망쳐버려 군함 내에 큰 소동이 일어났습니다. 이러한 소동의 주요 원인 중 하나는 기나긴 항해로 무료함을 달래기 위한 것도 있었지만 포대 대장 당사자를 비롯하여 저희들 모두 총출동하여 작업복을 입은 채 아래로는 기관실에서 위로는 포탑까지 찾아 뒤지는 보통 혼잡한 일이 아니었습니다. 게다가 다른 동료들에게 받거나 산 동물들이 많이 있었기 때문에, 저희들이 달려오면 개가 다리에 얽히거나, 펠리컨이 울기 시작하거나, 혹은 로프에 매단 새장 속에 있는 잉꼬가 미친 듯이 날갯짓을 하여, 마치 서커스에서 화재라도 난 것처럼 한마디로 가관이었습니다. 그 속에서 원숭이 녀석은 어떻게 빠져나왔는지 황급히 상갑판 위로 뛰쳐나와 시계를 쥔 채로 느닷없이 돛대로 기어오르려고 하였습니다. 때마침 그곳에는 수병 두세 명이 작업 중이었기 때문에 기어 올라오는 원숭이를 놓칠 리가 없습니다. 곧바로 한 사람이 목덜미를 잡아 어려움 없이 낚아채었습니다. 시계도 유리만 부서졌을 뿐 큰 파손 없이 끝났습니다. 나중에 원숭이는 포대대장의 제안으로 만 이틀 동안 단식이란 처벌을 받았습니다만, 우습게도 그 기간이 끝나기도 전에 포대대장 스스로가 벌칙을 깨고 원숭이에게 당근이나 감자를 주고 말았습니다. 그리고 "풀이 죽어 있는 모습을 보니 비록 원숭이라고 해도 불쌍해서 말이야."라고 말하는 것이었습니다. 이것은 여담이지만, 실제로 나라시마를 찾으러 돌아다니는 저희들의 마음은 이 원숭이를 뒤쫓을 때의 마음과 꽤 비슷한 점이 많았습니다.

저는 그때 제일 먼저 하갑판으로 내려갔습니다. 모두가 알고 계시겠지만 하갑판은 언제나 그렇듯 몹시 어두침침하였습니다. 그 안에는 연마된 쇠붙이나 페인트칠한 철판이 여기저기서 어렴풋이 빛을 내고 있어서, 왠지 묘하게 숨이 막힐 것 같은 기분이 들어 견딜 수가 없었습니다. 그 어두침침한 곳에서 석탄을 쌓아둔 창고 쪽으로 두세 걸음 걸어갔다고 느낀 순간, 저는 잠시나마 소리를 내어 비명을 지르려고 했습니다. 창고 입구에 쌓아둔 석탄 사이로 사람의 상반신이 나와 있었기 때문입니다. 아마도 지금 그 좁은 틈에서 창고 안으로 들어가려고 다리를 먼저 넣는 순간이었던 것 같습니다. 이쪽에서 본다면 얼굴은 감색 수병복의 어깨와 모자로 가려져 누구인지 알 수 없었습니다만, 저는 직관적으로 그 자가 나라시마라고 확신하였습니다. 만일 그렇다면 말할 필요도 없이 자살을 할 작정으로 석탄을 쌓아둔 창고로 들어가려고 했던 것입니다.

저는 이상하리만치 흥분을 느꼈습니다. 몸속의 피가 치솟는 듯한, 뭐라고 말할 수 없는 유쾌한 흥분이었습니다. 총을 들고 기다리고 있던 사냥꾼이 사냥감이 오는 것을 본 순간과 같은 기분이라 말할 수 있을까요. 저는 거의 필사적으로 그 남자에게 덤벼들었습니다. 그리고 사냥개보다도 재빠르게 양손으로 그 남자의 어깨를 위에서 꽉 눌렀습니다.

"나라시마!"

꾸짖는 것인지 욕을 퍼붓는 것인지 분간할 수 없을 정도로 저의 목소리는 이상하게 상기되어 떨고 있었습니다. 그리고 실제 이 자가 범인인 나라시마였던 사실 또한 두말할 필요도 없습니다.

나라시마는 제 손을 뿌리쳐 내리려고도 하지 않고, 상반신을 창고 입구에 쌓아둔 석탄 사이로 낀 채로 조용히 저의 얼굴을 올려다보았습니다. 여기서 '조용히'라는 것은 단지 말로 다 표현할 수가 없습니다. 있는 힘을 다 쏟아낸 후에 조용하지 않으면 안 되는 '조용히'였습니다.

여유가 없는, 궁지에 몰린, 말하자면 반쯤은 바람에 부서진 활대가 바람이 지나간 후 간신히 남아 있는 힘에 의지하여 원래의 위치로 돌아가려고 하는 그 어쩔 수 없는 '조용히'였습니다. 저는 비록 무의식적이지만 예상했던 저항이 없었기에 어떤 불만에 가까운 감정을 품으면서, 더구나 그 탓에 한층 더 초조하고 화가 나는 것을 느끼면서 잠자코 그 '조용히' 쳐든 얼굴을 내려다보았습니다.

그 순간 저는 이러한 얼굴을 지금까지 단 한 번도 본 적이 없었습니다. 악마라도 한번 본다면 울고 갈만한 얼굴입니다. 이렇게 말해도 실제 그것을 보지 않은 여러분들은 아무래도 상상하실 수 없을 겁니다. 저는 여러분에게 이 자의 눈물이 글썽거리고 있는 눈에 대해서 말씀드리자면 할 수 있을 것 같습니다. 그처럼 빠르게 불수의근으로 변해 버린 듯 입 언저리의 근육에 일어나는 경련도 어쩌면 본대로 말씀드릴 수 있을지도 모릅니다. 그리고 저 땀에 찌든 혈색 나쁜 얼굴도 그것만이라면 쉽게 설명할 수 있습니다. 하지만 이것들 모두가 한꺼번에 달려드는 무서운 표정은 어떤 소설가라도 쓸 수가 없을 겁니다. 저는 소설을 쓰시는 여러분 앞에서도 안심하고 이것만큼은 단언할 수 있습니다. 저는 그 표정이 저의 마음에 있는 무언가를 번갯불처럼 때려 부수는 것을 느꼈습니다. 그만큼 이 신호병의 얼굴은 저에게 커다란 충격을 주었던 것입니다.

"네놈은 무엇을 하려고 여기에 온 것이냐?"

저는 기계적으로 이렇게 말했습니다. 그러자 그 '네놈'이 기분 탓인지 저 자신을 가리키고 있는 것처럼 들려왔습니다. "네놈은 무엇을 하려고 여기에 온 것이냐?" 이렇게 묻는다면 저는 뭐라고 대답할 수 있겠습니까. '나는 이 남자를 죄인으로 여기고 여기에 온 것이다.' 누군가는 의기양양하게 그렇게 대답할 수 있습니다. 아니면 누군가는 이 얼굴을 보고 그런 흉내를 낼 수 있습니다. 이렇게 쓰면 긴 시간 동안의 일처럼 느끼겠지만 실제로는 거의 한 순간에 이러한 자책이 저의 마음속에 스쳐 지나간 것입니다. 바로 그때입니다.

"면목 없습니다."

이러한 말이 희미하지만 날카롭게 저의 귀에 들려왔습니다.

여러분이라면 제 마음이 저에게 말한 것처럼 들렸을 것이라고 추측하실 겁니다. 저는 단지 그 말이 바늘로 찌른 듯 제 신경에 와 닿는 것을 느꼈습니다. 전적으로 그때의 제 마음은 나라시마와 함께 '면목이 없습니다.'라고 말하며 우리들보다 큰 무언가의 앞에서 고개를 숙이고 싶었습니다. 저는 어느샌가 나라시마의 어깨를 짓누르고 있던 손을 거두고 저 자신이 붙잡힌 범인과 같이 멍하니 석탄 창고 앞에 서 있었습니다.

나중의 일은 말씀드리지 않아도 대략 짐작하실 겁니다. 나라시마는 그날 하루 종일 금고실에 감금되고 다음날 우라가(浦賀)에 있는 해군감옥에 보내질 것입니다. 이것은 그다지 말씀드리고 싶지 않지만 거기에는 죄인에게 자주 '탄환운반'이라는 일을 시킨다고 합니다. 8척(길이를 재는 단위로, 1촌의 10배, 1척은 약 30.3cm) 정도의 거리를 둔 높은 건물에서 다른 건물로 5관(1관은 3.75kg) 정도 나가는 철포를 계속 반복해서 옮겨놓게 하는 것입니다. 사실 어떤 괴로운 일이 있다 하더라도 이 정도로 죄인에게 고통스러운 것은 없을 것입니다. 언젠가 읽은 적이 있는 도스토예프스키의 「죽은 이의 집의 기록」 속에서도 '갑 물통에서 을 물통으로 물을 옮겨, 그 물을 다시 갑 물통에 옮긴다고 하는 무료하기 짝이 없는 일을 몇 번씩이나 반복시킨다면 그 죄인은 반드시 자살한다.'라는 문장이 쓰여져 있다고 기억됩니다만, 그것을 실제로 저 감옥에 있는 죄인이 하고 있으니 자살을 하지 않는 것이 오히려 이상할 정도입니다. 제가 붙잡은 그 신호병은 그런 곳에 보내진 것입니다. 주근깨가 있는, 키가 작은, 마음이 약해 보이는 얌전한 남자였습니다만……

그날 저는 다른 후보생 동료들과 난간에 기대어 해가 저물어가는 항구를 보고 있자니 낮에 만났던 마키타가 제 옆으로 와서 "원숭이를 생포하다니 대단한 실력인데."라고 놀리듯 말하였습니다. 다른 승무원들도 제가 내심 자랑이라도 하고 있다고 생각하였던 것입니다.

"나라시마는 인간이야. 원숭이가 아니야."

저는 퉁명스럽게 이렇게 말하며 서둘러 난간에서 벗어나 자리를 피했습니다. 다른 동료들이 모두 이상하게 생각한 것은 당연합니다. 왜냐 하면 마키타와 저는 해군 사관학교 졸업 이후 줄곧 친한 친구로 한번도 싸움을 한 적이 없으니까 말입니다. 저는 혼자 상갑판을 뱃머리에서 후미 쪽으로 걸으면서 나라시마의 생사를 걱정한 부함장의 허둥 댄 모습을 다시금 그리운 듯 생각해 보았습니다. 저희들이 그 신호병을 원숭이로 취급할 때에도 부함장만은 우리와 똑같은 인간으로서 동정을 가지고 있었던 것입니다. 그것을 경멸한 저희들의 어리석음에 대해서는 정말이지 뭐라고 말씀드릴 게 없습니다. 저는 왠지 부끄러움에 고개를 떨구었습니다. 그리고 가능한 한 구두 발자국 소리가 나지 않도록 어둠이 내려앉은 갑판을 재차 뱃머리에서 후미 쪽으로 발걸음을 돌렸습니다. 금고실에 있는 나라시마에게 저희들의 힘찬 구두 발자국 소리를 듣게 한 것이 미안하게 생각되었기 때문입니다.

나라시마가 도둑질을 한 것은 역시 여자 때문이었다고 합니다. 형

기는 어느 정도였는지 모릅니다. 어쨌든 적어도 몇 개월간은 어두운
곳에서 생활하게 될 겁니다. 원숭이의 처벌은 용서되어도, 인간은 용
서할 수 없기 때문입니다.

(1916년 8월)

손수건(手巾)

신영언

　도쿄제국법과대학 교수 하세가와 긴조(長谷川謹造) 선생은 베란다의 등나무 의자에 앉아서 스트린트베르크의 「희곡작법(dramaturgie)」을 읽고 있었다.

　선생의 전공은 식민지정책의 연구이다. 따라서 독자에게는 선생이 희곡작법을 읽고 있다는 사실이 약간 의외라는 느낌이 들지도 모른다. 그러나 학자로서뿐만 아니라 교육자로서도 명성이 높은 선생은 전문 분야의 연구를 위해 필요한 책이 아니더라도, 그것이 어떤 의미에서 현대 학생들의 사상이나 감정에 관계되는 것이라면 시간이 있는 한 반드시 책을 본다. 실제로 요즘 선생이 교장을 겸하고 있는 어느 고등 전문학교의 학생이 애독한다는 그 이유만으로 오스카 와일드(Oscar Wilde) 의 「드 프론티즈(De Profundis)」라든가, 「인텐션즈(Intentions)」라든가 하는 책까지 읽어보았다. 그러한 선생이니까 지금 읽고 있는 책이 유럽 근대의 희곡이나 배우를 논한 책이더라도 별로 이상해 할 건 없는 것이다. 왜냐하면 선생의 지도를 받고 있는 학생 중에는 입센이라든가 스트린트베르크라든가 메테르링크(Maurice Maeterlinck) 같은 대가(大家)에 대한 평론을 쓰는 학생이 있을 뿐만 아니라 나아가서는 그러한 근대의 희곡작가의 뒤를 이어 희곡창작을 일생의 업으로 삼고자 하는 노력가도 있기 때문이다.

선생은 빼어난 한 문장을 다 읽고 나서는 노란 형겊표지로 된 책을 무릎 위에 놓고 베란다에 매달려있는 기후(岐阜) 지방의 호롱불을 물끄러미 바라보았다. 이상하게도 호롱불을 보자마자 선생의 생각은 스트린트베르크의 생각을 접고, 그 대신 호롱을 사러 함께 갔던 부인이 머릿속에 떠오른다. 선생은 유학 중에 미국에서 결혼했다. 그러니까 부인은 물론 미국사람이다.

하지만 일본과 일본사람을 사랑하는 일에 있어서는 선생과 조금도 다를 바가 없다. 특히 일본의 정교한 미술공예품을 부인은 매우 마음에 들어 했다. 그래서 기후 지방의 호롱을 베란다에 달아놓은 것도 선생의 취미라기보다는 오히려 부인이 일본취미의 한 단면을 나타낸 것이라고 보아야 할 것이다.

선생은 책을 아래로 내려놓을 때마다 부인과 기후 지방의 호롱불과 그리고 그 호롱에 의해서 대표되는 일본의 문명을 생각했다. 선생이 믿는 바에 의하면 일본의 문명은 최근 50년 동안 물질적 면에서는 꽤 현저하게 진보를 나타내고 있다.

그러나 정신적으로는 거의 이렇다 할 만한 진보도 인정할 수가 없다. 아니 오히려 어느 의미에서는 타락하고 있다. 그러면 이러한 현재의 상황에서 사상가(思想家)가 시급히 해야 할 일로서 이 타락을 해결할 방법을 강구하려면 어떻게 해야 할까. 선생은 이에 대해 일본 고유의 무사도에 의해서만 가능하다고 단정했다. 무사도라는 것은 결코 편협된 섬나라 국민의 도덕을 기준으로 생각해서는 안 되는 것이다.

무사도 정신 속에는 오히려 구미 각국의 기독교적 정신과 일치되는 부분도 있는 것이다. 이 무사도에 의해서 현대 일본 사조의 나아갈 방향을 알릴 수가 있다면 그것은 일본의 정신적 문명에만 공헌하는 것이 아니다. 나아가서는 구미 여러 나라의 국민과 일본 국민과의 상호 이해를 용이하게 한다는 이점이 있는 것이다. 혹은 국제간의 평화도 이제부터 촉진될 것이라고 말할 수 있을 것이다. — 선생은 평소부터 이런 의미에서 스스로 동양과 서양 사이에 가로놓이는 교량이 되겠다고 생각하고 있다. 이러한 선생에게 있어서 부인과 기후 호롱불과 그 호롱불에 의해서 대표되는 일본의 문명이 어떤 조화(調和)를 가지고 의식에 떠오른 것은 결코 불쾌한 일이 아니다.

그러나 여러 번 이러한 만족을 되풀이하면서도 선생은 차츰 읽어가는 도중에 생각이 스트린트베르크(Strindberg)와는 인연이 멀어지고 있다는 것을 깨달았다. 그래서 잠시 짜증스럽게 머리를 흔들고는 다시 꼼꼼하게 책장 속의 작은 활자를 들여다보았다.

그러자 마침 지금 읽기 시작한 부분에 이러한 글이 씌어있었다.— 배우가 가장 일상적인 감정에 대해서 어떤 적절한 표현법을 발견하고 이 방법에 의해서 성공을 거두었을 때 그 배우는 상황에 맞던, 맞지 않던 간에 그것에 상관하지 않고 우선은 그 방법이 편하기 때문에, 다른 한편으로는 그 방법에 의해서 성공을 거둘 수 있다는 점 때문에 자칫하면 그 방법에 의존하려고 한다. 그러나 그것이 바로 관습이라는 것이다.

선생은 워낙 예술 — 특히 연극과는 아무 상관없는 사람이다. 일본 연극조차도 이 나이까지 몇 번이라고 세어볼 수 있을 정도밖에 보지 못했다. — 전에, 어느 학생이 쓴 소설 속에 바이코(梅幸)라는 이름이

나온 적이 있었다. 아무리 박학다식하다고 자부하는 선생도 이 이름 만큼은 무슨 뜻인지 알 수가 없었다. 그래서 기회가 있을 때 그 학생을 불러서 물어보았다.

"자네, 바이코라는게 뭔가."

"바이코 말씀입니까. 바이코는 마루노우치(丸の內)에 있는 제국극장의 전속배우로 지금 도요토미 히데요시(豊臣秀吉) 일대기를 다룬 연극에서 미사오(操)역을 맡고 있는 배우입니다."

칼라가 달린 면 옷을 입은 학생은 넌지시 이렇게 대답했다. — 이런 형편이니까 선생은 스트린트베르크가 간결한 필치로 논평을 하고 있는 각종 연출법에 대해서도 선생 자신의 의견이라고 하는 것은 전혀 없다. 그저 그것이 선생의 유학 중 서양에서 본 연극의 어느 부분을 연상시키는 범위 내에서 어느 정도 흥미를 가질 수가 있을 뿐이다. 말하자면 중학교 영어 교사가 숙어를 찾기 위해 버나드 쇼의 각본을 읽는 것과 별로 차이가 없는 것이다. 그러나 흥미는 그런대로 흥미이다.

베란다 천정에는 아직 불을 켜지 않은 기후 호롱불이 매달려 있다. 그리고 등의자에는 하세가와 긴조 선생이 스트린트베르크의 희곡작법을 읽고 있다.

내가 이 정도의 내용을 쓰면 독자들은 얼마나 해가 긴 초여름의 오후인지를 쉽게 상상할 수 있으리라고 생각한다.

그러나 그렇다고 해서 선생이 무료해서 힘들어 한다는 것은 결코 아니다. 그렇게 해석하려는 사람이 있다면 그것은 내가 쓰고자 하는 의도를 일부러 시니컬하게 곡해(曲解)하려는 것이다. — 지금도 선생은 읽고 있던 스트린트베르크를 도중에 그만두어야 하게 되었다. 왜냐하면 갑자기 손님이 왔다고 알리러 온 시중드는 아이가 선생의 청흥(淸

興)을 방해해 버렸기 때문이다. 세상은 아무리 해가 길어도 선생을 바쁘게 맴돌리지 않고는 못 배기는 모양이다.

선생은 책을 내려놓고 방금 시중드는 아이가 가져온 명함을 보았다. 상아빛 종이에 작게 니시야마 아츠코(西山篤子)라고 씌어 있었다. 아무래도 지금까지 만난 적이 있는 사람 같지는 않다. 교제 범위가 넓은 선생은 등나무 의자에서 일어서며 그래도 혹시나 하는 마음에서 머릿속의 인명부를 한 번 주욱 훑어보았다. 그러나 역시 이렇다 할 얼굴도 기억도 떠오르지 않는다. 그래서 책갈피 대신 명함을 책 사이에 끼워서 등의자 위에 놓고 선생은 들뜬 듯한 모습으로 성글게 짠 비단 홋겹 옷의 매무새를 고치며 잠시 코앞의 기후 호롱을 다시 바라보았다. 누구나 그렇겠지만 이런 경우에는 기다리고 있는 손님보다도 기다리게 하는 주인 쪽이 더 마음이 급한 법이다. 다만 평소 근엄한 선생의 일이니까 그러한 그의 행동이 미지의 여자 손님에 대해서만 그런 것이 아니라는 것은 일부러 강조할 필요도 없을 것이다.

드디어 선생은 응접실의 문을 열었다. 안으로 들어가서 누르고 있던 손잡이를 놓는 것과 의자에 앉아 있던 사십 정도 되는 부인이 일어선 것이 거의 동시였다. 손님은 선생의 분별력이 따를 수 없을 만큼 품위 있고 고상한 군청색 여름 기모노를 입고 있었는데, 기모노 위에 입은 검은색 얇은 비단 하오리(기모노 위에 덧 입는 코트 모양의 덧옷)의 가슴 부분만 좁게 열린 곳에 오비(일본옷 허리띠)를 고정시키는 시원한 해초 모양의 비취 장신구가 돋보였다. 머리를 기혼여성의 머리 스타일로 틀어 올린 것은 이런 자질구레한 것에 별반 관심이 없는 선생에게도 금방 알 수 있었다. 일본인 특유의 둥근 호박색 피부를 가진 현모양처로 보이는 부인이었다. 선생은 얼핏 보는 순간 이 손님의 얼굴을 어디에선가 본 적이 있다고 생각했다.

"제가 하세가와입니다."

선생은 상냥하게 인사했다. 그렇게 말하면 만난 적이 있다면 저쪽에서 말을 꺼낼 것이라고 생각했기 때문이다.

"니시야마 겐이치로가 제 아들입니다."

부인은 또렷한 음성으로 이렇게 이름을 말하고, 그리고서 정중하게 인사했다.

니시야마 겐이치로라면 선생도 기억하고 있다. 역시 입센이나 스트린트베르크의 평론을 쓰는 학생 중의 한 사람으로 전공은 분명 독일 법률이었던 것 같은데 대학에 입학하고 나서도 자주 사상문제를 가지고 선생에게 드나들었다. 그러던 것이 금년 봄, 복막염에 걸려 대학병원에 입원했다고 해서 선생도 근처에 가는 길에 한두 번 병문안을 가준 적이 있다. 이 부인의 얼굴을 어디선가 본 적이 있다고 생각된 것도 우연이 아니었다. 그 눈썹이 짙고 활기 넘치는 청년과 이 부인과는 일본 속담에 붕어빵(瓜二つ)이라고 형용하는 것처럼 놀라우리만큼 꼭 닮았던 것이다.

"아, 예. 니시야마 군의 어머니 되십니까. 그러세요."

선생은 혼자 끄덕이며 작은 테이블 맞은편에 있는 의자를 가리켰다.

"저리 앉으시죠."

부인은 우선 갑자기 방문하게 된 것을 사과하고 나서 다시 정중하게 절을 하고 선생이 가리키는 의자에 앉았다. 그러면서 옷소매에서 뭔가 하얀 것을 꺼냈는데 손수건인 것 같다. 선생은 그것을 보자 재빨리 테이블 위의 조선부채를 권하면서 부인 맞은편 의자에 앉았다.

"집이 아주 좋으시네요."

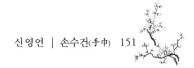

부인은 약간 과장되게 방 안을 둘러보았다.

"아녜요. 넓기만 하고, 전혀…"

이러한 인사말에 익숙한 선생은 방금 시중드는 아이가 가져온 홍차를 손님 앞에 고쳐놓으면서 곧 화제를 상대방 쪽으로 돌렸다.

"니시야마 군은 좀 어떤가요. 상태가 좋아지고 있나요."

"네에."

부인은 조심스럽게 양손을 무릎 위에 포개어 놓으면서 잠시 말을 끊었다가 조용히 역시 가라앉은, 거리낌 없는 어조로 말했다.

"실은 오늘도 아이 일로 찾아뵈었는데요. 아들아이가 결국 세상을 떠났어요. 생전에 여러 가지로 선생님께 신세를 져서…"

부인이 차를 들지 않는 것을 사양하는 것이라고 해석한 선생은 이때 마침 홍차 잔을 입으로 가져가려는 참이었다.

억지로 자꾸만 권하는 것보다 자기가 먼저 마시는 게 낫다고 생각했기 때문이다. 그러나 아직 찻잔이 부드러운 콧수염에 다다르기 전에 부인의 말은 돌연 선생의 귀를 위협했다. 차를 마셨던가 마시지 않았던가. ― 이런 생각이 청년의 죽음과는 완전히 독립해서 한순간 선생의 마음을 어지럽혔다. 그러나 언제까지나 들어 올렸던 찻잔을 그대로 내려놓을 수는 없었다. 그래서 선생은 과감하게 꿀꺽 반쯤 마시고 약간 눈썹을 모으며 쉰 듯한 목소리로 "저런!" 했다.

"병원에 있는 동안에도 아들아이가 선생님 얘기를 많이 해서요, 바쁘실 거라고 생각은 했습니다만 알려드릴 겸 감사하다는 말씀을 드리려고…"

"무슨 말씀을요."

선생은 찻잔을 내려놓고 그 대신 푸른색 납을 입힌 부채를 들며 아연실색해서 이렇게 말했다.

"그렇게 됐군요. 이제부터가 한창 나이인데… 저는 병원에도 다시 가보지 못하고 해서 이젠 거의 나았을 거라고만 생각하고 있었습니다. 그럼 언제였나요, 세상을 떠난 게?"

"어제가 꼭 이레째 되는 날이었어요."

"그럼 병원에서?"

"네."

"정말 놀랍습니다."

"어쨌건 손을 쓸 만큼은 썼는데도 그렇게 된 거니까 체념할 수밖에 없겠는데 그래도 저렇게까지 되고 보니까 걸핏하면 푸념이 나와서 안 되겠어요."

이러한 대화를 주고받는 동안 선생은 의외의 사실을 깨달았다. 그것은 이 부인의 태도나 거동이 조금도 자기 아들의 죽음을 얘기하고 있는 것 같지 않다는 사실이다. 눈에는 눈물도 글썽이지 않는다. 목소리도 평상시 대로다. 게다가 입가에는 미소까지 띠고 있다. 얘기를 듣지 않고 외모만 보고 있다면 누구나 이 부인은 일상적인 평범한 얘기를 하고 있다고밖에 생각하지 않을 것임에 틀림없다. — 선생에게는 이것이 이상했다. —

예전에 선생이 베를린에 유학했을 때의 일이다. 지금의 카이젤의 아버지뻘 되는 빌헤름 1세가 승하하셨다. 선생은 이 부음을 단골 다방에서 들었는데 그저 보통 감명밖에 느끼지 않았다. 그래서 평소대로 활기찬 얼굴을 하고 지팡이를 겨드랑이에 낀 채 하숙으로 돌아가니 하숙집의 두 아이가 문을 열자마자 양쪽에서 선생의 목에 매달려 안기면서 동시에 와앙- 하고 울음을 터뜨렸다. 한 사람은 갈색 쟈켓을 입은 열두 살 되는 여자아이이고 또 한 사람은 곤색 짧은 바지를 입은 아홉 살 되는 남자아이였다. 아이들을 무척 좋아하는 선생은 영문을 몰라서 두 아이의 밝은 색 머리를 쓰다듬으면서 자꾸만 "왜 그래. 왜 그래." 하며 달랬다. 하지만 아이들은 좀처럼 울음을 그치지 않았다. 그리고 코를 홀쩍이며 이런 말을 했다.

"폐하 할아버지께서 돌아가셨대요."

선생은 한 나라의 원수의 죽음이 어린이까지 슬프게 하는 것을 기이하게 생각했다. 단순히 황실과 국민과의 관계라는 문제를 생각하게 되었을 뿐 아니라 서양에 온 이래 여러 번 선생의 눈과 귀를 자극한 서양 사람들의 충동적인 감정의 표백이 새삼스럽게 일본인이며 무사도의 신봉자인 선생을 놀라게 했던 것이다. 그때의 기이함과 동정(同情)을 하나로 묶은 것 같은 기분은 아직도 잊혀지지 않는다. ― 선생은 지금도 역(逆)으로 이 부인이 울지 않는 것을 그때와 같은 정도로 기이하게 생각하고 있는 것이다.

그러나 제1의 발견 뒤에 곧 제2의 발견이 이어졌다. ― 마침 주인과 손님의 이야기가 세상을 떠난 청년의 추억담에서 자질구레한 일상의 얘기로 갔다가 다시 아까의 추억담으로 되돌아가려던 때였다. 어떻게 하다가 조선 부채가 선생의 손에서 미끄러져서 탁 하고 모자이크로 된 마루바닥에 떨어졌다. 대화는 물론 일각의 단절을 허용하지 않을 정도로 절박한 것도 아니었다. 그래서 선생은 상반신을 의자에서 앞으로 내밀어 아래를 향하고 바닥 쪽으로 손을 뻗쳤다. 부채는 작은 테이블 아래 슬리퍼에 감춰진 부인의 하얀 다비(버선)옆에 떨어져 있었다.

그때 선생의 눈에는 우연히 부인의 무릎이 보였다. 무릎 위에는 손수건을 쥔 손이 얹혀 있었다. 물론 이것만으로는 발견도 아무것도 아니다. 그러나 선생은 동시에 부인의 손이 격하게 떨리고 있는 것을 보았다. 떨면서 그것이 감정의 격동을 억지로 억누르려고 하는 탓인지 무릎 위의 손수건을 양손으로 찢어질 듯이 꽉 쥐고 있는 것을 알았다. 그리고 나중에는 주름투성이가 된 비단 손수건이 가녀린 손가락 사이에서 마치 미풍에 나부끼기라도 하듯이 수를 놓은 테두리를 떨게 하고 있는 것을 깨달았다. 부인은 얼굴로는 웃고 있었지만 실은 아까부터 전신으로 울고 있었던 것이다.

부채를 집어 들고 얼굴을 들었을 때 선생의 얼굴에는 지금까지 없었던 표정이 있었다. 보아서는 안 될 것을 보았다는 경건한 기분과 그러한 의식에서 오는 어떤 만족이 다소의 연기(演技)로 과장된 것 같은 매우 복잡한 표정이었다.

"정말 마음 아프신 건 저같이 자식이 없는 사람도 헤아릴 수 있습니다."

선생은 눈부신 것이라도 보듯이 약간 과장되게 목을 뒤로 젖히며 감정 어린 목소리로 이렇게 말했다.

"감사합니다. 하지만 새삼스럽게 무슨 말을 해도 돌이킬 수 없는 일인 걸요."

부인은 약간 머리를 숙였다. 밝은 얼굴에는 의연하게 여유로운 미소가 감돌고 있었다.

❖ ❖

그리고서 두 시간 뒤였다. 선생은 목욕을 하고 저녁식사를 마치고 나서 디저트로 버찌를 먹은 후 다시 편안하게 베란다의 등나무 의자에 앉았다.

긴 여름날 저녁은 언제까지나 어슴푸레해서 유리 창문을 열어 놓은 넓은 베란다는 아직 쉽사리 어두워질 것 같지 않다.

선생은 그 희미한 빛 속에서 아까부터 왼쪽 무릎을 오른쪽 무릎 위에 얹고 머리를 등의자 뒤에 기대며 멍하니 기후 호롱의 빨간 등을 바라보고 있었다. 전에 읽던 스트린트베르크도 손에는 들었으나 아직 한 페이지도 읽지 못한 것 같다.

그도 그럴 것이 선생의 머릿속에는 니시야마 아츠코 부인의 당찬 거동이 아직도 가득했기 때문이다.

선생은 식사를 하면서 부인에게 그 자초지종을 얘기해 주었다. 그리고 그것을 일본 여성의 무사도(武士道)라고 칭찬했다. 일본과 일본인을 사랑하는 부인이 이 얘기를 듣고 동정 안 할 리가 없었다. 선생은 부인이 열심히 들어 준 것을 만족하게 생각했다. 부인과 아까 왔던 니시야마 아츠코 부인과 그리고 기후 지방의 호롱불과 — 지금은 이 세 가지가 어떤 윤리적 배경을 가지고 선생의 의식에 떠올랐다.

선생은 얼마나 오랫동안 이렇게 행복한 회상에 젖어 있었는지 모른다. 그런데 문득 어느 잡지로부터 원고를 청탁받은 사실이 생각났다. 그 잡지에서는 [현대 청년에게 보내는 글]이라는 제목으로 각 분야의 대가들에게 일반 도덕상의 의견을 주문하고 있는 것이었다. '오늘 있었던 일을 소재로 해서 곧 소감을 써 보내야지.' 이렇게 생각한 선생은 잠시 머리를 긁적였다.

긁적이던 손은 책을 들고 있던 손이었다. 선생은 지금까지 내버려 두었던 책 생각이 나서 아까 갈피에 명함을 끼워두었던 곳을 펴 보았다. 마침 그때 시중드는 아이가 머리 위의 기후 초롱에 불을 켜 주어서 작은 활자도 읽기에 불편하지 않았다. 선생은 별로 읽을 마음도 나지 않아서 그저 물끄러미 책 페이지를 내려다보았다. 스트린트베르크는 이렇게 썼다. ― 내가 젊었을 때 사람들은 하이델베르크 부인이 지니고 있는 파리에서 온 것으로 보이는 손수건에 관해서 얘기했다. 그것은 얼굴은 미소를 머금으면서 손은 손수건을 둘로 찢는다는, 이중(二重)의 연기였다. 그것을 우리들은 지금 메츠헨(취미, Matzchen)이라고 한다.

　선생은 책을 무릎 위에 놓았다. 페이지를 펼친 채 놓았기 때문에 니시야마 아츠코라는 명함이 아직 페이지 한가운데 놓여 있다. 그러나 선생의 마음속에 있는 것은 이미 그 부인은 아니다. 그렇다고 해서 자기 부인도 아니며 일본의 문명도 아니다. 그들의 평온한 조화를 깨뜨리려고 하는 정체를 알 수 없는 그 무엇인가가 머릿속에 있는 것이다. 스트린트베르크가 지탄한 연출법과 실천도덕상의 문제와는 물론 다르다. 그러나 지금 읽은 부분에서 받은 암시 속에는 방금 목욕하고 난 선생의 편안한 기분을 어지럽히려고 하는 무엇인가가 있다. 무사도와 그리고 그 관습과… ― 선생은 불쾌한 듯이 두서너 번 머리를 흔들고 그리고 다시 시선을 들어 물끄러미 가을 풀이 그려져 있는 기후 호롱의 밝은 등불을 바라보기 시작했다.

(1916년 9월)

담배와 악마<small>(煙草と悪魔)</small>

손순옥

담배는 원래 일본에 없었던 식물이다. 그런데 언제쯤 외국에서 들어왔는가 하는, 기록에 따라 년대가 일치하지 않는다. 때로는 무로마치(室町) 말기에서 에도 초기 사이의 게이쵸(慶長)년 간이라고 쓰여 있기도 하고, 혹은 텐분(天文)년 간이라 쓰여 있기도 하다. 그러나 아무튼 1605년경에는 이미 재배가 여기저기서 행해지고 있었던 것 같다. 그러던 것이 '효과가 없는 것은 담배금지령과 화폐유통법, 임금님 말씀에 돌팔이 의사'라는 풍자가 담긴 노래가 나올 정도로 차차 일반적으로 흡연이 유행하게 되었다.

그러면 담배는 처음에 누가 들여왔느냐고 질문을 던졌을 때, 역사가라면 누구라도 포르투갈인이나 스페인인이라고 답한다. 하지만 그것은 반드시 유일한 답은 아니다. 그 외에도 여전히 하나 더 전설로 전해오는 답이 남아 있다. 그것은 바로 담배는 악마가 어딘가에서 가지고 온 것이라는 얘기이다. 그 악마인 천주교 신부[1]가 일본으로 들

---

[1] 1549년 일본에 건너와 처음으로 기독교를 전한 프란시스코 자비에르 선교사를 가리킴.

여 온 것이라 한다. 이렇게 말하면 기독교신자들은 그들의 신부를 모함한다고 나를 비난할 지도 모른다. 그러나 나로서는 그것이 매우 사실로 여겨지므로 어쩔 수 없다. 왜냐하면 서양의 신이 도래하는 것과 동시에 서양의 악마가 도래하는 것 — 서양의 선(善)이 유입됨과 동시에 서양의 악(惡)이 수입되는 것은 극히 당연한 일이기 때문이다.

하지만 그 악마가 실제로 담배를 가지고 왔는지 어떤지는 나도 보증할 수 없다. 무엇보다도 아나톨 프랑스가 쓴 것에 의하면 악마는 목서초의 꽃으로 어떤 스님을 유혹하려고 했었다고 한다. 그렇게 보면 담배를 일본에 가져왔다는 것도 전혀 거짓말이라고만 할 수는 없을 것이다. 설령 그것이 거짓말이라고 해도 그 거짓은 또 어떤 의미에서는 의외로 진실에 가까울 수가 있다. — 나는 이러한 견해로 담배의 도래에 관한 전설을 여기에 쓰고자 한다.

❖ ❖

1549년, 악마는 프란시스코 자비에르를 수행하는 선교사의 한 사람으로 둔갑하여 먼 바닷길을 탈 없이 일본으로 왔다. 선교사의 한 사람으로 둔갑했다는 것은 진짜 선교사인 어떤 남자가 마카오 항인가 어딘가에 상륙해 있는 동안에 일행을 태운 함선이 그런 것도 모르고 출범하고 말았기 때문이다. 그런데 그때까지 돛대에 꼬리를 휘감고 거꾸로 매달려 몰래 배 안의 동태를 엿보고 있던 악마는 재빨리 그 남자의 모습으로 변신하여 아침저녁 프란시스코 신부의 시중을 들었다. 물론 파우스트 박사를 찾아갈 때는 빨간 외투를 입은 훌륭한 기사로 둔갑할 정도의 도사이므로 이런 재주를 부리는 것쯤은 아무것도 아니다.

그런데 일본에 와서 보니, 서양에 있었을 때 마르코 폴로의 여행기에서 읽은 것과는 상당히 모습이 다르다. 첫째, 그 여행기에 의하면 일본 내 도처에 황금이 넘쳐나고 있는 것 같았는데 아무리 둘러보아도 그런 풍경은 없다. 그렇다면 약간 십자가를 손톱으로 문질러서 금으로 하면 그것만으로도 꽤 유혹이 생길법하다. 그리고 일본인은 진주인가 뭔가의 힘으로 기사회생하는 법을 알고 있다고 했는데 그것도 마르코 폴로의 거짓말인 듯하다. 거짓말이라면, 이곳저곳의 우물에 침을 뱉어 나쁜 병이라도 유행하게 만들면 대개의 인간은 너무 고통스러운 나머지 내세의 천국 따위는 잊어버리고 만다. — 프란시스코 신부의 뒤를 따라 제법 그럴싸하게 그 주변을 구경하며 걸으면서 악마는 몰래 그런 궁리를 하며 혼자 회심의 미소를 짓고 있었다.

그러나 단 하나 여기에 곤란한 점이 있다. 이것만은 잘난 악마도 어떻게 할 수가 없다. 그것은 아직 프란시스코 자비에르가 일본에 온지 얼마 되지 않아 전도도 활발하게 되지 않았고 기독교 신자도 생기지 않아서 유혹할 소중한 상대가 한 명도 없다는 것이다. 이에는 아무리 악마라도 적잖이 당혹스러웠다. 우선은 당장 따분한 시간을 어떻게 보내야 좋을지 몰랐다. — 그래서 악마는 여러 가지로 궁리한 끝에 원예라도 해서 무료함을 달래려고 생각했다. 서양을 떠날 때부터 갖가지 잡다한 식물의 씨앗을 귓구멍 속에 넣어 가지고 온 것이 있었다. 땅은 근처의 밭이라도 빌리면 어려움은 없다. 게다가 프란시스코 신부도 더없이 좋을 거라며 찬성했다. 물론 신부는 자신을 따라온 선교사 한 명이 서양의 약용식물 같은 것을 일본에 이식하려는 것이라고 생각했던 것이다.

악마는 서둘러 농기구를 빌려와서 길가의 밭을 끈질기게 경작하기 시작했다. 때마침 수증기가 많은 초봄이어서 자욱한 안개자락 사이로

저 멀리 산사의 종이 '덩'하고 졸리듯이 울려왔다. 그 종소리가 너무나
도 한가로워서 늘 귀에 익었던 서양사원의 정수리를 때리는 것과 같은
청명한 울림과는 달랐다. ― 이렇듯 태평한 풍물 속에 있으면 틀림없
이 악마도 기분이 편안해지리라는 생각이 들지만 결코 그렇지 않았다.

그는 한번 이 범종 소리를 듣고는 성 바오로 사원의 종소리를 들었
을 때보다도 더 한층 불쾌한 듯이 얼굴을 찌푸리고 마구 밭을 갈기 시
작했다. 왜냐하면 이 한가로운 종소리를 듣고 이 따스한 햇볕을 쬐고
있노라면 묘하게도 마음이 풀어진다. 선을 행하려는 마음도 악을 행
하려는 마음도 동시에 사라지고 만다. 이래서는 일본인을 유혹하러
애써서 바다를 건너온 보람이 없다. ―

손에 콩이 없어 이반의 누이에게 야단맞았을 정도로 노동을 싫어한
악마가 이렇게 있는 힘을 다해 삽질을 하는 것은 자칫하면 몸에 파고
들 도덕적인 졸림을 쫓아버리려고 필사적인 노력 탓이다. 악마는 마
침내 밭갈이를 끝내고 귀속의 씨앗을 그 밭이랑에 뿌렸다.

❖ ❖

그런 후 몇 달인가 지나는 동안에 악마가 뿌린 씨는 싹이 나고 줄
기를 뻗어 그해 여름날 끝에는 폭넓은 녹색 잎이 밭의 흙을 거의 남김
없이 뒤덮어 버렸다. 하지만 그 식물의 이름을 아는 사람은 아무도 없
었다. 프란시스코 신부님이 물어보아도 악마는 히죽거리며 웃기만 할
뿐 아무 대답도 하지 않았다.

그 사이에 이 식물은 줄기 끝에 무성하게 꽃을 피웠다. 깔때기 모양
의 연보랏빛 꽃이다. 악마는 이 꽃이 핀 것이 매우 힘들었던 만큼 무
척 기뻤다. 그래서 그는 아침저녁으로 예배를 마치고 나면 언제나 그

밭에 가서 한결같이 배양에 힘썼다.

그러던 어느 날의 일.(그것은 프란시스코 신부가 전도하기 위하여 며칠간 여행을 떠난 부재중에 일어난 일이다) 소장수가 황소[2] 한 마리를 끌고 그 밭 옆을 지나고 있었다. 바라보니 보랏빛 꽃이 가득 피어있는 밭 울타리 가운데 검은 옷에 차양이 넓은 모자를 쓴 서양 선교사가 부지런히 잎에 달라붙은 벌레를 잡고 있다. 소장수는 그 꽃이 너무 진기하여 저도 모르게 발을 멈추고 갓을 벗고는 정중하게 그 선교사에게 말을 건넸다.

"여보세요, 선교사님 그것은 무슨 꽃입니까?"

선교사는 뒤돌아보았다. 코가 낮고 눈이 작은 꽤 사람 좋아 뵈는 노랑머리 서양인이었다.

"이것 말입니까?"

"네, 그렇습니다."

노랑머리는 밭 울짱에 몸을 기대며 머리를 흔들었다. 그리고 서투른 일본어로 말했다.

"유감스럽지만 이것의 이름만큼은 다른 사람에게 가르쳐 드릴 수 없습니다."

"그렇다면 프란시스코 신부님께서 일러줘서는 안 된다고 말씀하시기라도 하셨습니까?"

"아니요, 그런 것은 아닙니다."

"그럼 가르쳐 주시지 않으시겠습니까? 저도 요즘은 프란시스코 신부의 교화를 받아들여 그 가르침을 따르고 있으니까요."

소장수는 의기양양하게 자신의 가슴을 가리켰다. 과연 작은 놋쇠

---

2) 누런 털의 한국소.

십자가가 햇빛에 반짝이며 목에 걸려있다. 그러자 그것이 눈부셨는지 선교사는 약간 얼굴을 찡그리며 아래를 보다가 다시 또 전보다는 더 정감어린 어조로 농담인지 진담인지 모를 이런 말을 했다.

"그래도 안 됩니다. 이것은 저의 나라 율법으로 다른 사람에게 말하면 안 되게 되어 있으니까요. 그보다는 당신이 스스로 한번 맞춰 보세요. 일본인은 현명하니까 분명히 알아맞힐 겁니다. 맞힌다면 이 밭에 자라고 있는 것을 모두 당신에게 드리겠습니다."

소장수는 선교사가 자신을 놀리고 있는 거라고도 생각했을 것이다. 그는 볕에 그을린 얼굴에 미소를 지으면서 일부러 과장되게 고개를 갸우뚱거렸다.

"무엇일까요. 아무래도 갑자기 맞추기는 좀 힘듭니다만."

"뭐 오늘 당장 맞추지 않아도 괜찮습니다. 사흘간 잘 생각한 후에 와서 말씀해주십시오. 누군가에게 물어봐도 상관없습니다. 알아맞히면 이것을 전부 드리겠습니다. 그 외에도 적포도주를 드리겠습니다. 그렇지 않으면 지상 낙원이 그려진 그림을 드려도 됩니다."

소장수는 상대가 너무 열심인 것에 놀란듯하다.

"그럼 맞히지 못한다면 어떻게 됩니까?"

선교사는 모자를 다시 뒤로 젖혀 쓰면서 손을 흔들며 웃었다. 소장수가 약간 의외라고 생각할 정도로 날카롭게 까마귀 같은 소리로 웃었다.

"맞히지 못하면 제가 당신에게 무언가를 받겠습니다. 내기입니다. 맞히는지 못 맞히는지 하는 내기입니다. 맞히면 이것을 전부 당신에게 드릴 테니까요."

이렇게 말하는 동안 노랑머리는 어느새 사근사근한 목소리로 돌아와 있었다.

"좋습니다. 그럼 저도 분발해서 무엇이라도 당신이 말씀하시는 것을 드리겠습니다."

"무엇이라도 주실 수 있습니까. 저 소라도?"

"이것으로 좋으시다면 지금이라도 드리겠습니다."

소장수는 웃으면서 황소의 이마를 쓰다듬었다. 그는 어디까지나 사람 좋은 선교사의 농담이라고 생각하는 듯했다.

"그 대신 제가 이긴다면 그 꽃이 핀 풀을 받겠습니다."

"좋아요. 좋습니다. 그럼 확실히 약속하신 겁니다."

"네, 확실히 약속했습니다. 주 예수 그리스도의 이름으로 맹세합니다."

선교사는 이 말을 듣자 작은 눈을 빛내며 두세 번 만족한 듯이 코를 쿵쿵거렸다. 그리고 나서는 왼손을 허리에 대고 몸을 조금 뒤로 젖히면서 오른손으로 보라색 꽃을 만져보며,

"그럼 맞히지 못하면 당신의 몸과 혼을 가져가겠습니다."

이렇게 말하고 노랑머리는 크게 오른손을 저으면서 모자를 벗었다. 덥수룩한 머리카락 속에는 산양과 같은 뿔이 두 개 자라나 있다. 소장수는 저도 모르게 그만 얼굴색이 변하면서 쥐고 있던 갓을 땅에 떨어뜨렸다. 날이 어두워진 탓인지 밭에 핀 꽃과 이파리들이 일시에 선명하던 빛을 잃었다. 소마저도 무엇에 놀랐는지 뿔을 낮게 드리우며 땅이 울리는 듯한 소리로 신음하고 있었다. ……

"저에게 한 약속이라도 약속입니다. 제가 이름을 말할 수 없는 것을 가리키며 당신은 맹세했지요. 잊으시면 안 됩니다. 기한은 사흘간이니까요. 그럼 안녕히 가십시오."

사람을 깔보는 듯 은근한 어조로 이렇게 말하면서 악마는 각별히

소장수에게 예의바른 인사를 했다.

❖ ❖

　소장수는 얼떨결에 악마의 계략에 속아 넘어간 것을 후회했다. 이대로 가면 결국 저 악마에게 붙잡히어 몸도 영혼도 '꺼지지 않는 맹렬한 불'에 타는 수밖에 없다. 그러면 지금까지 믿었던 교의도 버리고 세례를 받은 보람도 없어지고 만다.

　하지만 예수그리스도의 이름으로 맹세한 이상 한번 한 약속은 깰 수가 없다. 물론 프란시스코 신부라도 있다면 어떻게든 해볼 수 있지만 공교롭게도 지금은 부재중이다. 그래서 그는 사흘간 밤잠도 자지 않고 악마의 계략에 뒤통수를 칠 방법을 궁리했다. 아무리 해도 그 식물의 이름을 알아내는 것밖에는 달리 방법이 없었다. 하지만 프란시스코 신부도 모르는 이름을 어디서 알아낸단 말인가.

　소장수는 드디어 약속 기한이 다 끝나는 밤에 다시 그때의 황소를 끌고 살며시 선교사가 살고 있는 집 옆으로 숨어 들어갔다. 집은 밭과 이웃하며 큰길을 향해 있다. 가서 보니 이미 선교사도 깊이 잠이 들었는지 창문으로 새어나오는 빛조차 없다. 마침 달은 떠 있으나 희끄무레 흐린 밤이어서 쥐죽은 듯 고요한 밭의 여기저기에는 그 보랏빛 꽃이 안쓰럽게 희미한 어둠 속에 어렴풋이 비치고 있었다. 원래 소장수는 미덥지 못하면서도 한 묘책이 떠올라 겨우 여기까지 숨어들어왔지만 이 괴괴한 광경을 보니 왠지 무서워져서 차라리 이대로 돌아가 버릴까 하는 마음도 들었다. 특히 저 문 뒤에는 산양과 같은 뿔이 있는 도사가 지옥의 꿈이라도 꾸고 있다고 생각하니 모처럼 내었던 용기도 힘없이 기세가 꺾이고 만다. 하지만 몸과 혼을 악마의 손에 넘겨줄 것을 생각하니 함부로 약한 소리 따위를 내뱉을 때가 아니었다.

그래서 소장수는 성모 마리아의 가호를 빌면서 과감히 미리 짜 두었던 계획을 실행에 옮겼다. 계획이란 것은 별것이 아니었다. 끌고 온 황소의 고삐를 풀고 엉덩이를 세차게 치면서 그 밭으로 힘껏 몰아넣는 것이다.

소는 엉덩이를 맞은 아픔에 펄쩍 뛰어오르면서 울타리를 부수고 밭을 마구 밟아 망쳐놓았다. 뿔을 집의 벽 널빤지에 들이박은 것도 한두 번이 아니다. 게다가 발굽 소리와 울음소리가 희미한 밤안개를 흔들어 놓으며 엄청나게 사방으로 울려 퍼졌다. 그러자 창문을 열고 얼굴을 내미는 사람이 있었다. 어두워서 얼굴은 알 수 없으나 선교사로 둔갑한 악마임에 틀림없다. 기분 탓인지 머리의 뿔은 밤눈인 데도 불구하고 확실히 보였다.

"이 짐승 같은 놈, 도대체 왜 내 담배 밭을 망쳐놓는 거야."

악마는 손을 저으며 잠 오는 목소리로 고함쳤다. 막 잠이 든 때에 방해받은 것이 매우 화가 났던 모양이다.

그러나 밭 뒤에 숨어서 동태를 살피고 있던 소장수의 귀에는 악마의 이 소리가 마치 하느님의 목소리처럼 울려 퍼졌다. ……

"이 짐승 같은 놈, 도대체 왜 내 담배 밭을 망쳐놓는 거야."

❖ ❖

그러고 나서 그 일은 모든 이 같은 종류의 이야기들이 그렇듯이 지극히 원만히 마무리되었다. 즉 소장수는 순조롭게 담배라고 하는 이름을 알아맞혀서 악마의 코를 납작하게 했다. 그리하여 그 밭에 자라고 있던 담배를 모조리 자기의 것으로 했다는 이야기이다.

하지만 나는 예부터 이 전설에 보다 깊은 의미가 있는 것은 아닐까 하고 생각했다. 왜냐하면 악마는 소장수의 육체와 영혼을 **빼앗지는** 못했으나 그 대신에 담배는 널리 일본 전국에 보급시킬 수가 있었다. 그렇게 보면 소장수가 곤경에서 벗어난 것이 일면 타락을 동반하고 있듯이 악마의 실패도 일면 성공을 동반하고 있지 않은가. 악마는 넘어져도 그냥은 일어나지 않는다. 유혹에 이겼다고 할 때도 인간은 의외로 지고 있는 경우가 있는 것이 아닐까.

그리고 말이 나온 김에 악마의 사정을 간단하게 써 두겠다. 그는 프란시스코 신부가 돌아옴과 동시에 신성한 펜타그라마3)의 위력에 의해 끝내는 그 땅에서 내쫓기었다. 하지만 그 후도 여전히 선교사 행세를 하면서 이곳저곳 떠돌아다녔던 것 같다. 어느 기록에 의하면 그는 남만사교회당 건립을 전후하여 교토에도 자주 출몰하였다는 것이다. 마츠나가 단죠(松永彈正)를 마음대로 농락한 예의 차도의 명인 가신거사(果心居士)라는 남자가 이 악마라는 설도 있으나 이것은 라프카디오한 선생이 쓰고 계시니 여기서는 그만 쓰기로 한다. 그러고 나서 도요토미·도쿠가와 양씨의 종교탄압에 부딪쳐 처음 얼마동안은 모습을 드러내고 있었으나 결국 나중에는 전혀 일본에 있지 못하게 되었다. 기록은 대체로 여기까지만 악마의 소식을 전하고 있다. 다만 메이지 이후 또 다시 도래한 그의 동정을 알 수 없는 것은 아무리 생각해도 유감이다.

(1916년 10월)

---

3) 악령 쫓는 주술.

담뱃대(煙管)

조성미

❖ 1 ❖

가주 이시카와군 가나자와성(加州 石川郡 金沢城)의 성주(城主) 마에다 나리히로(前田斉広)는 에도성(江戸城)의 중앙에 있는 성(城)인 혼마루(本丸)에 입성할 때마다 자신이 애용하는 담뱃대를 꼭 지참했다. 당시 유명한 담뱃대 장인인 스미요시야 시치베(住吉屋七兵衛)의 솜씨로 만들어진 순금제에다가 마에다家(前田) 문장(紋章)이 새겨진 손이 많이 가고 세련된 담뱃대이다.

막부제도에 의하면, 마에다(前田) 가(家)는 5대인 가가노카미쓰나노리(加賀守綱紀)이래 오로카즈메(大廊下詰)[1]에서 좌석 순위는 비키스이상(尾紀水三) 가문의 다음 자리를 대대로 고수하고 있다. 물론 유복한 것으로 따지면 당시 크고 작은 성주들 중에서 그를 따를 자가 거의 없을 정도였다. 그러므로 그 가문의 대들보격인 나리히로(斉広)가 순금제의 담뱃대를 가진 것은 오히려 그의 수준에 맞는 물건을 가지고 있는 데

---

1) 정원이 보이는 성의 중심인 혼마루 서쪽에 자리한 정자.

불과한 것이다.

그러나 당사자인 나리히로(成広)는 그 담뱃대를 가진 것에 대해 대단한 자부심을 느끼고 있었다. 미리 말해 두지만, 그의 자부심은 결코 담뱃대 자체에 대한 것이 아닐 뿐만 아니라 그 담뱃대에 정이 들어서도 아니었다. 그는 그리도 값어치 있는 담뱃대를 일상생활에서 아무렇지도 않게 쓰고 있는 자신의 권세가 다른 어떤 누구와 비교해도 손색없는 것에 대해 대단히 만족하고 있었던 것이다.

말인즉슨, 그는 가주(加州) 전역의 백만석(百万石)과 바꿔도 손색없는 순금제 담뱃대를 어디든지 갖고 다닐 수 있는 것이 자랑이었다고 해도 과언이 아니다.

그런 연유에서 성을 방문할 때에도 그의 손에서 담뱃대가 떠나는 일은 한순간도 없었다. 남들과 이야기를 할 때는 물론이고, 혼자 있을 때도 그는 그 담뱃대를 호주머니에서 꺼내어 느긋하게 입에 물면서, 나가사키(長崎)담배인지 무언지 하는 고급스런 향이 나는 연기를 유유히 뿜어내는 것이었다.

물론 그의 이러한 자부심은 담뱃대며 그것에 비견되는 가주 전역의 백만석을 다른 사람에게 자랑하고 싶을 만큼 잘난 체 하는 성격은 아니었을 지도 모른다. 하지만 그 스스로가 과시하지 않더라도 그만한 담뱃대가 성 안 사람들의 이목을 끄는 것은 극히 자연스러운 일이었다. 그러다 보니 나리히로도 그러한 사람들의 시선이 싫지만은 않았다. 실제로 함께 자리한 성주 한 명이 담뱃대가 멋지다며 한 번 보여주실 수 있겠느냐는 말을 듣고 난 후에 피우는 담배 맛은 똑같은 담배임에도 불구하고 여느 때와 달리 한층 더 기분 좋게 혀를 자극하는 듯한 기분조차 느껴지는 것이었다.

❖ 2 ❖

나리히로가 갖고 있는 순금제 담뱃대에 관심을 갖는 사람들 중 제일 그것을 화제로 삼는 이들이 승려계급의 사람들이었다. 그들은 모여 앉기만 하면 입을 모아 이 담뱃대에 대해서 얘기가 오간다.

"과연 성주가 쓰시는 물건일세."

"같은 물건이더라도 그런 물건은 녹여서 다른 것을 만들기도 쉽네."

"전당포에 맡기면 몇 량 정도 빌릴 수 있을까?"

"당신이라면 모를까, 누가 전당포 같은 곳에 맡기겠는가."

대략 이러한 식의 대화이다.

그런 어느 날 그들 가운데 대여섯 명이 나란히 푸르스름한 머리를 하고, 담배 한대 피우면서 여느 때와 마찬가지로 담뱃대 이야기하는 차에, 우연히 오스키야(御數寄屋)의 주지승인 고치야마 소슌(河内山宗俊)이 왔다. 그는 후에 덴포록카센(天保六歌仙)[2] 가운데 중요한 역할을 담당하게 된 남자이다.

"흠, 또 담뱃대 얘긴가?"

고치야마는 좌중의 중을 곁눈질을 하면서 콧방귀를 뀌었다.

"문양이며 바탕쇠며 훌륭한 물건이다. 견물생심이라고 은 담뱃대조차 없는 우리들로서는 보는 것만도 죄가 되지…"

우쭐해져서 신이야 넋이야 떠들고 있던 료테쓰라는 중이 문득 정신 차리고 보니까 소슌은 어느 사이엔가 그의 담배 상자를 가져다가 그 안에 담배를 가득 채워 넣고 자연스럽게 연기를 뻐끔뻐끔 피워대고 있었다.

---

2) 막부 말(幕府末 : 1830-1844) 에도시(江戸市) 전체에 입에 오르내리던 소문난 6명의 와카(和歌)의 명인을 말한다.

"어이 이 사람, 그것은 자네 담배 상자가 아니잖아."

"아무려면 어떤가."

소슌은 료테쓰 쪽은 거들떠보지도 않고 계속해서 담배를 가득 채웠다. 그리고는 담배를 다 피우자 선하품을 하면서 담배 상자를 내던지며,

"에잇, 좋지 않은 담배야. 담뱃대 취향이 담뱃대 두드리기도 질렸어."

료테쓰는 당황하여 담배 상자를 닫았다.

"뭐, 순금제 담뱃대라면 그래도 좀 피우고 싶어들 하는데."

"흥, 또 담뱃대 얘기야."

하고 되풀이해서 말하기를,

"그렇게 순금제 담뱃대가 감지덕지하다면 왜 담뱃대를 받고 싶다고 찾아가지 않는 건가?"

"담뱃대 받으러 찾아가라고?"

"그래."

과연 료테쓰도 상대의 방약무인함에는 질린 모양이다.

"자네 아무리 내가 욕심쟁이라도… 그나마 은 담뱃대라면 몰라도 순금이잖아. 저 담뱃대는."

"순금이니까 더더욱 받는 거야. 싸구려 놋쇠를 받으러 나갈 녀석이 어디에 있어?"

"하지만 그건 좀 송구스러워서."

료테쓰는 머리털 하나 남기지 않고 깨끗하게 밀어낸 머리를 한 대 탁 치며 황송하다는 듯이 말했다.

"네놈이 받지 않는다고 하면, 이 료테쓰가 받아 두지. 그래도 좋나? 나중에 후회하지 말라구."

고치야마는 이렇게 말하고는 담뱃재를 떨며 과장되게 어깨까지 흔들며 코웃음을 쳤다.

❖ 3 ❖

그런 일이 있고 나서의 일이었다.

나리히로가 여느 때와 같이 성 안의 어느 한 방에 앉아 담배를 피우고 있자니, 서왕모(西王母)[3]를 그린 금맹장지문이 조용히 열리면서 검은 색의 기하치죠(黃八丈)[4]에 검은 색 문장이 새겨진 하오리[5]를 걸친 중 하나가 지극히 공손한 태도로 그의 앞에 발을 쓸어 걸으며 다가왔다. 올려다보지 않은 상태였으므로 누구인지는 아직 몰랐다.

나리히로는 무슨 일이라도 생겼나 해서 담뱃재를 털며 느긋하게 말을 건넸다.

"무슨 일인가?"

"아, 소인 소슌 부탁드릴 일이 있사옵니다."

고치야마는 이렇게 말하고는 그 이상 말을 잇지 않았다. 그리고 나서, 그 다음 말을 하는 중에 점점 머리를 올려 들더니, 이제는 가만히 나리히로의 얼굴을 뚫어져라 보기 시작하는 것이었다.

이런 부류의 사람만이 가지고 있는 일종의 애교를 풍기며, 뱀이 어떤 표적을 노려보는 듯한 눈으로 응시하는 것이었다.

"다른 뜻은 없습니다만, 갖고 계신 그 담뱃대를 저에게 좀 주실 수

---

3) 西王母 : 중국 고대의 전설상의 선녀.
4) 東京都의 八丈島의 특산이었던 데서 생긴 명칭으로 노란 바탕에 갈색, 연갈색 등, 황색 계통의 색실로 줄무늬, 격자무늬를 넣은 견직물.
5) 일본옷 위에 입는 짧은 겉옷.

있을 런지요.”

나리히로는 자기도 모르게 갖고 있던 담뱃대를 내려 보았다. 그의 시선이 담뱃대에 간 것과 고치야마가 뒤쫓듯이 말을 이은 것이 거의 동시의 일이었다.

“어떠십니까. 주실 수 있을까요?”

소슌의 말에는 간청하는 듯한 어조 이상으로 여러 성주들을 대할 때 뿜어내는 승려계급만이 갖고 있는 위협적인 무언가가 느껴졌다.

복잡한 경전을 따르는 궁중에서는 천하의 성주들도 승려의 지도에 따르지 않으면 안 되었다.

나리히로에게도 한편으로 그러한 나약함이 있었다. 그리고 또 한편으로는 체면상 인색하게 굴 수가 없었다. 게다가 그에 있어서 순금제 담뱃대는 구하기 힘든 물건은 아니었던 것이다. 이 두 가지의 이유를 생각해본 나리히로로서는 순순히 내어 주지 않을 수 없었다.

“어, 그렇게 하게.”

“고맙습니다.”

소슌은 그 순금제의 담뱃대를 나리히로로부터 받아 들더니, 왔던 때와 마찬가지로 서왕모가 그려진 금맹장지문 저쪽으로 총총히 그 자리에서 물러났다. 그러는 와중 뒤에서 그의 소매를 붙드는 이가 있었다. 돌아보니 희미하게 곰보자국이 남아있는 얼굴의 료테쓰가 빙그레 웃으며 소슌의 손에 들려있는 순금제 담뱃대를 갖고 싶은 듯이 손가락으로 가리키고 있었다.

“이것 보게.”

고치야마는 작은 목소리로 이렇게 말한 후 담뱃대 대통을 료테쓰의 코앞에 들이댔다.

"결국 빼앗아 오셨구려."

"그러니까 말하는 게 아니겠나. 이제와서 부러워해도 벌써 이건 내 물건일세."

"이번에는 내가 가서 뭔가 받아와야겠구먼."

"맘대로 하시지요."

고치야마는 잠깐 담뱃대를 어림잡아 보고는, 장지문 너머로 나리히로 쪽을 슬쩍 보더니 어깨를 들썩이며 코웃음을 쳤다.

❖ 4 ❖

한편 담뱃대를 줘버린 나리히로로서는 손에 쥐던 것이 없어 다소 허전함이 들긴 하였지만 그렇게 나쁜 기분은 아니었던 듯하다.

이것은 함께 성을 물러나와 집으로 돌아가던 무사들이 나리히로가 평소와 다르게 기분이 좋은 듯했기 때문에 이상하게 여겼다고 말하는 것을 들어보면 알 수 있다.

그는 오히려 소순에게 담뱃대를 준 것에 만족하고 있었다. 어쩌면 담뱃대를 갖고 있었을 때보다 만족감을 느끼고 있었을는지도 모른다. 그러나 이것은 지극히 당연한 일이었다. 왜냐하면 그가 담뱃대를 자랑스럽게 생각했던 것은 전에도 말한 것처럼 담뱃대 그 자체에 대한 애착이 아니었던 것이다. 실은 담뱃대의 모양을 하고 있는 가주 전역의 백만석 즉 자신의 권세를 증명해 주는 물건이었던 것이다.

그러니까 그의 이러한 허영심으로 인해, 순금제 담뱃대로 담배를 피우는 행위와 마찬가지로 그것을 다른 이에게 선뜻 주는 것 또한 그에게 또 다른 큰 기쁨을 안겨주었던 것이다. 그것이 비록 고치야마에

게 주는 과정에 있어서 무언의 압력이 있었다 하더라도 그것으로 이
기쁨이 감해지는 일은 없었다.

나리히로는 자기 집에 돌아와서 하인에게 유쾌한 듯이 이렇게 말했다.

"담뱃대는 소슌이라는 승려에게 줘버렸네."

❖ 5 ❖

이 이야기를 들은 가신(家臣)은 나리히로의 두둑한 배짱에 감탄했다.
그러나 회의실에 있던 야마자키 간자에몬(山崎勘左衛門), 경리 일을 하
는 이와다 구라노스케(岩田内蔵之助), 회계 일을 맡은 가미키 구로에몬
(上木九郎右衛門), 이 세 사람만이 눈살을 찌푸리고 있었다.

가주의 경제에 있어서 물론 순금제의 담뱃대 한 개의 비용 정도는
아무 것도 아니었다. 그러나 축일에 성에 들어갈 때마다 그것을 한 개
씩 승려들에게 빼앗기게 된다고 생각하면 그냥 가만히 놓아 둘 일이
아니었다. 어쩌면 그러기 위해 세금을 올려 담뱃대의 비용을 충당하
는 사태가 벌어질 지도 모르는 일이었다. 그렇게 되면 정말 큰일이라
고 생각한 충성스런 세 신하는 모두 입을 모아 아직 벌어지지도 않은
일을 걱정했다.

그들은 서둘러 회의를 열어 대책을 세우게 되었다. 대책이라고는
해도 물론 한 가지 밖에 없다. 이는 담뱃대의 바탕 쇠를 바꾸어 승려
들이 탐하지 않을 만한 담뱃대를 만들자는 것이었다.

하지만 바탕 쇠를 무엇으로 할 것인가 하는 문제에 다다르자 이와
다와 가미키는 서로 의견을 달리했다. 이와다는 주군의 체면을 생각
하면 은보다 못한 초라한 금속으로 된 그러한 담뱃대를 만드는 것은

있을 수 없는 일이라고 했다. 이에 가미키는 승려들의 욕심을 잠재우기 위해서는 합금을 이용하는 방법보다 좋은 방법은 없다고 하며 이제 와서 체면을 따지는 것은 일시적인 방편에 집착하는 것이라고 반박했다. 두 사람은 각각 자기만의 주장을 고수했다.

그러자 그들에 비해 나이가 많은 야마자키가 두 사람의 주장 모두 일리가 있지만, 일단 은을 써 본 후 그래도 승려들이 갖고 싶어 하는 것 같으면 그 후에 합금을 써도 늦지 않다고 하면서 절충안을 제시했다. 이 절충안에 두 사람 모두 이의가 있을 리 만무했다.

회의 결과 결국 담뱃대 장인인 스미요시야시치베에게 명해 은제 담뱃대를 만들자는 결론에 이르렀다.

❖ 6 ❖

나리히로는 그로부터 입성할 때마다 은으로 만든 담뱃대를 가지고 갔다. 전에 것과 문양이나 만든 장인도 같은 정교하기 그지없는 일품인 담뱃대였다.

그러나 그가 새로 만든 담뱃대를 이전처럼 자랑스러워하지 않았던 것은 당연한 일이었다. 우선 그것을 엿볼 수 있는 그의 행동 중 하나가 남들과 이야기를 할 때 어지간해서는 담뱃대를 꺼내지 않았던 것이다. 꺼내더라도 금방 그것을 다시 집어넣어 버렸다.

똑같은 나가사키의 담뱃잎이더라도 이전의 순금제에 넣어 피우던 맛이 아니었던 것이다.

그러나 담뱃대의 바탕 쇠가 변했다는 것은 나리히로 한 사람만의 일은 아니었다. 세 명의 충신이 예견한 대로 승려들 사이에서도 변화가 있었다. 그러나 그 변화라는 것은 그들의 추측을 전혀 벗어난 것이었다. 이는 바로 승려들이 순금제라서 꺼려하던 무리조차 은제가 되었기 때문에 도리어 앞다투어 그것을 받으러 나리히로를 찾게 된 것이었다. 게다가 순금제 담뱃대도 아무런 애착이 없었던 나리히로가 은 담뱃대를 나누어 주는 데에 미련이 있을 턱이 없었다.

그는 승려들이 오면 아낌없이 그때마다 내주었다. 나중에는 그 자신조차 입성(入城)을 하는 것인지 담뱃대를 주러 가는 것인지 분별할 수 없을 정도가 되었다.

이를 전해들은 야마자키, 이와다, 가미키 세 사람은 또 다시 걱정스런 얼굴로 회의를 소집했다. 이런 상황이라면 이제 슬슬 가미키의 주장대로 합금제 담뱃대를 만들게 할 수밖에 없었다. 그래서 또 전과 마찬가지로 주문이 담뱃대를 만드는 장인에게 떨어지려는 그 순간이었다. 하인 하나가 나리히로의 분부를 전하러 그들이 있는 곳으로 온 것이었다.

그 분부인즉슨 바로 이러한 것이었다.

"은제 담뱃대로 승려들의 욕심이 하늘 높은 줄 모르고 치솟고 있다. 이전과 같이 순금제 담뱃대를 만들게 하도록 하여라."

세 사람은 아연실색해서 어쩔 줄 몰라 했다.

❖ 7 ❖

소슌은 다른 승려들이 앞다투어 나리히로의 은제 담뱃대를 받으러 가는 것을 마땅치 않게 여기고 있었다. 특히 묘테쓰가 8월 1일쯤인가 입성할 때 은제 담뱃대를 하나 받아가지고는 기뻐하는 모습을 볼 때

면, 그 특유의 신경질적인 목소리로 "저 바보 같은 놈" 하고 욕을 할 정도였다.

그도 은제 담뱃대를 갖고 싶지 않았던 것은 아니었다. 그러나 다른 승려들 틈에 끼어서 받으러 가기에는 자신의 지위가 있었기 때문에 체면과 욕심 사이에서 고민하던 그는 '이제 두고 봐라. 내가 너희들보다 더 좋은 것을 받아내고 말테다'하고 호시탐탐 나리히로의 담뱃대를 주시하고 있었다.

그러던 어느 날 그는 나리히로가 이전과 똑같은 순금제 담뱃대로 유유히 담배를 피우고 있는 것을 보게 되었다. 그러나 승려들 사이에서는 누구도 그것을 받으러 가는 사람은 없는 듯 했다. 그래서 그는 때마침 지나가던 료테쓰를 불러 세워 가만히 턱으로 나리히로 쪽을 가리키며 속삭였다.

"다시 순금제 담뱃대가 되지 않았는가."

료테쓰는 그것을 듣고는 어이가 없다는 얼굴을 하고는 소슌을 보았다.

"적당히 욕심내는 게 좋을 걸세. 은제 담뱃대조차도 달라는 사람이 끊이질 않는데 이 시점에서 왜 다시 순금제를 들고 다니겠는가."

"그럼, 저건 도대체 뭐란 말인가."

"합금이 아닐는지 싶네."

소슌은 어깨를 으쓱했다. 주위를 의식한 듯 애써 웃음을 참으려 했다.

"좋아, 합금이면 어떤가. 내가 또 받으러 가보지."

"왜 애써 저것이 또 금이라고 하는 겐가."

료테쓰의 자신감도 조금 의심스러워진 듯싶었다.

"네놈들의 수작을 나리히로님도 다 읽으신 게야. 합금처럼 보이게 하고는 실은 순금제를 가지고 오신 거지. 무엇보다도 백만석의 권세를 누

리는 나리히로님이 합금 따위로 만든 담뱃대를 설마하니 가지고 다니시
겠나."

소순은 재빨리 이렇게 말하고는 혼자서 나리히로 쪽으로 갔다. 어안
이 벙벙하여 멍청히 있는 료테쓰를 예전에도 그랬던 것처럼 금맹장지
문 앞에 남겨둔 채로.

그러고 나서 한 시간 후의 일이었다. 료테쓰는 또 복도에서 소순과
마주쳤다.

"어땠나? 소순. 그 일은."

"그 일이라니 뭘 말인가?"

료테쓰는 아랫입술을 빼물고는 소순의 얼굴을 뚫어지게 바라보고 이
렇게 말했다.

"시치미 떼지 말게. 담뱃대 일 말이야."

"아~ 담뱃대 말인가. 그거라면 자네에게 줌세."

고치야마가 호주머니 안에서 노랗게 빛나는 담뱃대를 꺼낼 것이라고
생각한 순간, 료테쓰의 얼굴 쪽으로 담뱃대를 내던지고는 빠른 걸음으
로 그 자리를 떠나버렸다. 료테쓰는 담뱃대에 얻어맞은 자리를 어루만
지면서 투덜대며 아래에 떨어진 담뱃대를 주워들었다. 그런데 주워보
니까 합금 담뱃대였다. 그는 부아가 난 듯이 그것을 바닥에 던지고는
하얀 버선발을 들어 올려 그 위를 허풍을 떨며 짓밟는 시늉을 했다.

❖ 8 ❖

그 이후 나리히로의 담뱃대를 받으러 오는 승려는 발길을 딱 끊게
되었다. 왜냐하면 나리히로가 갖고 있는 담뱃대가 합금이라는 소문이

소슌과 료테쓰에 의해 승려들 사이에 퍼졌기 때문이다.

한때 합금 담뱃대를 금이라고 거짓말을 해서 나리히로를 속인 세 명의 충신은 회의를 열어 담뱃대 장인에게 명해 순금제의 담뱃대를 만들게 했다. 전에 고치야마에게 빼앗긴 것과 전혀 다를 바 없는 담뱃대였다.

나리히로는 이 담뱃대를 가지고 내심 승려들에게 빼앗길 것을 두려워하면서도 당당히 그 담뱃대를 가지고 입성했다. 그러나 그것을 받으러 오는 이는 한 사람도 없었다. 일전에 같은 순금제 담뱃대를 두 개씩이나 달라고 졸라대던 고치야마조차도 힐끗 보고는 허리를 약간 굽힌 채 지나갔다. 함께 자리한 다른 성주도 담뱃대를 보고도 아무 말도 하지 않았다.

나리히로는 왜 이리도 사람들이 관심을 갖지 않는지가 궁금했다. 아니 궁금한 것뿐만이 아니었다. 나중에는 왠지 불안해지기 시작했다. 그래서 그는 지나가는 고치야마에게 먼저 말을 건넸다.

"소슌, 담뱃대가 필요하진 않은가."

"아니요, 감사하지만 소인은 예전에 주신 것이 있기 때문에."

소슌은 나리히로에게 농락당했다고 생각했던 것이다. 그래서 공손한 말 속에 이렇듯 가시가 돋친 말을 했던 것이다.

나리히로는 이 말을 듣고는 불쾌한 듯 얼굴을 찌푸렸다. 나가사키(長崎)산 담배 맛도 지금 같은 기분으로는 전혀 입맛에 맞지 않았다. 갑자기 이제까지 느껴왔던 자신의 권세가 이 순금제 담뱃대 머리로 뿜어져 나오는 연기처럼 사라져 가는듯한 느낌이 들었던 것이었다.

전해오는 말에 의하면 마에다 가문에서는 나리히로(흄広) 이래 쭉 나

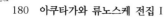

리야스(亮泰), 요시야스(慶寧)도 담뱃대는 모두 합금으로 만든 것을 썼다고 한다.

이것은 어쩌면 순금제 담뱃대에 넌더리가 난 나리히로가 자손들에게 그렇게 하라고 유언을 한 탓일지도 모른다.

(1916년 10월)

멘수라 조일리(MENSURA ZOILI)

이민희

나는 어느 선박의 객실 한가운데에 테이블을 사이에 두고 이상한 남자와 마주하고 앉아있다. 어떻게 보면 여기가 배 안의 객실이라는 것도 사실은 확실하지 않다. 방 모양이나 창밖에 바다가 보이는 것으로 막연히 그렇게 추측했지만, 어쩌면 더 평범한 장소일지도 모른다는 생각이 든다. 아니, 역시 배 안의 객실인가. 그렇지 않고서야 이렇게 흔들릴 리가 없다. 나는 기노시타 모쿠타로(木下杢太郎 : 1885~1945, 일본의 시인·극작가·소설가·의학자) 군만큼 예민하지 않기 때문에 몇 센티미터 정도로 흔들리는지는 정확히 알 수 없지만 흔들리고 있다는 것만은 확실하다. 내 말이 거짓이라고 생각되면 창밖에 수평선이 오르락내리락하는 것을 보면 될 것이다. 흐린 하늘 탓에 바다는 어설픈 청록색을 끝없이 펼치고 있는데, 아까부터 그 바다와 잿빛 구름이 만나는 지점이 객실의 둥근 창틀을 갖가지 줄로 자르고 있다. 거기에 하늘과 같은 색을 띤 것이 휠휠 날고 있는데 아마도 갈매기이거나 그와 비슷한 종류일 것이다.

그건 그렇고 내가 마주하고 앉아있는 이상한 남자 얘기인데, 이 사람은 도수가 높아 보이는 근시용 안경을 코에 걸치고는 따분한 듯이 신문을 읽고 있다. 짙은 콧수염에 턱이 사각인 것이 어디선가 본 듯한데 아무래도 생각이 나질 않는다. 머리카락이 길고 더부룩하게 난 것이 작가나 화가인 것 같기는 한데, 입고 있는 갈색 양복을 보면 그도 아닌 것 같고.

나는 얼마동안 이 남자를 훔쳐보면서 작은 술잔에 따른 순한 양주를 홀짝거리고 있었다. 나 역시 따분한 터라 당장이라도 말을 걸고 싶었지만 이 남자의 인상이 너무나도 무뚝뚝해 보여서 잠시 주저하고 있던 참이다.

그러자 사각턱 선생은 발을 쭉 뻗으며 "아, 지루해."라면서 선하품을 억지로 참는 듯한 목소리로 말했다. 그리고는 근시용 안경 너머로 내 얼굴을 슬쩍 보고는 신문을 다시 읽기 시작했다. 나는 그 때서야 비로소 이 남자를 만난 적이 있다는 것을 확신했다.

객실에는 두 사람 말고는 아무도 없었다. 잠시 후, 이 이상한 남자는 또 다시 "아, 지루해"라고 말했다. 그리고 나서 이번에는 아예 신문을 테이블 위에 내팽개치고는 나의 술 마시는 모습을 우두커니 바라보고 있다. "한잔 같이 하시겠습니까?" "아니요, 괜찮은데"라며 그는 애매한 대답을 하며 머리를 약간 숙이고는 "고맙습니다. 사실 지루해서요. 이래서는 도착하기 전에 지루해서 죽어버릴지도 모르겠습니다."란다. 나는 그 말에 동의했다.

"조일리아(ZOILIA) 땅을 밟으려면 아직 일주일 이상 걸리겠지요. 저는 벌써 배 타는 것에 질려버렸습니다."

"조일리아말입니까?"

"예, 조일리아 공화국말입니다."

"조일리아라는 나라가 있습니까?"

"이거 놀랍군요. 조일리아를 모르다니 의외입니다. 도대체 어디까지 가시는지는 모르겠습니다만, 이 배가 조일리아 항에 기항한다는 것은 훨씬 이전부터 있었던 관례지요."

나는 당황했다. 생각해보면 내가 무엇 때문에 이 배에 타고 있는지조차도 모르겠다. 더구나 조일리아라는 이름은 지금껏 한 번도 들어본 적이 없는 이름이다.

"그렇습니까?"

"그렇고말고요. 조일리아로 말할 것 같으면 옛날부터 유명한 나라입니다. 아시겠지만 호메로스에게 맹렬한 비판을 가한 것도 역시 이 나라의 학자입니다. 분명 지금도 조일리아의 수도에는 이 사람을 기리기 위한 멋진 송덕표(頌德表)가 서있을 겁니다."

나는 이 사각턱이 보기와는 다르게 박식한 것에 놀랐다.

"그럼, 굉장히 오래된 나라겠네요."

"예, 오래되었습니다. 확실하지는 않지만, 신화에 의하면 처음에는 온통 개구리만 살고 있던 나라였는데, 아테나가 그 개구리를 전부 인간으로 바꾸었답니다. 그래서 조일리아 사람의 목소리가 개구리와 비슷하다고 말하는 사람도 있지만, 이 얘기는 별로 믿을 만한 것이 못됩니다. 기록에 나타난 것으로는 호메로스를 물리친 호걸 이야기가 가장 빠르답니다."

"그럼, 지금도 상당한 문명국입니까?"

"물론입니다. 특히 수도에 있는 조일리아 대학은 일국의 학자가 세상물정에 밝고 이해가 깊은 점에서 세계의 어느 대학에도 뒤지지 않을 겁니다. 실제로 요즘 교수연합회가 고안한 가치측정기와 같은 것은 근대의 경이로움이라는 평가를 받고 있습니다. 하긴 조일리아에서 나온 조일리아 일보의 말이긴 합니다만."

"가치측정기는 뭡니까?"

"말 그대로 가치를 측정하는 기계입니다. 주로 소설이나 그림의 가치를 측정하는 데 사용하는 것 같습니다만."

"어떤 가치를?"

"주로 예술적인 가치 말입니다. 물론 그 외에도 다른 가치도 측정할 수 있지만요. 조일리아에서는 선조의 명예를 기리기 위하여 그 기계에 멘수라 조일리(MENSURA ZOILI)라는 이름을 붙였다는 군요."

"직접 그것을 본 적이 있습니까?"

"아니요. 조일리아 일보의 삽화에서 본 것이 다입니다. 뭐, 언뜻 보기에는 보통의 계량기와 조금도 다를 바가 없습니다. 음, 사람이 올라서는 곳에 책이나 캔버스 등을 올리면 됩니다. 측정할 때 액자나 제본의 무게도 조금은 들어가겠지만, 그런 오차정도는 나중에 정정하기 때문에 괜찮습니다."

"그건 그렇겠지만, 아무튼 편리한 기계로군요."

"대단히 편리하지요. 이른바 문명의 이기지요."

사각턱은 주머니에서 아사히담배 한 개비를 꺼내서 입에 물면서,

"이런 물건이 만들어지자 눈 가리고 아웅 하는 식의 작가나 화가는 옴짝달싹 못하게 되었지요. 좌우간 가치의 크고 작음이 명백하게 수자로 나타난다니까요. 무엇보다 조일리아 국민이 재빨리 이것을 세관에 설치한 것은 가장 현명한 처사라고 생각합니다."

"그건 또 어째서입니까?"

"외국에서 수입되는 서적이나 그림을 하나하나 이것에 올려놓아서 무가치한 것은 절대로 들여오지 않기 위해서입니다. 요즘은 일본, 영국, 독일, 오스트리아, 프랑스, 러시아, 이태리, 스페인, 아메리카, 스웨덴, 노르웨이 등에서 오는 작품 모두를 적어도 한 번씩은 측정한다는

데, 아무래도 일본에서 온 것은 그다지 성적이 좋지 않은 것 같아요. 우리들 일본인의 눈으로 보면 일본에는 상당한 수준의 작가나 화가가 있을 법한데도 말이지요."

이런 얘기를 나누는 와중에 객실 문이 열리며 흑인인 보이가 들어왔다. 남색 하복을 입은 민첩해 보이는 녀석이다. 보이는 말없이 옆구리에 끼고 있던 신문 한 뭉치를 테이블 위에 올린다. 그리고는 곧바로 문 저편으로 사라져버린다.

그 후 사각턱은 아사히의 재를 털면서 신문 한 장을 집어 들었다. 쐐기모양 문자 같은 묘하게 생긴 글자가 늘어서 있는 이른바 조일리아 일보인 것이다. 나는 이 이상한 문자를 읽을 수 있다는 점에서 재차 이 남자의 박식함에 놀랐다.

"여전히 온통 멘수라 조일리에 관한 기사군요."

그는 신문을 읽어가면서 이런 말을 했다.

"여기 지난달 일본에서 발표된 소설의 가치가 표로 만들어져서 나와 있어요. 측정기사의 후기까지 붙여서."

"구메(久米)라는 남자의 것은 있습니까?"

나는 친구의 일이 걱정이 되어 물어보았다.

"구메 말입니까? 「은화」라는 소설이지요? 있어요."

"어떻습니까? 가치는?"

"소용없어요. 좌우간 창작의 동기가 인생의 하찮은 발견이라면 말이지요. 거기에 덧붙여서 서둘러 대문호로 통하고자 하는 의도가 작품 전체를 저급하고 저속하게 만들고 있다고 써있어요."

나는 불쾌해졌다.

"안됐군요."

사각턱은 냉소를 지었다.

"당신의 「담뱃대」도 있어요."

"뭐라고 써있습니까?"

"역시, 비슷한 기사군요. 상식 이외에 아무것도 없다고 써있군요."

"으흠."

"그리고 이렇게도 써있네요. 이 작자는 이미 작품을 함부로 너무 많이 써서…"

"이런."

나는 불쾌한 단계를 넘어서 조금 어처구니없어졌다.

"아니, 당신뿐만이 아닙니다. 어떤 작가나 화가라도 측정기에 걸리기만 하면 끝장입니다. 어차피 속임수는 안 통하니까요. 아무리 스스로 자신의 작품을 칭찬해봤댔자 현재 가치가 측정기에 나타나니까 소용없습니다. 말할 것도 없지만, 동인들 간에 서로 칭찬해도 결국 평가표의 사실을 바꿀 수는 없습니다. 뭐, 가능한 심혈을 기울여서 실제로 가치가 있는 작품을 쓰는 수밖에 없지요."

"하지만 그 측정기의 평가가 확실하다는 것은 어떻게 믿습니까?"

"그것은 걸작을 올려보면 알 수 있습니다. 만약 모파상의 『여자의 일생』을 올리면 금방 바늘이 최고 가치를 가리키니까요."

"그 정도입니까?"

"예, 그렇습니다."

나는 입을 다물고 말았다. 문득 사각턱의 생각이 논리적이지 않다는 느낌이 들었기 때문이다. 그러나 다시 새로운 의문이 생겨났다.

"그럼, 조일리아의 예술가가 만든 것도 역시 측정기에 올려지는 건가요?"

"그건 조일리아의 법률이 금하고 있습니다."

"어째서입니까?"

"왜냐하면 조일리아 국민이 들어주지 않기 때문입니다. 이건 어쩔 수 없습니다. 조일리아는 예로부터 공화국이기 때문에 말이지요. 천성인어(天声人語: '국민의 소리는 신의 소리'라는 뜻, Vox populi, vox Dei)를 문자 그대로 준수하는 나라이기 때문이지요."

사각턱은 이렇게 말하고는 묘한 미소를 지었다.

"하긴 그들의 작품을 측정기에 올렸더니 바늘이 최저 가치를 가리켰다는 소문도 있습니다만, 만약 그렇게 되면 그들은 딜레마에 빠지게 됩니다. 측정기의 정확도를 부정하든지 그들 작품의 가치를 부정하든지 둘 다 달가운 얘기는 아닙니다. 그러나 이것은 어디까지나 소문이에요."

이렇게 얘기하는 순간 배가 크게 흔들리는 바람에 사각턱은 순식간에 의자에서 떨어져서 나뒹굴었다. 그러자 그의 몸 위로 테이블이 쓰러진다. 술병과 술잔이 뒤집힌다. 신문이 떨어진다. 창밖의 수평선이 보이지 않게 된다. 접시가 깨지는 소리, 의자가 쓰러지는 소리, 그리고 파도가 배 허리에 부딪히는 소리…, 충돌이다. 아니면 바다 속 분화구의 폭발인가. 정신을 차리고 보니, 나는 서재의 흔들의자에 앉아서 존 어빈의 「비평」이라는 각본을 읽으면서 낮잠을 자고 있었다. 배라고 생각했던 것은 아마 의자가 흔들린 탓이리라. 사각턱은 구메인 것 같기도 하고 아닌 것 같기도 하다. 사각턱이 누구인지는 아직도 모르겠다.

(1916년 11월)

운(運)

김정숙

매듭이 성긴 발이 입구에 늘어져 있어 길거리의 모습은 작업장에 있어도 잘 보인다. 기요미즈 절(淸水寺)로 향하는 발길은 아까부터 인적이 끊이질 않는다. 등에 북을 맨 스님이 지나간다. 외출복 차림새의 여인이 지나간다. 그 뒤로는 가끔 황소가 끄는 우차가 다닌다. 그것이 모두 성긴 부들 발의 매듭을 왼쪽에서 오른쪽으로 왔는가 하면 어느새 사라져 버리고 만다. 그 가운데 변함이 없는 것은 따뜻한 오후의 봄볕을 받고 있는 좁은 길거리의 흙 빛깔뿐이다.

그 사람들의 왕래를 일터에서 멍하니 바라보고 있던 한 명의 젊은 사무라이(靑侍: 신분이 낮은 젊은 무사)가 이때 문득 생각난 듯 주인인 도공에게 말을 걸었다.

"여전히 부처님께 참배하는 사람이 많은 것 같네요."

"그런 것 같군."

도공은 일에 정신을 빼앗긴 탓인지 약간 귀찮은 듯이 이렇게 대답했다. 그런데 이 사람은 눈이 작고 코가 위를 향한 게 어딘지 우스꽝스러워 보이는 노인이나, 얼굴 생김새나 모습에서 악의 같은 것은 전혀 느낄 수 없다. 입고 있는 것은 마 홑겹뿐이다. 게다가 낡고 후줄근한 두건을 쓴 모습이 요즘 인기가 좋은 도바스님(鳥羽僧正 : 도바승정, 1053-1140, 헤이안 후기의 승려이며 풍자적인 희화가)의 두루마리 책 속의 인물을 보는 것 같다.

"저도 한 번 매일 참배나 해 볼까요? 이렇게 맥을 못 춰서야 견딜 수가 없어요."

"농담이겠지?"

"아니요, 그렇게 해서 좋은 운을 받는다면 저도 믿어보겠어요. 매일 참배를 하고 절에 머물면서 기도를 하더라도 그러는 편이 훨씬 싸게 먹히기 때문이죠. 결국 부처님을 상대로 한판 장사를 해 보자는 것이지요."

젊은 사무라이는 나이에 걸맞게 경박스런 말투로 아랫입술을 핥으면서 두리번두리번 일터를 둘러보았다. 대나무 숲을 뒤로 해서 지은 초가지붕의 누추한 집이라 그 안은 코가 땅에 닿을 만큼 비좁다. 하지만 발 바깥 풍경은 눈이 어지러울 정도로 바삐 움직이는데 반해, 이곳만은 항아리나 술병도 모두 불그스레한 갈색으로 빛이 바랜 질그릇 표면을 화창한 봄바람에 날리면서 백년이나 옛날부터 쭉 그랬던 것처럼 쥐죽은 듯 고요하다. 아무래도 이 집의 지붕만은 제비조차도 둥지를 틀지 않을 것 같다. ……

노인이 대답을 하지 않자 젊은 급사는 또 말을 이었다.

"영감님도 이 나이까지 꽤 많은 것들을 보거나 들으셨지요? 어때요? 부처님은 정말로 운을 주시는 분일까요?"

"그럼. 옛날에는 가끔 그런 일도 있었다고 들었네만."

"어떤 일이 있었는데요?"

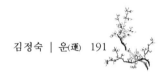

"딱히 어떤 일이라고 한마디로 말할 수는 없지만 …… 더구나 자네 같은 나이는 그런 이야기를 들어도 별로 재미가 없을 것일세."

"나 참. 이래 봬도 믿음은 있는 사내라구요. 정말로 운을 받는다면 당장 내일이라도……"

"믿음인가? 장사속인가?"

영감은 눈꼬리에 주름을 지으며 웃었다. 반죽하고 있던 흙이 항아리 모양이 되어 이제야 겨우 마음이 편안해 진 모습이다.

"부처님의 생각을 자네 정도의 나이에서는 좀처럼 이해할 수 없지."

"그건 잘 모르겠어요. 모르니까 영감님께 묻는 것 아니겠어요."

"아니, 부처님이 운을 주신다 안 주신다는 그런 문제가 아니고, 그분이 주시는 운의 좋고 나쁨이라는 것이……"

"그러니까 받아보면 알 수 있지 않을까요? 좋은 운인지 나쁜 운인지."

"그것을 자네는 정말로 이해하기 어려울 걸세."

"저에게는 운의 좋고 나쁨보다는 그렇게 말씀하는 이유를 모르겠군요."

날이 저물어 가기 때문일 것이다. 아까부터 보니 길거리에 떨어지는 사물의 그림자가 조금씩 길어졌다. 그 긴 그림자를 끌면서 머리에 바구니를 이고 행상을 하는 두 여인이 발 옆으로 지나간다. 한 사람은 손에 집으로 가져가는 선물 같은 벚꽃가지를 들고 있다.

"지금 서대문시장(西の市)에서 직물가게를 내고 있는 여자도 그렇네만……"

"그래서 아까부터 제가 영감님의 이야기를 듣고 싶어 하지 않습니까?"

잠시 두 사람 사이에는 침묵이 흘렀다. 젊은 사무라이는 손톱으로 턱수염을 뽑으며 멍하니 길거리를 지켜보고 있다. 조개껍질처럼 하얗게 빛나는 것은 아마 조금 전에 떨어진 벚꽃일 것이다.

"이야기 안 해 주실래요? 영감님!"

이윽고 조르는 목소리로 젊은 사무라이가 말했다.

"그러면 실례를 무릅쓰고 이야기 하나 해 볼까? 늘 또 하는 옛날이야기이지만."

이렇게 서두를 말하고 도자기를 굽는 영감은 서서히 이야기를 꺼냈다. 날이 길고 짧음을 모르는 사람이 아니고는 할 수 없는 느긋한 말투로 이야기를 시작한 것이다.

"이럭저럭 벌써 삼사십 년 전쯤은 된 일이지. 그 여자가 아직 젊은 아가씨였을 때 이곳 기요미즈 절에 와서 부처님께 기도를 한 적이 있었지. 제발 한평생 동안 편안히 살 수 있게 해달라고 말이야. 어쨌든 그때는 그 여자도 홀어머니와 사별한 후라 그야말로 하루하루 생활이 힘든 신세여서 그런 기도를 한 것도 전혀 무리는 아니었지. 그 여자의 죽은 어머니는 원래 학슈샤(白朱社)의 무당으로 한때는 정말 잘나가던 사람이었는데, 여우를 부린다는 소문이 나고부터는 좀처럼 사람들이 찾아오지 않게 되었다고 하네. 여기에 흰 반점이 생기는 피부병이 있고 또 나이와는 어울리지 않게 탱탱한 큰 몸집의 할멈이었다는군. 하여튼 그 용모로는 여우뿐인가 남자라도……"

"엄마 쪽 얘기보다는 딸에 관한 얘기를 듣고 싶어요."

"아니, 이것은 인사고. 그 어머니가 죽은 후 연약한 딸 혼자만의 힘으로는 아무리 벌어도 생계를 꾸려나갈 수 없게 되었다네. 그런데 용모도 좋고 영리한 딸이 절에 머물면서 기도를 하는 데도 옷은 늘 누더

기라서 남 앞에 나설 수가 없을 정도였다네."

"아니, 그렇게 훌륭한 딸이었나요?"

"그럼! 마음씨며 얼굴이며 내 생각으로는 아무튼 어디에 내놔도 부끄럽지 않다고 생각했었네."

"안타깝게도 옛날 일이네요."

젊은 사무라이는 빛바랜 남색 웃옷의 소매끝을 슬쩍 잡아당기면서 이렇게 말한다. 영감은 코웃음소리를 내면서 또 천천히 이야기를 이어갔다. 뒤뜰의 대나무 숲에서는 계속해서 휘파람새가 울고 있다.

"그 여자는 삼칠일 동안 절에 머물며 기도를 계속했다네. 기도가 끝나는 마지막 날 밤 문득 꿈을 꾸었는데, 분명치는 않지만 같은 법당에 와 있는 무리 가운데 곱사 중이 한 명 있었는데, 그 중은 뭔가 다라니경 같은 것을 장황하게 외우고 있었다네. 아마 그것이 자꾸 마음에 걸렸던 탓인지 꾸벅꾸벅 졸음이 와도 그 목소리만은 아무래도 귓가를 떠나지 않았다 하더군. 마치 마루 밑에서 지렁이라도 울고 있는 것처럼. 그러자 그 소리는 어느 순간 사람의 목소리로 변하여 '여기서 돌아가는 길에 그대에게 말을 거는 남자가 있을 걸세. 그 남자가 하는 말을 듣는 것이 좋아.'라고 그렇게 들렸다고 하더군."

"번쩍 정신이 들어 눈을 떠보니 중은 역시 다라니 삼매경이었다네. 하나, 뭐라고 말하는지 아무리 귀를 기울여 봐도 모르겠더래. 그 때 무심코 건너편을 보니 상야등의 희미한 불빛에 부처님 얼굴이 보였다네. 평소에 뵌 것처럼 위엄이 있고 단아한 얼굴이었지. 그것을 보자 이상하게도 또 귓전에서 '그 남자가 말하는 것을 듣는 것이 좋아'라고 누군가가 말하는 것처럼 들렸다네. 그래서 그 여자는 그것을 부처님의 계시라고 굳게 믿어 버렸던 게지."

"거참!…"

"그리고 밤이 깊어진 후 절을 나서서 경사가 완만한 비탈길을 고조(五条) 쪽으로 내려가려는 데 예상했던 대로 뒤에서 남자 한 명이 달려들어 끌어안더래. 따뜻한 봄날이었지만, 그 시간은 때마침 밤이라 상대방 남자의 얼굴도 보이지 않을뿐더러 입고 있는 옷 등은 더더욱 알 수가 없었겠지. 하지만 확 뿌리치려는 순간에 손이 상대편의 콧수염에 닿았다네. 거참! 얼토당토 않는 일이 기도 마지막 날 밤에 들어맞았던 셈이지. 게다가 상대는 이름을 물어도 사는 곳을 물어도 전혀 대답하지 않고 오로지 말하는 것만 들으라고 할 뿐이었다네. 언덕 아래 길을 북쪽으로 북쪽으로 꽉 끌어안은 채 질질 끌면서 데려 갔다네. 울어도 소리를 질러도 전혀 사람이 다니지 않는 시간이라 어쩔 수가 없었다고 하더구만."

"거참! 그리고는 어떻게 되었나요?"

"그 후 결국에는 야사카 절(八坂寺) 탑 안으로 끌려 들어가 그날 밤은 그곳에서 지냈다고 하더구만. 아니, 그 주변의 일이라면 특별히 나이든 내가 일부러 말할 것까지는 없겠지."

영감은 또 눈가에 주름을 지으면서 웃었다. 길가의 그림자는 더욱더 길어진 것 같다. 특별히 부는 것 같지도 않게 살짝 지나가는 바람 탓일 것이다. 여기저기에 흩어져 있는 벚꽃도 어느 샌가 이쪽으로 밀려와 지금은 처마 밑에 놓여진 돌 사이로 점점이 흰색을 띠고 있다.

"농담하시면 안 돼요"

젊은 사무라이는 생각난 듯이 턱수염을 뽑으면서 이렇게 말했다.

"그래, 이제 끝인가요?"

"그것뿐이었으면 일부러 이야기 할 것까지도 없었겠지."

영감은 역시 항아리를 만지작거리면서

"날이 밝자 그 남자는 이렇게 된 것도 다 전생의 인연일거라며 오히려 부인이 되어달라고 말했다고 하더군."

"정말로요?"

"꿈속에 계시가 없었다면 몰라도 그 여자는 그것을 모두 부처님 뜻으로 생각하여 결국 승낙을 했다더군. 그리고 형식뿐이지만 서로 술잔 나누는 것을 마치자 우선 필요한 곳에 쓰라고 탑 깊숙한 곳에서 꺼내 준 것이 바로 능직 10필과 비단 10필이었다네. 이 흉내만은 자네라도 내기 어려울 걸세."

젊은 사무라이는 히죽히죽 웃을 뿐 대답을 하지 않는다. 휘파람새도 이제 울지 않게 되었다.

"이윽고 그 남자는 해질녘에 돌아온다고 얘기하고 여자 혼자만을 빈집에 남겨둔 채 황급히 어딘가로 나가 버렸다네. 그 후 여자의 외로움은 한층 더 심해졌지. 아무리 똑똑한 여자라 해도 일이 이쯤 되고 보면 아마 더욱 불안해지겠지. 그래서 기분전환이나 하려고 아무생각 없이 탑 깊숙한 곳으로 들어가 보았다네. 그런데 어찌 된 까닭인지 능직과 비단은 물론이고, 주옥과 사금같이 값어치 나가는 물건들이 고리짝에 몇 개랄 것도 없이 쭉 늘어져 있었다더군. 이렇게 된 이상은 아무리 당차고 야무진 여자라도 무의식중에 가슴이 철렁했겠지. 물건에도 연유가 있지만 이런 보물들을 가지고 있는 이상은 더더욱 의심할 여지가 없었겠지. 강도가 아니면 도둑일 것이라는 그런 생각이 들자 지금까지는 단지 외로웠을 뿐이었던 것이 갑자기 무서움까지 더해져 정말이지 잠시도 이렇게는 있을 수 없다는 기분이 들었다더군. 어쩌면 재수 없이 포도청의 관리에게 걸리기라도 하면 어떤 재앙을 만날지 모를 일이기도 하고."

"그래서 도망칠 곳을 찾아 서둘러 출입문 쪽으로 되돌아가려는데, 누군가 고리짝 뒤에서 쉰 목소리로 불러 세웠다더군. 아무튼 사람이 아무도 없다고만 생각했던 터라 놀랐다거나 그렇지 않았다거나 하는 그런 문제가 아니었어. 자세히 보니 사람인지 해삼인지 분간이 가지 않는 것이 사금 자루를 쌓아둔 속에 둥그렇게 앉아 있었다고 해. 이것은 눈이 짓무르고 주름투성이로 허리가 굽고 키가 작은 60살 정도의 할멈이었네. 더구나 여자의 생각을 알고 있는지 모르는지 무릎을 앞으로 내밀면서 겉보기와는 다르게 고양이 소리로 첫 대면 인사를 하였다고 하더군."

"이쪽은 그 정도로 놀란 것은 아니었지만 어쨌든 도망가려는 계략을 눈치채게 해서는 안 되기 때문에 하는 수 없이 고리짝 위에 팔꿈치를 짚으면서 마음에도 없는 세상 돌아가는 이야기를 시작하게 되었다네. 아무래도 이야기의 내용으로는 이 할멈이 지금까지 그 남자의 식모로 일하고 있었던 것 같았다네. 그러나 남자의 직업에 관해서는 이상하게도 한 마디도 하지 않았다네. 그것조차도 여자 쪽에서는 신경이 쓰이는데 그 할멈은 또한 귀가 조금 멀어서 하나의 이야기를 몇 번씩이나 다시 말하고 다시 되묻고 하여 이 여자는 이제 울고 싶을 만큼 조바심이 날 정도였다네."

"그런 것이 그럭저럭 정오까지 이어졌지. 그리고 기요미즈 절에 벚꽃이 피었다는 등 고조(五条)에서는 다리공사를 한다는 등의 이야기를 하는 사이에 다행히도 나이 탓인지 이 할멈은 슬슬 졸기 시작했어. 한편으론 여자의 대답이 만족스럽지 못한 탓도 있었겠지. 그래서 여자는 때를 기다려 상대방의 숨소리를 살피면서 살짝 입구까지 기어가

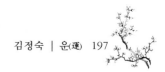

문을 살짝 열어 보았더니, 정말 다행스럽게 밖에도 사람의 기척은 없었다더구면.”

“거기서 그대로 도망쳐버렸으면 아무 일도 없었을 텐데, 문득 그 날 아침에 받은 능직과 비단을 생각해 냈기 때문에 여자는 그것을 가지러 또 살짝 고리짝이 있는 곳까지 되돌아왔지. 그러자 어찌된 영문인지 사금자루에 발끝이 걸려 넘어져 뜻하지 않게 손이 할멈의 무릎에 닿아 어쩔 수가 없게 되었다네. 할멈은 깜짝 놀라 눈을 뜨더니 잠시 동안은 단지 어안이 벙벙해져 있는 듯하더니, 갑자기 미치광이처럼 여자의 발을 물어뜯기 시작했어. 그리고 반쯤 우는소리로 빠르게 뭔가를 지껄여댔지. 가끔 말이 귀에 들리는 곳에서는 만일 여자가 달아나게 되면 자신이 얼마나 큰 봉변을 당할 지도 모른다고 말하고 있는 것 같았지. 하지만 이쪽도 더 이상 이곳에 있어서는 목숨이 위태로워지기 때문에 처음부터 그런 것을 들을 이유가 없었던 거지. 그래서 결국 여자들끼리 붙잡고 싸우기 시작한 거야.”

“때리고, 발로차고, 사금자루를 던지며, 대들보에 둥지를 튼 쥐도 떨어질 것 같은 소동이었지. 게다가 이렇게 되고 보니 필사적으로 바둥거리는 할멈의 힘도 만만치는 않았으나 역시 나이 차이는 어쩔 수 없었겠지. 이윽고 여자가 능직과 비단을 옆구리에 낀 채 숨죽이며 탑의 출입구를 살며시 빠져나왔을 때는 이미 할멈은 말도 할 수 없게 된 거야. 이것은 뒤에 들은 이야기인데, 시체는 코피를 흘리고 머리에서부터 사금을 뒤집어 쓴 채 어두컴컴한 귀퉁이 쪽에 벌러덩 나자빠져 죽어있었다고 하더군.”

“이쪽은 야사카 절을 빠져 나오자, 저잣거리는 아무래도 마음이 내키지 않아 고조대교 부근 친구의 집을 찾아 갔다네. 이 친구라는 자도 그날그날 살아가는 가난한 사람이었지만, 비단을 한 필이나 주었기 때문에 목욕물을 끓여주고 죽을 쑤어 주는 등 여러 가지로 대접을 해 주었다고 하더군. 그래서 여자도 안심을 할 수가 있었던 것이지."

"이제 저도 겨우 안심이 되네요."

젊은 사무라이는 허리에 차고 있던 부채를 빼서 발 바깥의 석양을 바라보며 그것을 솜씨좋게 다루었다. 그 석양 속을 방금 사냥복을 입은 일꾼이 네다섯 명 시끄럽게 웃으면서 지나갔지만 그림자는 아직 길거리에 남아있다.……

"자, 그것으로 드디어 결말이 난 셈이군요."

그런데 노인은 과장되게 고개를 흔들면서,

"그 여자가 집에 있는데 급하게 길가는 사람들의 왕래가 소란스러워지면서 저 자를 봐라! 저 자를 봐! 하며 욕설을 퍼붓는 소리가 들려왔다더구먼. 어쨌든 여자는 떳떳하지 못한 신세라서 또 마음이 편치 않았던 모양이야. 그 도둑이 복수라도 하러 온 것일까? 아니면 포도청 관리라도 뒤쫓아 온 것일까? 그런 생각이 들자 이제는 마음 편히 죽도 먹고 있을 수가 없었다는구먼."

"정말 그렇네요."

"그래서 문틈으로 살짝 바깥을 내다보니, 구경나온 남녀 가운데를 호송하는 사람이 대여섯 명, 게다가 죄인을 체포하는 사람도 한사람 붙어 삼엄하게 지나갔지. 그리고 그 무리에 둘러싸여 밧줄에 묶인 채 한 남자가 군데군데 찢어진 평상복을 입고 두건도 쓰지 않은 채 끌려가고 있었던 것이야. 진짜 도둑을 체포해서 바로 그 집으로 실제 일어난 일을 검증하러 가는 참이었지."

"더군다나 그 도둑이라는 자는 어젯밤 고조의 언덕에서 그 여자에게 접근했던 그 남자였다고 하지 않겠나? 여자는 그 광경을 보자 왠지 눈물이 나올 것 같았다고 하더군. 특별히 그 남자에게 끌렸다거나 어떻게 된 것은 아니지만, 밧줄에 묶여 끌려가는 모습을 보니 갑자기 스스로 자신이 애처로워져서 그만 울어버렸다고 하는 뭐 그런 이야기야. 정말로 그 이야기를 들었을 때 나도 절실히 그렇게 생각했었지."

"어떻게요?"

"부처님께 소원을 비는 것도 신중히 잘 생각해야 될 일이라고."

"하지만 영감님! 그 후로 그 여자는 어떻게든 잘 해 나갈 수 있게 되었겠지요?"

"어떻게든 뿐이겠는가. 지금은 무엇 하나 부족함이 없는 신세가 되었다네. 그 능직과 비단을 판돈으로 밑천을 삼았지. 부처님도 이것만큼은 약속을 지켜 주셨다네."

"그렇다면 그 정도 험한 꼴은 당해도 괜찮지 않습니까?"

밖은 어느덧 황혼으로 물들었다. 그 사이를 대숲 바람소리가 희미하게 여기저기서 들려온다. 길가에는 사람들의 인적도 점차 끊긴 것 같다.

"사람을 죽였든, 도둑의 마누라가 되었든 할 생각으로 한 것이 아니라면 어쩔 도리가 없는 일이지요."

젊은 사무라이는 부채를 허리에 꽂으면서 일어났다. 영감도 이제 주전자 물로 진흙투성이인 손을 씻고 있다. 두 사람 모두 왠지 저물어 가는 봄날과 상대의 마음에 아쉬운 뭔가를 느끼기라도 하는 기색이다.

"아무튼, 그 여자는 행복한 사람이에요."

"농담이겠지?"

"정말이에요! 영감님도 그렇게 생각하셨죠?"

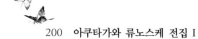

"나 말이야? 나라면 그런 운은 딱 질색이야."

"허참! 그러세요. 저라면 두 개의 대답으로 받아들일 텐데…"

"자 그럼, 자네도 부처님을 한 번 믿어보게나."

"그럼요! 그럼요! 내일부터 저도 절에 머물면서 불공을 드려야겠어요."

(1916년 12월)

오가타 료사이 상신서(尾形了斎覚え書)

이시준

　금번 저희 마을 내에서 기리시탄(切支丹 : 1549년 프란시스코 사비에르의 포교 이래, 일본에 전파된 가톨릭교 내지는 그 신자를 일컬음) 종파의 사도들이 사도(邪道)를 걸어, 사람들의 눈을 현혹시킨 일에 대해서 제가 견문한 것을 낱낱이 막부에 보고해야 한다는 분부가 있었음을 잘 알고 있사옵니다.

　아뢰자면 금년 3월 7일, 이 마을 농부 요사쿠(与作)의 미망인인 시노(篠)라는 자가 저의 집에 와서 자신의 딸 사토(里, 금년 9세)가 큰 병에 걸렸으니 검맥(検脈)을 해 달라고 간절하게 부탁하였습니다.

　이 시노(篠)라는 자는 농부 소베에(惣兵衛)의 셋째 딸로, 10년 전 요사쿠와 혼인하여 사토를 낳았습니다만, 얼마 안 있어 지아비를 잃고 재가를 하지 않은 채 베를 짜거나 삯일을 해서 그날그날 생계를 잇는 자이옵니다. 그런데 무슨 잘못된 생각을 했는지 요사쿠가 병사한 이후 오로지 기리시탄 종파에 귀의하여 이웃 마을의 선교사인 로도리게라고 하는 자의 거처에 빈번히 드나들어, 마을 내에서도 위 선교사의 첩이 되었다고 소문을 내는 자도 있었습니다. 아무튼 비난이 들끓었기에 아버지 소베에를 비롯해 형제들 모두 여러 가지 충고를 했지만 데우스여래(泥烏須如来 : 데우스와 여래<如来>를 합친 말로 데우스<Deus>는 기리시탄용어로서 천제, 천주, 신 등을 가리킴)보다도 더 고귀한 것은 없다면서 전혀 수긍치 않았습니다. 조석으로 오로지 여식인 사토와 함께 수호신인 구루스라고 하는 작은 십자가를 예배하고, 남편인 요사쿠의 묘지에도 참배하는 것마저 소홀히 하였기에 지금은 친척들과도 연이 끊어졌으며, 마을사람들도 마을 밖으로 추방해야 한다고 때때로 의논하고 있사옵니다.

위와 같은 자이기에 몇 번이나 부탁하였지만 저는 검맥할 수 없다는 뜻을 전한 바, 일단은 울면서 집으로 돌아갔지만 다음날 8일 다시 저의 집에 찾아와 "평생의 은혜로 삼을 터이니 제발 검맥해 주십시오."라고 부탁하였고, 아무리 거절해도 듣지 않고, 끝내는 저의 집 현관에 쓰러져 흐느끼며 "의사의 역할은 사람의 병을 치료하는 것인데, 나의 여식의 중병을 돌아보시지 않는 처사는 도저히 납득하기 어렵습니다."라고 원망하였습니다. 저는 다음과 같이 말했습니다.

"당신의 말씀은 전적으로 도리에 어긋나지 않습니다만, 제가 검맥할 수 없는 데에도 전혀 일리가 없는 것은 아닙니다. 왜냐하면 당신의 평소의 행장은 참으로 방정치 않고 특히 저를 비롯한 마을 사람들이 신불(神仏)을 섬기는 것을 악마외도(悪魔外道)에 홀린 소행이라고 때때로 비방했다는 사실을 확실히 들어 알고 있습니다. 그런데 그 정도(正道)에 서서 결백한 당신이 저희들과 같이 천마(天魔)들린 자에게 지금 따님의 중병을 치료해 주십사 하는 것은 어인 일인지요. 위와 같은 일은 평소 믿고 계시는 데우스여래께 부탁드려야 할 터, 만약 진정으로 제가 검맥할 것을 희망하신다면 기리시탄 종문에 귀의하는 일이 이후로 결단코 있어서는 안 됩니다. 이것을 받아주시지 않는다면 아무리 의술이 사람을 살리는 어진 기술이라고 할지라도 신불의 벌도 무서운지라 검맥은 단연코 거절할 수밖에 없습니다."

이 같이 설득하자 제아무리 시노라 할지라도 역시 사정을 헤아려 달라고 부탁하지 못하고 그대로 낙담하고 집으로 돌아갔습니다.

다음 날 9일은 새벽녘부터 큰비가 내려 마을 안은 한 때, 사람의 왕래도 끊어졌는데 새벽 6시경 시노가 우산도 쓰지 않고 물에 빠진 생쥐처럼 되어서는 저의 집에 찾아와 재차 검맥을 부탁하였습니다. 저는 다음과 같이 말했습니다.

"무사는 아니지만 두 말은 하지 않겠습니다. 따님의 생명인지 데우스여래인지 양자 중 하나를 버리는 결단이 있어야 한다고 봅니다."

이렇게 말을 하자, 시노는 이번에는 광기를 띠며 제 앞에서 제삼 머리를 조아리고 두 손 모아 빌며,

"이르신 말씀 백 번 천 번 지당하십니다. 하지만 기리시탄 종문의 가르침에는 한번 개종하면 혼과 몸이 모두 영원히 멸한다고 합니다. 부디 저의 심정을 불쌍히 여기셔서 이것만은 용서해 주시길 바랍니다."라고 애원하고 흐느꼈습니다. 사종문(邪宗門)의 신자라고는 하지만 더할 나위 없는 부모의 마음에 다소 측은한 마음이 들었습니다. 하지만 개인적인 감정을 앞세워 공의를 저버려서는 안 되는 것이 도리인지라, 어떤 말을 해도 개종을 하지 않으면 검맥할 수 없음을 강하게 밝히자, 시노는 형언할 수 없는 표정을 짓고 잠시 저의 얼굴을 응시하다가 돌연 눈물을 주르르 흘리며 저의 발밑에 조아리고 무엇인가 모기 같은 소리로 이야기했지만 마침 내리던 큰 빗소리 때문에 잘 알아듣지를 못했습니다. 다시 들어보니, 드디어 그렇다면 도리가 없으니

개종하겠다는 취지임이 명백했습니다. 하지만 개종의 실증이 없으니 증거를 대야 한다고 하니, 시노는 아무 말 없이 품에서 그 십자가를 꺼내 현관 앞에 내려놓고 조용히 세 번 밟았습니다. 그때는 특별히 평정심을 잃은 기색도 없었고 눈물도 이미 말라버린 것이 아닌가 했습니다만, 발치의 십자가를 응시하는 눈은 어쩐지 열병 환자와 같이 보여 저의 하인들 이하 모두 섬뜩해 했다고 합니다.

어쨌든 저는 요구사항도 수용되었기에 즉시 하인에게 약상자를 들게 하여 큰 빗속을 시노와 함께 그녀의 집으로 가니, 매우 좁은 방안에 사토 혼자서 남쪽을 머리로 하고 누워 있었습니다. 그런데 몸의 열이 대단히 심했기에 거의 제정신이 아닌 것처럼 보였으며, 가녀린 손으로 연거푸 허공에 십자를 그리며 빈번히 하루레야라는 말을 비몽사몽간에 입 밖에 내고 그때마다 기쁜 듯이 미소를 짓고 있었습니다. 위의 하루레야라는 말은 기리시탄 종문의 염불로 종문의 부처님께 찬송을 드린다는 뜻이라고 시노가 머리맡에서 흐느끼며 들려주었습니다. 그래서 즉시 검맥을 하였더니 상한(傷寒: 추위 때문에 생기는 열병)임이 확실하였고 이미 손을 쓸 수 없는 상태로 오늘 중이라도 목숨을 부지할 수 없을지도 모른지라 할 수 없이 사정을 시노에게 털어놓았습니다.

시노는 또다시 광기에 서려 "제가 개종을 한 이유는 여식의 목숨을 건지기 위한 일념 때문이었습니다. 그런데 목숨을 건질 수 없게 되면 그 보람이 털끝만큼도 없게 됩니다. 제발 데우스여래에게 등을 돌린 저의 뼈아픈 심정을 헤아리셔서 여식의 생명을 어떻게 해서든 부지할 수 있도록 해 주십시오."라고 저뿐만이 아니라 저의 하인에게도 엎드려 절하며 막무가내로 애원하였습니다. 하지만 인력으로는 어찌 할 수 없는 일이기에 마음을 다잡아 줄 것을 간곡히 부탁하고 탕약 세 첩을 놓아두고 때마침 비가 멎어 돌아가려고 하자, 시노는 저의 소매에 매달려 떨어지지 않고 무엇인가 말하려는지 입술을 움직였지만 한 마디로 하지 못하고, 보고 있는 동안에 낯빛이 변하여 갑자기 그 자리에서 실신하였습니다.

그래서 저는 크게 놀라 신속하게 하인들과 간호를 하였고 겨우 제정신이 돌아왔습니다만, 시노는 더는 일어설 기력도 없이 "결국에는 제가 사려가 깊지 못해 여식의 목숨과 데우스여래 모두를 완전히 잃어버리게 되었습니다."라 말하며 흐느껴 울었습니다. 거듭해서 위로를 했습니다만 전혀 귀담아듣지 않았고 딸의 용태도 더 이상 어찌할 수 없는 터라 할 수 없이 다시 하인과 함께 부지런히 집으로 돌아왔사옵니다.

그런데 그날 오후 2시를 넘어서 명주(名主: 에도시대의 영주 밑에서 마을의 행정을 담당했던 촌장) 쓰카고시 야자에몬(塚越弥左衛門) 님의 어머니를 검맥하러 갔던 바, 시노의 딸이 사망하고 또 시노는 비탄한 나머지 결국 발광했다는 사실을 야자에몬님께 전해 들었습니다. 말씀에 의하면 사토가 사망한 것은 제가 검맥을 한 후 2시간 이내로 추정되며, 9시 40분경에는 시노는 이미 발광하여 딸의 시체를 끌어안고 큰 소리로 무엇인가 만음(蛮音: 에도시대 포루투칼·스페인 사람을 남만인 <南蛮人>이라 불렀다. 만음은 포루투칼·스페인어를 말함)의 경문을 독송했다고 합니다. 또 위 사실은 야자에몬님이 직접 보신 것이며 마을 행정을 맡고 계신 가에몬(嘉右衛門) 님, 도고(藤吾) 님, 지베에(治兵衛) 님 등도 그 자리에 계셨다고 하니 명명백백한 사실임에 틀림없습니다.

또한 다음날 10일은 아침부터 가랑비가 내렸는데 8시 20분경부터 봄날의 우뢰가 있었고 얼마쯤 지나 날씨가 개일 기미가 보일 경에 ―

향촌사(鄉村士: 에도시대에 무사이면서 농촌에서 농업에 종사하는 사람) 야나세 긴주로(梁瀨金十郎) 님이 말을 보내셔서 진맥을 부탁하신다는 전갈이 있어, 급히 말에 올라 집을 나섰습니다. 시노의 집을 지나고 있는데, 마을 사람들이 많이 모여, 선교사야, 기리시탄아, 하며 욕을 퍼붓고 있어, 앞으로 나가지도 못하고 해서, 말 위에서 집안을 들여다보니, 문이 열려 있는 안쪽에 홍모인 한 명, 일본인 세 명이 각각 법의인 듯한 검은 옷을 입고, 저마다의 손에 십자가 내지는 향로와 같은 것을 들고 이구동성으로 할렐루야 할렐루야하며 외치고 있었습니다. 뿐만 아니라, 위 홍모인의 발밑에는 시노가 머리를 풀어헤친 채로 딸 사토를 끌어안고 실신한 듯 웅크려 앉아 있었습니다. 특히 저를 놀라게 한 것은, 사토가 양손으로 힘주어 시노의 목덜미를 감싸 안고 어미의 이름과 할렐루야를 번갈아가며 천진난만한 목소리로 외치고 있었다는 사실입니다. 물론 먼발치에서 보는 것이라 확실하게 알 수는 없었습니다만, 사토의 혈색은 매우 고은 듯 했고, 때때로 어미의 목덜미에서 손을 떼어, 향로와 같은 것에서 피어오르는 연기를 잡으려고 하는 동작을 취하기도 했습니다. 그래서 저는 말에서 내려, 사토가 소생한 일에 관해 마을 사람들에게 자세하게 물어보니, 위의 홍모인 선교사 로도리게가 오늘 아침, 부하 선교사를 대동하여 이웃마을에서 시노 집으로 건너와, 시노의 참회를 들어준 후, 모두가 종문의 부처에게 기도를 드리거나 혹은 향을 피우거나 혹은 신수(神水)를 뿌리거나 하는 동안 시노의 발광도 진정되고 사토도 이윽고 소생하였다는 내용을 모두가 두려운 듯이 들려주었습니다. 예로부터 일단 숨을 거두고 소생한 예는 원래 적지 않다고는 하여도, 대부분은 과도한 음주를 했다거나 산천(山川)의 독기로 인해 열병에 걸렸다거나 하는 자 뿐으로, 사토와 같이 상한(傷寒)으로 죽은 자가 혼이 되돌아온 예는 아직까지 들어보지 못하였기에, 기리시탄 종문이 사법(邪法)이라고 하는 사실은 이 사건만으로도 분명하며, 특히 신부가 이 마을에 왔을 때, 봄날의 우뢰가 심하게 친 것도 하늘이 그를 증오하셨기 때문으로 사료되옵니다.

또 시노와 여식인 사토가 그날로 신부와 동행하여 이웃 마을로 옮겨간 사정과 지원사(慈元寺)의 주지스님 닛칸 님의 조처로 시노의 집을 불태운 사정은 이미 명주 쓰카고시 야자에몬 님이 아뢰었기에 제가 견문한 사정은 얼추 이상의 것으로 대신하고자 합니다. 하지만 만일 누락된 것이 있을 경우에는 후일 재삼 서면으로 아뢰도록 할 것이며, 우선 저의 보고서는 이상과 같사옵니다. 이상.

신년(申年) 3月 26日

이요(伊予)국 우와(宇和)군

마을 의사 오가타 료사이(尾形了斎)

(1916년 12월)

도조문답(道祖問答)[1]

김명주

텐노지(天王寺 : 大阪에 있는 천태종 사찰) 주지 도묘(道明 : 973-1020, 헤이안 시대 중기의 승려로 독경으로 유명)대사는 살며시 잠자리에서 빠져나오자 경상(経床)으로 다가가 위에 있던 법화경 제8권을 등잔불 아래 펼쳐들 었다.

키 낮은 등잔불은 꽃처럼 타오르며 나전으로 된 경상을 환하게 밝히고 있었다. 들리는 것이라면 휘장에 싸인 침대에 자고 있는 이즈미 시키부(和泉式部 : 976-1025, 여류시인으로 연애시가 유명)의 숨소리일 것이다. 봄날 밤 궁궐 안 이 궁녀(女房 : 귀족의 딸들로 공무를 집행)의 방은 조용히 깊어만 가고 그 외에는 쥐 소리조차 들리지 않는다. 스님은 흰 무명으로 테를 두른 짚방석 위에 엄숙히 좌정하고 행여 그녀가 깰세라 나지막한 중간 음으로 법화경을 독경하기 시작했다.

이것은 스님의 평소 때 습관이었다. 몸은 조정대신 후지와라노 미치쓰나(藤原道綱, 955-1020)의 자식으로 태어나 천태종 대종사 지에(慈恵 : 912-984, 천태종 중흥의 선구자)대사의 제자가 되었다고 하지만 삼업(三業 :

---

1) 이 이야기는 일본의 유명한 설화집 『宇治拾遺物語』 1-1에서 유래된 것이다.

신체, 입, 마음을 일컫는 것으로 선악의 모든 행위)을 닦거나 오계(五戒: 지켜
야 할 다섯 가지 계율. 살생, 절도, 음행, 허언, 음주)를 지니거나 한 적은 없
다. 오히려 천하의 호색꾼이라 할 만한 한량들에게나 어울릴 법한 생
활마저 계속하고 있는 것이다. 그러나 좀 묘하게 들리겠지만 이러한
생활 속에서도 틈만 나면 법화경을 독경한다. 정작 스님 자신은 그것
을 조금도 모순으로 여기지는 않는 듯 싶다.

실제로 오늘 이즈미 시키부를 찾은 것도 염불기도나 방책을 써주기
위함은 물론 아니었다. 그저 이 매력 있는 여자의 뭇 남성 중 하나로
봄날 밤의 무료함을 달래볼까 하고 숨어 든 것뿐이다. 그러나 아직 첫
닭도 울지 않았는데 몰래 잠자리를 빠져나가 술 냄새 풍기는 입술로
모든 중생의 극락왕생을 비는 법화경을 독경하고 있는 것이다.

한동안 스님은 옷깃을 여미고 독경에 전념했다. 그것이 얼마나 이
어졌을까. 일순 등잔불이 조금씩 흐릿해져 가고 있음을 알았다. 불 끝
이 푸른빛으로 변하면서 불빛이 차츰 희미해져 가는 것이다. 그러다
가 등잔불 주위가 연기에 휩싸인 것처럼 꺼멓게 되면서 이어 불꽃 모
양이 실처럼 가늘어지고 말았다. 그뿐 아니라 문득 정신을 차리고 살
펴보니 등잔불이 뿌옇게 되면서 반대편 공기의 어느 한 부분이 짙어
지고 그것이 차츰 그림자처럼 사람 모양을 내기 시작하는 것이다. 스
님은 독경을 멈추었다.

"누구냐!"

그러자 그림자로부터 희미하게 소리가 들려왔다.

"용서하십시오. 이 사람은 오조(五条) 서동원(西洞院) 근처에 사는 노
인입니다."

스님은 몸을 뒤로 약간 빼면서 그 노인을 빤히 바라보았다. 노인은
책상 저편에서 하얀 도포의 소매 자락을 여며 쥐고는 뭔가 할 말이라

도 있다는 듯이 앉아있었다. 시야가 뿌옇기는 하지만 갓끈을 길게 묶어 늘어뜨린 품으로 봐서는 여우같은 것이 둔갑한 것 같지는 않다. 특히 노란 종이로 된 부채를 들고 있는 모습이 등잔불이 희미해져 이미 어두워졌는데도 품위 있게 또 또렷이 보여 왔다.

"노인이라면 뭐하는 노인인 게냐?"

"아하! 그렇지요. 늙은이라고만 했으니 아실 턱이 없으시지요. 이 사람은 오조에 살고 있는 도조신(道祖神 : 마을에 악령이 침투하는 것을 막아주거나, 여행의 안전을 지켜주는 신)입니다."

"그 도조신께서 어쩐 연유로 이곳까지 납시었나?"

"평소 독경을 들려주시어 그 답례로 뵙고 인사라도 여쭈려고 이리 불쑥 찾아 왔지요."

도묘대사는 미심쩍은 듯이 이맛살을 찌푸렸다.

"헌데 이 사람의 독경이라면 노상 있는 일이지. 비단 오늘 밤 만의 일은 아닐 텐데."

"그렇지요."

도조신은 잠시 말을 끊고 길게 늘어뜨린 누런 머리채를 성가신 듯 기울이며 여전히 속삭이는 듯한 나지막한 목소리로

"청정하게 독경하실 때는 천상에 계신 범천제석(梵天諸釈 : 불교의 수호신)님으로부터 아래로는 수많은 보살님들에게 이르기까지 모두 귀기울이실 만한 것이지요. 해서 이 늙은이 같은 것은 미천하기 그지없어 대사님 옆에 가까이 가고 싶어도 말조차 꺼내기가 힘이 들지요. 그런데 오늘 밤……" 이라고 하면서 느닷없이 빈정거리는 말투로,

"어이 이 밤은 목욕재계도 않으시고, 하물며 여인과 살을 섞으신 채로 독경에 임하시니, 모든 신불께서도 그 부정함을 꺼리시어 근처에 오시기가 심히 곤욕스러운 듯 보였습니다. 해서 이 늙은이가 편히 들

어와 인사를 드릴 기회를 얻은 것이지요."

"허어 그 참."

도묘대사는 심기가 불편한 듯 한마디 내었다. 도조신은 아랑곳하지
않고,

"헌데 에심(惠心 : 942-1017. 천태종의 승려로 정토교의 기초를 마련)대사님
께서도 염불독경에서 사위위(四威儀 : 계율에 맞는 행위)의 계율을 아무쪼
록 어기는 일은 없도록 말씀하셨지요. 대사님의 과보는 곧 승려의 지
옥고로 여기시고 이후로는……"

"닥치시게!"

도묘대사는 손목에 걸고 있던 수정 염주를 손으로 굴리면서 날카롭
게 노인의 얼굴을 째려보았다.

"불초하나마 이 도묘는 모든 경문과 해석을 다 깨쳤네. 그리고 모든
계행덕목도 익히지 않은 것이 없네. 어찌 자네 같은 자가 하는 말을
그 뜻도 모를 어리석은 사람으로만 보는가."

그러나 도조신은 답하지 않았다. 낮은 등잔불 그림자 밑에 몸을 사
린 채로 가만히 고개를 조아리고 도묘대사의 말에 귀를 기울이고 있
는 것 같았다.

"잘 들으시게. 생사가 곧 열반이고, 번뇌가 곧 보살이라 함은 내 몸
속의 온갖 불심을 깨친다는 말이라네. 내 육신은 삼신즉일(三身卽一 : 부
처님의 삼신이 곧 한 부처님의 몸)의 본각여래(本覚如来 : 중생에게 본래 주어져
있던 청정한 깨달음)요, 번뇌업고(煩惱業苦)의 삼도(三道)는 법신반야외탈(法
身般若外脱)의 삼덕(三德 : 대열반에 따르는 법신, 반야, 지혜, 해탈 세 가지 덕)이
라, 사바(娑婆)세계는 곧 적광정토(寂光净土 : 법신불이 거하는 정토세계. 생멸
의 변화도 없고 모든 것을 비추는 지혜가 있다는 곳)와 같은 게야. 비록 이 도
묘는 계율을 받지 않은 무계(無戒)의 비구(比丘)이지만, 이미 삼관삼체즉

일심(三観三体即一心 : 일체의 존재는 공이라는 공체, 일체의 존재는 인연에 의한 것이라는 가체, 일체의 존재는 유도 공도 아니라는 중체의 삼체(진리)를 깨치는 것은 곧 일심(마음)의 움직임에 의한다는 것)의 제호미(醍醐味 : 최상의 가르침)는 다 음미하였다네. 따라서 저 이즈미 시키부도 이 도묘의 눈에는 마야부인과 진배없지. 남녀의 육체적 결합도 온갖 선행의 공덕인 게야. 남녀의 잠자리에는 구원본지(久遠本地 : 영원부터 깨달음 그 자체인 마음의 본성) 무작법신(無作法身 : 인위를 가하지 않은 본래의 영원한 이치)의 모든 부처님께서 모습을 드러내시는 게야. 그러니 이 도묘가 있는 바로 이곳이 영취보토(靈鷲宝土 : 석가가 법화경을 설파한 산)인 게야. 자네 같은 소승불교의 썩어빠진 계율만 따지는 자들이 헛되이 발을 들여놓을 불계는 아닐 성 싶네."

이리 말하고 도묘대사는 자세를 다시 가다듬고는 염주를 흔들며 몹시 불쾌하다는 듯이 내리 호통을 쳤다.

"이 짐승 같은 놈! 썩 물러가거라!"

그러자 노인은 노란 부채를 펴서 얼굴을 가리는가 싶더니 금새 그림자가 희미해지며 반딧불만큼 작아진 등잔불과 함께 사라졌다고 까지도 할 것 없이 사라지고 말았다. 그러자 저 멀리 어디선가 어렴풋이 힘찬 첫닭 우는 소리가 들렸다.

'봄 하면 동틀 녘. 차츰 훤하게 밝아오네.'(유명한 여류시인 세이 쇼나곤(淸少納言, 995-1012)의 수필 『枕草子』의 모든 부분) 바로 그 때가 된 것이다.

(1916년 12월)

충의(忠義)

윤상현

❖ 마에지마 린에몬(前島林右衛門) ❖

이타쿠라 슈리(板倉修理)는 병세가 조금씩 회복됨과 동시에 격심한 신경쇠약에 시달렸다. 어깨가 뻐근거리고, 두통이 난다. 평소에 좋아하던 독서조차 넉넉히 할 수 없었다. 복도를 지나는 사람들의 발소리라든가, 집안사람들의 대화 소리가 들리는 것만으로 벌써 주의가 흐트러져 버리고 만다. 그것이 점점 심해지자 이번에는 매우 사사로운 자극에도 끊임없이 신경을 괴롭혀야만 했다. 우선 금, 은가루로 칠기 표면을 장식한 담배 함에 검은 바탕 위로 수놓은 금무늬 당초그림이 뻗어나가는 모습을 보면 그 가느다란 넝쿨이나 잎사귀가 아무래도 신경이 쓰여 어찌할 수 없었다. 그 밖에도 상아로 된 젓가락이라든가, 청동으로 만든 부젓가락과 같은 끝이 뾰족한 물건만 봐도 역시 불안하기는 매한가지였다. 결국에는 다다미의 가장자리가 교차하는 모서리, 천장의 네 귀퉁이마저 꼭 칼날을 바라보고 있을 때와 같이 견딜 수 없는 긴장으로 느껴지게 되었다.

슈리는 부득이 매일 어둡고 음침한 얼굴로 물끄러미 안방에 앉은
채, 옴짝달싹도 못했다. 무엇을 어떻게 해도 괴롭기는 마찬가지였다.
할 수 있는 일이란 그냥 이대로 자신의 존재 의식마저 사라져 버렸으
면 좋겠다고 생각한 게 고작이었다. 하지만 그것 또한 뒤틀어진 신경
이 용서하지 않았다. 그는 개미지옥에 떨어진 개미처럼 초조한 마음
으로 주위를 둘러보았다. 게다가 여기에 사는 자들은 그의 마음을 조
금도 이해 못하는 쓸데없이 만일의 사태를 두려워하는 '후다이의 신'
(譜代の臣 : 대대로 그 주인집을 섬기어 온 신하)뿐이었다. '나는 고통받고 있
다. 그러나 그 누구도 나의 고통을 알아주는 자가 없다' — 그러한 생
각이 그에게는 한 층 더 괴로웠다.

슈리의 신경쇠약은 주위 사람들의 몰이해 때문에 더욱 악화일로로
치닫고 있었다. 그는 사사건건 흥분하였다. 옆집까지 들리는 소리로 크
게 떠든 적도 한두 번이 아니었다. 칼걸이에 걸쳐 놓은 칼을 빼어든 적
도 자주 있었다. 그럴 때마다 그는 흡사 누가 보아도 완전히 다른 사람
이 되어 버렸다. 평소 누렇게 야윈 얼굴이 뭐라 말할 것 없이 경련이
일어나, 눈빛마저 이상하게 살기가 뿜어져 나왔다. 또한 발작이 심해지
면 반드시 좌우의 귀 앞에 쓸어 올린 머리털을 떨리는 양손으로 쥐어
뜯기 시작했다. 그를 가까이서 모시는 신하는 모두 그가 머리털을 쥐
어뜯는 모습을 보고 그가 흥분하여 이성을 잃었다고 생각하였다. 이럴
때에는 서로가 눈치를 보며 누구도 그를 말리는 자가 없었다.

발광 — 이러한 두려움은 슈리 자신에게도 있었다. 주위 사람들이
그것을 눈치챈 것은 두말할 필요도 없다. 슈리는 물론 주위 사람들이
느끼고 있는 두려움에 반감을 품고 있었다. 하지만 슈리 자신이 느끼
는 두려움에는 처음부터 반항하려고 하지 않았다. 그는 발작이 멈춰

전보다 더 한층 우울한 기분이 그의 머리를 무겁게 짓누르면, 때로는 이 두려움이 번개처럼 자신을 위협하는 것을 의식하였다. 그리고 동시에 그러한 두려움을 품는 것 또한 이미 발광의 전조와 같은 불길한 불안으로까지 덮쳐왔다. '발광하면 어찌하나' — 그러한 생각이 들 때면, 그는 갑자기 눈앞이 캄캄해져 왔다. 물론 이 두려움은 한쪽에서는 끊임없이, 외부의 자극에서 오는 초조함에 사라지지만, 이 초조함이 또한 다른 쪽에서는 자칫하면 두려움을 일깨우게 하였다. 말하자면 슈리의 마음은 자신의 꼬리를 쫓는 고양이처럼 쉼 없이 불안에서 불안으로 돌고 도는 것이었다.

슈리의 발광은 적어도 집안사람들에게는 우려의 대상이었다. 그 중에서 이 발광 때문에 가장 마음고생이 심한 사람은 가로(家老 : 정무를 총괄하는 신하) 마에지마 린에몬이었다. 린에몬은 가로라고 해도 실은 본가(本家)인 이타쿠라 시키부(板倉式部)에서 슈리를 감독하기 위해 보내어진 자로, 슈리도 평상시에는 그에게 함부로 대할 수 없었다. 그는 병이라고는 한 번도 걸린 적 없으며 불그레한 얼굴에 몸집이 커서 문무(文武)를 통달한 점에서 집안의 그 어떤 무사도 쉽게 나설 수 있는 사람은 몇 명 안 되었다. 이러한 관계상, 그는 지금까지 시종 슈리에 대해서 주저없이 자신의 의견을 말해 왔었다. 그가 '이타쿠라 가문의 오오쿠보히코좌(大久保彦左 : 에도시대 장군가에 직속된 무사로서 직접 장군을 만날 자격이 있는자)'라고 불리는 것도 순전히 이러한 충간(忠諫)을 전한다는 점에서 따온 별명이었다.

린에몬은 슈리의 발광이 눈에 띄게 심해진 이후 밤잠을 못 잘 정도로 주군의 가문을 걱정하였다. 이미 병이 완쾌된 이상, 슈리는 가까운 시일 내 쾌유된 감사의 예로서 성에 들어가지 않으면 안 된다. 그러나 이처럼 발광한 몸으로 성에 들어갈 때, 동석한 모든 다이묘(大名 : 막부 직속의 무사로 각 지방을 통치하는 자)나, 같은 서열에 있는 하타모토(旗本 : 에도시대에 장군 직속으로서 만 석 이하의 녹봉을 받던 무사) 동료들에게 어떤 무례를 저지를지 알 수가 없었다. 만일 그 자리에서 유혈 사태라도 일어나는 날에는 이타쿠라 가문의 칠천 석(石 : 주로 곡물을 측정하는데 사용되고, 다이묘나 무가의 계급을 나타냄)은 그대로 사라지고 만다. 이러한 예를 멀리 찾을 필요도 없었다. 바로 호리타 이나바(堀田稲葉)의 싸움이 있지 않았던가?

린에몬은 여기까지 생각이 미치자 낮이나 밤이나 온종일 불안해서 견딜 수 없었다. 더구나 굳이 말하자면 발광은 몸에 생긴 병이 아니라 완전히 마음의 병이었다. 그래서 그는 주군의 거만함이나 사치를 충고하는 것과 마찬가지로 단호히 슈리의 신경쇠약을 충고하려고 하였다.

그로부터 린에몬은 계속해서 기회가 있을 때마다 슈리에게 고언을 간하였다. 그러나 슈리의 발광은 조금도 완치되는 기색이 없었다. 오히려 충고하면 할수록 안달하면 할수록 눈에 띄게 악화되었다. 실제로 한번은 위험하게도 린에몬을 칼로 베어 죽이려고조차 하였다. "주군을 주군이라고 생각하지 않는 놈이다. 본가의 사람만 아니라면 당장이라도 베어버릴 것을"이라고 말하는 슈리의 눈빛에 있던 것은 분명 분노만은 아니었다. 린에몬은 그의 이글거리며 타오르는 눈에서 사그러지지 않는 증오를 발견하였던 것이다. 그 속에 주군과 신하 간의 끈끈한 정은 어느샌가 린에몬의 잇따른 고언에 끊어져 버렸다. 그것은 슈리 혼자만이 린에몬을 미워하게 되었다기보다는 린에몬의 마음 또한 자신도 알지 못하는 사이에 슈리에 대한 증오가 자라나기 시작하였던 것이다. 물론 그는 이 증오를 인식하지 못하였다. 적어도 최후의 순간까지 슈리에 대한 충성심은 시종 변함없다고 믿고 있었다. '임금이 임금답지 못하면, 신하도 신하답지 못하다.' 이것은 맹자가 말한 도(道)뿐만이 아니다. 뒤이어 나오는 인간에게는 자연스러운 도가 있다. 하지만 린에몬은 그것을 인정하려고 하지 않았다. ……

그는 어디까지나 신하로서 지켜야할 절조를 다하려고 하였다. 하지만 고언이 소용없다는 것은 이미 쓰라린 경험을 통해 충분히 맛보았다. 그래서 그는 이제까지 마음속에 품고 있던, 마지막 수단을 사용하고자 하였다. 여기서 마지막 수단이라고 하는 것은 다름 아닌 슈리를 억지로 유폐시키고, 이타쿠라 가문 중에서 양자를 추대하려는 일이었다.

무엇보다도 우선 중요한 것은 '가문'이었다.(린에몬은 그렇게 생각하였다.) 현재 주군은 '가문' 앞에서 희생하지 않으면 안 된다. 특히 이타쿠라 본가는 선조인 이타쿠라시로에몬 가쓰시게(板倉四郎左衛門勝重 : 1545-1624) 이후 아직 한번도 예의에 벗어난 적이 없는 명가문이었다. 2대 시게무네(重宗 : 1586-1656) 또한 아버지의 뒤를 이어 쇼시다이(所司代 : 에도시대에 교토의 경호·정무<政務>를 맡았던 직책)로서 명망이 끊이지 않았다. 그의 동생 몬도시게마사(主水重昌 : 1588-1638)는 1614년(게이쵸<慶長> 19년) 오사카 겨울의 진(大阪冬の陳 : 도쿠가와 이에야스가 도요토미 히데요리가 있는 오사카 성을 공격한 전쟁으로, 성은 함락되지 않고 화의를 맺음)이 화해할 때, 조인의 중임을 훌륭하게 한 것을 비롯하여, 1637년(간에이<寬永> 14년) 시마바라의 난(島原の乱 : 큐슈의 시마바라, 아마쿠사에서 일어난 기독교 신도들이 주축으로 일어난 농민 봉기) 때에는 사이고쿠(西国) 군의 선두 대장으로서 장군 가문의 이름을 내건 깃발을 아마쿠사(天草) 정벌 진중에 휘날렸다. 이러한 명문가에 만일 수치스러운 일을 입힌다면 어찌될 것인가? 신하의 자격으로서 이미 돌아가신 이타쿠라 가문 대대로의 조상님께 뵐 면목이 없어진다.

이렇게 생각한 린에몬은 서둘러 이타쿠라 집안에서 양자를 물색하였다. 그러자 다행히 당시 와카도시요리(若年寄 : 에도막부 직명)에서 근무하고 있는 이타쿠라 사도노카미(板倉佐渡守)에게는 자식이 3명 있었다. 이 자식 중 한 명을 후계자로 해서 양자로 삼아 대외적으로 가문의 뒤를 잇게 한다면 어떻게든 될 것이다. 원래 이것은 사건의 성질상 슈리나 그의 아내에게는 비밀로 진행하지 않으면 안 된다. 그는 여기까지 생각이 미치자 비로소 마음이 밝아져 오는 것을 느낄 수 있었다. 그리고 그것과 동시에 지금까지 알 수 없었던 슬픔이 이런 환해진 마음 한편으로 어둡게 드리워지는 것을 느낄 수 있었다. '모두가 가문을 위한 것이다' 이러한 그의 결심 속에는 그 자신도 아련하게밖에 의식할 수 없는, 뭔가를 변호하려고 하는 노력이 달무리와 같이 형체도 없이 항상 따라다니고 있었다.

날로 쇠약해진 슈리는 먼저 린에몬의 강건하고 우람한 육체가 미웠다. 그리고 본가에서 파견된 사람으로서 그가 보이지 않게 가지고 있는 권력이 미웠다. 마지막으로는 그가 '가문'을 중심으로 하는 충의가 미웠다. "주군을 주군이라고 생각하지 않는 놈" 이러한 슈리의 말 속에는 이것들에 대한 증오가 연기 속에 타는 불과 같이 어두운 불씨를 품고 있었던 것이다. 그런데 돌연 뜻밖의 계략이 부인을 통해서 알게 되었다. 린에몬이 슈리를 억지로 유폐시키고, 이타쿠라 사도노카미의 자식을 양자로 추대하려고 한다는 사실이 우연히 부인에게 알려지게 되었던 것이다. 이것을 들은 슈리가 눈을 부릅뜨고 분개하는 것도 무리가 아니었다. 과연 린에몬은 이타쿠라 가문을 중요하게 생각하는지도 모른다. 그러나 충의라는 것은 현재 모시고 있는 주군을 업신여겨서까지 '가문'을 위해 획책을 꾸며야 하는 것일까. 게다가 린에몬이 말하는 '가문'을 근심하는 것은 기우(杞憂)라고 하면 기우다. 그는 이 기우 때문에 자신을 억지로 유폐시키려고 하였다. 아니면 이 어처구니 없는 충성심 뒤에는 혹시 기회만 있다면 가문을 가로채려고 하는 야심이 있었는지도 모른다. 그렇게 생각하자 슈리는 어떠한 가혹한 형벌이라도 이 무례한 신하의 행동을 벌하기에는 너무 가볍다고 생각되었다. 그는 부인으로부터 이런 책략을 듣자, 곧 이전에 그의 유모였던 다나카 우자에몬(田中宇左衛門)라는 노인을 불러 이렇게 말하였다.

"린에몬 녀석을 참수형시켜라."

우자에몬은 반백의 머리를 떨구었다. 나이보다 훨씬 늙어 보이는 그의 얼굴은 요사이 근심으로 한층 주름살이 늘어났다. 린에몬의 계략은 그 또한 나쁜 것이라고 생각하였다. 그러나 뭐라고 해도 상대는 본가에서 보낸 자이다.

"참수형은 온당하지 않습니다. 무사답게 할복이라도 분부하시는 것이 옳습니다."

슈리는 이 말을 듣자, 비웃기나 한 듯한 눈초리로 우자에몬을 쏘아보았다. 그리고 두서너 번 세차게 고개를 저었다.

"아니, 인간 같지 않는 놈에게 할복을 시키는 것은 이치에 맞지 않다. 참수형을 처해라. 참수형이다."

하지만 그렇게 말하면서 어찌된 일인지 그는 혈색도 없는 볼에 주르르 눈물을 흘렸다. 그리고 나서 어느샌가 양손으로 머리털을 쥐어뜯기 시작하였다.

린에몬은 참수형에 처하라는 명을 곧바로 그의 심복부하로부터 전해 들었다.

"좋다. 일이 이렇게 된 이상, 이 린에몬에게도 생각이 있다. 순순히 참수형을 당하지는 않을 것이다."

그는 의기양양하게 이렇게 말하였다. 그리고 지금까지 항상 그에게 달라붙었던 정체를 알 수 없는 불안이 그 주군의 명령을 듣는 것과 동시에 흔적 없이 사라져 버린 것을 알았다. 지금 그의 마음에 남아 있는 것은 슈리에 대한 명백한 증오였다. 이미 슈리는 그에게 있어 주군이 아니다. 슈리를 미워하는 것에 어떠한 꺼릴 것이 있겠는가? 그의 마음이 평정을 되찾은 것은, 무의식이지만 이러한 논리를 찰나의 순간에 전적으로 인정하였기 때문이다. 그래서 그는 아내와 자식, 그리고 가신들을 거느리고 백주대낮에 슈리의 집을 떠났다. 예의 절차대로 린에몬은 떠날 곳을 써놓은 종이를 슈리의 집 벽에 붙여 두었다. 창도 스스로 겨드랑이에 끼고 선두에 섰다. 무기를 짊어지고, 노인과 어린아이를 부축하는 하인들을 다 합해도 일행은 겨우 열 명에 불과하였지만, 그들은 조금도 흐트러짐 없이 문을 나섰다. 1747년(엔쿄<延享 4년>) 3월 말의 일이다. 문 밖에는 미지근한 바람이 벚꽃의 꽃잎과 먼지가 한데 뭉쳐 격지창에 세차게 불어대고 있었다. 린에몬은 황량한 바람 속에서 길 좌우를 둘러보았다. 그리고 창으로 모두에게 왼쪽으로 가라고 가리켰다.

❖ 다나카 우자에몬 ❖

린에몬이 떠난 후 다나카 우자에몬이 대신해서 가로의 일을 맡아보았다. 그는 과거 유모였던 관계로 슈리를 보는 눈이 다른 가신들과 달랐다. 그는 부모와 같은 마음으로 슈리의 발광을 극진히 보살폈다. 슈리 또한 그에게만은 비교적 고분고분하게 행동하였다. 그리고 주군과 신하 관계는 린에몬이 있을 때보다는 훨씬 순조로웠다. 우자에몬은 슈리의 발작이 여름철이 다가옴과 함께 조금씩 나아지기 시작한 것을 보고 기뻐하였다. 말할 것도 없이 그도 만일 슈리가 집 안에 무례를 범하지 않을까 하는 걱정을 안 한 것은 아니었다. 하지만 린에몬은 그것을 '가문'에 관련된 중요한 일로 걱정하였다. 그러나 그는 그것을 '주군'에 관련된 중요한 일로서 걱정하였던 것이다. 물론 '가문'이라는 것도 그가 염두해 두고 있지만, 어떠한 일이 닥치더라도 그것은 단순히 '가문'을 멸망시킬 뿐 중요한 것이 아니었다. '주군'으로 하여금 '가문'을 망하게 하기도 하며, '주군'으로 하여금 불효의 오명을 짊어지게 할 만큼 주군이 무엇보다 중요한 것이다. 그렇다면 이러한 엄청난 사태를 미연에 방지하기 위해서는 어찌하면 좋을 것인가. 이에 관해서 우자에몬은 린에몬처럼 명석한 의견을 가지고 있지 않았다. 아마도 그는 신의 가호와 자신의 극진한 정성으로 슈리의 발광을 진정시키도록 기도하는 방법 외에는 없었던 것이다.

같은 해 8월 1일 도쿠가와 막부에서 이른바 핫사쿠(八朔) 의식(음력 8월 1일 햇곡식을 추수하며 감사하는 의식)을 행하는 날, 슈리는 병이 완쾌된 후 처음으로 성 안으로 나갔다. 그리고 내친김에 당시 니시마루에 있던 와카도시요리인 이타쿠라 사도노카미를 방문하고 집에 돌아왔다.

하지만 장군의 저택에서 어떤 무례한 행동도 없었던지 그는 어느 때처럼 변함이 없었다. 그때 비로소 우자에몬은 언제나 수심으로 가득찼던 양 미간이 풀리면서 환하게 안심할 수가 있었다. 그러나 이러한 그의 안심은 하루도 채 넘기질 못하였다. 밤이 되자마자 이타쿠라 사도노카미로부터 급한 사자가 와서, 조속히 오라고 하는 전갈이 마치 불길한 전조와 같이 그를 불안에 빠뜨리고 말았기 때문이다. 한밤중에 이렇게 갑자기 불러들인다는 것은 린에몬이 있을 때부터 한 번도 없었던 일이다. 게다가 오늘은 처음으로 슈리가 성에 들어간 날이다. 우자에몬은 불길한 예감에 근심하면서 서둘러 사도노카미가 계신 저택으로 향했다.

저택으로 가보니 과연 슈리는 사도노카미에게 무례한 행동을 하였던 것이다. 오늘 성 안의 일을 마친 후, 슈리는 위아래 하얀 홑옷으로 만든 예복을 입은 채로 니시마루에 있는 사도노카미를 방문하였다. 사도노카미가 언뜻 보기에 슈리의 안색이 좋은 것 같지 않아, 혹은 아직 병이 완쾌되지 않았는가 생각하였지만, 대화를 나누어 보니 특별히 환자라고 생각될만한 점도 없었다. 그래서 안심하고 잠시 세상 돌아가는 이야기를 하고 있던 중에 우연히 사도노카미가 여느 때와 같이 마에지마 린에몬의 안부를 물었다. 그러자 슈리는 갑자기 이마를 찌푸리면서 "린에몬 녀석은 요 며칠 전 저의 집에서 달아났습니다."라고 말하는 것이 아닌가. 린에몬이 어떠한 인물인가에 관해서는 사도노카미도 잘 알고 있었다. 뭔가 사정이 없고서야 분별없이 주군에게서 달아나는 그런 남자가 아니었다. 그런 생각이 들자, 사도노카미는 그 연유를 묻고 동시에 본가에서 보내어진 사람이 어떠한 잘못을 했어도 문중에게 상담이든 소식을 알리지 않는 것은 온당하지 않다는 취지로 충고하였다. 그러자 이 말을 들은 슈리는 갑자기 눈빛이 변하면서 칼자루를 손에 쥐고 "사도노카미는 특별히 린에몬 녀석을 두둔하시는데 외람되지만 제 가신에 대한 조치는 저 혼자서 처리하겠습니다. 아무리 지금 슛토(出頭: 무가시대에 주군의 측근에서 중요한 정무를 본 사람)인 와카도시요리라도 불필요한 신세는 필요 없습니다."라고 말하는 것이었다. 이것을 본 사도노카미도 너무나 어이가 없었지만, 다행히 급한 일로 그 자리를 서둘러 나와 버렸다.

"알겠는가?"

여기까지 이야기를 마친 사도노카미는 다시 한 번 괴로운 얼굴을 하였다. 첫 번째로 린에몬이 떠난 이유를 문중에 알리지 않는 것은 우자에몬, 너의 죄다. 두 번째로 아직 발광이 낫지 않는 슈리를 성에 들여보내는 것도 역시 책임을 면할 수 없다. 나의 경우는 괜찮다고 하더라도 만일 오늘과 같은 불상사가 다른 다이묘들이 있는 자리에서 일어난다고 한다면 이타쿠라 가문의 칠천 석은 순식간에 몰수되어 버리고 말 것이다.

"그래서 말인데, 앞으로는 반드시 외출을 삼가도록 하여야 한다. 특히 성에 입성하는 일에는 너 우자에몬이 더욱 막아야 할 것이야"

사도노카미는 우자에몬을 힐끗 보면서 이렇게 말하였다.

"다만 주군을 따라서 너까지 발광할까 걱정이라네. 알겠는가. 분명히 말해 두었네."

우자에몬은 근심스러운 얼굴로 각오한 듯 대답하였다.

"잘 알겠습니다. 앞으로는 틀림없이 조심하도록 하겠습니다."

"암 그래야지. 두 번 다시 실수하지 않는 것이 무엇보다 중요하네."

사도노카미는 한숨을 쉬며 말했다.

"그 일은 저 우자에몬의 목숨을 걸고 지키겠습니다."

그는 눈물을 머금고 간청하듯이 사도노카미를 보았다. 그러나 그의 눈 속에는 가여움을 청하는 감정과 더불어 범하기 어려운 결심의 빛이 서려있었다. 반드시 슈리가 성 안으로 출입하는 것을 막아야 한다는 결심이 아니다. 오히려 막지 못한다면 어찌할 것인가 하는 결심이었다. 사도노카미는 그것을 보자 얼굴을 찌푸리면서 귀찮은 듯 고개를 돌렸다.

'주군'의 뜻을 따르면 '가문'이 위험해 진다. '가문'을 세우려고 한다면 '주군'의 뜻을 거스르게 된다. 일찍이 린에몬도 이러한 곤란한 처지에 있었다. 그러나 그에게는 '가문'을 위해서 '주군'을 버릴 용기가 있었다. 사실 그것보다는 오히려 처음부터 '주군'을 중요하게 생각하지 않았다. 그러므로 그는 미련 없이 '가문'을 위하여 '주군'을 희생하였던 것이다. 그러나 스스로는 그것을 할 수 없었다. 자기 자신은 '가문'의 이해(利害)만을 꾀하기에 너무나도 '주군'과 가까이 있었다. '가문'을 위해, 단지 '가문'이라는 명예를 위해 어떻게 현재의 '주군'을 억지로 유폐시킬 수 있는가. 자기에게 있어 슈리는 비록 지금은 하마(破魔) 활(옛날 잡신을 쫓기 위하여 설에 사내아이가 쏘며 놀던 활)을 가지고 있지 않지만, 어릴 적 슈리의 모습과 변함이 없었다. 자신이 그림 하나하나를 설명해 주던 그림책, 자신이 손수 가르친 나니하즈(難波律, 와카의 일종) 노래, 그리고 자신이 꼬리를 붙여준 연… 이러한 것들이 지금도 역력히 자신의 기억 속에 남아 있었다. 하지만 그렇다고 해서 '주군'을 그대로 둔다면 단지 '가문'만 망하는 것은 아니었다. '주군' 자신에게도 나쁜 일이 일어날 것만 같았다. 이해타산으로 말한다면 린에몬이 취한 방법은 유일한 그리고 가장 현명한 것임이 틀림없었다. 자신도 물론 그것을 잘 알고 있었다. 그런데도 그것을 자기 손으로는 도저히 실행해 나갈 수 없었던 것이다.

우자에몬은 저 멀리 번개 치는 하늘 아래 보이는 슈리의 저택으로 돌아오면서 맥없이 팔짱을 낀 채 이러한 고민을 하릴없이 가슴 속에 되풀이하고 있었다.

다음 날 슈리는 우자에몬으로부터 사도노카미에게서 들은 전갈을 끝까지 다 듣자 순간 얼굴이 침울해졌다. 하지만 단지 얼굴이 침울할 뿐 평소와 같이 역정을 낼 기색은 없었다. 우자에몬은 걱정하면서도 어느 정도 안도를 내쉬고 이 날은 그대로 물러났다. 그로부터 그럭저럭 열흘 동안 슈리는 안방에 머물러 있으면서 매일 멍하니 사심에 빠져 있었다. 우자에몬의 얼굴을 봐도 말을 걸지도 않았다. 아니 단 한 번 가랑비가 내리던 날, 두견새가 우는 소리를 듣고 "저것은 휘파람새 둥지를 훔치려고 한다는군?"라고 혼자 중얼거릴 뿐이었다. 그때도 우자에몬은 그것을 기회로 말을 걸어보았지만 그는 다시 묵묵부답인 채 어두워져 가는 하늘을 향해 쳐다보기만 하였다. 그 외에는 물론 벙어리와 같이 입을 다문 채 멀거니 맹장지를 바라볼 뿐, 얼굴에는 어떠한 감정 변화도 보이지 않았다.

그런데 어느 날 밤, 15일에 있는 모든 다이묘가 성에 입성하는 2, 3일 앞둔 날의 일이었다. 슈리는 갑자기 우자에몬을 불러들여 다른 사람들을 물리친 후, 우울한 얼굴로 다음과 같은 말을 하였다.

"요전에 사도노카미님도 말씀하신 대로, 아무래도 이 병든 몸으로는 조정 일을 잘 할 것 같지가 않아. 그래서 말인데 차라리 내 스스로 유폐하는 것이 낫지 않을까 생각되네."

그 순간 우자에몬은 망설여졌다. 그것이 본심이라면 이보다 좋은 일이 있을까마는, 어째서 슈리가 이처럼 손쉽게 집안의 상속자로서 장남 지위를 양보할 마음이 생겼단 말인가.

"지당하신 말씀이옵니다. 사도노카미님도 그렇게 말씀하셨습니다. 유감스럽지만, 그렇게 하시는 것 이외에는 도리가 없는 듯합니다. 하지만 우선 일단 문중 사람들에게도……"

"아니야, 그럴 필요 없네. 유폐 일이라면 린에몬의 처벌과는 달리 상담하지 않아도 모든 문중이 동의할 것이네."

슈리는 이렇게 말하며 쓸쓸히 웃어보였다.

"그렇지도 않습니다."

우자에몬은 안타까운 얼굴로 슈리를 보았다. 하지만 상대는 조금도 들으려고 하지 않았다.

"그런데 유폐되면 성에 나가려고 해도 나갈 수가 없다네. 그렇다면…'

슈리는 물끄러미 우자에몬의 얼굴을 보면서 한마디, 한마디 신중을 기하면서,

"그 전에 지금 한번 성 안에 들어가서 니시마루에 계신 중진 어른 (요시무네)께 문안인사를 드리고 싶네. 어떤가 15일에 성 안에 들어가게 해 주지 않겠는가."

우자에몬은 말없이 미간을 찌푸렸다.

"그것도 단지 한 번뿐이네."

"아뢰옵기 죄송하지만 그 일만은…"

"안 되겠는가."

두 사람은 서로 얼굴을 마주보며 한동안 말이 없었다. 정적이 깃든

방 안에는 기름을 빨아들이는 심지 소리 이외에 어떤 것도 들리지 않았다. 우자에몬은 이 짧은 순간이 마치 1년과 같이 길게 느껴졌다. 사도노카미에게 단언한 이상, 그것을 슈리에게 허락하는 것은 자신의 무사로의 신의를 저버리는 것이기 때문이다.

"사도노카미가 말씀하신 것을 알면서도 부탁하는 것일세."

잠시 후 슈리가 말했다.

"성 안에 들어가는 것을 허락한다면 그대가 문중의 노여움을 받는다는 것도 잘 알고 있네. 하지만 생각해 보게. 슈리는 문중은 물론 가신들도 포기한 미친놈이라네."

이렇게 말하면서 그의 목소리는 점차 감동으로 떨리고 있었다. 동시에 그의 눈에는 눈물도 글썽이고 있었다.

"세상 사람들에게 비웃음을 받고, 집안의 재산은 남의 손에 건네주어야 하네. 하늘에 떠 있는 태양 빛조차 슈리에게는 비춰지지 않는 신세라네. 이 슈리가 앞으로 남은 일생에 소원이 있다면 단지 한번 성 안에 들어가는 것이네. 그것을 거절할 우자에몬이 아닐 게야. 우자에몬이라면 이 슈리를 불쌍하게 여기고 미워하지 않을 것이야. 슈리는 우자에몬을 부모처럼 형제처럼 여기네. 아니 친부모형제보다도 더욱 정이 두터운 사람이라고 생각하네. 이 넓은 세상에 슈리가 부탁할 수 있는 자는 단지 자네 한 사람뿐이라네. 그러니까 어려운 부탁을 하는 걸세. 하지만 그것도 결코 두 번 다시 말하지 않겠네. 오직 이번 한 번뿐이네. 우자에몬, 아무쪼록 나의 심정을 헤아려 주게나. 부디 이 무리한 부탁을 들어주기 바라네. 그뿐이네." 그는 가로 앞에서 양손을 모아 눈물을 흘리면서 이마를 다다미에 향해 절하려고 하였다. 우자에몬은 감동하였다.

"몸을 일으켜 주십시오. 몸을 일으켜 주십시오. 황송할 따름입니다."

그는 슈리의 손을 잡고 억지로 그의 몸을 다다미에서 일으켰다. 그리고 그 또한 슬픔에 겨워 울기 시작하였다. 그때 그의 마음에는 점차로 어떤 안심이 넘쳐나고 있었다. 그는 눈물을 흘리며 사도노카미 앞에서 단언한 말을 다시금 선명하게 떠올려 보았다.

"잘 알겠습니다. 사도노카미님이 뭐라고 말씀하셔도 만일의 경우에는 우자에몬의 주름진 배를 바치면 끝날 일입니다. 저 한 사람이 어떻게 한다면 반드시 성에 입성하실 수 있을 겁니다."

그 말을 듣자 슈리의 얼굴은 갑자기 다른 사람이 된 것처럼 기쁨에 겨워 어쩔 줄을 몰라 했다. 그가 이처럼 갑자기 변한 모습은 마치 배우와 같은 기교가 있었다. 하지만 한편으로는 배우가 아닌 자연스러움 또한 깃들여 있었다. 그는 갑자기 평소와 다른 웃음소리를 내었다.

"그래, 허락해 주는 건가. 고마워, 정말 고마워."

그렇게 말하며 그는 기쁜 듯이 좌우를 둘러보았다.

"모두들 잘 들어라. 우자에몬이 성에 들어가는 것을 허락해 주었느리라."

다른 사람들을 물리친 안방에는 그와 우자에몬 이외에는 그 누구도 없었다. 우자에몬은 걱정스러운 듯이 꿇어앉은 채로 다가가 등에 비친 그림자를 두려워하면서 슈리의 눈을 엿보았다.

❖ 유혈 ❖

1747년(엔쿄 4년) 8월 15일 아침 8시를 조금 지나 성 안에서 슈리는 어떤 원한도 없는 히고(肥後)국 쿠마모토 성주인 호소카와 엣츄노카미 무네노리(細川越中守宗教)를 살해하였다. 그 전말은 다음과 같다.

호소카와 집안은 모든 제후들 중에서도 뛰어난 군비를 갖춘 다이묘였다. 원래 신분이 높은 딸이었던 무네노리의 아내조차 무예에 상당히 조예가 깊었다. 하물며 무네노리의 행실에는 소홀한 점이 있을 리가 없다. 그것이 '(산사이(三斎, 호소카와 타다오키(細川忠興)의 불명)의 손자인 호소카와가 애송이에게 최후를 맞이한다.)'라는 소문처럼 죽은 것은 완전히 운이 나빴기 때문이었다. 그렇게 본다면 호소카와 가(家)에는 이러한 불길한 일이 일어날 전조가 몇 차례 있었다. 첫 번째로 3월 중순 시나가와에 있는 이사라고(伊左羅子)의 저택이 화재로 잿더미가되었다. 이것은 저택 안에 묘견보살(妙見菩薩:국토를 지키고 고생을 덜어주며 재해를 막아주는 보살)이 있는데 그 신전 앞에 분수석이라는 돌이 화재가 있을 때마다 물을 뿜어내기 때문에 예전부터 불이 날 염려가 없던 저택이다. 두 번째로 5월 상순, 대문에 붙일 부적을 어람관음(魚籃観音:33의 관음 중 한 사람)을 모시는 아이젠원(愛染院)에서 받아 보니, 부적에 적혀있어야 할 '御武運長久御息災'에 '災' 글자만 쓰여지지 않았다. 이것을 우에노에 있는 주지스님의 대리인에게 문의하여 즉시 아이젠원에 가서 다시 써 받았다. 세 번째로 8월 상순, 저택에 있는 큰 사랑방 주위에서 밤이면 밤마다 원인 모를 불이 나 잔디 쪽으로 튀었다고 한다.

그 외에도 8월 14일 낮에는 천문에 밝은 가신 중 사이키모에몬(才木

茂石衛門)이라는 남자가 감찰관에게 와서 "내일 15일에는 영주님의 신변에 큰일이 있을 지도 모릅니다. 어젯밤 천문을 보니 장성 하나가 떨어졌습니다. 아무쪼록 몸조심에 각별히 유의하시도록 외출하시지 않게 해 주십시오"라고 말하였다. 감찰관은 원래 그다지 천문학을 믿지 않았다. 하지만 요사이 이 남자의 예언을 주군이 믿고 있었기 때문에 우선 그의 곁에 있는 신하에게 말해 이러한 사실을 엣츄노카미에게 전하였다. 그런데 15일에 열리는 노쿄겐(能狂言, 일본의 가면 음악극)이나 성에서 돌아오는 길에 친구 집을 방문하는 일은 미룰 수가 있었지만 업무상 성에 입성하는 것만은 막을 수가 없었다.

그것이 다음날이 되자, 또다시 불길한 전조가 나타났다. 15일에는 어느 때와 같이 엣츄노카미 자신이 예복으로 옷을 갈아입고 하치만(八幡) 대보살에게 드릴 술을 따르는 것이 관례였다. 그런데 이날 시중드는 아이의 손에서 술이 든 주둥이가 작고 목이 긴 술병 두 개를 삼보(三宝)에 올려진 채로 받아 그것을 신전 앞에 차려놓으려고 할 때 어찌된 일인지 술병 두 개 모두가 쓰러져 술을 엎질러 버린 것이었다. 그때는 과연 모두가 뜻하지 않은 일에 안색이 변하였다고 한다.

다음날 엣츄노카미는 성에 들어가자, 나이 어린 시종인 다시로유에츠(田代祐悅)와 함께 큰 사랑방을 갔다. 그런데 아랫배가 급히 아파 이번에는 어린 시종인 구로키칸사이(黑木閑斎)를 데리고 부엌 옆에 있는 화장실에 들어가 용무를 봤다. 그리고 화장실을 나와 어두침침한 곳에서 손을 씻는데, 갑자기 누구인지 묻지도 않은 채 뒤에서 고함을 지르며 칼을 내려치는 자가 있었다. 놀라서 뒤돌아보는 순간, 재차 두 번째 칼날이 날아와 양 미간에 번쩍거렸다. 그 탓에 피가 눈에 들어간 엣츄노카미는 상대방의 얼굴을 분간할 수 없었다. 상대는 그 틈을 이용하여 다그치고 다그쳐 수차례 칼날을 휘둘렀다. 그리하여 엣츄노카미는 비틀거리며 마침내 네 번째 방 툇마루에 쓰러지자, 그 자는 호신용 작은 칼을 그곳에 던져버리고 황급히 어딘가로 도망치고 말았다. 그런데 함께 동행했던 구로키칸사이가 불시의 습격에 당황하여 큰 사랑방 쪽을 향해 도망친 후 그것도 어딘가 숨어버렸기 때문에 누구도 이 유혈사태를 아는 자가 없었다. 잠시 뒤, 간신히 혼마죠고로(本間定五郎)라는 하인이 초소에서 방으로 돌아가는 도중 발견하였다. 그리고 지체없이 보초병에게 그 사실을 알렸다. 보초병으로는 보초병 우두머리인 구게젠베에(久下善兵衛), 보초병 도다한에몬(土田半右衛門), 고모다진에몬(菰田仁右衛門) 등이 달려왔다. 저택 안은 순식간 벌집을 쑤신 것처럼 큰 소동이 벌어졌다.

나중에 모두가 모여 부상당한 그를 부축해 보니 얼굴도 몸도 전부 피범벅으로 누구인지 알 수가 없었다. 그래서 귀에 입을 대어 누구인지를 묻자 겨우 희미한 목소리로 "호소카와 엣츄노카미"라고 대답하였다. 그리고 계속해서 "범인은 누구인가"라고 물었지만 "예복을 입은 남자"라는 말만 있을 뿐 이미 이쪽에서 말하는 소리마저 들리지 않는 것 같았다. 상처를 살펴보니 '목둘레에 7촌(寸 : 치수를 재는 단위로 1촌은 1척의 10분의 1, 약 3.03cm)정도, 왼쪽 어깨에 6, 7촌, 오른쪽 어깨에 5촌, 양팔에 4, 5군데, 얼굴과 머리 부분에 각기 2, 3군데, 등에서 오른쪽 옆구리까지 비스듬히 1척(尺) 5촌'이나 상처가 나있었다. 그 자리에 있던 오늘 당번 감찰관인 즈치야쵸타로(土屋長太郎)와 하시모토아와노카미(橋本阿波守)는 물론 대감찰관 가와노부젠노카미(河野豊前守)도 함께 일어나 우선 먼저 부상자를 모닥불 곁으로 옮겨 놓았다. 그리고 그 주위를 작은 병풍으로 에워싸고 5명의 하인에게 시중들게 한 다음, 큰 사랑방에 모인 모든 다이묘가 교대로 와서 병구완을 하였다. 특히 그 중에서 마쓰히라효부쇼스케(松平兵部少輔)은 모닥불 곁에 옮길 때부터 가장 극진하게 돌보아 옆에서 보기에도 친구 간의 의리가 두터움을 느낄 수 있었다고 한다.

그동안 한쪽에서는 로쥬(老中 : 에도막부에서 장군에 직속하여 정무를 총괄하고 다이묘를 감독하던 사람)나 와카도시요리들에게 이러한 사태를 전하고, 만일을 대비해 현관으로부터 성의 출입구까지 삼엄하게 문들을 닫게 하였다. 이것을 본 다이묘와 쇼묘(小名 : 다이묘보다 비교적 영지가 적은 만석 이하의 제후) 가신들 모두가 놀라 성 안에 큰 사고가 있었다는 것을 알고 여기저기서 술렁대었다. 몇 번이나 감찰관들을 보내 자제시켰지만, 잠잠해지면 또다시 큰 파도가 밀려들듯이 우왕좌왕하여 성 안의 혼잡 또한 점점 더 심해지기 시작하였다. 이것은 감찰관인 즈치야쵸타로(土屋長太郎)가 보초병과 화재를 감시하는 당번을 불러들여 각 초소는 물론 부엌까지 빈틈없이 범인을 수색하러 다녔지만, 아무리 찾아도 그 '예복을 입은 남자'를 발견할 수 없었기 때문이었다. 그런데 의외로 범인은 이들 눈에는 보이지 않고 오히려 다카라이슈가(宝井宗賀)라는 어린 시종에 의해서 발견되었다. 슈가는 대담한 남자아이로 이들보다 먼저 남들이 찾지 않는 장소들을 혼자서 찾아 걷고 있었다. 그것이 우연히 모닥불 근처에 있는 화장실 안을 들여다보자, 머리털을 흩어뜨린 남자가 한 명 그림자처럼 웅크리고 앉아 있었다. 어두침침해서 확연히 알아 볼 수 없었지만, 어쩐지 호주머니에서 가위를 꺼내 들고 그 흩어뜨린 머리털을 자르고 있는 것 같았다. 그러는 사이 슈가는 화장실에 다가와 말을 걸었다.

"누구십니까?"

"나는 사람을 죽었기 때문에 머리털을 자르고 있다."

남자는 목이 쉰 목소리로 이렇게 대답하였다. 이미 의심할 여지가 없었다. 슈가는 즉시 사람을 불러 이 남자를 화장실 안에서 끌어내었다. 그리고 부랴부랴 보초병의 손에 넘겼다. 보초병 또한 남자를 소철 나무 사이로 데리고 가 대감찰관을 비롯해 감찰관들이 입회한 자리에서 살인을 저지른 이유를 물었다. 그러나 남자는 엄청난 성 안의 소동을 망연히 바라보기만 할 뿐 대답다운 대답을 하지 않았다. 이따금 입을 열어 단지 두견새에 관한 얘기만 할 뿐이었다. 그러면서 피로 물들인 손으로 몇 번이나 머리털을 쥐어뜯었다. 슈리는 이미 발광하였던 것이다.

호소카와 엣츄노카미는 모닥불 곁에서 숨을 거두었다. 하지만 중진 신분인 요시무네의 의중을 받아 부상당했다고 공표한 채 가마로 현관 안쪽 입구에서 히라카와 입구로 나와 인수하게 하였다. 그리고 조정에 사망 신고를 낸 것은 21일의 일이었다.

슈리는 엣츄노카미가 죽은 후 즉시 미즈노 겐모츠(監物 : 출납을 감독하고 모든 창고 열쇠를 관리하는 직)에게 맡겨졌다. 그 또한 현관 안쪽 입구에서 히라카와 입구로 파란 그물이 쳐진 가마를 타고 나왔다. 가마 주위에는 미즈노 가(家)의 병졸 50명, 일제히 감빛의 새 홑옷과 하얀 새 잠방이를 입고 새 막대기를 들고 굳게 지켰다. 이 행렬은 겐모츠가 평상시 불의의 사태에 대비한 준비가 빈틈이 없다는 것을 보여주는 증거로서 당시 칭찬의 대상이었다. 그로부터 7일 째가 되는 22일, 대감찰관 이시카와도사노카미(石河土左守)가 여러 다이묘에게 사자(使者)

를 보냈다. 그들에게 전한 내용은 '이 자는 미쳤다고는 하나, 호소카와 엣츄노카미의 상처가 극진한 간호에도 불구하고 사망하고 말았다. 따라서 미즈노 겐모츠 저택에서 할복을 명한다.'라는 것이었다.

슈리는 사자를 보내기 전 절차대로 짧은 칼을 주어졌지만, 멍하니 손을 무릎 위에 포갠 채 집으려는 기색도 없었다. 그래서 가이샤쿠(介錯: 할복하는 사람의 목을 침, 또는 그 사람)로 들어선 미즈노의 가신 요시다야소자에몬(吉田弥三左衛門)이 하는 수 없이 뒤에서 슈리의 목을 쳐 떨어뜨렸다. 사실 쳐 떨어뜨렸다고 말해도 목의 살가죽은 한 겹 남아 있었다. 야소자에몬은 그 목을 손으로 잡고 아래에 있던 검시하기 위해 온 관리에게 보였다. 높은 광대뼈, 피부가 누르스름한 애처로운 목이었다. 눈은 물론 감고 있지 않았다. 관리는 그것을 보자 피 냄새를 맡으면서 만족한 듯이 "훌륭하군."하고 말하였다.

같은 날, 다나카 우자에몬은 이타쿠타 시키부의 저택에서 참수형을 당했다. 그것은 '슈리의 병에 관련해서 출입을 금했어야 했으며, 이타쿠라 사도노카미 또한 그러한 조치를 말하였다. 그대의 주선으로 성에 입성시킨 결과 이러한 참상이 발생하여 칠천 석 몰수당하였다. 말할 수 없을 정도로 패덕한 놈'이라는 죄상이었다. 이타쿠라 스오노카미(板倉周防守), 시키부, 사노노카미, 사카이사에몬죠(酒井左衛門尉), 히라마츠 우콘에노쇼겐(平松右近衛将監) 등 일가친척들이 탄원을 상소한 것은 말할 필요도 없다. 그 외 엣츄노카미를 버리고 도망친 구로키칸사이는 봉록을 몰수당한 후에 추방되었다.

슈리의 살인은 아마도 과실이었을 것이다. 호소카와 가(家)의 구요성(九曜の星: 중앙의 큰 별의 둘레에 8개의 작은 별을 배치한 것) 문장(紋章)과

이타쿠라의 구요 원형 모양의 문장, 그리고 옷의 가문(家紋)이 서로 닮아 있기 때문에 슈리는 사도노카미를 찌르려고 한 것이 잘못해서 엣츄노카미를 해친 것이었다. 이전에 모리몬도노쇼(毛利主水正)를 미스노하야토노쇼(水野隼人正)가 벤 것도 역시 이처럼 사람을 잘못 본 것이었다. 특히 손 씻는 곳이 어두침침한 곳에서는 이러한 실수가 일어나기 쉬웠을 것이다. 이것이 당시 정평이었다. 그러나 이타쿠라 사도노카미만은 이 정평을 달가워하지 않았다. 그는 이 이야기가 나오면 언제나 불쾌한 듯이 이렇게 말하였다.

"나 사도노는 슈리에게 살해당할 뻔한 기억이 조금도 없다. 더구나 미친놈이 한 소행이다. 아마도 이렇다 할 것 없이 히고 영주를 벤 것이다. 사람을 잘못 봤다는 따위는 매우 성가신 억측이다. 그 증거로 대감찰관 앞에 나와서도 슈리는 두견새가 어쩌고저쩌고 말하였다고 하지 않는가. 그렇게 볼 때 슈리는 아마 두견새라고 생각하고 벤 것인지도 모른다."

(1917년 3월)

맥(貉)

김효순

서기(書記)에 의하면 일본에서는 스이코 천황(推古天皇 : 554-628, 서기에 기록된 3대 천황으로 최초의 여제) 35년 봄 2월 미치노쿠(陸奥) 지방에서 처음으로 맥(貉)이 사람으로 둔갑했다. 물론 이는 어떤 책에 의하면 사람으로 둔갑한 것이 아니라 사람과 어울렸다(比人)고 되어 있는데, 모두 그 뒤에 노래를 읊었다고 나와 있으므로 사람으로 둔갑을 했든 사람과 어울렸든 사람과 마찬가지로 노래를 읊은 일만은 사실이다.

그 이전에도 스이닌키(垂仁紀 : 일본서기(日本書紀) 중 스이닌 천황시대에 대한 기록)에 보면 87년 단바(丹波) 지방의 미카소(甕襲)라는 사람의 개가 맥을 물어뜯었더니 그 뱃속에서 커다란 곡옥(曲玉)이 나왔다고 한다. 이 곡옥은 바킨(滝沢馬琴 : 1767-1848, 에도(江戸)시대 후기의 통속 소설가)이 팔견전(八犬伝 : 바킨의 소설) 『난소사토미팔견전(南総里八犬伝)』에서 팔백비구니 묘친(八百比丘尼妙椿)을 쓰는데 차용했다. 하지만 스이닌 시대의 맥은 단지 배 속에 명주를 감추었을 뿐 후세의 맥처럼 자유자재로 둔갑을 할 수 있었던 것은 아니다. 그렇다면 맥이 둔갑을 하게 된 것은 역시 스이코 천황 35년 봄 2월이 처음일 것이다.

물론 맥은 진무동정(神武東征 : 진무천황이 야마토(大和) 지방을 평정하고 즉위한 것)을 한 옛날부터 일본의 산야에 서식하고 있었다. 그런데 그것이 기원(紀元 : 진무천황이 즉위한 서력의 기원전 660년을 원년으로 함) 1288년이 되어서야 비로소 사람으로 둔갑하게 되었다. — 이렇게 말하면 얼핏 생각하기에 몹시 황당하다고 생각할지 모른다. 하지만 아마 일은 이렇게 시작되었을 것이다. —

그 무렵 미치노쿠의 소금물 긷는 처녀가 같은 마을의 소금을 만드는 남자와 사랑에 빠졌다. 하지만 처녀에게는 홀어머니가 있었다. 어머니의 눈을 속이면서 밤이면 밤마다 만나려니 두 사람 모두 여간 신경쓰이는 것이 아니었다.

남자는 매일 밤 해안의 산을 넘어 처녀의 집근처까지 찾아온다. 그러면 처녀도 시각을 가늠하여 집을 살짝 빠져나온다. 하지만 처녀는 어머니의 눈을 신경 쓰느라 걸핏하면 늦기 일쑤다. 어떤 때는 달이 다질 무렵이 되어서야 겨우 찾아왔다. 어떤 때는 여기저기서 새벽닭이 울 무렵이 되어도 여전히 오지 않는다.

그런 일이 몇 번인가 계속되고 난 후, 어느 날의 일이다. 남자는 병풍 같은 바위 뒤에 쭈그리고 앉아 기다리는 동안 허전한 마음을 달래기 위해 소리 높여 노래를 불렀다. 굽이치는 파도소리에 묻혀 사라지지 않기를 바라는 초조한 마음을 쉰 목에 담아 열심히 불렀다.

그것을 들은 처녀의 어머니는 옆에서 자고 있는 딸에게 저 소리가 무엇이냐고 물었다. 딸은 처음에는 자는 척했지만 두 번 세 번 물어보니 대답을 하지 않을 수가 없었다. 사람의 목소리는 아닌 것 같은데…
— 당황한 나머지 처녀는 그렇게 얼버무렸다. 그러자 어머니는 사람이 아니면 무엇이 노래를 읊는 것이냐고 물었다. 이에 맥일지도 모른

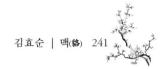

다고 대답한 것은 순전히 처녀의 임기응변이다. — 사랑은 옛날부터 몇 번이고 여자들에게 그와 같은 임기응변을 가르쳤다.

날이 밝자 어머니는 그 노랫소리를 들은 것을 이웃에 있는 멍석 짜는 노파에게 이야기했다. 노파 또한 그 노랫소리를 들은 사람 중의 하나이다. 맥이 노래를 부르나요? — 그렇게 말하면서도 노파는 또 그 이야기를 갈대를 베는 남자에게 했다.

이야기가 전해지고 전해져서 그 마을에 와있던 중의 귀에 들어가자, 그 중은 맥이 노래를 부르는 이유를 소상하게 설명했다. — 불법(仏法)에 윤회전생(輪回転生)이라는 말이 있다. 그러니까 맥의 혼도 원래는 인간의 혼이었는지 모른다. 만약 그렇다면 인간이 하는 일은 맥도 할 수 있다. 달밤에 노래를 부르는 일쯤은 별로 신기한 일도 아니다……

그 이후 이 마을에서는 맥의 노래를 들었다는 사람이 몇 명이나 나왔다. 그리고 급기야는 그 맥을 보았다는 사람까지 나왔다. 이는 갈매기 알을 찾으러 간 남자가 어느 날 해안선을 따라 돌아오고 있는데, 아직 남아있는 눈(雪) 빛에 산그늘에서 맥 한 마리가 노래를 부르며 어슬렁어슬렁하는 것을 직접 보았다는 것이다.

이제 모습조차 보였다. 그러니 이어서 마을의 남녀노소 대부분이 모두 그 소리를 듣게 되는 것은 오히려 자연스런 이치였다. 맥의 노래는 어떤 때는 산에서 들렸다. 어떤 때는 바다에서 들렸다. 그리고 또 어떤 때는 그 산과 바다 사이에 산재하는 뜸집 지붕 위에서도 들렸다. 그 뿐만이 아니다. 결국에는 소금물을 긷는 처녀 자신조차 어느 날 밤 갑자기 이 노랫소리에 깜짝 놀랐다. —

처녀는 물론 이것을 남자의 노래라고 생각했다. 숨소리를 살펴보니 어머니는 이미 곤히 잠들어 있는 것 같았다. 그래서 잠자리를 살짝 빠져나와 입구의 문을 빠끔히 열고 바깥의 기색을 살폈다. 하지만 바깥은 희미한 달과 파도소리뿐, 남자의 모습은 어디에도 없다. 처녀는 한동안 주위를 둘러보다가, 봄날의 차가운 밤바람을 맞은 듯 볼을 감싸고 꼼짝 않고 서있었다. 그때 문 앞의 모래 위에 점점이 맥의 발자국이 나 있는 것이 어렴풋이 보였기 때문일 것이다……

이 이야기는 순식간에 몇백 리 떨어진 산과 강을 넘어 기내(畿内 : 황거 근처 지방)로 퍼졌다. 그리고 야마시로(山城) 지방의 맥이 둔갑을 했고, 오우미(近江) 지방의 맥이 둔갑을 했다. 마침내는 비슷한 종족인 너구리까지 둔갑을 하기 시작했고, 도쿠가와(德川) 시대가 되자 사도(佐渡)의 단사부로(団三郎)라는 맥인지 너구린지 알 수 없는 선생이 나와 바다 건너에 있는 에치젠(越前) 지방 사람들까지 둔갑을 하게 했다. 아니 둔갑을 하게 된 것이 아니었다. 둔갑을 한다고 믿게 된 것이었다. ― 여러분들은 그렇게 생각할 지도 모른다. 그러나 둔갑을 한다는 것과 둔갑을 한다고 믿어지는 것 사이에는 과연 얼마나 차이가 있을까? 비단 맥뿐만이 아니다. 우리들에게 있다고 하는 것은 모두 결국은 그저 있다고 믿는 것에 불과한 것은 아닐까?

예이츠는 「켈트의 여명」에서 길(Gill) 호수의 어린이들이 파란 색과 흰 색의 옷을 입은 프로테스탄트파의 소녀를 옛날부터 있던 성모 마리아라고 믿어 의심하지 않았다는 이야기를 쓰고 있다. 이와 마찬가지로 사람들의 마음속에 살아있다고 하는 점에서 보면, 호수 위의 성모는 수많은 맥과 다를 바가 없다.

우리들은 우리들의 조상이 맥이 사람으로 둔갑한 것을 믿은 것처럼 우리들의 내부에 살아있는 것을 믿으려는 것은 아닐까? 그리고 그렇

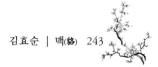

게 믿는 것이 명령하는 대로 우리들의 삶을 살아가려 하는 것은 아닐
까? 맥을 경멸할 수 없는 까닭이다.

(1917년 3월)

요노스케 이야기(世之助の話)

조경숙

❖ 상 ❖

친구들 : 그런데 말이네. 자네에게 묻고 싶은 게 하나 있긴 한데.

요노스케 : 뭔가? 엉뚱하긴.

친구들 : 오늘은 특별한 날이지 않는가? 자네가 곧 이즈(伊豆) 항구
를 떠나 뇨고가 섬(女護ヶ島)인지 어딘지로 출발하는 송별
회 자리가 아닌가?

요노스케 : 그렇지.

친구들 : 이런 말을 꺼내면 왠지 송별회 홍을 깨어버릴 것 같아서
말하기 좀 뭣하네만, 걱정이 되어서 어쩔 수가 없네.

요노스케 : 그렇게 걱정이 된다면 말을 안 하면 될 거 아닌가?

친구들 : 그럴 수가 없으니 문제 아닌가? 그럴 거라면 애당초 말을
꺼내지도 않았네.

요노스케 : 그렇다면 말해 봄세나.

친구들 : 거참, 곤란하군.

요노스케 : 뭐가 문젠가?

친구들 : 자네나 우리들 모두 별로 하고 싶은 이야기는 아니니까 그런 거란 말이지. 그런데 자네가 좋다고 하니까 나도 큰 맘 먹고 이야기함세.

요노스케 : 도대체 뭐길래 그리 뜸을 들이는 건가?

친구들 : 어디 짐작 한번 해 보게나.

요노스케 : 거 참, 초조하게 만드는군. 도대체 뭐길래.

친구들 : 그렇게 정색할 필요는 없네. 말을 꺼내기가 쉽지 않아서 그러는 거니까. 음, 그러니까 말일세, 최근 이하라 사이카쿠(井原西鶴 : 1642-1693, 에도 전기의 작가)의 책에서 보니 자네가 7살 때부터 여자를 알았다고 하던데……

요노스케 : 여보게들. 설마 나를 추궁하려 드는 건 아니겠지?

친구들 : 천만에 말씀! 자넨 아직 젊다네. 예순인 오늘날까지 3천 7백4십2명의 여자들과…

요노스케 : 어이쿠.

친구들 : 3천7백4십2명의 여자들과 7백2십5명의 남색들과 놀아났다고 하던데 정말인가?

요노스케 : 그럼 내가 거짓말 하겠나! 그런데 너무 그러지들 말게나.

친구들 : 그래? 난 도저히 믿을 수가 없다네. 아무리 그렇지만 여보게나. 3천7백4십2명은 너무 과하지 않는가?

요노스케 : 그러고 보니 그렇기도 함세 그려.

친구들 : 정말 존경스럽구먼.

요노스케 : 그렇다고 맘대로 숫자를 줄이지 말게나. 유녀가 비웃겠구먼.

친구들 : 유녀가 비웃어도 어쩔 수가 없네. 여기서 사실을 실토하지

않으면.

요노스케 : 어떻게 할 건가? 뭐 보쌈이라도 할 건가? 제발 그것만은
           말아주게. 그런데 뭐 숫자가 그리 대순가?

친구들 : 그렇지? 그 숫자 틀린 게지?

요노스케 : 아니, 그런 말이 아니고.

친구들 : 어이, 여보게. 그러면 어느 게 맞는 말인가?

요노스케 : 자네들 정말 쓸데없는 데 신경을 쓰고 있군.

친구들 : 신경 쓰이고 말고. 나도 사내대장부가 아닌가? 꼬리를 감
           추면 말할 때까지 추궁할 걸세.

요노스케 : 이것 참, 곤란하게 됐군. 그렇다면 석별의 정으로, 어떤
           식으로 계산했는지를 가르쳐 주지. 어이, 가가부시(加賀
           節 : 죠루리의 한 종파)는 잠시 미루고 그림이 있는 부채를
           가지고 오게. 그리고 촛불 심지를 좀 끄게나.

친구들 : 허풍스럽기는, 이렇게 조용해서야 꽃나무도 얼어붙겠네.

요노스케 : 자, 그럼 시작하겠네. 물론 한 가지만 가르쳐 주고 그 이
           상은 안 되네.

❖ 중 ❖

    30년 전에 내가 처음으로 에도(江戶) 도쿄에 들른 적이 있었는데 그
때 있었던 일이라네. 아마 요시와라(吉原 : 도쿄의 유명한 유곽)에 들렀다
가 집으로 가는 길이었는데, 큰 북 장수 두 명과 함께 스미다(隅田) 강
가 어떤 부두를 건넜던 적이 있었지. 그 부두가 어디였는지 그리고 그
때 내가 어디로 갈려고 했는지는 기억에 없는데, 그때 거기에 있었던

행상들은 어렴풋이 기억나는구먼……

아마 벚꽃이 활짝 필 무렵 어느 오후 즈음이었는데 강 주변 일대는 찌뿌둥한 기운이 만연한 따분한 경치를 띠고 있었다네. 강물도 뜨뜻미지근했지만 강 건너편 언덕에 있는 집들이 즐비한 것을 보고 마치 내가 꿈을 꾸고 있는 것 같았지. 뒤를 둘아 보니 둑에 있는 소나무에 가려 반쯤 피다만 벚꽃이 그림 같았지. 그런데 또 이상하게 그 벚꽃이 흰 빛을 띠고 있는데, 그날따라 그 벚꽃이 갑갑해 보이는 게 아니겠는가? 게다가 날씨는 또 더워서 조금만 움직이면 땀으로 뒤범벅이 되었지. 물론 그런 날씨였으니까 물 위에는 입김 같은 바람도 불지 않았지.

같이 배를 탄 사람이 3명, 하나는 고쿠센아(国姓爺 : 에도 작가)인형극에서 빠져 나온듯한 유곽 빗 장수, 하나는 27, 8쯤 되어 보이는 힘이 축 빠진 상인 아낙네, 그리고 13, 4살로 되어 보이는 꼬마가 코를 훌쩍이고 있었다네. 좁은 배 안에서 서로 무릎을 맞대고 웅크리고 앉아있으려니 갑갑하기 그지없었지. 게다가 사람들이 많이 타서 그런지 뱃머리가 물에 잠길 것 같은 것이야. 그래도 삿갓 모자를 덮어 쓴 무뚝뚝한 노인 뱃사공은 아무렇지도 않다는 듯 좌우로 능숙하게 노를 젓고 있었지. 가끔은 그 노에 튕긴 물이 손님들 소매에 튀어도 신경도 쓰지 않는 것이야.

아니지. 그 외에도 더 있었다네. 아까 말한 그 빗 장수는 이상한 자세로 뱃머리에 자리를 떡하니 차지하고는 출발할 때부터 숱이 적은 가짜 수염을 만지며 콧노래를 계속 부르고 있었지. 옅은 눈썹에 아래 입술이 뽀죽한 거만한 얼굴을 치켜 올리면서 "계곡 아래에 주인 없는 아이가 버려져 있네."라고 흥얼거렸는데, 나도 그렇고 큰 북 장수들도 좀 난처한 표정이었어.

한 사람이 한심스럽다는 듯이 부채를 턱하고 내리쳤어. 그러자 그
것을 알아차렸는지 나와 마주 앉아 있던 여자가 잠시 귀소지(동행한
사람 별명) 쪽을 바라보더구먼. 그리곤 곧 바로 나를 바라보더니 철사
를 댄 이빨을 드러내곤 애교있는 미소를 짓더군. 검고 빛나는 이빨이
입술 사이로 언뜻 비쳤는데 오른쪽 뺨에 옅은 보조개가 생기더군. 입
술에는 연지를 바른 것 같았지. 그걸 보고 있자니 기분이 묘하더군.
마치 뭐 나쁜 짓이라도 하다 발각됐을 때처럼 말이야. 일종의 수치심
이 밀려왔다네.

그런데 그 여자는 내가 배에 탔을 때부터 있었으니까 수치심까지는
아니지만, 그 여자는 가장 먼저 둑을 내려와서 흔들거리는 말뚝을 잡
으며 간신히 배를 탔지. 발 디딜 틈도 없이 사람들로 꽉 차 있었으니
까 뱃머리가 물을 한 번 철썩 때리자 모두들 크게 휘청거렸지. 그 때
침향 머리 기름 냄새가 내 코로 확 들어 온 게지. 배 안에 여자가 있다
는 것은 둑 위에서 강을 내려다 봤을 때 이미 알고 있던 사실이지. 그
런데 그저 여자와 한 배를 탔다고 해서 특별히 여자를 생각한 것도 아
니라네. 그리고 때마침 유곽에서 나오던 길이었으니까. 그런데 그 침
향 머리 기름 냄새를 맡자마자 웬걸! 일종의 자극을 느꼈단 말이지.

그냥 냄새라고 하기에는 무시할 수 없는 자극이 있었지. 내가 후각
에 민감하니까 말일세. 그러니까 말이지. 어릴 적 견습생이었을 때 있
었던 일이지. 주변아이들이 나를 괴롭혔는데 그것을 사부님에게 고자
질하면 그 뒤탈이 무서웠지. 그래서 눈물을 머금고 열심히 책 종이를
더럽히며 자위를 하곤 했었지. 그때의 외로움과 의지할 곳 없는 마음
은 성인이 되고 나서는 사라지긴 했지만 가끔은 일부러 떠올리려고
해도 생각이 나지를 않아. 그런데 그게 말이지. 썩은 숯 냄새를 맡으

면 왠지 늘 그때 그 느낌이 되살아난다는 거야. 그리고 어릴 때 느꼈던 기쁨과 슬픔이 다시 한 번 나를 응석받이로 만들더란 말이지.

이것 참. 이런 쓸데없는 이야기를… 난 그저 침향 머리 냄새 때문에 엉겁결에 그 여자에게 관심이 갔다고 말하려고 했는데. 그런데 정신을 차리고 그 여자를 보니, 검은 겹 소매 평상복에 붉은 안감이 부드럽게 삐져나와 있는 조금은 통통한 여자였지. 중국 문향의 띠를 앞에 매고 있었고, 빗으로 양쪽을 장식한 머리가 앞이마를 가리고 있었는데 그게 아주 요염했단 말이지. 보통 아낙네는 아닌 것 같았지. '그 얼굴은 조금 둥글고, 색은 엷은 벚꽃' 같고 '이목구비는 어디 하나 빈틈없이 잘 조화되었다고' 하는 사이가쿠가 말한 그런 얼굴은 아닌데 어쨌든 뭔가 좀 부족한 듯 했지. 흰 분으로 화장을 하긴 했지만 주근깨도 조금 보였지. 입술주변이나 코 생김도 조금은 상스러운 듯했지만, 그런데 다행히 머리 언저리가 보기 좋아서 그런 부족한 점은 그다지 눈에 들어오지도 않았다네. 난 그 전날의 취기에서 갑자기 깨어난 듯 그 여자 옆에 앉아 있었지. 그렇게 한 데는 다 까닭이 있었다네.

그건 내 무릎이 그 여자 무릎에 닿아 있었기 때문이라네. 나는 노란 견직으로 된 평상복을 입고 있었고, 그리고 아마 무지로 된 속옷을 입고 있었을 거야. 그래도 난 그 여자의 무릎을 느꼈지. 그 느낌은 속옷을 입은 무릎 느낌이 아니었지. 내 무릎이 그것을 느꼈다네. 부드럽고 둥그스름하며 움푹한 곳이 봉긋하게 살이 올라 있었지. 그 무릎을 느꼈던 게지.

난 무릎과 무릎을 마주한 채로 큰 북 장수를 상대로 마음에도 없는 농담을 던지면서, 뭔가를 기대하는 마음으로 꼼짝도 않고 있었지. 물론 그 사이에도 침향 머리 냄새와 분 냄새는 끊임없이 나의 코를 자극했다네. 게다가 조금 시간이 흐르니 이번에는 그 여자의 체온이 내 무릎으로 전해지는 것이야. 그것을 느꼈을 때 뭐라 말할 수 없는 근질거리는 일종의 전율은 도저히 형용할 말이 없다네. 난 그저 나 혼자만 그것을 느끼고 있는 거라고 단정했다네. 난 눈을 가볍게 감고 콧구멍을 벌렁거리며 깊고 느긋하게 깊게 숨을 쉬었지. 그리고 상대가 그것을 알아챘으면 하고 은근히 기대했지.

그런데 그런 감각적인 마음이 곧 바로 지적인 욕망도 조금 불러일으키는 거야. 그 여자도 나와 같은 생각을 하고 있을까? 감각적인 이 쾌감을 느끼고 있는 것일까라고 말이지. 그래서 나는 얼굴을 들고 일부러 짐짓 아무렇지도 않게 가만히 그 여자의 얼굴을 바라보았네. 그런데 그 아무렇지도 않게 가장한 것이 바로 배반당해 버렸다네. 왜냐면 상대 여자의 땀에 배인 처진 얼굴 근육 속에서 희미하게 떨리고 있는 입술이 나의 의문을 완전히 긍정해 준 것이니까. 내 기분을 알고 있었다는 것에 일종의 만족을 느꼈단 말이지. 난 조금 당황해하면서 부끄러운 것처럼 큰 북 장수가 있는 곳을 돌아보았지.

"중국사람의 '스테텐절(すててん節)'은 할 수 있는 거요?"

북 장수들이 이렇게 말한 것은 거의 그 때였지. 귀 소지의 콧노래를 듣고 웃던 여자와 내가 엉겁결에 눈이 마주치고 또 서로 조금 수치를 느꼈던 것은 우연은 아니었던 거야. 그런데 그 수치라는 것이 그 당시에는 그 여자를 몰래 쳐다보았다는 수치인 줄 알았는데, 나중에 곰곰이 생각해 보니 실은 그 여자가 아닌 그 주변에 있던 다른 사람들에 대한 수치심이었다네. 아, 그렇게 말하면 어폐일 수 있지. 인간은 그럴 경우 일체의 타인(여자도 포함시킨)에 대해 느끼는 수치심이 있다는 거지. 이것은 당시 내가 그런 수치를 느끼면서도 왜 그 여자에게 대담하게 했던가는 아마 잘 이해하지 못할 걸세.

　난 전신의 모든 감각을 가능한 한 민감하게 만들면서 향기를 품평하는 사람과 같은 태도로 상대 여자를 '감상했지'. 이런 감상은 모든 여자에게 해당하는 것이지. 이건 전에 자네들에게도 대충 말한 적이 있을 걸세. 나는 땀으로 젖어있는 여자의 얼굴 피부와 그 피부가 발산하는 냄새를 즐겼지. 그리고 감각과 감정의 미묘한 교차에 반응하는 생생한 눈의 움직임을 즐겼지. 그리고 혈색 좋은 볼 위에 희미하게 움직이고 있는 눈썹 그림자를 즐겼지. 그리고 무릎에 얹은 손, 촉촉하며 야들해 보이는 그 손을 즐겼지. 그리고 무릎과 허리에 걸친 포동포동하고 탄력이 있는 완만한 살집을 맛보았지. 계속 말하면 끝이 없으니까 이쯤에서 그만 두겠네만, 어쨌든 난 그 여자의 몸 구석구석을 느꼈다네. 뭐 모든 곳이라고 해도 지장 없겠지? 난 감각의 힘이 미치지 못하는 곳을 상상 속에서 보충했고 또 추리도 했지. 나의 시각, 청각, 후각, 촉각, 온각, 압각 이 모든 것이 그 여자를 만족시켰다네. 아니 실은 그 이상의 것에서 만족을 주었던 것이지 ……

　바로 그때 "잊어버린 물건이 없나 확인하세요."라는 소리가 들렸다네. 그리고 그와 동시에 지금까지 안중에 없었던 여자의 가느다란 목이 눈에 들어오지 않는가! 음탕한 하숙집 여자가 콧소리를 내는 것 같은 흰 분이 조금은 얼룩이 져서 살집이 거의 없는 목이 나에게 얼마간 자극을 주었던 것은 당연한 것이었지? 그런데 그것보다 오히려 나를 더 자극한 것은 견습생을 보려고 그 여자가 몸을 돌렸을 때 내 무릎에 전해지는 그 여자의 무릎이었지. 좀 전에 내가 그 여자의 무릎을 느꼈다고 했지? 그런데 이때는 단순한 느낌만이 아니었다네. 그 여자의 무릎 그 모든 것이 말이지. 무릎을 만들고 있는 근육과 관절이, 향굴 나무의 열매와 씨를 혀로 맛보듯이 하나하나 전해져 왔다네. 그 여자의 그 겹 소매는 물론 나한테는 그 소매는 있으나 마나 한 것이었는데, 내 이야기를 끝까지 듣고 나면 무슨 말인지 알 걸세.

드디어 배가 산바시(桟橋)에 도착했네. 뱃머리가 쿵 하고 말뚝에 부딪치자 귀 소지가 가장 먼저 내렸다네. 그 순간에 나는 일부러 배 흔들림을 핑계삼아(탈 때도 그랬지만, 이번에도 지극히 자연스럽게 보일 것이라 생각하며) 비틀거리며, 손을 뱃머리 위에 얹어 둔 그 여자 손 위에 얹었지. 북 장수가 내 허리를 잡아 주어서 난 "이런, 실례가 많았구려."라고 여자에게 말을 했지. 자네는 내가 그때 어떤 심정으로 그렇게 했다고 생각하나? 난 그 여자가 무척 크게 반응해 주리라 예상하고 있었지. 그런데 그 멋지게 빗나가 버렸어. 난 물론 그 여자의 매끈하면서 차가운 피부 감촉의 부드러움과 힘 있는 근육의 저항을 느꼈지. 이 여자와의 그런 경험은 지금까지 내가 늘 겪어왔던 것을 반복한 것에 지나지 않았는데, 그런 자극은 그 횟수가 더하면 더할수록 그 힘을 더욱 느낀다네. 그것을 예상하는 것도 나에게는 큰 자극이 되기도 하지. 나는 탐색하는 마음으로 그 여자 손에서 내 손을 치웠다네. 지금껏 내가 겪었던 그런 수많은 경험은 이 여자의 몸을 감상하게 해 주었지만 내 예상이 빗나간 것은 실망이었다네. 그렇지만 난 이 여자를 감각적으로 다 느꼈다고 생각하지.

무슨 말인고 하면 이렇게 생각해 보면 간단하게 이해할 수 있을 걸세. 내가 그 전날 요시와라에 있던 단골 창녀와 지냈던 그 기분 그대로 이 여자를 보고 있다. 한 명은 어젯밤 내내 이야기를 하면서 같이 밤을 새웠다. 또 한 명은 불과 극히 짧은 시간이지만 함께 배를 타고 있다. 그런데 그 두 여자가 나에게 준 만족의 차이는 별반 다르지 않

다라는 것이지. 어느 여자가 나에게 더 만족을 줬는지는 잘 모르겠지
만. 그리고 나의 이 애착(만약 그런 것이 있다면)도 완전히 똑같다는
것일세. 말하자면 이런 것이지. 오른쪽 귀로는 유곽에서 들려오는 샤
미센 소리를 듣고, 왼쪽 귀로는 스미다 강물 소리를 듣고 있는 기분이
라는 거지. 그리고 그 소리는 둘 다 똑같다는 생각이 든다는 거고.

그러한 느낌은 어쨌든 나에게는 큰 발견이었지. 그런데 그 발견은
그만큼 인간을 외롭게 만든다네. 난 벚꽃 활짝 필 무렵의 흐린 날씨
속에 견습생을 데리고 짙은 눈썹을 한 그 여자가 '조용한 발걸음과 굽
이치는 허리'를 흔들면서, 귀소지 뒤를 따라 산바시를 건너는 것을 보
았을 때에 얼마나 외로움이 밀려왔는지. 물론 반했다는 말이 아닐세.
단지 그 여자도 아마 나와 똑같은 마음이었을 것이라 짐작했는데….
뱃전에서 내 손을 치우지 않았으니까 말이지.

뭐? 요시와라의 유녀? 그 유녀는 그 여자와는 전혀 달라. 아담한 인
형 같은 여자였지.

❖ 하 ❖

요노스케 : 뭐 대충 그런 이야기라네. 그리고 그 이후에 그 여자와
　　　　　같은 경우를 경험으로 합산한다면 남녀 합쳐서 4천4백6
　　　　　십7명쯤 되지 않을까?
친구들 : 음. 듣고 보니 그럴듯하기도 하네 그려. 그런데…….
요노스케 : 그런데라니?
친구들 : 그런데 좀 불온해 보이지 않나? 모두들 그렇다면 마누라와
　　　　　딸을 어떻게 밖으로 내 보내겠나?

요노스케 : 불온해도 그게 사실이니까 어쩔 수 없지.

친구들 : 그렇게 보면 지금 나라에서 남녀 7세 부동석이라는 호령
　　　　이 떨어진 것도 어쩔 수 없는 일이겠군.

요노스케 : 이젠 밖으로 나다녀도 아무 문제없으니까 걱정 말게. 그
　　　　때쯤이면 난 이미 뇨고가 섬에 가 있을 걸세.

친구들 : 부럽구먼.

요노스케 : 뇨고가 섬에 있든 여기 있든 뭐 별반 다를 게 있겠나?

친구들 : 지금 자네가 이야기한 것 같은 계산법이라면 그렇겠지.

요노스케 : 어차피 모든 것은 일장춘몽이라네. 그러면 이제 가가부
　　　　시라도 들어 볼까나?

(1918년 4월)

투도(偸盜)[1]

임명수

❖ 1 ❖

"어이 할멈, 이노쿠마(猪熊)[2] 할멈."

스자쿠아야(朱雀綾) 좁은 네거리에서 수수한 감색 평상복에 모미에보시(揉烏帽子)[3]를 쓴 스무 살 남짓한 추한 애꾸눈 사무라이가 부채를 치켜들며 지나가던 노파를 불러 세웠다.

찌는 듯이 무더운 뿌연 여름 안개가 자욱이 서린 하늘이 숨을 죽인 듯 주위의 가옥들 위를 뒤덮고 있는 칠월의 한낮이었다. 남자가 발걸음을 멈춘 네거리에는 앙상한 가지에 키만 큰 버드나무 한 그루가 한창 유행하던 역병에라도 걸린 듯 앙상한 그림자를 지면에 떨구고 있었지만, 그곳에는 햇빛에 말라 시들은 잎사귀를 움직이게 할 바람 한 점조차도 없었다. 더구나 강렬한 햇빛에 시달리는 큰길에는 찌는 더위에 그만 기가 질렸는지 사람의 통행조차도 뚝 끊기고 그저 조금 전

---

1) 투도(偸盜) : 절도, 도적의 의미. 불교 5악(惡)의 하나.
2) 이노쿠마 : 교토시 니시다이큐(西大宮)와 호리카와(堀川) 사이에 있었던 지명.
3) 모미에보시 : 엷게 옻칠하고 부드럽게 문질러 만든 모자. '에보시'는 헤이안(平安)에 남성들이 평상시 썼던 모자.

에 지나간 우차 바퀴 자국이 길게 꾸불꾸불 이어져 있을 뿐이었다.

그 우차 바퀴에 깔린 조그만 뱀도 처음에는 찢겨진 상처에 검푸른 빛을 띠면서 꼬리를 꿈틀대다가 어느새 기름기로 번질번질한 배를 위로 향하고는 비늘 하나 꿈쩍하지 않는다. 염천의 먼지를 뒤집어쓴 이 동네의 사거리에서 그나마 한 방울 물기라고 하면 죽은 뱀의 상처에서 배어 나온 악취나는 썩은 물뿐일 것이다.

"할멈."

"……."

노파는 황급히 뒤를 돌아보았다. 언뜻 나이는 예순 정도, 때에 찌든 진한 갈색 홑옷에 누렇게 바랜 머리카락을 늘어뜨리고, 뒷부분이 터진 짚신을 질질 끌면서 끝이 개구리 뒷다리 모양인 기다란 지팡이[4]를 짚고 있으며 눈이 둥글고 입이 큰, 어딘지 두꺼비 얼굴을 연상케하는 불결하고 초라한 모습의 노파이다.

"오! 다로(太郎)."

햇빛에 질려 쉬어버린 듯한 목소리로 대답하고는 노파는 지팡이를 끌며 두세 걸음 다시 돌아와 우선 입을 열기 전에 윗입술을 낼름 핥아 보였다.

"무슨 일이야?"

"아니 뭐 특별한 일은 없고."

애꾸눈은 엷게 얽은 자국이 있는 얼굴에 애써 억지웃음을 띠며 어딘지 어색한 목소리로 쾌활하게 이렇게 말했다.

"그저 샤킨(沙金)이 요즘 어디 있나 해서요."

"일이 있다 하면 항상 딸 얘기뿐이구먼. 하긴 까마귀가 매를 낳은

---

4) 개구리 뒷다리 모양의 지팡이 : 지면에 닿는 부분이 개구리 뒷다리 모양으로 벌어진 지팡이.

덕에."

이노쿠마 노파는 맘에 들지 않는다는 듯 입을 삐쭉거리며 씩 웃었다.

"볼일이라고 할 것까지는 없지만, 그저 오늘 밤 일의 사전 계획도 아직 듣지 못해서."

"뭐 특별한 게 있겠어? 모이는 곳은 라쇼몬(羅生門)5), 시각은 밤 9시경. 다 옛날부터 정해진 대로지 뭐."

노파는 그렇게 말하고 교활하게 힐끔힐끔 좌우를 살피고는, 거리에 사람이 없는 것에 안심했는지 다시 두툼한 입술을 슬쩍 핥으면서 말했다.

"집 내부 상황은 딸내미가 대충 살피고 왔다던데. 그곳 사무라이 중에는 그리 솜씨 좋은 놈은 없을 거라고 하더구먼 자세한 얘기는 오늘 밤 딸내미가 할 거야."

그 말을 듣자 다로라는 사내는 햇빛을 가린 누런 종이부채 밑에서 조롱하듯이 입술을 찌푸렸다.

"그럼, 샤킨이 또 누군가 그곳 사무라이하고 그렇고 그런 사이가 되었겠구먼."

"아니야, 행상인인가 뭔가로 분장하고 갔던 것 같은데 뭘."

"무엇으로 갔던 간에 걔가 하는 일이야, 믿을 수가 있어야지 원."

"너는 항상 의심이 많아. 그러니까 딸내미가 싫어하는 거야. 질투도 정도껏 해야지."

노파는 코웃음을 치고는 지팡이를 들어 올려 길가의 죽은 뱀을 찔렀다. 어느새 모여든 똥파리 떼가 사방으로 흩어지는가 싶더니 다시

---

5) 라쇼몬 : 교토 중앙대로 남쪽 끝에 있었던 문.

제자리에 모여들었다.

"그런 일은 제대로 해야지, 안 그러면 지로(次郞)한테 빼앗겨 버리고 말아. 빼앗겨도 상관은 없지만, 그렇게 되면. 그냥 끝나지는 않을 테니까. 하기야 우리 영감도 가끔 눈빛이 변할 정도니, 너는 더하겠지."

"나도 잘 알아요."

상대방은 얼굴을 찌푸리며 화난 듯이 버드나무 밑동에 침을 뱉었다.

"그건 모르는 일이야. 지금 그렇게 하면서 태연한 척하고 있지만, 딸내미와 영감 사이를 눈치챘을 때는, 거의 제정신이 아니었잖아. 우리 영감도, 조금만 더 기가 센 위인이었으면 곧바로 너하고 한바탕 칼부림이라도 났을 거다."

"벌써 일 년 전 일이잖아요."

"몇 년 전 일이라도 다를 거 없어. 한 번 한 짓은 세 번 한다는 말도 있잖아. 세 번 만이라면 그래도 다행이지. 나는 이 나이까지 똑같은 바보짓을 몇 번이나 했는지 몰라."

그렇게 말하면서 노파는 듬성듬성 남아있는 이를 드러내고 웃었다.

"그만 합시다. 그보다 오늘 밤 상대는 별 게 아니라고 해도 명색이도 판관(判官)6)이잖아요. 준비는 잘 되었겠지요?"

다로는 햇빛에 그을린 얼굴에 초조한 기색을 띠며 얼른 화제를 바꾸었다. 때마침 구름 봉우리 하나가 햇빛에 닿았는지 주변이 서서히 어두워졌다. 그 와중에도 뱀의 사체만은 이전보다 한층 더 배 쪽의 기름색을 번들거리게 하고 있었다.

"도 판관이라 봤자 기껏 조무래기 사무라이 네댓 명, 왕년의 실력으로도 자신 있어."

---

6) 판관 : 헤이안 시대 교토의 치안유지, 검찰, 재판 등을 담당했던 관리.

"흠, 할멈은 대단하시구먼. 그렇다면 우리 쪽 사람 수는?"

"똑같아. 남자가 스물세 명, 거기에 나하고 딸내미뿐이야. 아코기(阿濃)는 몸이 그러니까 스자쿠몬(朱雀門)에서 기다리게 하자고."

"그러고 보니 아코기도 그럭저럭 산달이구먼."

다로는 다시 비웃듯이 입을 일그러뜨렸다. 그와 거의 동시에 구름이 사라지고 거리는 금세 원래대로 눈이 아플 정도로 환해졌다.

이노쿠마 노파도 허리를 젖히고 한바탕 까마귀 울음 같은 기묘한 목소리로 웃어댔다.

"그런 바보를, 어떤 놈이 손을 댔는지. 하기야 아코기는 지로한테 푹 빠져 있었는데, 설마 그 친구는 아니겠지."

"아비가 누구든, 하여튼 그 몸으로는 불편하겠지."

"그거야 어떻게든 해결 방법은 있지만, 그년이 통 말을 들어먹지 않으니 말이야. 덕분에 우리 패에 연락하는 것도 다 나 혼자 해야 할 처지니. 마키노시마(真木島)의 주로(十郎), 세키야마(関山)의 헤이로쿠(平六), 다케치(高市)의 다조마루(多藏丸)하고, 그리고도 지금부터 세 군데를 더 돌아야 해. 어라, 그러고 보니 쓸데없이 이야기하는 사이에 벌써 한 시가 넘었네. 흥, 너도 이제 내 잔소리에 지겨워졌겠지."

개구리 뒷다리 모양의 지팡이가 그녀의 말과 함께 움직였다.

"그런데, 샤킨은?"

그때 다로의 입술은 눈에 띄지 않을 만큼 미미하게 떨렸다. 그러나 노파는 눈치채지 못한 듯했다.

"아마 오늘은 이노쿠마의 우리 집에서 낮잠이라도 자고 있을 거야. 어제까지는 집에 없었어."

애꾸눈은 노파를 가만히 바라보았다. 그리고는 조용한 목소리로 말했다.

"그러면 날이 저물고 나서 봅시다."

"그래. 그때까지 너도 낮잠이나 푹 자 둬."

이노쿠마 노파는 수다스럽게 대답하고는 개구리 뒷다리 모양의 지팡이를 끌며 걷기 시작했다. 소로(小路)7)를 동쪽으로, 원숭이 같은 홑옷 모습이 짚신 뒤꿈치로 먼지를 일으키며 햇빛도 아랑곳하지 않고 걸어갔다. 그 모습을 지켜보던 사무라이는 땀이 밴 이마에 잠시 험악한 기색을 보이면서 또 한 번 버드나무 밑동에 침을 뱉고는 천천히 발길을 돌렸다.

두 사람이 헤어지고 나서 조금 전 뱀의 사체에 몰려든 똥파리들이 여전히 햇빛 속에서 희미한 날개 소리를 내며 날아다니나 싶더니 다시 앉았다.

❖ 2 ❖

이노쿠마 노파는 누렇게 바랜 머리에 흥건히 땀을 적시며 발에 묻은 여름 먼지를 털지도 않고 지팡이를 짚으며 갔다.

자주 다녀서 익숙한 길이지만 자신이 젊었던 그 옛날에 비하면 여기저기 죄다 거짓말처럼 변해버렸다. 자신이 궁중부엌(台盤所)에서 하녀로 일하던 때를 생각하면, 아니 생각할 수도 없을 만큼 신분이 다른 남자로부터 사랑받고 결국 샤킨을 낳던 때의 일을 생각하면, 지금의 교토는 이름뿐이고 당시의 모습은 거의 찾아볼 수 없다. 옛날에는 우차가 수없이 다녔던 길도 이제는 아무 쓸모없는 엉겅퀴 꽃만이 쓸쓸

---

7) 소로 : 헤이안 시대 교토의 소로는 폭 12m였음. 대로는 폭 36m.

하게 양지 쪽에 피어 있을 뿐 다 쓰러져 가는 판자 담 안에는 무화과 나무에 파란 열매가 달려있고, 사람을 두려워하지 않는 까마귀 떼는 한낮에도 물 없는 연못에 떼 지어 몰려있다. 그리고 자신도 어느새 머리털은 하얗게 세고 주름이 늘고 마침내는 허리가 꼬부라진 늙은 몸이 되어버렸다. 교토는 옛날의 교토가 아니고, 자신도 옛날의 자신이 아니다.

게다가 용모가 변했는가 하면 마음도 변했다. 딸과 지금의 남편과의 관계를 처음 알았을 때, 울며불며 난리를 피웠었지. 그러나 이렇게 되고 보니 그것도 당연한 일로밖에 생각되지 않는다. 도둑질도 살인도 익숙해지면 가업(家業)과 매한가지다. 말하자면 교토의 대로(大路), 소로(小路) 할 것 없이 모두 잡초가 수북하게 자라난 것처럼 자신의 마음도 이제는 황폐해져버린 것이 그리 고통으로 생각되지도 않을 만큼 황폐해져 버렸다. 그러나 한편으로는 모든 것이 죄다 변한 듯하면서도 변한 것이 없다. 딸이 지금 하고 있는 일과 자신이 옛날에 했던 일은 의외로 비슷한 점이 많다. 다로와 지로만 해도 역시 지금의 남편이 젊은 시절에 했던 짓과 그리 크게 다를 게 없다. 이렇게 인간은 언제까지나 같은 짓을 반복하며 살아가는 것이겠지. 그렇게 생각하면 교토도 옛 교토이고, 자신도 옛날의 자신이다…….

이노쿠마 노파의 마음속에는 그런 생각들이 막연하게나마 떠올랐다. 그 울적한 생각에 마음이 흔들렸던 것이겠지, 문득 둥근 눈이 부드러워지고, 두꺼비 같은 얼굴이 어느새 풀어졌다. 그러자 갑자기 노파는 다시 활기를 되찾고 주름투성이의 얼굴을 히죽거리더니 개구리 뒷다리 모양의 지팡이를 서둘러 옮기기 시작했다.

그도 그럴 만했다. 네댓 칸 앞에 도로와 갈대 숲(이곳도 원래는 누군가의 넓은 정원이었을지 모른다)을 사이에 두고 허물어져가는 축대가 있고, 그 안에 한창 때를 넘긴 자귀나무 두어 그루가 햇빛에 퇴색된 이끼 색 기와 위에 시들한 붉은 꽃을 매달고 있다. 그 기와를 천장 삼아 마른 대나무 기둥을 네 귀퉁이에 세우고 낡은 거적으로 벽을 친 수상쩍은 움막 한 채가 초라하게 서있다. 집터하며 집 모양새를 보아하니 아마도 거기에 거지라도 살고 있는 것 같다.

특히 노파의 눈을 끈 것은 그 움막 앞에 팔짱을 끼고 우두커니 서있는 열예닐곱 살의 젊은 사무라이로 적갈색 상의에 검은 칼집의 칼을 찼는데 어찌된 일인지 흥미롭게 움막 안을 들여다보고 있었다. 그 앳돼 보이는 눈썹 주위며 아직 어린 티가 가시지 않은 여윈 뺨, 노파는 한눈에 그가 누구인지 알아볼 수 있었다.

"뭐 하고 있어? 지로."

이노쿠마 노파는 그 곁으로 다가가 개구리 뒷다리 모양의 지팡이를 멈추고 턱을 위아래로 흔들며 사내를 불렀다.

상대는 깜짝 놀라 돌아보았지만, 하얗게 센 머리에 두꺼비 얼굴, 두툼한 입술을 핥고 있는 혀를 보고는, 하얀 이를 드러내고 웃으며 말없이 움막 안을 손으로 가리켰다.

움막 안에는 찢어진 다다미 한 장이 맨땅에 깔려 있고 그 위에 마흔 살 쯤 되어 보이는 작은 체구의 여자가 돌을 베개 삼아 누워 있었다. 그것도 덮을 것이라고는 허리부근까지 덮은 삼베 조각 한 장 뿐, 거의 벌거숭이나 다를 바 없었다. 자세히 들여다보니 가슴과 배는 손가락으로 누르면 피고름이 섞인 진물이 흐를 것처럼 누렇게 부어있다. 특히 거적이 찢어진 틈으로 햇빛이 비치는 곳에서 쳐다보니, 겨드랑이 밑과 목 언저리에 썩은 살구 같은 거무스름한 반점이 있고, 거기에서 뭐라 표현할 수 없는 아주 고약한 냄새가 풍기는 것 같았다.

베갯머리에는 이 빠진 그릇 하나가(바닥에 밥풀이 붙어있는 것을 보면 원래는 죽이라도 담겨 있었던 것 같다) 버려진 듯 놓여있고, 누구의 장난인지 그 안에는 대여섯 개의 흙투성이 돌멩이가 정연하게 쌓여 있었다. 게다가 돌멩이 한가운데, 꽃도 잎사귀도 바짝 마른 자귀나무 가지 하나를 꽂아둔 것은 아마 제사에 쓰이는 색종이 장식을 흉내 낸 것일 것이다.

그것을 보자, 기가 센 이노쿠마 노파도 그만 얼굴을 찡그리며 주춤 물러섰다. 그 순간 문득 조금 전에 본 뱀의 사체가 떠올랐다.

"뭐야, 저거. 역병 걸린 사람이잖아?"

"그래요. 살아날 가망이 없어서 어디 이 근처에다 내다버린 모양이에요. 이런 상태로는 어쩔 도리가 없었겠지요."

지로는 다시 하얀 이를 드러내며 미소를 지었다.

"그런데 너는 대체 뭐하자고 쳐다보고 있는 거냐?"

"아니, 방금 이곳을 지나가는데 들개 두세 마리가 좋은 먹이를 발견했다는 기세로 뜯어먹으려고 해서 돌멩이를 던져 쫓던 참이에요. 내가 오지 않았다면 지금쯤 벌써 팔뚝 하나는 먹혔을 걸요."

노파는 개구리 뒷다리 모양의 지팡이에 턱을 괴고 다시 곰곰이 여자의 몸을 바라보았다. 조금 전 개가 물어뜯었다는 게 저것일 것이다. 찢어진 다다미에서 길바닥 모래 속으로 비스듬하게 늘어진 두 개의 팔뚝에는, 척척한 흙빛 살에 예리한 이빨 자국 서너 개가 보라색을 띠고 있다. 그러나 조용히 눈을 감은 여자가 숨을 쉬는지조차 알 수 없다. 노파는 다시금 강한 혐오감에 얼굴을 세게 두들겨 맞은 듯한 기분이 들었다.

"도대체 살아 있는 거야, 죽은 거야?"

"글쎄요."

"편하게 누워 있구먼, 이 여자. 죽은 사람이라면 개가 먹어도 상관없잖아."

노파는 그렇게 말하고는 지팡이를 내밀어 멀리서 여자의 머리를 찔러보았다. 머리는 돌베개에서 벗어나 흙에 머리카락을 끌면서 다다미 위로 힘없이 늘어졌다. 그러나 병자는 여전히 눈을 감은 채 얼굴 근육 하나 움직이지 않는다.

"그래 봤자 소용없어요. 아까 개가 물어뜯는데도 가만히 있었으니까."

"그렇다면 죽은 거지 뭐."

지로는 세 번째로 하얀 이를 드러내며 웃었다.

"아무리 죽었다지만 개에게 뜯어먹게 하는 건 좀 심하네요."

"뭐가 심해. 일단 죽고 나면 개가 물어뜯어도 아프지도 않을 텐데, 뭐."

노파는 지팡이를 딛고 몸을 쭉 펴고는 눈을 둥그렇게 뜨며 비웃듯이 말했다.

"죽지 않았더라도 저렇게 꼼지락대느니 차끈하게 개한테 목이라도 뜯기는 편이 나을지 몰라. 어차피 저 상태로는 오래 가지도 못해."

"하지만 사람이 개에게 먹히는 것을 가만히 보고만 있을 수는 없잖아요."

그러자 이노쿠마 노파는 윗입술을 날름 핥으며 퉁명스럽게 큰 소리로 내뱉었다.

"그러면서도, 사람이 사람을 죽이는 건 아무렇지도 않게 보고 있잖아?"

"하긴 그러네요."

지로는 슬쩍 머리를 긁고는 네 번째로 흰 이를 드러내며 웃었다. 그리고는 다정하게 노파의 얼굴을 바라보면서 물었다.

"어디 가는 거요, 할멈은?"

"마키노시마의 주로, 다케치의 다조마루, 아아, 그렇지. 세키야마의 헤로쿠한테는 네가 좀 전해 주겠어?"

그렇게 말하면서 이노쿠마 할멈은 지팡이를 짚고 벌써 두세 걸음을 떼고 있었다.

"아, 내가 가지요."

지로도 이윽고 병자의 움막을 뒤로하고 노파와 어깨를 나란히 하며, 어슬렁어슬렁 한낮의 거리를 걷기 시작했다.

"저런 걸 보니 완전히 기분이 상해버렸어."

노파는 얼굴을 찌푸렸다.

"그건 그렇고 헤로쿠의 집은 너도 알고 있지? 이쪽으로 똑바로 가서 류혼지(호本寺)8) 문을 왼쪽으로 돌면 도 판관 저택이 있어. 바로 한 부락 쯤 앞이야. 가는 길에 저택 주변도 둘러보며 오늘밤 일의 사전 조사를 해 두라고."

"뭐 나도 처음부터 그럴 생각으로 이쪽으로 온 거예요."

"어 그래? 역시, 생각보다 눈치가 있어. 너의 형 면상으로는 자칫하면 그쪽에서 눈치채버릴 것 같아서 미리 둘러보라고도 할 수 없었지만, 너라면 걱정 없지."

"가엾게도, 우리 형도 할멈 입에 오르면 당할 수가 없어."

"그래도 내가 그 친구를 제일 좋게 평가하는 편이야. 우리 영감은

---

8) 류혼지 : 1321년 건립된 일련종(日蓮宗) 사찰.

너한테도 형에 대해 못할 소리를 하잖아."

"그건 그 일이 있었으니까 그렇죠."

"일이 있었어도 네 욕은 안 하잖아."

"그렇다면 아마도 나를 아직도 어린애 취급하는 거겠지요."

두 사람은 그런 한가한 얘기를 나누며 좁은 길을 어슬렁어슬렁 걸어갔다. 걸을 때마다 교토 시내의 황폐한 모습이 점점 더 눈앞에 펼쳐졌다. 집과 집 사이에 열기를 뿜어내고 있는 쑥대밭, 곳곳에 이어져 있는 오래된 토담, 그리고 옛 모습 그대로 겨우 남아 있는 소나무와 버드나무, 어느 곳을 보더라도 희미하게 풍기는 시체 썩은 냄새와 더불어 쇠망해가는 이 커다란 도시를 연상시키지 않는 것이 하나도 없다. 도중에 단 한 사람, 손에 나막신을 끼워 들고 있는 불구의 거지가 스쳐지나갔을 뿐이다.

"그런데, 지로. 조심해."

이노쿠마 노파는 문득 다로의 얼굴이 떠올라 혼자 쓴웃음을 지으며 말했다.

"딸내미 일이라면 형도 미쳐있으니까 말이야."

그 말이 지로의 마음에 생각보다 큰 충격을 준 모양이었다. 그는 수려한 미간을 갑자기 찌푸리며 불쾌한 듯 눈을 내리떴다.

"나도 조심하고 있어요."

"조심한다고 해도 말이야."

노파는 상대의 그런 갑작스러운 감정의 변화에 약간 놀라면서 늘 하던 대로 입술을 핥아 가며 중얼거렸다.

"조심한다고 해도 말이야."

"그렇지만 형의 생각은 형의 생각이니까 내가 어떻게 할 수 없는

거잖아요."

"그렇게 말하면 할 말이 없지만. 사실은 어제 내가 딸내미를 만났어. 그랬더니 오늘 세 시경 너하고 류혼지(立本寺) 문 앞에서 만나기로 했다던데. 그리고 네 형하고는 보름 가까이 얼굴도 안 마주치고 있으니 말이야. 다로가 이 사실을 알게 되면, 또 한바탕 난리 날 걸?"

지로는 노파가 지루하게 늘어놓는 설교를 가로막듯이 입을 꾹 다문 채 초조하게 몇 번이나 고개를 끄덕였다. 그러나 이노쿠마 노파는 쉽사리 입을 닫을 기미를 보이지 않았다.

"조금 전에 저 건너 네거리에서 다로를 만나서도 잘 당부해 놓았지만 일이 잘못되기라도 하면 다 같은 동료임에도 당장 칼부림이 날 게 뻔하지. 만에 하나라도 그 통에 딸내미가 다치기라도 하면 어쩌나, 나는 그저 그것이 걱정이야. 알다시피 딸내미는 그런 성격이고 다로 역시 외곬수여서 너한테 미리 부탁해 놓으려는 거야. 너는 죽은 사람이 개한테 먹히는 것조차 그냥 놓아두지 못할 만큼 인정이 많으니까."

그렇게 말하고 노파는 어느새 자신에게도 엄습해오는 불안을 억지로 지우려는 듯 일부러 쉰 목소리로 웃어 보였다. 그러나 지로는 여전히 어두운 표정으로 뭔가 깊은 사색에 빠진 듯 시선을 떨군 채 걸어가고 있었다.

'큰일이 일어나지 않으면 다행인데.'

이노구마 노파는 개구리 뒷다리 모양의 지팡이를 서둘러 짚으며 그때서야 비로소 마음속으로 그렇게 간절히 빌었다.

그때쯤의 일이었다. 막대 끝에 죽은 뱀을 매달은 동네 아이들 서너 명이 병자의 움막 밖을 지나가다, 그 중에서 장난이 심한 한 녀석이

멀찌감치 떨어져서 엉거주춤한 자세로 그 뱀을 여자의 얼굴 위로 던졌다. 푸르게 기름이 밴 배가 철썩 여자의 뺨에 떨어지고 썩은 물에 젖은 꼬리가 턱 밑으로 줄줄 늘어지자, 아이들은 한꺼번에 와 하고 소리를 지르며 겁에 질린 듯 사방으로 흩어졌다.

지금까지 죽은 듯이 가만히 있던 여자가 그 순간 갑자기 누렇게 풀어진 눈을 뜨고 썩은 계란 흰자 같은 눈동자를 멍하니 허공을 향해 고정시키더니, 모래투성이의 손가락 하나를 까딱하고는, 목소리인지 숨소리인지 구별이 안 되는 소리가 말라서 튼 입술 안쪽에서 희미하게 새어 나왔기 때문이다.

❖ 3 ❖

이노쿠마 노파와 헤어진 다로는 가끔 부채질을 하면서 그늘도 찾지 않고 스자쿠(朱雀)[9] 대로의 북쪽으로 내키지 않는 발걸음을 옮겼다.

한낮의 거리는 통행인도 아주 뜸했다. 밤색 말에 히라몬(平文) 안장[10]을 얹고 올라탄 한 사무라이가 갑옷 궤짝을 둘러맨 궁수를 거느리며 골풀로 엮은 갓으로 햇빛을 가리고 유유히 지나간 뒤로는, 그저 제비들이 수선스럽게 하얀 배를 번뜩이며 이따금 길거리의 흙모래를 스쳐 오를 뿐, 판자 지붕과 노송나무껍질 지붕 저편에 뭉게뭉게 모여 있는 붉은빛 소용돌이 구름도 아까부터 여전히 금, 은, 동, 철을 녹인 채 전혀 움직이는 기척이 없다. 더구나 양쪽으로 줄지어 세워진 가옥들은 모두 조용하여 그 판자 덧문과 부들로 짠 발 뒤에서 마을 사람들

---

9) 스자쿠 대로 : 교토 중앙 남북으로 통하는 대로.
10) 히라몬 안장 : 금, 은, 조개 등을 문양에 맞춰 잘라 박아 옻칠을 하고 광택을 낸 안장.

이 모조리 다 죽어버린 것처럼 보인다.

'이노쿠마 노파가 말했듯이 샤킨을 지로에게 빼앗길 위험이 마침내 눈앞에 닥쳐왔다. 그 여자가 지금의 양부에게조차 몸을 맡긴 그 여자가 얼굴이 얽은 데다 애꾸눈의 추한 나를 버리고 햇빛에 그을리기는 했으나 이목구비가 정연한 젊은 아우에게 눈을 돌리는 것은 애당초 전혀 이상한 일이 아니다. 나는 단지 지로가 어릴 때부터 나를 잘 따랐던 그 지로가 나의 심정을 헤아려 혹 샤킨이 손을 내밀더라도 그 유혹에 넘어가지 않을 만큼 신중하기를 한결같이 믿고 있었다. 그러나 지금 생각해보면 그것은 아우를 과대평가한 내 멋대로의 생각에 지나지 않았다. 아니, 아우를 과대평가했다기보다 샤킨의 유혹의 기교를 너무 무시했던 것이 실수였다. 지로뿐만이 아니다. 그 여자의 눈빛 하나에 몸을 망친 사내들이 이 무더운 대낮에 날라 다니는 제비들보다 훨씬 더 많았다. 이렇게 말하는 내 자신도 단 한 번 그 여자를 보고 결국 지금 이 모양 이 꼴로 타락해 버렸다.'

그때 시조보몬(四条坊門)11) 사거리에서 남쪽으로 향하는 붉은 색실로 장식한 여차(女車)12)가 조용히 다로가 가는 길을 스쳐 지나갔다. 가마 안에 있는 사람은 보이지 않았지만, 아래로 내려가면서 점점 붉어지게 물들인 생사로 짠 비단 발은 마을 풍경의 황량함과는 대조적으로 화려했고 요염함이 돋보였다. 가마를 수행하는 소몰이 동자와 잡부는 수상쩍게 다로 쪽을 쳐다봤지만, 소만은 뿔을 아래로 내리고 등을 천천히 구불구불 움직이며 곁눈질도 하지 않고 느릿느릿 걸어갔다. 그

---

11) 보몬(坊門) : 헤이안 시대 교토의 각조(条) 중앙에 있던 동서 방향의 소로.
12) 여차 : 부인용 우차.

러나 종잡을 수 없는 생각에 빠져 있던 다로에게는 가마의 금장식에
반사된 눈부신 햇빛이 잠깐 눈에 들어왔을 뿐이다.

그는 잠시 발을 멈춰 가마를 지나가게 하고는 애꾸눈을 다시 땅바
닥에 떨구며 묵묵히 걷기 시작했다.

'지금 생각하면 내가 우옥(右獄)13)의 옥졸로 근무하던 때가 먼 옛일
처럼 느껴진다. 그때의 나와 지금의 나를 비교하면 내가 느끼기에도
똑같은 사람이 아닌 것 같다. 그 무렵의 나는 삼보(三寶)14)를 받드는
것도 잊지 않았을 뿐더러, 왕법을 따르는 것에도 소홀히 하지 않았다.
그런데 지금은 도둑질도 한다. 어떤 때에는 방화도 한다. 살인을 한
적도 한두 번이 아니다. 아아, 옛날의 나는 옥졸 동료들과 함께 내기
놀음도 하며 웃고 즐거워했던 그 옛날의 나는 지금 내 눈으로 보면 얼
마나 행복했는지 모른다.

생각하면 어제 일처럼 느껴지지만, 사실은 벌써 일 년 전의 일이다.
그 여자가 도둑질한 죄로 게비이시(檢非違使)15)에게 붙잡혀 우옥으로
이송되었고, 우연히 그 여자와 옥문을 사이에 두고 이야기를 나누는
사이가 되었다. 그런 일이 점점 잦아지더니 어느 틈에 서로의 신상 애
기까지 털어놓기 시작했다. 결국에는 이노쿠마 노파와 한패인 도둑들
이 감옥을 부수고 그녀를 구해내는 것을 눈감아 주었다.

그날 밤부터 나는 수도 없이 이노쿠마 노파 집에 들락거렸다. 샤킨
은 내가 찾아갈 시간을 미리 계산하고 덧문 사이로 저녁거리를 살펴
보았다. 그러다 내가 보이면 신호로 쥐 소리16)를 내면서 들어오라고

---

13) 우옥 : 헤이안 시대 교토 좌우에 세워진 옥사 중의 하나.
14) 삼보 : 불교에서 일컫는 세 가지 보물. 佛, 法, 僧.
15) 게비이시 : 헤이안 시대 비리를 감찰하던 관리.

했다. 집 안에는 하녀 아코기 외에는 아무도 없었다. 이윽고 덧문을 내린다. 등잔에 불을 붙인다. 그리고 다다미가 몇 장인가 깔린 방에 네모난 쟁반과 굽 달린 그릇들을 비좁게 차려놓고 두 사람만의 조촐한 술판을 벌인다. 그러다가 웃고, 울고, 싸우고, 화해하고, 말하자면 평범한 연인들이 하는 것처럼 언제나 그렇게 밤을 보냈다.

　해질 무렵에 와서는 날이 밝을 무렵에 돌아간다. 그런 만남이 그래도 한 달은 계속된 것 같다. 그러던 중 나는 샤킨이 이노쿠마 노파가 데려온 자식이라는 것, 지금은 스무 명 남짓의 도적 패거리 두목이 되어 때때로 장안을 떠들썩하게 하고 있다는 것, 그리고 또 평소에는 그 미색을 팔아 매춘부와 같은 생활을 한다는 것, 그런 사실들을 차츰 알게 되었다. 그러나 그것은 오히려 그 여자에게서 이야기책의 작중인물처럼 신비한 분위기의 후광을 느끼게 했을 뿐, 조금도 천하다는 따위의 생각은 들지 않았다. 그녀는 이따금 내게 아예 자기 패거리로 들어오라고 권했다. 그러나 나는 그때마다 거절했다. 그러자 그녀는 나를 겁쟁이라며 바보 취급했다. 그때마다 나는 곧잘 화를 냈다.'

　'위, 위' 하고 말을 모는 소리가 들렸다. 다로는 황급히 길가로 피했다. 쌀을 두 가마씩 좌우에 실은 말을 끌고 여름 적삼 차림의 하인이 산조보몬(三条坊門) 사거리를 돌면서 땀 닦을 새도 없이 무더운 대낮의 대로를 남쪽으로 내려간다. 말 그림자가 검게 땅바닥에 드리운 그 위를 제비 한 마리가 휘익 날개를 번뜩이며 비스듬히 하늘로 날아오르는가 싶더니 다시 돌멩이라도 던지듯 뚝 떨어져 다로의 코앞에서 한일자로 건너편 판자 처마 밑으로 들어간다.

---

16) 쥐 소리 : 유녀가 손님을 부를 때 내는 소리.

다로는 다시 걸음을 옮기며 문득 생각난 듯 누런 종이부채로 바쁘게 부채질을 했다.

'그러한 시간이 그럭저럭 지나가는 사이에, 나는 우연히 그 여자와 양부의 관계를 알게 되었다. 하기야 나 혼자만 샤킨을 독점하는 것이 아니라는 것쯤을 몰랐던 것은 아니다. 샤킨 스스로 관계한 고관대작들의 이름이나 법사 등의 이름을 몇 번이나 자랑스럽게 내게 이야기해준 적이 있다. 그러나 나는 이렇게 생각했다. 그녀의 육체는 수많은 사내를 알고 있는지 모른다. 그러나 그 여자의 마음만은 내가 소유하고 있다. 그렇다, 여자의 정조는 육체에 있는 게 아니다. 나는 그렇게 굳게 믿고 내 질투심을 억제해 왔다. 물론 그것도 그녀한테서 나도 모르는 사이에 배우게 된 사고방식인지도 모른다. 그러나 어쨌거나 그렇게 생각하면 내 괴로운 심정은 다소 편안해졌다. 그런데 그녀와 양부의 관계는 다른 차원의 문제다.

나는 그 사실을 알았을 때 뭐라고 말할 수 없을 정도로 불쾌했다. 그런 짓을 하는 부녀관계라면 죽여도 시원치 않다. 그것을 말없이 보고만 있는 친어미 이노쿠마 노파 또한 짐승보다 못한 년이다. 그렇게 생각한 나는 저 술에 절은 영감탱이의 얼굴을 볼 때마다 몇 번이나 칼에 손이 갔는지 모른다. 그러나 샤킨은 그때마다 내 앞에서 의식적으로 자신의 양부를 바보 취급했다. 그리고 속이 뻔히 들여다보이는 그녀의 속임수가 또 이상하게 나의 신경을 둔하게 했다. "아버지가 정말 싫어요."라는 그녀의 말을 들으면 그 양부를 증오하는 마음은 들어도 샤킨을 혐오하는 마음은 도저히 들지 않았다. 그런 관계로 나와 그녀의 양부는 오늘날까지 서로 증오하면서도 별다른 일 없이 지내왔다.

아마도 그 영감에게 조금이라도 용기가 있었더라면 아니, 내게 조금
만 더 용기가 있었더라면 우리 중 이미 둘 중 하나는 죽임을 당하고
말았을 것이다.'

고개를 들자 다로는 어느새 니조(二条)를 돌아 미미토가와(耳敏川)[17]
의 작은 다리를 건너고 있었다. 물이 말라버린 강은 가늘게 흐르면서
도 불로 달구어 만든 날카로운 칼처럼 햇빛을 반사하며 띄엄띄엄 줄
지어 서있는 버드나무와 가옥들 사이로 들릴 듯 말 듯 졸졸 소리를 내
고 있었다. 그 강 저 밑에서 두세 마리의 가마우지처럼 강물 빛을 흩
뜨리고 있는 검은 것은 아마도 미역을 감는 동네 아이들일 것이다.

다로의 마음에 순간적으로 어린 시절의 기억이 동생과 함께 고조(五
条) 다리 밑에서 피라미를 잡았던 옛날의 기억이 이 무더운 대낮에 불
어오는 미풍처럼 서글프면서도 그립게 떠올랐다. 그러나 그도 동생도
이제는 옛날의 그들이 아니다.

다로는 다리를 건너며 엷게 읽은 얼굴에 다시금 험악한 빛을 띠었다.

'그러던 중 어느 날 갑자기, 그 무렵 지쿠고(筑後)[18] 전직 지방관의
잡부로 일하던 아우가 도둑 용의자로 몰려 좌옥(左獄)에 갇혔다는 소식
을 들었다. 당시 옥졸이었던 나는 옥중생활의 고초를 누구보다 잘 알
고 있었다. 나는 아직 다 성장하지 않은 아우의 처지를 내 일처럼 걱
정했다. 샤킨에게 이 일을 상의했더니 그 여자는 별 문제 없다는 듯이
"감옥을 부수면 되잖아."라고 말했다. 곁에 있던 이노쿠마 할멈도 거
듭 그러자고 권했다. 나는 마침내 결심을 하고 샤킨과 함께 대여섯 명
의 도둑을 불러 모았다. 그리고 한밤중에 감옥을 습격하고 소란을 피

---

17) 미미토가와 : 스자쿠몬(門) 부근에 흐르는 작은 개천.
18) 지쿠고 : 현재의 후쿠오카(福岡)현 남부.

위 별 어려움 없이 동생을 구출해냈다. 그때 입은 흉터는 지금도 내 가슴에 남아 있다. 그러나 그보다 잊을 수 없는 것은 내가 그때 동료 옥졸 하나를 베어 죽인 일이다. 그 사내의 날카로운 비명 소리와 피 냄새가 아직도 내 기억에서 떠나지 않는다. 이렇게 말하는 지금도 이 찌는 듯 무더운 공기 속에서 그 냄새가 느껴지는 듯하다.

그 다음날부터 나와 동생은 이노쿠마 샤킨의 집에서 남의 눈을 피하는 신세가 되었다. 한번 죄를 저지르면 정직하게 사는 것이나 아슬아슬하게 세상을 살아가는 것이나 게비이시의 눈에는 마찬가지로 비쳐진다. 어차피 죽을 거라면 하루라도 오래 살자. 그렇게 생각한 나는 결국 샤킨이 시키는 대로 동생과 함께 도둑 패에 들었다. 그 뒤로 나는 불도 지르고, 사람도 죽였다. 나쁜 짓 중에서 안 해본 짓이 없다. 물론 그것도 처음에는 너무 싫었다. 그러나 막상 해 보니 의외로 간단했다. 나는 어느새 악행을 저지르는 것이 인간의 자연스러운 모습인지도 모른다고 생각하게 되었다……'

다로는 반 무의식중에 사거리를 돌았다. 사거리에는 돌로 주변을 둘러싼 비석 없는 무덤이 있고, 그 위쪽으로 석탑 모양의 돌기둥 두 개가 나란히 오후의 쨍쨍한 햇빛을 흠뻑 받고 있었다. 그 밑동 부근에 도마뱀 몇 마리가 숯처럼 검은 몸뚱이를 징그럽게 찰싹 달라 붙이고 있다가, 다로의 발소리에 놀랐는지 그의 그림자가 비치는 것보다 더 빠르게 단숨에 사방으로 흩어졌다. 그러나 다로는 그것에 눈길을 줄 기색도 없었다.

'나는 악행을 거듭하면서 점점 더 샤킨에게 집착하게 되었다. 사람을 죽이는 것도, 도둑질을 하는 것도 모두 그 여자를 위한 것이었다. 사실 감옥을 습격한 것도 지로를 구하고자 하는 것 외에, 하나뿐인 동생이 죽는 것을 방관하면 샤킨에게 비웃음을 사게 될까봐 두려웠기 때문이었다. 그렇게 생각하면 더욱더 나는 어떠한 대가를 치루더라도 그 여자를 잃고 싶지 않다.

그런 샤킨을 나는 지금 피를 나눈 동생에게 빼앗기려 하고 있다. 내가 목숨을 걸고 구해준 바로 그 지로에게 빼앗기려 하고 있다. 빼앗기려는 것인지 아니면 이미 빼앗겨 버렸는지, 그것조차도 확실히 모른다. 샤킨의 마음을 의심하지 않았던 나는 그녀가 다른 사내를 유혹하는 것도 살기 위한 일종의 방편으로 이해하고 있었다. 그리고 양부와의 관계도 그 영감탱이가 아비의 위세를 내세워 아무것도 모르는 사이에 유혹했던 것이라고 생각하면 눈감아줄 수 있는 일이다. 그러나 지로와의 문제라면 이야기가 다르다.

나와 아우는 성품이 다른 것 같으면서도 실은 그렇게 다르지 않다. 하기야 용모에서는 칠팔 년 전에 유행했던 천연두를 나는 심하게, 아우는 가볍게 앓아 지로는 타고난 수려함을 그대로 지닌 미남으로 성장했지만, 나는 그 바람에 한쪽 눈이 찌그러져 후천적인 불구자가 되었다. 이처럼 추하고 애꾸눈인 내가 지금까지 샤킨의 마음을 사로잡았다고 한다면(이것도 나의 자만일까) 그것은 나의 영혼의 힘임에 틀림없다. 그리고 그 영혼은 같은 부모로부터 태어난 아우도 나와 똑같이 지니고 있다. 게다가 아우는 누가 보더라도 나보다 용모가 수려하다. 그런 지로에게 샤킨이 마음을 빼앗긴 것은 애당초 당연한 일이다. 게다가 지로 입장에서도 나와 비교해 생각해보면 도저히 그 여자의 유혹을 물리칠 수 없을 것이다. 아니, 나는 항상 나의 추한 얼굴을 부끄러워하고 있다. 그래서 대체적으로 정사에 있어서는 스스로 소극적이 되어버린다. 그런데도 샤킨을 미친 듯이 사랑한다. 하물며 자신의 아름다움을 알고 있는 지로가 어떻게 그 여자의 교태에 아무런 반응을 보이지 않고 견딜 수 있을까.

이렇게 생각하면 지로와 샤킨의 사이가 가까워진 것은 무리도 아니다. 그러나 무리가 아닌 만큼, 그런 만큼 나에게는 더욱더 고통이다. 아우는 샤킨을 나한테서 빼앗아 가려 한다. 그것도 샤킨의 전부를 나에게서 빼앗아 가려 한다. 그리하여 언젠가는 필시. 아, 내가 잃는 것은 샤킨 하나만이 아니다. 아우마저도 함께 잃는 것이다. 그리고 그 대신 지로라는 이름의 적이 생긴다. 나는 적은 용서하지 않는다. 적도 나를 용서하지 않겠지. 그렇게 되면 종착점은 뻔히 알고 있다. 아우를 죽이느냐, 내가 죽임을 당하느냐.'

다로는 코를 찌르는 시체 썩은 냄새에 깜짝 놀랐다. 그러나 그의 마음속의 죽음이 썩은 것은 아니었다. 바라보니 이노쿠마 소로 부근에, 나무 살로 엮은 울타리 밑에 썩어 문드러진 어린아이의 시체 두 구가 벌거벗은 채로 포개어 버려져 있다. 쨍쨍 내리쬐는 햇빛을 쬔 탓인지 변색된 피부 곳곳에 질척질척 보랏빛 살을 드러내고, 그 위에 똥파리들이 셀 수 없을 정도로 붙어 있다. 그뿐만이 아니다. 한 아이의 땅으로 향한 얼굴 아래로는 그새 발빠른 개미들이 모여 있다.

다로는 눈앞에서 자신의 앞날을 본 듯한 기분이 들었다. 그리고 자기도 모르게 입술을 꽉 깨물었다.

'특히 요즘은 샤킨까지 나를 피한다. 어쩌다 만날 때도 반가운 표정을 보인 적은 한 번도 없다. 때로는 면전에서 욕까지 한 적도 있다. 나는 그때마다 화를 냈다. 때린 적도 있다. 발로 찬 적도 있다. 그러나 때리면서, 발로 차면서 나는 항상 나 자신을 학대하는 듯한 기분이었다. 그것도 무리는 아니다. 나의 이십 년 생애는 샤킨의 그 눈 속에 살고 있다. 때문에, 샤킨을 잃는 것은 지금까지의 나를 모두 잃는 것이나 다를 바 없다.

샤킨을 잃고, 아우를 잃고, 그리고 그와 동시에 나 자신마저 잃어버린다. 나는 모든 것을 잃을 때가 왔는지도 모른다……'

그런 사색에 빠져있는 사이에 그는 어느새 이노쿠마 노파 집의 하얀 면포를 쳐놓은 문 앞에까지 와 있었다. 그곳까지도 시체 냄새가 풍겨 왔지만 문간 옆에 서 있는 암록색 잎이 달린 비파나무의 그림자가 조금이나마 시원하게 창문에 비치고 있다. 그 나무 밑을 그 문을 몇 번이나 들락거렸는지 모른다. 그런데 이제는?

다로는 갑자기 일종의 정신적 피로를 느끼며 감상에 젖어 눈물을 글썽이면서 살짝 문으로 다가섰다. 그때였다. 집 안에서 갑자기 요란한 여자의 비명이 이노쿠마 영감의 고함 소리와 뒤섞여 그의 귀를 찔렀다. 샤킨이라면 그대로 두고 볼 수 없다.

그는 문 앞의 면포를 쳐들고 어둠침침한 집 안으로 급히 발을 들여놓았다.

❖ 4 ❖

이노쿠마 노파와 헤어지고, 지로는 무거운 마음으로 류혼지 문의 돌계단을 하나씩 세듯 올라가 군데군데 칠이 벗겨져 있는 붉은색 등근 기둥 아래에 와서는 피곤한 듯이 주저앉았다. 그 대단했던 여름도 비스듬하게 튀어나온 높은 기와에 차단되어 여기까지는 비치지 않았다. 뒤를 돌아보니 어둑한 속에서 금강역사(金剛力士)가 파란 연꽃을 밟으며 왼손의 절굿공이를 높이 쳐들고 가슴에는 제비 똥을 묻힌 채 숙연히 경내의 대낮을 지키고 있었다. 지로는 이곳에 와서야 겨우 안정을 되찾아 자신의 마음을 고찰할 수 있는 기분이 들었다.

햇빛은 여전히 눈앞의 거리를 하얗게 내리쬐고, 날아다니는 제비의 날개를 마치 검은 공단처럼 반짝거리게 했다. 커다란 양산을 들고 흰 옷을 입은 한 사내가 푸른 대나무로 만든, 문서 전달용 지팡이에 끼운 문서를 가지고 더위에 지친 듯 느릿느릿 지나간 뒤로, 저 너머 이어지는 토담 위에는 그림자를 떨구는 개 한 마리도 없었다.

지로는 허리에 찼던 부채를 꺼내고는, 그 먹감나무 부챗살을 손가락으로 하나씩 펼쳤다 접었다 하며 형과 자신과의 관계를 차례차례 떠올렸다.

'어째서 나는 이렇게 괴로워해야 하는 것일까. 단 하나밖에 없는 형은 나를 마치 원수처럼 여기고 있다. 얼굴을 같이 할 때마다 내가 말을 붙여도 형은 퉁명스럽게 이야기를 중도에 잘라버린다. 그야 나와 샤킨이 지금과 같은 사이가 되어버린 것을 감안하면 그것도 무리는 아니다. 그러나 나는 그 여자를 만날 때마다 언제나 형에게 미안한 마음을 가지고 있다. 특히 샤킨을 만나고 온 뒤에는 서글픈 마음에서 형이 애처롭게 느껴져 남모르게 눈물도 많이 흘렸다. 사실 한 번은 이대로 형과도 샤킨과도 헤어져서 저 동쪽 지방으로 떠나버리려고까지 한 적도 있다. 그러면 형도 나를 미워하지 않을 것이고, 자신도 샤킨을 잊을 수 있을 것이라고. 그런 생각에 내 딴에 작별인사라도 할 요량으로 형한테 갔더니, 형은 항상 그랬듯이 냉랭하게 대했다. 그리고 샤킨을 만나면, 이번에는 나 자신이 그 결심을 잊어버린다. 그러나 그때마다 나는 얼마나 자신을 책망했던가.

그러나 형은 나의 이런 괴로운 심정을 모른다. 오로지 나를 연적(戀敵)으로만 생각한다. 나는 형에게 욕을 들어도 좋다. 얼굴에 침을 뱉어도 좋다. 경우에 따라서는 죽임을 당해도 좋다. 그러나 내가 얼마나 나의 불의(不義)를 증오하는지 얼마나 형을 동정하고 있는지 그것만큼은 헤아려 주었으면 한다. 그렇게만 된다면 어떻게 죽더라도 형의 손에 죽을 수만 있다면 정말 바라는 바다. 아니, 오히려 요즈음 같은 괴로움보다는 한 번에 죽는 편이 그 얼마나 행복할까.

나는 샤킨을 사랑한다. 그러나 동시에 증오하기도 한다. 그녀의 헤픈 성향은 생각만 해도 화가 치민다. 게다가 그녀는 끊임없이 거짓말을 한다. 그리고 형이나 나조차 망설일 정도의 끔찍한 살인도 태연하게 저지른다. 때때로 나는 그녀의 잠들어있는 음란한 자태를 바라보며 어쩌다 내가 이런 여자에게 홀렸을까 생각해보기도 했다. 특히 알지도 보지도 못한 사내에게 익숙하게 자기 몸을 맡기는 것을 보았을 때는, 정말로 내 손으로 죽여 버릴까 생각도 했다. 그만큼 나는 샤킨을 증오하고 있다. 그러나 그녀의 눈을 보면 나는 역시 유혹에 빠지고 만다. 그녀처럼 추악한 영혼과 동시에 아름다운 육체를 지닌 인간은 어디에도 없을 것이다.

그런 나의 샤킨을 향한 증오심을 형은 모르는 것 같다. 아니, 원래부터 형은 나처럼 그녀의 짐승 같은 속성을 미워하지 않는 것 같다. 이를테면 샤킨과 다른 남자와의 관계를 보더라도 형과 나는 전혀 시각이 다르다. 형은 그녀가 다른 사내와 함께 있는 것을 봐도 아무런 말도 하지 않는다. 그 여자의 일시적인 충동은 그저 충동으로 허락해 주는 것 같다. 그러나 나는 그렇게는 안 된다. 내게 있어서는 샤킨이 몸을 더럽히는 일은 동시에 마음을 더럽히는 일이다. 어쩌면, 마음을 더럽히는 것보다 더한 것처럼 여겨진다. 물론 나는 그 여자의 마음이 다른 사내에게 옮겨 가는 것도 용서할 수 없다. 그러나 몸을 다른 사내에게 맡기는 행동은 그보다 더 고통스러운 일이다. 때문에 나는 형한테도 질투를 한다. 미안하다는 생각을 하면서도 질투를 한다. 그러고 보면 형의 애정관과 나의 애정관이 전혀 다르다는 것이 그 문제의 근본적인 원인이 아닐까. 그런 차이가 오히려 두 사람 사이를 더욱 나쁘게 하는 게 아닐까…….'

지로는 멍하니 거리를 바라보며 곰곰이 그런 생각들을 했다. 그러자 마침 갑자기 요란스러운 웃음소리가 눈부신 햇빛을 흔들며 거리의 어딘가에서 들려왔다. 그리고 나서 따가운 여자의 목소리와 혀가 제대로 돌지 않는 사내의 목소리가 한데 섞여 주위를 의식하지 않은 채 음란한 농담을 주고받았다. 지로는 저도 모르게 부채를 허리에 꽂고 일어섰다.

그러나 그가 기둥 밑을 떠나 미처 돌계단에 발을 내리기도 전에 좁은 길을 남쪽으로 걸어오던 두 남녀가 그의 앞을 지나갔다.

검붉은 무사복 차림에 검은 비단실로 짠 에보시 모자를 쓰고 양각 문양 장식을 한 장검을 위풍당당하게 찬 남자는 서른 살 정도로 보이는데 아마도 술에 취한 것 같다. 여자는 흰 바탕에 엷은 자색 무늬 옷을 입고, 이치메가사(市女笠)19)와 얼굴을 가리는 긴 장옷 차림인데 목소리 하며 몸놀림 하며 틀림없는 샤킨이다. 지로는 돌계단을 내려가며 지그시 입술을 깨물고 시선을 피했다. 그러나 두 사람 모두 지로 쪽에는 눈길도 줄 기미가 없다.

"됐죠? 절대로 잊으면 안 돼요."

"알았어. 내가 맡은 이상 마음 푹 놓아도 돼."

"그래도 저로서는 목숨을 건 일이에요. 이 정도 다짐은 받아야 해요."

사내는 붉은 수염이 듬성듬성 난 입을 목구멍이 다 보이도록 크게 벌려 웃으며, 손가락으로 살짝 샤킨의 뺨을 찔렀다.

"나 역시 목숨을 건 일이야."

"말은 잘하시네."

두 사람은 절 문 앞을 지나 조금 전에 지로가 이노쿠마 노파와 헤어진 사거리까지 가자 그곳에서 멈춰선 채 한참동안 남의 눈도 아랑곳하지 않고 시시덕거렸다. 이윽고 사내는 연신 뒤를 돌아보며 뭔가 자꾸만 희롱하면서 사거리를 동쪽으로 돌아갔다. 여자는 발걸음을 돌려 여전히 킥킥대면서 다시 이쪽으로 돌아왔다. 지로는 돌계단 아래 가만히 서서 반가운 것인지 한심스러운 것인지 알 수 없는 감정에 흔들리며 어린애처럼 얼굴을 붉힌 채 장옷 사이로 보이는 샤킨의 크고 검은 눈을 맞이했다.

"지금 그 자식 봤어?"

샤킨은 장옷을 벌려 땀에 젖은 얼굴을 내보이고 연신 웃으며 물었다.

"봤지."

"그놈은 말이야. 자, 우선 여기 앉아."

---

19) 이치메가사 : 凸자 형의 부인의 외출용 갓. 원래 시장에서 장사하는 여자가 썼던 갓.

두 사람은 돌계단 맨 아랫단에 어깨를 나란히 하고 앉았다. 다행히 그곳에는 문 밖으로 딱 한 그루, 가느다란 줄기가 구불구불한 적송의 그림자가 있었다.

"저 사람은 도 판관 댁 사무라이야."

샤킨은 돌계단 위에 앉아 이치메가사를 벗고 그렇게 말했다. 작은 체구에 손발의 움직임이 고양이처럼 민첩하다. 적당하게 살이 오른 스물대여섯 살 정도의 여자이다. 얼굴 생김새는 무시무시한 야성과 비정상적인 아름다움이 하나가 되었다고나 할까. 좁은 이마에 풍족한 뺨, 산뜻한 치아와 음탕스러운 입술, 날카로운 눈과 평온한 눈썹 등 어울리지 않을 듯한 것들이 신기하게 잘 조화되어 있고, 게다가 거기에는 손톱만큼의 어색함도 없다. 그러나 그 중에서도 백미는 어깨에 늘어진 머리인데 햇빛의 강도에 따라 검으면서도 윤택한 푸른 광택이 느껴진다. 영락없는 까마귀 깃털이다. 지로는 언제 봐도 변함이 없는 그녀의 요염함을 오히려 증오스럽게 느꼈다.

"너의 정인이겠지?"

샤킨은 눈을 가늘게 뜨고 웃으며 천진난만하게 고개를 저었다.

"저놈 같은 바보는 없을 거야. 내가 하는 말이라면 무엇이든 개처럼 잘 듣거든. 덕분에 모든 걸 다 알았어."

"뭘."

"뭐라니, 그야 도 판관 저택의 상황이지. 아주 말이 많지? 조금 전에는 요즈음 그곳에서 사들인 말 얘기까지 들려줬어. 그래, 그 말은 다로에게 부탁해서 훔치라고 할까나? 미치노쿠(陸奥)[20] 산(産), 아주 튼튼한 세 살배기 말이니까 아주 맘에 들어 할 거야"

---

20) 미치노쿠 : 현재의 후쿠오카(福岡), 미야기(宮城), 이와테(岩手), 아오모리(青森)현.

"그렇겠지. 형이라면 뭐든지 네가 하라는 대로 하니까."

"질투하는 것 나 정말 싫어. 그것도 다로 가지고. 그야 처음에는 내 쪽에서도 조금 마음이 끌리긴 했지만 지금은 아무것도 아니야."

"머지않아 나에 대해서도 그렇게 이야기할 때가 오지 않겠어?"

"그야 어떨지 모르지."

샤킨은 다시 깔깔대고 웃었다.

"화났어? 그럼, 그럴 때는 오지 않을 거라고 할까?"

"너는 외모는 아름답지만, 속은 악귀야."

지로는 얼굴을 찌푸리며 발밑의 돌을 주워 저쪽으로 던졌다.

"하기야 나는 악귀인지도 모르지. 그렇지만 이런 악귀에게 반한 것이 너의 업보지 뭐. 아직도 의심하는 거야? 그럼 난 이제 모르니까 맘대로 해."

샤킨은 그렇게 말하고 한동안 가만히 거리를 바라보고 있더니 갑자기 날카로운 시선을 지로에게 향하며 입가에 싸늘한 미소를 지었다.

"그렇게 의심스럽다면 내가 희소식 하나 알려줄까?"

"희소식?"

"응."

그녀는 얼굴을 지로 쪽으로 가져갔다. 엷은 화장 분 냄새가 땀과 섞여 코를 자극했다. 지로는 몸 안이 근질거릴 정도로 격한 충동을 느끼고, 자신도 모르게 얼굴을 옆으로 돌렸다.

"나, 그놈한테 전부 다 말해버렸어."

"뭘?"

"오늘 밤, 우리 모두 도 판관 저택을 습격한다는 거."

지로는 자신의 귀를 의심했다. 숨 막히는 관능의 자극도 한순간에 사라져 버렸다. 그는 그저 의심스러운 눈빛으로 멍하니 그녀의 얼굴을 돌아보았다.

"그렇게 놀라지 않아도 돼. 별일 아냐."

샤킨은 약간 목소리를 낮추어 비웃는 듯한 어조로 말했다.

"내가 이렇게 말했지. 내가 자는 방은 저 큰길가의 노송나무 울타리 바로 옆인데요. 어젯밤 그 울타리 밖에서, 분명 도둑놈들이겠죠 대여섯 명의 사내들이 당신 있는 곳으로 잠입하려고 상의를 하는 소리가 들렸어요. 더구나 그게 바로 오늘 밤이래요. 그래도 친밀한 사이니까 알려드리는 것이니, 주의를 하지 않으면 큰일 날 거예요 라고 말이야. 그러니까 오늘 밤은 필시 그쪽도 준비를 단단히 할 거야. 아까 그놈도 지금 사람을 모으러 가는 길이었어. 틀림없이 스무 명에서 서른 명 정도의 사무라이들이 올 거야."

"어째서 그런 쓸데없는 말을 했어!"

지로는 아직도 불안한 모습으로 당황한 듯이 샤킨의 눈을 살폈다.

"쓸데없는 게 아냐."

샤킨은 섬뜩하게 미소를 지었다. 그리고는 왼손으로 가만히 지로의 오른손을 만졌다.

"너를 위해서 한 거야."

"어째서?"

그렇게 말하는 지로의 마음속에 일종의 공포가 느껴졌다. 설마!

"아직 모르겠어? 그렇게 미리 말해두고 그 다음에 다로에게 말을 훔치라고 하면, 그렇지? 아무리 날고 기어도 혼자서는 안 되겠지? 아니, 우리 편이 가세한다 해도 뻔한 일이야. 그렇게 되면 너나 나나 좋잖아."

지로는 온몸에 찬물을 끼얹는 듯한 기분이었다.

"형을 죽인다!"

샤킨은 부채를 만지작거리며 순순히 고개를 끄덕였다.

"죽이면 안 돼?"

"안 되는 게 아니라, 형을 함정에 빠뜨려….."

"그럼, 네가 죽일 수 있어?"

지로는 샤킨의 눈이 들고양이처럼 날카롭게 자신을 응시하는 것을 느꼈다. 그리고 그 눈 속에 무서운 힘이 존재해 그것이 점점 자신의 의지를 마비시키려 하고 있다는 것을 느꼈다.

"하지만 그건 비겁한 짓이야."

"비겁해도 어쩔 수 없잖아?"

샤킨은 부채를 내버리고 두 손으로 가만히 지로의 오른손을 잡으며 계속 설득했다.

"그것도 형 한 사람뿐이라면 모르지만 우리 패들까지 모조리 위험에 빠뜨리면서까지."

그렇게 말하면서 지로는 아차, 했다. 교활한 여자는 물론 그 기회를 놓치지 않았다.

"형 한 사람뿐이라면 괜찮아? 왜?"

지로는 여자의 손을 뿌리치고 일어섰다. 그리고 안색을 바꾼 채 묵묵히 샤킨의 앞을 왔다 갔다 했다.

"네가 다로를 죽여도 괜찮다면 동료들 쯤이야 몇 사람 죽여도 상관없잖아."

샤킨은 밑에서 지로의 얼굴을 올려다보며 한마디 쏘아붙였다.

"할멈은 어떻게 할 건데?"

"죽으면 죽은 다음의 일이고."

지로는 멈춰 서서 샤킨의 얼굴을 내려다보았다. 여자의 눈은 모멸감과 애욕으로 불타 숯불처럼 열기를 띠고 있었다.

"너를 위해서라면 나는 누구를 죽여도 좋아."

그 말 속에는 전갈처럼 사람을 찌르는 것이 있었다. 지로는 다시 한 번 어떤 전율을 느꼈다.

"그러나 형은."

"나는 부모도 버리고 있잖아?"

그렇게 말하고 샤킨은 눈을 떨구더니 갑자기 긴장한 얼굴 표정을 누그러뜨리면서 뜨거운 모래 위에 햇빛에 반짝이는 눈물을 뚝뚝 떨어뜨렸다.

"벌써 그놈한테 다 얘기해버렸으니 이제 와서 돌이킬 수도 없어. 이 사실이 탄로 나기라도 하면 나는 우리 패에게, 다로에게 죽을 텐데."

그 드문드문 이어지는 말과 함께 지로의 마음속에서는 자연스럽게 절망적인 용기가 솟구쳤다. 얼굴에 핏기를 잃은 지로는 묵묵히 땅바닥에 무릎을 꿇고 차디찬 두 손으로 샤킨의 손을 꼬옥 움켜쥐었다.

그들은 그 마주잡은 손 안에서 무서운 승낙의 뜻을 감지했다.

❖ 5 ❖

하얀 천을 들어 올리고 집 안으로 발을 들여놓은 다로는 뜻밖의 광경에 깜짝 놀랐다.

보니, 넓지도 않은 방 안에는 부엌으로 통하는 미닫이문 한 짝이 비스듬하게 아지로(網代) 병풍21) 위로 넘어져 있고, 그 바람에 엎어졌는

지 모기불을 피우는 그릇이 두 동강이 나서 떼굴떼굴 구르며 한쪽에
는 타다 남은 푸른 솔잎이 재와 함께 흩어져 있었다. 재를 머리부터
뒤집어쓴, 곱슬머리에 안색이 좋지 않은 뚱뚱한 열예닐곱 살의 하녀
하나가, 술에 절어 비대해진 대머리 노인에게 머리채를 붙잡혀, 초라
한 삼베 홑옷 앞자락이 그대로 흐트러진 채 다리를 버둥거리며 미친
듯 비명을 지르고 있었다. 그러자 노인은 왼손으로 여자의 머리채를
잡고, 오른손으로 이 빠진 긴 술병을 위로 쳐들어 병 안의 거무스름한
액체를 강제로 여자의 입에 부어 넣으려고 했다. 여자의 얼굴을 눈이
고 코고 가릴 것 없이 거무스레한 액체가 마구 흘러버릴 뿐 입으로는
거의 들어가지 않는 것 같다. 노인은 그럴수록 더욱 초조해져서 억지
로 여자의 입을 벌리려 했다. 여자는 붙잡힌 머리채가 뽑힐 만큼 세게
머리를 흔들어대여 한 방울도 마시지 않으려고 버텼다.

　손과 손, 다리와 다리가 서로 엉켰다 풀어졌다 하는 와중에, 환한
데서 갑자기 어둠침침한 집 안으로 들어간 다로의 눈에는 어느 것이
누구 몸뚱이인지도 구별이 되지 않았다. 그러나 두 사람이 누구인지
는 물론 한눈에 알아보았다.

　다로는 신 벗을 겨를도 없이 황급히 방 안으로 뛰어들자마자 잽싸
게 노인의 오른손을 움켜잡고 별 어려움 없이 술병을 빼앗으며 분노
에 찬 얼굴로 고함을 쳤다.

　"뭐 하는 거야?"

　다로의 날카로운 말에 노인이 달려들 듯한 어조로 대답했다.

　"너야말로 뭐 하는 거야."

　"나? 나라면 이렇게 하지."

---

21) 아지로 병풍 : 삼나무 또는 회나무의 얇은 판을 비스듬히 짜서 붙인 병풍.

다로는 병을 던져버리고 상대의 왼손을 여자의 머리채에서 떼어내고는 다리를 쳐들어 노인을 미닫이문 위로 걷어차 넘어뜨렸다. 뜻밖의 도움에 놀랐는지 아코기는 황급히 한두 칸을 기어가 피했다가, 노인이 뒤쪽으로 넘어지는 것을 보고는 부처님에게라도 비는 듯이 다로 앞에서 두 손을 모아 벌벌 떨면서 머리를 조아렸다. 그러더니 다음 순간에는 흐트러진 머리를 제대로 가다듬을 새도 없이, 도망치는 토끼처럼 몸을 돌려 피하면서 맨발로 마루 아래로 내려가 흰 면포 발을 펄럭이며 빠져나갔다. 맹렬한 기세로 쫓아가 붙잡으려는 이노쿠마 영감을 다로가 재차 발로 차 재 속으로 넘어뜨렸을 때, 그녀는 이미 숨을 헐떡이며 비파나무 아래를 북쪽으로 구르고 뒹굴며 도망가고 있었다.

"사람 살려, 사람 죽이네."

처음의 기세와는 달리 노인은 비명을 지르며 아지로 병풍을 밟아 넘어뜨리고는 부엌 쪽으로 달아나려 했다. 다로는 잽싸게 팔을 길게 뻗어 노인의 누런 윗도리 멱살을 잡아 패대기쳤다.

"살인마다, 살인마. 사람 살려. 부모 죽일 놈이네!"

"말도 안 되는 소리 하지 마, 누가 당신 같은 사람을 죽이나."

다로는 무릎으로 노인을 찍어 누른 채 큰 소리로 비웃었다. 그러나 그와 동시에 이 영감을 죽여 버리고 싶은 욕망이 억누르기 힘들 정도로 강하게 치밀었다. 죽인다면 간단하게 죽일 수 있다. 단 한 번만 찔러버리면 만사 끝이다. 저 불그레한 살가죽이 늘어진 목 줄기를 단 한 번만 찌르면. 살을 뚫고 들어간 칼끝이 다다미에 꽂히는 느낌과 그 칼자루에서 느껴지는 단말마의 몸부림과 그 칼을 찔렀다 뺄 때 넘쳐 흘러나오는 피 냄새. 그런 상상이 자연스럽게 다로의 손을 칡넝쿨로 감은 칼자루로 가게 했다.

"거짓말, 거짓말. 너는 항상 나를 죽이려고 하고 있어. 어이, 누군가 나 좀 살려줘. 살인마다. 아비를 죽이네!"

이노쿠마 영감은 다로의 마음을 꿰뚫어 봤는지 다시 한바탕 몸을 일으키려고 버둥거리며 필사적으로 비명을 질렀다.

"당신은 왜 아코기를 그렇게 괴롭혔어? 어서 그 사연을 말해봐. 말하지 않으면……."

"말할게, 말할게. 말은 하겠는데, 말하면 네놈이 나를 죽일 거야."

"시끄러워! 말할 거야 말 거야?"

"말하지, 한다니까. 그렇지만 우선 이것부터 놔. 이 상태로는 숨이 막혀서 말 못할 것 같다."

다로는 들으려고도 하지 않고 살기에 찬 목소리로 몰아세웠다.

"말할 거야 안 할 거야!"

"말할게."

이노쿠마 영감은 여전히 일어나려고 발버둥치면서 목소리를 쥐어짰다.

"말하겠다니까. 그건 그냥 내가 약을 먹으려고 한 거야. 그런데 저 멍청한 아코기가 도무지 먹으려고 하지 않아. 그래서 결국 나도 좀 거칠게 다뤘어. 그것뿐이야. 아니, 아직 또 있어. 약을 만든 건 할멈이야. 나는 모르는 일이라니까."

"약이라고? 그러면 낙태 약이겠군. 아무리 바보라지만 싫다는 사람을 그렇게 붙잡고 억지로 먹이려 들다니. 이 인정머리 없는 영감 같으니라구."

"그것 보라고. 말하라고 해서 말했더니만, 역시 너는 나를 죽이려는 거야. 이 살인자, 흉악한 놈."

"누가 당신을 죽인다고 했어?"

"죽이지 않을 생각이라면 어째서 칼자루에 손을 대고 있는 거냐?"

노인은 땀에 흠뻑 젖은 대머리를 처들고 다로를 올려다보며 입가에 거품을 물고 그렇게 외쳤다. 다로는 아차 싶었다. 죽일 것이라면 바로 지금이라는 생각이 번뜩 머릿속을 스쳤다. 그는 자기도 모르게 무릎에 힘을 주며 칼자루를 힘주어 쥐고는 노인의 목덜미를 지그시 바라보았다. 얼마 남지 않은 희끗희끗한 머리가 뒤통수를 반이나 덮고 있으며, 두 줄기 힘줄이, 붉은 닭살 피부의 주름이 그곳만 눈에 잘 띄지 않게 뻗어있다. 다로는 그 목덜미를 본 순간 묘한 연민의 정을 느꼈다.

"살인자, 아비 잡을 놈. 거짓말쟁이. 아비 죽일 놈. 아비 죽일 놈!"

이노쿠마 영감은 연달아 절규하면서 다로의 무릎 아래에서 벌떡 일어섰다. 일어나자 넘어진 미닫이문을 방패삼아 두리번두리번 눈을 좌우로 굴리며 틈만 있으면 도망치려고 했다. 붉게 부어오른, 눈이며 코며 일그러진 그 교활한 얼굴을 보자 다로는 새삼 노인을 죽이지 못한 것을 후회했다. 그러나 다로는 천천히 칼자루에서 손을 떼고는 자조하듯이 입가에 쓴웃음을 띠며 가까이 있는 헌 다다미 위에 내키지 않는 듯 풀썩 주저앉았다.

"당신을 죽일 칼은 가지고 있지 않아."

"날 죽이면 아비를 죽이는 거지."

그의 태도에 안심한 이노쿠마 영감은 미닫이문 뒤에서 무릎으로 기어 나와 다로가 앉은 곳과 비스듬히 마주하는 다다미 위에 자신도 엉거주춤 엉덩이를 내렸다.

"당신을 죽이는 게 어째서 아비를 죽이는 거요?"

다로는 창문을 바라보며 내뱉듯이 말했다. 사각으로 휑하니 달린

창문에는 비파나무가 잎사귀 뒷면에 햇빛을 받아 명암이 다양한 청록
빛을 살짝 바람 없는 나뭇가지 끝에 모아들이고 있었다.

"아비를 죽이는 거지. 왜냐하면 샤킨이 내 의붓딸이잖아. 그러니까
거기에 관련된 너도 내 아들이지 뭐야."

"그럼, 그 아이를 범한 당신은 뭐야. 짐승이야, 아니면 사람이야?"

노인은 조금 전 다투다가 찢어진 적삼 소매에 신경 쓰며 으르렁대
는 소리로 말했다.

"짐승이라도 아비는 안 죽이는 법이야."

다로는 입술을 찌그리며 비아냥거렸다.

"여전히 입만 살았구먼."

"뭐가 입만 살아?"

이노쿠마 영감은 갑자기 날카롭게 다로의 얼굴을 노려보더니 이윽
고 다시 코웃음을 쳤다.

"그렇다면 너한테 묻겠다만, 너는 나를 아비로 생각하고 있냐? 아니
지, 아비라고 인정할 수 있어?"

"굳이 물을 거까지 없잖아."

"못 하지?"

"그럼 못 하지."

"그건 네 생각이고. 잘 들어. 샤킨은 할멈이 데려온 자식이야. 하지
만 내 자식은 아니지. 그렇다면 할멈하고 부부가 된 내가 샤킨을 꼭
자식이라고 생각해야 한다면, 샤킨하고 부부가 된 너도 나를 아비라
고 생각해야 하는데 너는 나를 아비로 생각하지 않아. 생각하지 않기
는커녕 어떤 때는 두들겨 패기까지 하잖아. 그런 네가 나한테만 샤킨
을 딸자식으로 생각하라니, 그게 이치에 닿는 소린가? 또 샤킨과 관계

를 했다고 욕하는 건 또 뭐야? 샤킨과 관계를 맺은 내가 짐승이라면 아비를 죽이려고 하는 너도 짐승이나 다를 바 없지."

노인은 의기양양한 얼굴로 주름투성이의 검지를 다로를 향해 찌를 듯이 삿대질하며 떠들어댔다.

"어때, 내 말이 틀렸냐? 아니면 네 말이 틀린 거냐? 아무리 몰상식한 너라도 그런 정도는 알겠지. 더구나 나와 할멈은 내가 옛날에 좌병위부(左兵衛府)22)에서 잡역부를 하던 시절부터 친하게 지냈던 사이야. 할멈이 나를 어떻게 생각했는지 그건 모르겠어. 허나 나는 할멈에게 연정을 품고 있었어."

다로는 이때, 이 술주정뱅이에다 교활하고 비열한 노인의 입에서 이런 옛이야기를 들으리라고는 꿈에도 생각하지 못했다. 아니, 오히려 이 노인에게 보통 사람과 똑같은 감정 같은 게 있는지조차 의심하고 있었다. 노파를 사모했다는 이노쿠마 영감과 영감에게 사랑받았다는 이노쿠마 노파, 다로는 저절로 자신의 얼굴에 한 줄기 미소가 번지는 것을 느꼈다.

"그러다 할멈에게 정인이 있다는 사실을 알게 되었는데."

"그렇다면 할멈이 영감을 싫어한 거구먼?"

"사내가 있었다고 해서 나를 싫어했다고 할 수는 없지. 말을 도중에 끊으려 한다면 그만 할 거야."

이노쿠마 영감은 정색한 얼굴로 그렇게 말했지만, 무릎으로 다로 쪽을 향해 슬금슬금 다가오면서 침을 계속 삼키며 이야기를 다시 꺼냈다.

"그러던 중에 할멈이 그 정인의 아이를 가졌다는 거야. 그러나 그건

---

22) 좌병위부 : 우병위부와 함께 궁중경비, 왕의 외출 시 경호, 교토 시내 순찰 등을 담당했던 부서.

아무것도 아니었어. 그저 놀란 것은 그 아이를 낳고 얼마 안 있어 할
멈의 행방이 묘연해져버렸다는 거야. 사람들에게 물어보니 역병으로
죽었다느니 쓰쿠시(筑紫)[23] 지방으로 내려갔다느니 하더군. 나중에 들
자하니 이런, 나라자카(奈良坂) 근처의 친척집에 잠시 몸을 의지하고
있었다는 거야. 그런데 나는 그때부터 갑자기 이 세상이 아주 싫어져
버렸어. 그래서 술도 마시고 도박도 했지. 결국은 남의 꾐에 빠져서
꼴좋게 강도로까지 타락해 버렸는데, 비단을 훔치면 그 비단을 보고,
명주를 훔치면 그 명주를 보고 그저 생각나는 것은 오로지 할멈뿐이
었어. 그리고는 십 년이 지나고 십오 년이란 세월이 지나 막상 할멈과
재회하게 되니까."

이제 완전히 다로와 가까이 앉은 노인은 거기까지 이야기하자 점점
감정이 격해지는지 한참동안 눈물을 줄줄 흘리고 입만 삐쭉거리며 아
무 말도 하지 않았다. 다로는 애꾸눈을 들고 전혀 다른 사람을 보듯
영감의 울먹이는 얼굴을 바라보았다.

"다시 만나보니까 할멈은 이미 옛날의 할멈이 아니었어. 나도 옛날
의 내가 아니었어. 그런데 할멈이 데리고 있는 아이 샤킨을 보니 옛날
의 할멈이 다시 돌아왔나 착각할 정도로 용모나 자태가 똑같은 거야.
그래서 나는 이렇게 생각했지. 지금 할멈하고 헤어지면 샤킨과도 헤
어져야 한다. 샤킨하고 헤어지지 않으려면 할멈과 함께 할 수밖에 없
다. 그래, 그렇다면 할멈을 아내로 삼자. 그렇게 결심하고 살림을 차린
것이 이 이노쿠마의 허접한 집구석이야……."

이노쿠마 영감은 눈물로 범벅이 된 얼굴을 다로의 얼굴 쪽으로 가
져가면서 울음 섞인 목소리로 그렇게 말했다. 그 바람에 지금까지 느

---

23) 쓰쿠시 : 규슈의 옛 지명.

끼지 못했던 지독한 술 냄새가 물씬 풍겼다. 다로는 당황하여 황급히 부채로 코를 가렸다.

"그러고 보니 옛날부터 지금까지 내가 목숨을 걸고 사랑한 것은 옛날의 그 할멈 단 한 사람뿐이었어. 말하자면 지금의 샤킨 한 사람뿐이야. 그런데 너는 이것저것 트집 잡고 나를 짐승이라는 둥 욕하잖아. 이 늙은이가 너는 그렇게도 밉냐? 미우면 아예 정말로 죽여 버려라. 지금 여기서 죽여 버려. 네 손에 죽는다면, 그건 내가 바라던 바다. 근데 잘 들어. 아비를 죽인 이상, 너도 짐승이야. 짐승이 짐승을 죽인다! 허허, 그것 참 재미있을 것 같은데?"

눈물이 점차 마르면서 노인은 또다시 추잡한 악담을 해대며 삿대질을 했다.

"짐승이 짐승을 죽이는 거지. 자, 죽여. 너는 비겁한 놈이야. 아하, 아까 내가 아코기에게 약을 먹이려 하니까, 네가 화를 내는 것을 보니 그 바보에게 애를 가지게 한 것도 바로 네놈의 짓이구먼. 그렇다면 네가 짐승이 아니고 뭐냐?"

이렇게 말하며 노인은 잽싸게 쓰러진 미닫이 너머로 홀쩍 물러서서 여차하면 도망치려는 자세를 취하며 검푸르죽죽한 얼굴을 얄밉게 일그러뜨려 보였다. 다로는 영감의 추한 말에 견디지 못해 일어서며 칼집에 손을 댔다가 그만두고는, 입술을 급히 움직여 순식간에 상대의 얼굴에 한 덩어리의 침을 뱉었다.

"당신 같은 짐승에게는 이것이 딱 어울리네."

"짐승 취급하지 마. 샤킨이 너만의 마누라냐? 지로 마누라이기도 하잖아? 그렇다면 아우의 마누라를 훔치는 너도 역시 짐승이야."

다로는 다시금 영감을 죽이지 않은 것을 후회했다. 그러나 동시에 영감을 죽이려는 충동을 두려워하기도 했다. 그래서 다로는 애꾸눈을 불꽃처럼 번뜩이며 묵묵히 자리를 박차고 떠나려 했다. 그러자 이노쿠마 영감은 뒤에서 또 삿대질을 해대며 욕설을 퍼부었다.

"너는 지금 내가 한 이야기가 진담인 줄 알았지? 전부 거짓말이야. 할멈이 정인이라고 한 것도 거짓말이고, 샤킨이 할멈을 닮았다는 것도 거짓말이야. 알았어? 그거 전부 다 거짓말이야. 하지만 나를 욕하고 싶어도 너는 할 수 없을걸. 나는 거짓말쟁이야. 짐승이야. 네가 못 죽인, 인간도 아닌 놈."

노인은 침을 튀기며 지껄이면서 점점 혀마저 제대로 돌지 않게 되었다. 그러나 그는 여전히 탁한 눈에 필사적인 증오심을 가득 채우고 발을 동동 구르며 의미도 없는 말을 계속 외쳐댔다. 다로는 참기 힘든 혐오감에 귀를 막다시피 하면서 서둘러 이노쿠마 집을 떠났다. 바깥에는 조금씩 기울어져가는 해가 비치고, 그곳을 여전히 제비가 날렵하게 날고 있었다.

"이제 어디로 가나."

바깥으로 나와서 자기도 모르게 고개를 갸우뚱하던 다로는 문득 조금 아까까지 자신이 샤킨을 만날 생각으로 이노쿠마에 왔다는 것을 깨달았다. 그러나 어디로 가야 샤킨을 만날 수 있을지 전혀 감이 오지 않았다.

"에이. 라쇼몬에 가서 날이 저물기나 기다리자."

그의 이러한 결심에는 물론 어느 정도는 샤킨을 만날 수 있다는 희망이 감춰져 있었다. 샤킨은 평소 강도짓을 하는 날 밤에는 즐겨 남자 복장을 했다. 변장할 옷과 칼, 창 등의 무기는 모두 가죽 궤짝에 넣어 라쇼몬 누각 위에 숨겨 놓았다. 다로는 마음을 정하고 남쪽 길로 성큼

성큼 걸어가기 시작했다.

그리고 산조(三条)에서 서쪽으로 돌아 미미토가와 건너편 둔덕을 시조(四条)까지 내려갔다. 마침 그 시조의 큰길로 나선 때였다. 다로는 한 구획을 사이에 두고 그 큰길 북쪽에 위치한 류혼지 토담 아래를 두런거리며 지나가는 두 남녀의 모습을 발견했다.

적갈색 적삼과 엷은 보라색 옷이 그림자를 두 개로 포개면서 경쾌한 웃음소리를 뒤로 하고 골목골목을 지나쳐 갔다. 눈을 어지럽히는 제비들 속에 사내의 검은 칼집의 검이 햇빛에 번쩍 반사되는가 싶더니 두 사람은 이미 사라졌다.

다로는 이마를 찌푸리며 저도 모르게 길가에 서서 괴로운 듯이 중얼거렸다.

"어차피 모두가 짐승이다!"

❖ 6 ❖

깊어지기 쉬운 여름날 밤, 어느덧 9시가 다가왔다.

달은 아직 뜨지 않았다. 시야에 들어오는 것 모두가 육중한 어둠 속에 소리 없이 잠들어 있는 교토 거리는, 가모가와(加茂川)24)의 수면이 희미한 별빛을 받아 부옇게 빛날 뿐 대로, 소로의 사거리도 이제 하나둘 등불이 꺼지고, 대궐도 억새밭도, 민가도 모두 조용한 밤하늘 아래에서 색깔도 모양도 몽롱한, 그저 넓은 평면을 끝없이 펼치고 있었다. 또한 우쿄(右京), 사쿄(左京)25) 할 것 없이 그 어느 곳도 고요히 소리가 끊어지고, 어쩌다 귀에 들어오는 것이라고는 사선으로 울어대는 두견

---

24) 가모가와 : 교토시 동부를 관통하여 흐르는 강.
25) 우쿄, 사쿄 : 교토를 좌우로 나누어 부른 지역적 개념.

새 울음소리뿐 아무것도 없다. 혹시라도 그중에 한 점이나마 훈훈한
불빛이 흔들리고 희미하게 사람 소리가 들린다고 한다면, 그것은 향
피우는 연기로 자욱한 다이지(大寺) 본당 법당에서 금박도 단청도 곳곳
이 벗겨진 공작명왕(孔雀明王)[26] 상을 마주하고 불전 앞에 항시 켜두는
등불을 의지하여 참배하는 신도들이거나, 그것도 아니면 시조(四条)와
고조(五条) 다리 밑에서 짧은 여름밤을 쓰레기 태우는 불 그림자에 몸
을 숨기며 보내는 땡중들일 것이다. 혹은 밤마다 길 가는 사람들을 놀
라게 하는 스자쿠몬의 늙은 여우가 기왓장 위나 풀숲에서 몰래 피워
놓는다는 도깨비불 같은 것인지도 모른다. 그러나 그 밖에는 북으로
는 센본(千本), 남으로는 도바 가도(鳥羽街道)의 경계선 끝까지 모닥불
연기 냄새를 풍기는 밤의 정경에 파묻혀 강변의 쑥대 잎을 흔드는 미
풍도 전혀 모르는 듯 고요하게 깊어만 간다.

그때 대궐의 북쪽, 스자쿠 대로 변두리에 있는 라쇼몬 부근에는 때
아닌 활줄 퉁기는 신호 소리가 마치 박쥐 날개 소리처럼 서로 오가고,
혹은 한 사람, 혹은 세 사람, 다섯 사람, 여덟 사람, 수상한 차림의 사
람들이 여기저기서 모여들었다. 희미한 별빛에 유심히 보니, 칼을 찬
사람, 활을 맨 사람, 도끼를 쥔 사람, 창을 가진 사람, 제각기 자신이
잘 다루는 무기로 무장하고 각반, 짚신까지 제대로 갖추고 라쇼몬 앞
으로 건너가는 돌다리에 여기저기 모여 줄을 섰다. 그 맨 앞에 다로가
있었다. 그 뒤에는 조금 전의 실랑이도 잊어버린 듯 이노쿠마 영감이
무섭게 창끝을 어둠 속에서 번뜩이고 있었다. 그 뒤로 지로, 이노쿠마
노파, 조금 떨어져서 아코기도 있었다. 그들에 둘러싸여 샤킨은 홀로
검은 적삼에 칼을 차고 화살통은 등에 지고 활을 땅에 짚으면서 일동

---

26) 공작명왕 : 독사를 먹는 공작새를 신격화한 밀교의 명왕. 중생을 구하고 공작을
통하여 덕을 베푼 부처의 화신.

을 바라보며 요염한 입을 열었다.

"잘 들어. 오늘 밤 일은 평소보다 힘겨운 상대니까, 그리 알고 마음 단단히 먹어. 우선 열대여섯 명은 다로와 함께 뒤에서, 나머지는 나와 함께 정면으로 들어가도록. 훔칠 것 중에서 가장 값나가는 건 마구간에 있는 미치노쿠 말인데. 그건 다로, 당신에게 맡기겠어. 괜찮지?"

다로는 말없이 별을 보고 있다가 그 말을 듣자 입술을 찌푸리며 고개를 끄덕였다.

"그리고 미리 얘기하겠지만, 여자나 아이들을 인질로 삼는 건 안돼. 뒤처리가 번거로우니까. 그럼, 다 모였으면 이제 슬슬 출발하지."

그렇게 말하며 샤킨은 활을 들어 모두에게 지시를 하고, 멀뚱하게 손톱을 깨물며 서 있는 아코기를 돌아보더니 다시 다정하게 말을 붙였다.

"너는 여기서 기다려. 일각이나 이각이면 모두 돌아올 테니."

아코기는 아이처럼 멍하니 샤킨의 얼굴을 쳐다보고 조용히 고개를 끄덕였다.

"자, 가자. 정신 바짝 차려, 다조마루."

이노쿠마 영감은 방패를 겨드랑이에 끼고 그렇게 말하며 옆에 있는 동료를 돌아보았다. 검붉은 적삼을 입은 상대는 칼날을 울리며 "흠" 하고 웃을 뿐, 대답이 없었다. 그 대신 도끼를 둘러매고 있는 수염 자국이 깔끔한 사내가 옆에서 말을 했다.

"영감이야말로 그림자 같은 걸 보고 겁먹지 말아요."

그 말에 스물세 명의 도적 떼는 모두 함께 소리 죽여 웃으며 샤킨을 중심으로, 비구름이 몰려가듯 살기를 띠고 스자쿠 대로로 몰려가서는, 도랑에서 넘쳐 흘러나온 흙탕물이 파여진 땅 여기저기로 빨려

들어가듯 어둠 속으로 흩어져 어디로 갔는지 순식간에 사라져 버렸
다…….

그 뒤로는 어느 틈에 하얀 달이 희미하게 뜬 하늘을 등진 라쇼몬의
높은 용마루를 잇는 기와가 숙연하게 큰길을 내려다보고 있을 뿐이었
다. 다시금 두견새 울음소리가 멀리서, 가까이서 들릴 듯 말 듯하고,
여태까지 폭이 70척(尺)이고 다섯 단으로 되어있는 돌계단에 우두커니
서 있던 아코기의 모습도 어디로 갔는지 보이지 않았다. 그러나 잠시
후 문 위의 누각에 희미한 불이 켜지고 창문 하나가 덜컹 열리더니 그
창문을 통해 멀리 달이 뜨는 것을 바라보는 작은 체구의 여자 얼굴이
보였다. 아코기는 그렇게 점점 달빛에 훤해져가는 교토 거리를 내려
다보며 태아가 움직이는 것을 느낄 때마다 혼자서 기쁜 듯 해맑게 웃
었다.

❖ 7 ❖

지로는 두 사람의 사무라이와 세 마리의 개를 상대로 피범벅이 된
칼을 휘두르며 좁은 길을 따라 남쪽으로 두세 구역 정도 정신없이 내
려왔다. 지금은 샤킨의 안부를 생각할 겨를도 없었다. 사무라이는 아
군의 수적 우세를 믿고 허점도 보이지 않으며 공격해 왔다. 개도 털이
바짝 선 등을 꼿꼿이 세우고 앞뒤 가릴 것 없이 마구 덤벼들었다. 때
마침 달빛으로 거리는 희미하나마, 칼질을 실수하지 않을 만큼 훤해
졌다. 지로는 그 속에서 사람과 개에게 사방을 포위당한 채 필사적으
로 칼날을 맞부딪치며 격하게 대항했다.

상대를 죽이느냐 상대에게 죽임을 당하느냐 둘 중 하나밖에 선택의

여지는 없다. 지로의 마음에는 그런 각오와 함께 거의 정도를 벗어난 흉맹한 용기가 시시각각 강렬해져 갔다. 상대의 칼에 대항하여 공격하면서, 발치를 물어뜯으려 덤비는 개를 순간적으로 비켜 피해갔다. 그는 그런 동작을 거의 동시에 했다. 그뿐만이 아니었다. 여차하면 그 바람에 되받아친 칼을 뒤쪽으로 돌려 뒤에서 공격해오는 개의 날카로운 송곳니를 막아내야 할 때도 있었다. 그래도 어느 틈에 상처를 입은 것 같았다. 달빛에 비춰보니 검붉은 피가 한줄기 땀에 섞여 왼쪽 머리 부분에서 흘러내리고 있었다. 그러나 죽기를 각오한 지로에게는 그런 아픔도 전혀 문제되지 않았다. 그는 그저 핏기를 잃은 이마에 수려한 눈썹을 한일자로 찌푸리며 마치 칼에 당한 사람처럼 두건도 벗겨지고 적삼도 찢어진 채 종횡으로 칼을 휘둘러대고 있었다.

그러한 사투가 얼마나 계속되었는지 모른다. 그러나 이윽고 머리 위로 칼을 번쩍 쳐들었던 사무라이 하나가 갑자기 몸을 뒤로 젖히며 날카로운 비명을 지르는가 싶더니, 지로의 칼이 그 사이에 사내의 옆구리에서 비스듬히 허리 관절 깊은 곳까지 베어 들어간 모양이었다. 뼈가 절단되는 소리가 둔탁하게 울리고, 옆으로 베어나간 칼 빛이 어두컴컴함을 깨뜨리고 번뜩였다. 그리고 그 칼이 허공에서 춤을 추며 또 한 사람의 사무라이의 칼을 바로 밑에서 쳐 올리는 사이에 상대는 팔꿈치를 심하게 베여 황급히 원래 왔던 쪽으로 달아났다. 지로가 바로 뒤쫓아 베어버리려고 함과 동시에 사냥개 한 마리가 공처럼 몸을 날려 그의 손을 물어뜯었다. 지로는 한 발 뒤로 펄쩍 물러서면서 머리 위로 크게 휘두른 피로 얼룩진 칼 아래에서 온몸의 근육이 일시에 풀어지는 듯한 절망을 느끼며, 달빛에 검게 비치는 상대의 도망치는 뒷모습을 바라보았다. 그와 동시에 악몽에서 깨어난 사람과 같은 심정으로, 지금 자신이 있는 곳이 다름 아닌 류혼지 문 앞이라는 것을 깨달았다.

그때로부터 겨우 반각(半刻) 전의 일이었다. 도 판관의 저택 정면에서 습격한 도둑 일행은 중문(中門) 좌우에 있는 차고(車庫)27) 안팎에서 뜻하지 않게 날아온 화살에 간담이 서늘해졌다. 선두에 섰던 마키노시마의 주로가 허벅지 깊숙이 화살을 맞아 미끄러지듯 쓰러졌다. 그것을 시작으로 눈 깜짝할 사이에 두세 명, 어떤 자는 얼굴을 맞고, 어떤 자는 무릎에 부상을 당해 황급히 후퇴하였다. 궁수가 몇 명인지는 전혀 몰랐다. 그러나 갖가지 색의 깃털이 달린 날카로운 화살이 개중에는 살벌한 화살 깍지 소리까지 내며 또 한바탕 쏟아져 날아왔다. 뒤쪽에 물러서 있던 샤킨도, 검은 적삼 소맷자락에 비스듬히 빗나간 화살이 꽂혔다.

"두목이 다치지 않게 해. 쏴라, 쏴라. 우리 편에도 화살이 있다."

가타노의 헤로쿠가 도끼 자루를 두드리며 그렇게 소리치자 "어이" 하는 대답과 함께 즉각 도둑 패거리들도 와 하는 함성 소리를 울리기 시작했다. 칼자루를 잡고 후방에 물러서 있던 지로는 헤로쿠의 일갈에 일말의 가책을 느끼고, 보지 않는 척하며 샤킨의 얼굴을 옆에서 슬쩍 들여다보았다. 샤킨은 그 소란 속에서도 침착하게 서서 달빛을 등 뒤로 하고, 활을 바닥에 짚은 채 입가의 미소도 감추지 않고 화살이 이리저리 나는 것을 가만히 바라보았다. 그러자 헤로쿠가 다시 짜증스러운 소리로 옆에서 고함을 쳤다.

"왜 주로를 놔두고 오는 거야! 너희들은 화살이 두려워 동료를 그냥 죽게 내버려둘 셈이야?"

---

27) 차고 : 귀족 저택에 우차 가마 등을 보관하던 건물.

허벅지에 화살을 맞은 주로는 일어서고 싶어도 일어서지 못 하겠는
지 칼을 지팡이 삼아 어기적거리며 마치 날개 잃은 까마귀처럼 화살
을 이리저리 피하며 발버둥 쳤다. 지로는 그 모습을 보자 묘한 전율을
느끼며 자신도 모르게 허리에 찬 칼을 뽑아들었다. 그러나 헤로쿠가
그 모습을 보고 곁눈으로 지로의 얼굴을 쳐다보며 말했다.

"너는 두목 옆에 꼭 붙어있기만 하면 돼. 주로는 조무래기들만으로
도 충분하다."

지로는 그 말에서 비꼬는 듯한 모욕감을 느끼고 입술을 깨물며 날
카롭게 헤로쿠를 째려보았다. 그러자 그 순간이었다. 주로를 구하려고
여기저기서 달려온 도둑들의 기선을 제압하며 울려 퍼진 귀청을 찢는
한 줄기 호각 소리를 신호로, 사방에서 날아오는 화살을 뚫고, 문 안
쪽에서 귀를 바짝 세우고 이빨을 날카롭게 드러낸 사냥개 예닐곱 마
리가 맹렬히 으르렁대면서 어두운 밤에도 보일 정도로 하얗게 먼지를
피우며 무서운 기세로 덮쳐왔다. 그 뒤로 열 명, 열다섯 명, 손에 무기
를 든 사무라이가 앞을 다투어 저택 밖으로 소리를 지르며 몰려나왔
다. 아군도 물론 그냥 보고만 있지 않았다. 도끼를 높이 쳐든 헤로쿠
를 선두로 칼이며 창이 숲처럼 번뜩이는 대열 속에서 누군가가 사람
인지 짐승인지 알 수 없는 소리로 "와" 하고 포효하자, 처음에 꺾였던
기세와는 다르게 단숨에 대열을 재정비하여 맹렬하게 밀고 나갔다.
샤킨도 매 날개 문양의 검은 깃털 화살을 활시위에 매기고, 여전히 미
소를 지은 얼굴에 한 줄기의 살기를 띠며 재빠르게 길가 토담의 무너
진 곳을 방패삼아 자세를 취했다.

이윽고 적과 아군은 순식간에 한 덩어리가 되어 미친 듯이 외치며,
주로가 쓰러져 있는 부근에서 치열하게 싸우기 시작했다. 그런 와중

에 사냥개가 또 요란하게 피에 굶주린 듯 짖어대서 어느 쪽이 이길지 한참 동안은 예상할 수 없었다. 그러던 중 한 사람 뒤쪽으로 들어갔던 동료 중 한 사람이 땀과 먼지로 뒤범벅이 되어 두세 군데 가벼운 부상을 입은 모습으로 피에 젖은 채 뛰어왔다. 어깨에 멘 칼의 날이 망가진 걸 보면 그쪽의 싸움도 역시 의외로 고전했던 것 같았다.

"저쪽은 모두 후퇴합니다요."

그 사내는 달빛을 받으며 샤킨 앞으로 오더니 숨을 헐떡이며 말했다.

"가장 중요한 다로가 문 안에서 놈들에게 포위당할 정도로 난리통이 되어 버려서 말이지요."

샤킨과 지로는 어둠침침한 토담 그늘 속에서 저도 모르게 시선을 마주쳤다.

"포위당해서 어떻게 되었어?"

"어떻게 되었는지는 몰라요. 그렇지만 어쩌면 뭐, 그 사람이라면 별 문제 없을 거라고 생각하지만요."

지로는 얼굴을 돌리고 샤킨 곁에서 떨어졌다. 그러나 조무래기 도둑은 물론 그런 것은 신경도 쓰지 않았다.

"게다가 영감하고 할멈까지 부상을 당한 것 같습니다요. 그 정도라면 죽은 놈도 너댓 명은 될 거예요."

샤킨은 고개를 끄덕였다. 그리고는 지로의 뒤를 쫓듯이 험악한 목소리로 말했다.

"그렇다면 우리도 철수합시다. 지로, 휘파람을 불어줘."

지로는 모든 표정이 완전히 굳어버린 듯한 얼굴을 하며 왼손 손가락을 입에 물고 날카롭게 두 번 휘파람 소리를 날렸다. 이것이 동료들만 아는 후퇴 신호였다. 그러나 도둑들은 그 휘파람 소리를 듣고도 발

길을 돌리는 기척이 없었다.(실은 사람과 개에 포위되어 발길을 돌릴
만한 여유가 없었기 때문일 것이다.) 휘파람 소리는 무더운 밤의 적막
을 깨고 허무하게 좁은 길 너머로 사라졌다. 그 뒤에는 사람의 고함
소리와 개 짖는 소리, 그리고 칼날이 마주치는 소리가 아득한 하늘의
별을 자극하며 한층 더 소란스럽게 울렸다.

　샤킨은 달을 올려다보며 번개처럼 눈썹을 움직였다.

　"어쩔 수 없어. 자, 우리들만 돌아갑시다."

　그 말이 미처 끝나기도 전에, 지로가 그 말을 듣지 못한 것처럼 재
차 손가락을 입에 물고 신호를 보내려고 할 때, 도둑 패 몇 명인가가
여기저기서 전세를 흩뜨리며 좌우로 갈라진 사이에 사람과 개가 한
덩어리가 되어 두 사람한테 달려왔다. 그 찰나 샤킨의 손에서 활을 쏘
는 소리가 나면서 가장 먼저 달려온 흰 개 한 마리가 반점 무늬 깃털
화살에 배를 맞고 고통스런 울음소리와 함께 옆으로 나동그라졌다.
보니까 검은 피가 배에서 드문드문 땅바닥에 흘렀다. 그러나 개의 뒤
를 따라 한 사내가 조금도 주춤거리는 기색 없이 칼을 높이 들고는 옆
에서 지로를 공격했다. 그 칼날이 거의 무의식적으로 받아친 지로의
칼과 부딪혀 무시무시한 소리를 내며 순간적으로 불꽃이 튀었다. 지
로는 그때 달빛 아래에서 땀에 절은 붉은 수염과 찢어진 벚나무 문양
의 무사복을 보고 그 사내가 누구인지 알 수 있었다.

　그는 바로 류혼지 문 앞의 광경을 생생하게 떠올렸다. 동시에 한 가
지 의혹이 돌연 그를 위협했다. 샤킨이 이 사내와 짜고 형뿐만 아니라
나까지도 죽이려 했던 것이 아닐까. 순간적으로 그런 의심을 품은 지
로는 눈앞이 캄캄해지는 듯한 분노에 휩싸여, 상대의 칼을 밑으로 재
빠르게 피하면서 양손에 단단히 잡은 칼로 분연히 상대의 가슴팍을

찔렀다. 그리고는 형편없이 쓰러져있는 사내의 얼굴을 세게 밟아 뭉갰다.

지로는 사내의 피가 미지근하게 손을 적시는 것을 느꼈다. 칼끝이 갈비뼈에 닿아 강한 저항을 느꼈다. 또한 죽어가고 있던 상대가, 자신의 얼굴을 밟고 있는 지로의 짚신을 밑에서 몇 번이나 물어뜯는 것을 느꼈다. 그것은 그의 복수심에 상쾌한 자극을 주었다. 그러나 그러면서도 말로 표현하기 힘든 일종의 심적 피로감에 젖어들었다. 만일 주위 상황이 따라준다면 그는 분명 그 자리에 쓰러져 질릴 때까지 휴식을 탐했을 것이다. 그러나 그가 상대의 얼굴을 짓밟고 피가 뚝뚝 떨어지는 칼을 상대의 가슴팍에서 빼는 사이에 이미 여러 명의 사무라이가 사방에서 그를 둘러쌌다. 아니, 이미 뒤쪽에서 몰래 다가온 사내의 창은 위험천만하게 그 끝이 지로의 등을 정확히 겨누고 있었다. 그러나 사내는 갑자기 비틀비틀하다가 창끝으로 지로의 적삼 소매만 찢고는 그대로 지면을 향해 나자빠졌다. 화살 하나가 상쾌하게 바람을 가르며 그의 뒤통수에 박혔기 때문이다.

그리고 나서의 일은 지로에게는 꿈으로밖에 생각되지 않았다. 그는 그저 전후좌우로부터 공격해오는 칼질 속에서 짐승과도 같은 소리를 지르며, 상대를 가리지 않고 응수했다. 주위에 들끓는 사람 소리인지 물건 소리인지 알 수 없는 울림과, 그 와중에 덤벼드는 피와 땀이 뒤범벅된 사람들의 얼굴, 그밖에는 아무것도 눈에 들어오지 않았다. 단지 뒤에 남겨두고 온 샤킨 생각이, 칼날에서 튀는 불꽃처럼 때때로 마음속에서 번뜩였다. 그러나 생각이 스쳤다고 느끼는 사이에 시시각각 닥쳐오는 생사의 위급함이 곧바로 그 생각을 지워버렸다. 그 뒤에는 또다시 칼 부딪히는 소리와 화살 나는 소리가, 하늘을 뒤덮은 메뚜기 날개 소리처럼 토담으로 막힌 좁은 길에서 걷잡을 수 없이 들끓었다. 지로는 그 기세에 눌려 어느새 두 사람의 사무라이와 세 마리의 개에게 쫓기며 좁은 길에서 남쪽으로 조금씩 밀려온 것이었다.

그러나 사무라이 하나를 죽이고 또 한 명은 쫓아버린 뒤, 이제 개만 남았으니 두려울 것이 없다고 생각하던 지로의 예상은 허무하게 빗나가고 말았다. 개는 세 마리였지만, 몸집도 털도 좌우 대칭인 갈색 반점이 있는 일품 종견들로, 송아지보다 더 크면 컸지 작지는 않았다. 그것들이 모두 입가를 사람의 피로 적시고 시종일관 지로의 발밑을 향하여 좌우에서 달려들었다. 한 마리의 턱을 차면 또 한 마리가 어깨 쪽으로 뛰어올랐다. 그와 동시에 또 한 마리의 날카로운 이빨이 아차 하면 칼을 쥐고 있는 손을 물어뜯으려 했다. 그리고 또 세 마리가 함께 빙빙 돌면서 그의 앞뒤에서 원을 그리고 꼬리를 하늘로 치켜세운 채 흙냄새라도 맡는 것처럼 턱을 앞발에 붙이고 짖어댔다. 사무라이를 모두 물리친 후 긴장이 풀린 지로는 조금 전보다 더 심하게 사냥개의 집요한 공격에 시달렸다.

게다가 초조하면 초조할수록 그가 내려치는 칼날은 모두 허공을 갈랐고, 자칫하면 중심을 잃을 뻔하기도 했다. 개들은 그 틈을 노려 뜨거운 숨을 몰아쉬며 더더욱 쉴 새 없이 육박해 왔다. 이제 이렇게 된 이상 오로지 궁여지책밖에 남아있지 않다. 거기서 그는 어쩌면 도망칠 수 있을지 모른다는 일말의 희망에, 헛휘두른 칼을 거두고, 마침 다리를 노리고 달려든 개의 등을 아슬아슬하게 타고 넘자, 달빛을 의지하면서 곧바로 달리기 시작했다. 그러나 이 계획은 물에 빠진 자가 지푸라기라도 잡는 것과 다를 바 없었다. 개들은 그가 달아나는 것을 보자 일제히 꼬리를 말고 뒷발로 흙을 차올리면서 일직선으로 따라붙었다.

　그러나 지로의 이 계획은 그저 단순히 실패로 끝난 것이 아니었다. 그 때문에 오히려 제 발로 호랑이 입에 들어간 꼴이 된 것이었다. 지로가 류혼지 사거리를 가까스로 서쪽으로 돌아 겨우 두 구역을 채 달리기도 전에, 갑자기 앞쪽에서, 자신을 쫓아오던 개들 소리보다 더 많은 또 다른 개들 소리가 밤의 적막을 깨고 귓전을 때렸다. 그리고 곧바로 달빛에 하얗게 보이는 소로를 가로막고 검은 구름에 다리가 달린 것 같은 개떼들의 우왕좌왕 서로 몸싸움을 하며 먹이를 놓고 다투는 모습이 보였다. 거의 촌각의 틈도 없을 정도로 재빠르게 그를 앞지른 사냥개 한 마리가 동료들을 불러 모으듯이 높은 소리로 울부짖자, 광분한 개 무리들이 죄다 서로 부르고 대답하듯 울부짖으면서 순식간에 그를 살아 움직이는 비린내 나는 개들 소용돌이 속으로 가둬버렸다. 깊은 밤 이 소로에 이토록 개들이 몰려 있는 것은 항상 있는 일이 아니었다. 지로는 이 황폐한 도시가 제 것인 양 열 마리 스무 마리 떼 지어 피에 굶주리며 방황하는 사나운 들개 떼가 이곳에 버려졌던 역병 걸린 여자를 먹잇감으로 삼아 저녁부터 서로 이를 드러내고 으르렁거리며 갈기갈기 찢긴 살과 뼈를 놓고 다투고 있던 참에 몰려 온 것이었다.

　개들은 새로운 먹잇감을 보자 바로 강풍에 날리는 벼이삭처럼 사방팔방에서 지로를 향해 달려들었다. 체격이 단단한 검은 개가 칼 위를 뛰어넘자, 여우와 비슷한 꼬리 없는 개가 뒤에서 달려들어 어깨를 스쳤다. 피에 젖은 털이 서늘하게 뺨에 닿는가 싶더니 흙투성이의 다리 털이 비스듬하게 미간을 스쳤다. 베려고 해도 찌르려고 해도 상대를 정확하게 가늠할 수 없었다. 앞을 봐도 뒤를 봐도 그저 퍼렇게 번뜩이는 눈과 끊임없이 헐떡이는 입이 있을 뿐 더구나 그 눈과 입이 수를 헤아릴 수도 없이 길을 가득 메우고 바싹바싹 발치로 죄어들었다. 지로는 칼로 원을 그리면서 갑자기 이노쿠마 노파의 말을 떠올렸다. '어차피 죽을 거라면 단숨에 죽는 편이 좋다.' 지로는 그렇게 마음속으로 외치고 분연히 눈을 감았지만, 목덜미를 물려고 달려드는 개의 숨이 따뜻하게 얼굴에 닿자 불현듯 다시 눈을 번쩍 뜨고 거칠게 칼을 휘둘렀다. 대체 그 짓을 몇 번이나 반복했는지 모른다. 그러나 그러던 중에 팔의 힘이 점점 없어지는 모양인지, 한 번 휘두를 때마다 칼이 자꾸만 무거워졌다. 이제는 서 있기조차 힘들어졌다. 그런데도 베어 죽인 개들보다 훨씬 많은 들개 떼가, 혹은 갈대밭 저편에서, 혹은 무너진 토담을 빠져나와서 잇달아 몰려왔다.

지로는 절망적인 눈을 들어 하늘에 떠있는 조그마한 달을 바라보며, 칼을 양손에 거머쥔 채 형과 샤킨을 전광석화처럼 떠올렸다. 형을 죽이려 했던 자신이 오히려 개에게 물려 죽는다. 이보다 더한 천벌도 없다. 그렇게 생각하니 그의 눈에 자신도 모르게 눈물이 고였다. 그러나 개들은 그런 사이에도 틈을 주지 않았다. 조금 전의 사냥개 한 마리가 반점 무늬의 꼬리를 휘두르는가 싶더니, 지로는 갑자기 왼쪽 허벅지에 날카로운 개의 이빨이 박히는 것을 느꼈다.

그때였다. 달빛에 희미하게 비치는 교토 전체의 밤의 적막으로부터 시끄럽게 개 짖는 소리를 제압하면서 저 멀리 따각따각 말발굽 소리가 바람처럼 허공에 울려 퍼지기 시작했다.

그러나 그런 와중에도 아코기만은 평온한 미소를 지으며 라쇼몬 누각에 서서 멀리 달이 뜨는 것을 바라보고 있었다. 히가시야마(東山) 위가 희미하게 파래지는 가운데, 가뭄에 시달린 달은 서서히 쓸쓸하게 중천에 떠올랐다. 그러면서 가모가와(加茂川)에 놓인 다리가 하얀 물빛 위에 어느새 검게 떠 올라왔다.

가모가와 뿐만이 아니었다. 조금 전까지 내려다보인 암울하게 시체의 냄새를 담고 있던 교토 거리도 순식간에 차가운 달빛으로 입혀져 지금은 월(越)나라[28] 사람들이 봤다는 신기루처럼 탑의 구륜(九輪)이며 가람(伽藍) 지붕을 어렴풋이 비치며, 희미한 명암 속에 모든 물체의 상을 아련히 감싸고 있었다. 도시를 둘러싼 산들도 한낮의 열을 식히고 있는지, 스스로 정상을 희미한 달빛에 드러내어 어느 봉우리나 가만히 사색에 잠긴 듯, 엷은 아지랑이 위에서 조용히 황폐한 도시를 내려다보고 있었다. 그러자 희미하게 능소화 향기가 풍겨왔다. 문의 좌우를 뒤덮은 덤불 숲 곳곳에서 겹겹이 엉켜 넝쿨을 뻗은 꽃이 이제는 낡아 빠진 문기둥에 얽혀 붙어있었다. 흘러내릴 듯한 기와 위나 거미집이 쳐진 서까래 사이로 기어 올라왔기 때문일 것이다.

창문에 기댄 아코기는 콧구멍을 크게 벌리고 능소화 향기를 흠뻑 들이마시며 그리운 지로를, 그리고 어서 빨리 세상을 보겠다고 움직이는 뱃속의 아이를 번갈아가며 하염없이 생각했다.

그녀는 부모를 기억하지 못한다. 태어난 곳조차 전혀 기억나지 않는다. 확실치는 않으나 어렸을 적에 한 번 이 라쇼몬처럼 단청을 한 커다란 문 밑을 누군가에게 안겼던가 업혔던가 해서 지나간 기억은 난다. 그러나 이것도 어디까지가 사실인지 분명하지는 않다. 그저 희미하게나마 기억하고 있는 것은 모두 철이 들고 난 후의 일이다. 또 그것들은 기억하고 있지 않은 편이 더 좋았을 일 뿐이다. 어떤 때는

---

28) 월나라 : 북쪽 내륙지방의 옛 호칭. 현재의 후쿠이(福井), 이시카와(石川), 도야마(富山) 등의 현.

동네 아이들이 못살게 굴어 고조(五条) 다리 위에서 강으로 거꾸로 떨어졌다. 또 어떤 때는 굶주림을 견디다 못해 좀도둑질을 한 대가로 홀딱 벌거벗겨진 채 지장당(地藏堂)29) 대들보에 매달려지기도 했다. 그러다가 우연히 샤킨의 도움으로 자연스럽게 이 도둑 패에 들어갔지만 그래도 괴롭기는 예전과 조금도 달라진 게 없다. 백치에 가까운 천성을 지니고 태어난 그녀에게도 괴로움을 괴로움으로 느끼는 감정은 있다. 아코기는 이노쿠마 노파의 마음에 들지 않으면 곧잘 심하게 두들겨 맞았다. 이노쿠마 영감한테는 술김에 자주 생트집을 잡히곤 했다. 평소에는 그나마 잘 감싸주는 샤킨조차도 비위에 거슬리면, 그녀의 머리채를 쥐어 잡고 질질 끌고 다닌 적도 있었다. 하물며 다른 도둑패들은 두들겨 패는 데도 사정을 두지 않았다. 아코기는 그때마다 항상 이곳 라쇼몬 위로 도망쳐 와서는 혼자 훌쩍훌쩍 울었다. 만일 지로가 없었더라면, 그리고 이따금 정답게 말을 걸어 주지 않았더라면, 아마도 벌써 이 문 아래로 몸을 던져 죽어버렸을 것이다.

그을음 같은 것이 달빛에 나부끼다 용마루 밑에서 창밖을 통해 푸르스름한 하늘로 올라갔다. 말할 것도 없이 박쥐였다. 아코기는 그 하늘을 올려다보며 드문드문 떠있는 별을 넋을 잃고 바라보았다. 그러자 다시 한바탕 배 속의 아이가 움직였다. 그녀는 문득 귀를 기울이듯이 하고는 그 움직임에 주의를 기울였다. 그녀의 마음이 인간의 고통을 면해보려고 발버둥 치듯이, 배 속의 아이 또한 인간의 고통을 겪으러 나오려고 몸부림 치고 있다. 그러나 아코기는 그런 생각은 하지 않았다. 그저 어머니가 된다는 기쁨만이, 그리고 자신도 어머니가 될 수 있다는 기쁨만이 능소화 향기처럼 아까부터 그녀의 마음을 벅차게 하

---

29) 지장당 : 지장보살을 모시는 사당.

고 있기 때문이었다.

그러던 중 그녀는 문득 배 속의 아이가 움직이는 것은 잠이 오지 않아서인지도 모른다는 생각이 들었다. 어쩌면 잠이 너무 안 와서 조그만 손발을 바둥거리며 울고 있는지도 모른다.

"아기야, 착하지. 자장 자장. 이제 곧 날이 샌단다."

아코기는 그렇게 아기에게 속삭였다. 그러나 배 속의 태동은 그칠 듯 하면서도 쉽게 그치지 않았다. 그러더니 통증이 그럭저럭 조금씩 심해지는 것 같았다. 아코기는 창가를 떠나 그 밑에 웅크리고 앉아 희미한 등불을 등지며 배 속의 아이를 달래려고 가느다란 목소리로 노래를 불렀다.

그대를 두고
다른 마음을
품고 있다면
저 높은 스에노마쓰야마를
파도도 넘을 것이리
파도도 넘을 것이리

어렴풋이 외운 그녀의 노랫소리는 등불의 흔들림에 따라 떨리면서 고요한 누각에 끊어질 듯 이어졌다. 지로가 즐겨 부르는 노래였다. 술에 취하면 그는 꼭 부채로 박자를 맞춰 가며 눈을 감고 몇 번이고 이 노래를 불렀다. 샤킨은 곧잘 억양이 이상하다고 손뼉을 치며 웃었다. 그런 노래를 배 속의 아이가 기뻐하지 않을 리 없다.

그러나 이 아이가 정말 지로의 아이인지 그것은 아무도 모른다. 아코기 자신도 이것만큼은 입을 굳게 다물었다. 설령 도둑들이 심술궂게 아이의 아비를 캐물어도 그녀는 두 팔로 가슴을 끌어안고 부끄러운 듯 눈만 내리깔고 더욱 집요하게 침묵해버렸다. 그런 때는 반드시 때가 긴 그녀의 얼굴이 여자답게 붉어지고 어느새 속눈썹에는 눈물이 고였다. 도둑들은 그 모습을 보고 더욱더 흥이 나 떠들어대며, 제 배 속 아이의 아비도 모르는 모자라는 그녀를 놀려댔다. 그러나 아코기는 배 속의 아이가 지로의 아이라고 굳게 믿었다. 자신이 연모하는 지로의 아이가 자신의 배 속에서 잠들어있는 것은 당연한 일이라고 믿었다. 이 누각 위에서 홀로 쓸쓸하게 잠들 때마다 반드시 꿈에 보이는 그 지로가 아버지가 아니라면 누가 이 아이의 아비이겠는가. 아코기는 노래를 부르며 저 먼 곳을 바라보는 듯한 눈으로 모기에 물리는 줄도 모르고 깜빡 졸다가 꿈을 꾸었다. 인간의 고통을 잊은 그리고 인간의 고통에 채색된 아름답고 애처로운 꿈이다. (눈물을 모르는 자가 꿀 수 있는 꿈이 아니다) 그 꿈에서는 일체의 악은 눈앞에서 사라진다. 그러나 인간의 슬픔만은, 하늘을 가득 채운 달빛처럼 크나큰 인간의 슬픔만큼은 역시 쓸쓸하고 엄숙하게 남아 있다……

저 높은 스에노마쓰야마를
파도도 넘을 것이리
저 파도도 넘을 것이리

노랫소리는 등불 빛처럼 점차 가늘어지면서 사라졌다. 그리고 그와 동시에 힘없는 신음 소리가 어두움을 유혹하듯 희미하게 새어나오기 시작했다. 아코기는 노래를 하다 말고 갑작스레 아랫배에 찌르는 듯

한 통증을 느끼기 시작했다.

상대편의 대비에 허를 찔린 도둑 패거리는 뒷문 쪽을 습격한 일당
도 상대방이 쏘아대는 화살 세례에 한풀 기가 꺾인데다가 중문을 부
수고 나온 사무라이들에게 역시 격렬한 역습을 당했다. 기껏해야 풋
내기 사무라이들의 허세일 거라고 쉽게 생각했던 선발대 몇몇도 황망
히 흩어지며 달아났다. 그 중에서도 특히 겁이 많은 이노쿠마 영감은
남보다 먼저 도망쳤는데 어찌된 일인지 방향을 잘못 잡아 칼을 빼든
사무라이 무리 속으로 어쩔 수 없이 들어가 버렸다. 술로 비대해진 체
격하며 살벌하게 창을 쥐고 자세를 취한 모습을 보고 대단한 고수로
생각했는지, 사무라이들은 그를 보자 서로 눈짓을 교환해가며 두 사
람 세 사람이 칼끝을 겨눈 채 조금씩 조금씩 앞뒤에서 좁혀 왔다.

"진정하라구, 나는 이 집 사람이야!"

이노쿠마 영감은 난처한 나머지 어떻게든 빠져나가려고 다급하게
외쳤다.

"거짓말 마라. 너한테 속아 넘어갈 바보로 아느냐! 당당하게 죽지도
못할 영감탱이야."

사무라이들은 저마다 욕을 퍼부으며 벌써 칼을 내려치려 했다. 이
제 이렇게 된 이상 도망치려 해도 도망칠 수 없다. 이노쿠마 영감은
이윽고 얼굴이 사색이 되었다.

"뭐가 거짓말이야, 뭐가."

그는 눈을 크게 뜨고 주위를 거듭 둘러보며 도망칠 곳이 없는지 초
조하게 살폈다. 이마에서는 식은땀이 솟았다. 손도 계속 떨렸다. 그러
나 주위 어디를 둘러봐도 참혹한 생사의 싸움이 도둑 패거리와 사무

라이들 사이에 있을 뿐이었다. 고요한 달빛 아래서 강렬한 칼 부딪히는 소리와 고함 소리가 한 덩어리가 되어 적과 아군 사이에서 끊임없이 울려 퍼져 왔다. 어차피 도망칠 길이 없다고 각오한 이노쿠마 영감은 시선을 상대방에게 고정시키고 갑자기 다른 사람처럼 흉악한 표정을 짓고 위아래 이를 드러내며 재빨리 창을 겨누고 위세 당당하게 외쳤다.

"그래, 거짓말을 했다. 왜, 어쩔 거냐. 이런 얼간이 놈아. 악마, 짐승 같은 놈들, 자, 덤벼라!"

그 말과 함께 창끝에서 불꽃이 튀었다. 그 중 힘이 세고 얼굴에 붉은 반점이 있는 사무라이가 선두에서 옆구리 쪽으로 전력을 다하여 공격해 왔다. 그러나 애초부터 나이 든 이노쿠마가 그 사무라이의 상대가 될 수는 없다. 미처 칼을 열 번도 채 부딪히지 못하고, 순식간에 창끝이 흔들리며 점점 뒤로 물러갔다. 이윽고 좁은 길 한가운데까지 몰려 적의 칼에 찔리는가 싶었을 때, 상대가 큰 소리를 지르며 영감이 쥐고 있던 창 자루를 보기 좋게 두 동강으로 잘라버렸다. 그리고 이번에는 오른쪽 어깨부터 가슴까지 비스듬히 베어갔다. 이노쿠마 영감은 엉덩방아를 찧고 튀어나올 듯이 눈을 크게 뜨더니, 갑자기 공포와 고통을 견딜 수 없었던지 황망히 엉덩이를 높게 쳐들고 기면서 떨리는 목소리로 울부짖었다.

"속임수다. 속임수를 썼어. 사람 살려. 속임수다!"

붉은 반점의 사무라이는 뒤에서 뛰어올라 피에 젖은 칼을 번쩍 쳐들었다. 만일 그때 어디선가 한 마리 원숭이 같은 물체가 달려와 소맷자락을 달빛에 펄럭이며 그들 틈에 뛰어들지 않았더라면 이노쿠마 영감은 이미 덧없는 최후를 마쳤을 것임에 틀림없다. 그 원숭이 같은 자는 영감과 사무라이 사이를 갈라놓자 단도를 번뜩이며 상대의 흉막을 관통시켰다. 그와 동시에 상대가 옆으로 내리친 칼날을 맞고 처절한 비명을 지르며, 달궈진 부젓가락이라도 밟은 듯 펄쩍 뛰어올랐다가 그대로 상대의 얼굴을 붙들고 함께 쓰러졌다.

그리고 두 사람 사이에는 거의 인간이라고 생각할 수 없을 정도로 맹렬한 격투가 시작되었다. 때리고 물고 머리채를 쥐어뜯었다. 한참 동안 누가 누구인지 알 수도 없었는데 이윽고 원숭이 같은 자가 위로 올라가자 재차 단도가 번쩍 하더니 밑에 깔린 사내의 얼굴은 반점만 원래대로 빨간 채 순식간에 색깔이 변했다. 그러자 상대도 힘이 빠졌는지 사무라이 위에서 위를 향한 채 축 늘어졌다. 그때 비로소 달빛을 받으며 숨이 끊어질 듯 헐떡이는 주름투성이의 두꺼비를 닮은 이노쿠마 노파의 얼굴이 보였다.

노파는 숨을 헐떡이며 사무라이의 시체 위에 누워 아직도 상대 사무라이의 상투를 왼손으로 움켜쥔 채 한참동안 괴로운 신음소리를 계속하더니, 이윽고 하얀 눈을 힐끔 움직이며 말라 푸석해진 입술을 두세 번 무리하게 움직였다.

"영감, 영감."

힘없이, 그리고 그리운 듯이 자신의 남편을 불렀다. 그러나 대답하는 자는 없었다. 이노쿠마 영감은 늙은 아내의 도움을 받고 무기고 뭐고 죄다 내던져 버리고 허겁지겁 피에 미끄러지며 재빨리 어딘가로 달아나버렸다. 그 후에도 물론 몇몇 도둑들은 소로 여기저기에서 무기를 휘두르며 필사적인 결투를 계속했다. 그러나 그들은 모두 이 죽어 가는 노파에게는 상대 사무라이와 마찬가지로 지나가는 행인에 지나지 않는 것 같았다. 이노쿠마 노파는 점점 희미해져가는 소리로 수 없이 남편의 이름을 불렀다. 그리고 그때마다 대답 없는 쓸쓸함을 몸에 입은 상처의 아픔보다 더욱 강렬하게 느꼈다. 더구나 점점 잃어가는 시력 때문에 주위의 광경이 부옇게 흐려져 갔다. 단지 자신 위에서 펼쳐져있는 광활한 밤하늘과 그 가운데에 떠있는 작고 하얀 달 그 외의 것은 어느 하나도 확실하게 구분할 수가 없었다.

"영감."

노파는 피 섞인 침을 입 안에 머금으면서 속삭이듯 말하고는 그 나름대로의 황홀한 실신의 깊은 바닥으로, 아마도 다시는 깨어날 수 없는 잠의 밑바닥으로 몽롱하게 가라앉아 갔다.

그때였다. 다로가 밤색 털의 안장 없는 말에 걸터앉아 피범벅이 된 칼을 입에 물고 양손에 고삐를 잡은 채 폭풍우처럼 지나갔다. 그 말은 말할 것도 없이 샤킨이 눈독을 들였던 그 미치노쿠산 세 살배기 말일 것이다. 이미 도둑들이 서서히 죽은 자들을 남겨두고 철수한 소로는 달빛이 비쳐 마치 서리라도 내린 듯 허옇다. 그는 흐트러진 머리를 미풍에 휘날리며 말 위에서 고개를 돌려 뒤에서 욕하며 소리치는 사람들을 득의만만하게 바라보았다.

그도 그럴 만했다. 다로는 아군이 패하는 것을 보자 좋았다, 다른 것은 다 포기해도 이 말만은 탈취하겠다고 굳게 결심했던 것이다. 그리고 그 결심대로 칡넝쿨 손잡이의 칼을 계속 휘둘러 닥치는 대로 사무라이를 베어 쓰러뜨리고, 단신으로 문 안으로 들어가 별 어려움 없이 마구간 문을 발로 차 부수고 말고삐를 자르기가 무섭게 잽싸게 말 등에 올라타고는 앞을 가로막는 자를 말발굽으로 차버리고 단숨에 허공을 날았다. 그 와중에 입은 상처가 몇 군데인지 들여다볼 겨를도 없었다. 적삼 소매는 찢기고 두건은 헛되이 끈만 남았으며 갈기갈기 찢긴 바지도 비릿한 핏물에 젖어있었다. 그러나 그것도 창, 칼로 무장한 수많은 적진 속에서 한 사람을 만나면 한 사람을 베고, 두 사람을 만나면 두 사람을 베며 적진으로부터 빠져나온 때를 생각하면 그저 뿌듯하기만 할 뿐 전혀 분하지 않았다. 그는 뒤를 돌아보고 또 돌아보며 입가에 환한 미소를 띠면서 의기양양하게 말을 달렸다.

그의 마음속에는 샤킨이 있다. 그리고 동시에 지로도 있다. 그는 자신을 기만하는 연약함을 나무라며, 게다가 샤킨의 마음이 다시금 자신에게 다가올 날을 꿈처럼 가슴 속에 그렸다. 자신이 아니라면 누가 이 상황에서 이 말을 빼앗아올 수 있을까. 상대방은 서로 일치단결하고 있었다. 게다가 지역적으로도 유리했다. 만일 지로였더라면? 다로의 상상에는 한순간 사무라이들의 칼에 쓰러지는 아우의 모습이 떠올랐다. 이것은 물론 그에게 있어 조금도 불쾌한 상상이 아니었다. 아니, 오히려 그의 마음속에 자리한 부분은 그것이 사실이기를 빌기까지 했다. 자신의 손이 아닌 남의 손을 빌려 지로를 죽일 수 있다면, 그것은 단지 그가 양심의 가책을 느끼지 않고 일이 해결되는 것뿐만이 아니다. 결과적으로 말하면 샤킨이 그 때문에 자신을 미워할 염려도 없어진다. 그렇게 생각하면서도 다로는 자신의 비겁함을 부끄러워했다. 그리고 입에 물었던 칼을 오른손에 쥐고 천천히 피를 닦았다.

그 닦아낸 칼을 칼집에 집어넣었을 때였다. 때마침 사거리를 돌아선 소로의 달빛 아래로 스무 마리인지 서른 마리인지 떼지어있는 많은 개들이 한결같이 윙윙 짖어대는 소리를 들었다. 더구나 그 무리 속에 단 한 사람 칼을 겨눈 사람의 모습이 허물어져가는 토담을 등지고 희미하게나마 검게 보였다. 그렇게 생각하는 사이에 말은 높이 울부짖으며 긴 갈기를 푸르르 흔들더니 네 개의 발굽에 흙먼지를 일으키며 눈 깜짝할 사이에 다로를 그쪽으로 질풍처럼 데려갔다.

"지로냐?"

다로는 정신없이 외치며 험악하게 미간을 찌푸리고 아우를 쳐다보았다. 지로도 한 손에 칼을 쳐든 채 고개를 돌려 형을 보았다. 그 찰나 두 사람 모두 상대의 눈동자 깊숙이 감춰진 무서운 의중을 느꼈다. 그러나 그것은 문자 그대로 찰나였다. 말은 짖어대는 개떼들의 위세에 눌렸는지 고개를 하늘로 치켜올리더니 앞다리로 커다란 원을 그리며 전보다 더욱 빠르게 허공으로 도약했다. 뒤로는 단지 자욱한 먼지가 하얀 기둥이 되어 밤하늘로 한바탕 피어오르고, 지로는 여전히 들개 떼 속에서 상처를 입은 채 가만히 서 있었다…….

다로는, 잠시 핏기를 잃은 얼굴에는 이미 조금 전의 의기양양한 미소는 흔적도 없었다. 그의 마음속에서 무엇인가가 '달려라. 달려.'라고 속삭였다. 조금만, 조금만 더 그냥 달리기만 하면 그걸로 만사가 끝나 버린다. 그가 할 일을, 언젠가 반드시 하지 않으면 안 될 일을 개들이 대신해주는 것이다.

'달려. 왜 안 달리는 거야?' 속삭임이 귓전을 떠나지 않는다. 그렇다, 어차피 언젠가는 해야 할 일이다. 조금 늦느냐 빠르냐의 차이일 뿐이다. 만일 아우와 자신의 처지가 바뀌었다 해도 역시 아우는 자신이 지금 하려 하는 것과 똑같이 할 것이다. '달려라, 라쇼몬은 멀지 않다.' 다로는 한쪽 눈에 열병을 앓는 것처럼 빛을 발산시키며 거의 무의식 중에 말의 배를 걷어찼다. 말은 꼬리와 갈기를 길게 바람에 나부끼고 발굽에 불꽃을 튀기며 무서운 기세로 광분했다. 달빛이 비치는 마을 의 좁은 길은 다로의 발 밑에서 급물살처럼 뒤쪽으로 흘러갔다.

그러자 갑자기 또 그의 입술에서 그리운 말이 터져 나왔다. '아우!'

였다. 피를 나눈, 잊을 수 없는 '아우'였다. 다로는 꼬옥 고삐를 쥔 채 표정을 바꾸며 이를 악물었다. 그 말 앞에서는 일체의 분별이 눈앞에서 사라진다. 아우냐 샤킨이냐, 굳이 그런 선택을 강요받은 것은 아니다. 순간적으로 이 말이 마치 전광석화처럼 그의 마음을 때린 것이다. 그는 하늘도 보지 않았다. 길도 보지 않았다. 달은 더더욱 눈에도 들어오지 않았다. 단지 그가 본 것은 한없이 깊은 밤이었다. 그 밤과 같은 애증의 질곡이었다. 다로는 미친 듯이 아우의 이름을 외치고 몸을 누운 듯이 뒤로 젖히며 한 손의 고삐를 힘껏 잡아당겼다. 갑자기 말머리가 방향을 틀었다. 그러자 눈처럼 하얀 거품이 말 주둥이에서 흘러나오고, 발굽은 깨져라 대지를 박찼다. 그리고 곧바로 다로는 참담하게 어두워진 얼굴에 애꾸눈을 불처럼 번뜩이며 다시 왔던 길을 돌아 쏜살같이 준마를 몰았다.

"지로!"

지로에게 다가가자 다로는 이렇게 외쳤다. 마음속에 휘몰아친 감정의 열풍이 그 외침을 계기로 한 번에 밖으로 폭발했던 것이다. 그의 목소리는 달아오른 쇠를 내려치는 듯 울리며 날카롭게 지로의 귀를 관통했다.

지로는 흘끔 말 위의 형을 보았다. 그것은 평소에 보던 형이 아니었다. 아니, 방금 전에 말을 달려 쏜살같이 지나갔던 형과도 달랐다. 험악하게 모아진 미간에, 아랫입술을 꽉 깨문 이, 그리고 묘한 열기를 띤 애꾸눈에서, 지로는 거의 증오에 가까운 사랑이, 지금껏 깨닫지 못했던 불가사의한 사랑이 타오르고 있는 것을 보았다.

"빨리 타라, 지로!"

다로는 몰려드는 개 떼 속으로 운석(隕石)과도 같은 기세로 말을 몰

아 뛰어들더니 소로를 비스듬히 빙빙 돌며 질타하는 듯한 소리로 그
렇게 외쳤다. 머뭇거리며 지체할 상황이 아니었다. 지로는 그 자리에
서 들고 있던 칼을 가능한 한 멀리 내던져 그 칼을 쫓아 들개들이 고
개를 돌리는 틈을 노려 가볍게 말갈기 아래를 향해 뛰어올랐다. 다로
도 그 찰나에 팔을 길게 뻗어 아우의 목덜미를 잡아 필사적으로 끌어
올렸다. 말의 머리가 갈기에 달빛을 반사시키며 세 번째로 방향을 바
꿨을 때 지로는 이미 말 등에서 형의 가슴을 꽉 안고 있었다.

그러자 갑자기 입가가 피범벅인 검은 개 한 마리가 맹렬히 으르렁
거리며 먼지를 일으키고 안장에까지 뛰어올랐다. 날카로운 이빨이 여
차하면 지로의 무릎에 닿을 참이었다. 그 순간 다로는 다리를 쳐들어
힘차게 밤색 말의 배를 걷어찼다. 말은 한바탕 울어 젖히며 빠르게 꼬
리를 허공에 떨쳤다. 그 꼬리 끝을 스치면서 개는 허무하게 지로의 각
반만을 물어 찢고는 개떼들 속으로 그대로 곤두박질쳤다.

그러나 지로는 그것을 아름다운 꿈처럼 넋을 잃고 멍한 눈길로 바
라보았다. 그의 눈에는 하늘도 보이지 않고 땅도 보이지 않았다. 단지
그를 안고 있는 형의 얼굴이 얼굴 반쪽에 달빛을 받으며 묵묵히 갈 길
만을 응시하는 형의 얼굴이 다정하고도 엄숙하게 비치고 있었다. 지
로는 더없이 편안한 안식이 서서히 마음속에 충만해오는 것을 느꼈다.
어머니 곁을 떠난 뒤로 오랫동안 한 번도 느껴본 적이 없는 편안하고
도 강한 안식이었다.

"형."

말을 타고 있는 것도 잊은 것처럼 지로는 그 순간 형을 꽉 끌어안
고 기쁜 듯이 미소를 지으며 볼을 감색 적삼 가슴에 대고 주르륵 눈물
을 흘렸다.

잠시 후, 인적 없는 스자쿠 대로를 두 사람은 조용히 말을 몰고 지나갔다. 형도 입을 다물고 아우도 말이 없다. 고요한 밤 그저 말발굽 소리만 울리고 두 사람 위의 하늘에는 청량한 은하수가 떠 있다.

❖ 8 ❖

라쇼몬의 밤은 아직 밝지 않았다. 밑에서 바라보면 차갑게 이슬이 내린 용마루와 단청이 벗겨진 난간에 비스듬히 걸친 달빛이 혼들거리며 아직도 비치고 있었다. 그러나 그 문 아래에는, 비스듬히 나온 높직한 처마에 달도 바람도 차단되어 후덥지근한 어두움이 끊임없이 산모기에 물리며 썩은 듯 정체되어 있었다. 도 판관 저택에서 철수해온 도둑들은 어둠 속에 희미한 횃불을 둘러싸고 삼삼오오 혹은 서거나 혹은 엎드리고 혹은 둥근 기둥 뿌리에 기대어 웅크리고 앉아 아까부터 제각각 다친 곳을 치료하기에 바빴다.

그 중에서도 가장 중상을 입은 자는 이노쿠마 영감이었다. 그는 샤킨의 낡은 껴입는 겉옷을 깔고 위를 향해 누운 채 반 정도 눈을 감고 이따금 뭔가에 겁먹은 듯이 쉰 목소리로 신음하고 있었다. 잠시 이곳에 이렇게 누워 있는 것인지 아니면 일 년 전부터 이렇게 똑같이 누워 있는 것인지 그의 고달프고 지친 마음은 그것조차 가끔 구별이 가지 않았다. 눈앞에는 갖가지 환영이 죽어가는 그를 비웃듯이 끊임없이 오락가락하고 그 환영과 지금 문 아래에서 일어나고 있는 일이 그에게는 어느새 동일한 세계가 되어 버렸다. 시간과 장소를 구별 못 하는 혼미의 질곡 속에서 그의 추한 일생이 정확하게 게다가 이성을 초월한 어떤 순서에 따라 생생하게 다시 한 번 되살아났다.

"어이, 할멈. 할멈은 어떻게 됐어? 할멈."

그는 어두움에서 태어나 어두움으로 사라져 가는 끔찍한 환영에 시달려 몸을 바둥거리며 그렇게 신음했다. 그러자 옆에서 이마의 상처를 땀받이 옷 소매로 감고 있던 가타노의 헤로쿠가 얼굴을 내밀고는 내뱉었다.

"할멈 말요? 할멈은 벌써 극락정토로 떠났어요. 아마도 연꽃 위에서 영감이 오기를 애타게 기다리고 있을 거요."

자신의 농담에 껄껄 웃으며 헤로쿠는 건너 쪽 구석에서 마키노시마 주로의 허벅지 상처를 치료하고 있는 샤킨을 돌아보고 말을 건넸다.

"두목, 영감은 좀 힘들겠는데. 고통스러워하는 것을 그대로 놔 두느니, 내가 숨통을 끊어줄까 하는데."

샤킨은 우아한 목소리로 웃었다.

"쓸데없는 소리. 어차피 죽을 거라면, 저절로 죽게 놔둬."

"음, 그건 그렇네."

이노쿠마 영감은 이 문답을 듣자 어떤 예감과 공포에 질려 온몸이 일시에 얼어붙는 듯한 기분이 들었다. 그래서 다시 큰 소리로 신음했다. 헤로쿠가 말한 대로 적에게는 겁도 많던 그가 지금까지 몇 차례나 죽어가는 동료들의 숨통을 그 창으로 끊어주었는지 모른다. 그것도 대개는 사람을 죽인다는 호기심에서 혹은 자신의 용기를 남들에게 그리고 자신에게 보이려는 단지 그 목적만으로 자진하여 그런 잔혹한 짓을 일부러 했다. 그런데 지금은…

그러자 누군가 그의 고통도 관심 없다는 듯이 등불 그늘에서 콧노래를 부르는 자가 있었다.

족제비는 피리 불고
원숭이는 춤추며 연주하고
메뚜기는 박자 맞추네
쑤루룩 쑤루룩 여치

'찰싹' 모기를 때리는 소리가 이어서 들렸다. 개중에는 "오우, 아싸"라며 박자를 맞추는 자도 있었다. 두세 명이 어깨를 들썩이는 분위기에 숨넘어가는 듯이 웃어 재꼈다. 이노쿠마 영감은 온몸을 부들부들 떨면서 아직 살아 있다는 사실을 확인하고 싶어 무거운 눈꺼풀을 뜨고 물끄러미 등불을 바라보았다. 등불은 그 불꽃 둘레에 무수한 원을 그리며 집요한 밤의 공격에 허전한 빛을 발산하고 있었다. 그러자 조그만 풍뎅이 한 마리가 '붕' 하고 소리를 내며 날아와 그 빛의 원 속에 들어가는가 싶더니 금세 날개가 타 밑으로 뚝 떨어졌다. 구릿한 냄새가 잠시 코를 자극했다.

저 벌레처럼 나도 이제 곧 죽는다. 죽고 나면 어차피 구더기와 파리에게 피도 살도 먹힐 몸뚱이다. 아아! 이제 나는 죽는다. 그런데 동료들은 노래하고 웃으며 아무 일도 없다는 듯 떠들어 댄다. 그렇게 생각하자 이노쿠마 영감은 뭐라 말로 표현할 수 없는 분노와 고통에 골수를 깨물린 듯한 기분이었다. 그리고 동시에 뭔가 도르래처럼 끝없이 돌아가는 것이 불꽃을 튀기며 눈앞으로 내려오는 듯한 느낌이 들었다.

"빌어먹을, 인간이 아니야. 다로, 야, 불한당."

제대로 움직이지 않는 혀에서 저절로 그런 말이 띄엄띄엄 들려왔다. 마키노시마의 주로는 허벅지 상처가 아프지 않게 조심히 누운 자세를 바꾸며 목이 마른 듯한 목소리로 샤킨에게 속삭였다.

"다로가 잘도 미움을 샀구먼."

샤킨은 눈썹을 찌푸리며 힐끗 이노쿠마 영감 쪽을 쳐다보고 고개를 끄덕였다. 그러자 콧노래를 부르던 그 목소리가 물었다.

"다로는 어떻게 됐어?"

"아마 죽었을 거야."

"죽은 걸 봤다고 한 놈은 누구야?"

"나는 대여섯 명을 상대로 활극을 벌이고 있는 것을 봤어."

"어이구, 나무관세음보살. 나무관세음보살."

"지로도 안 보이네?"

"그놈도 어쩌면 똑같이 죽었을 거야."

다로도 죽었다. 노파도 이미 죽었다. 나도 이제 곧 죽는다. 죽는다. 죽는다는 게 뭔가. 어떻게든 나는 죽고 싶지 않다. 그러나 죽는다. 벌레처럼 아무런 손도 쓰지 못하고 죽어버린다. 그런 종잡을 수 없는 생각이 어둠 속에 울고 있는 산 모기처럼 사방팔방에서 심술궂게 마음을 찔러왔다. 이노쿠마 영감은 형체 없는 섬뜩한 '죽음'이 끈기 있게 단청 기둥 너머에서 가만히 자신의 숨을 살피고 있는 것을 느꼈다. 잔혹하게도 침착하게 자신의 고통을 바라보고 있는 것을 느꼈다. 그리고 그것이 조금씩 움직이며 사라져가는 달빛처럼 점점 자신의 머리맡으로 바싹 다가오는 것을 느꼈다. 어떻게든 나는 죽고 싶지 않다.

오늘 밤을 누구하고 자나
히타치노스케하고 잔다
잠들어 있는 살결도 좋지
남산(男山) 봉우리의 아름다운 단풍잎

아마도 내 이름이 알려질 거야

다시 콧노래 소리가 기름 짜는 도구 소리 같은 신음 소리와 함께 어우러졌다. 그러자 누군가 이노쿠마 영감의 머리맡에서 침을 뱉으며 이렇게 말했다.

"아코기, 그 바보도 안 보이네."

"정말 그러네."

"아마 누각 위에서 자고 있겠지."

"어, 위에서 고양이가 우는데?"

모두 일시에 조용해졌다. 그러던 중에 끊어질 듯 이어지는 이노쿠마 영감의 신음 소리와 함께 희미하게 고양이 우는 소리가 들려왔다. 그러자 그제서야 한 줄기 바람이 미지근하게 기둥 사이로 불어오며 달콤한 능소화 향기가 살포시 동료들의 코를 자극했다.

"고양이도 둔갑을 하나?"

"아코기의 상대로는 고양이가 둔갑한 늙은이가 어울리지."

그러자 샤킨이 옷 스치는 소리를 내고는 나무라듯이 이렇게 말했다.

"고양이가 아냐. 누가 좀 가서 보고 와."

그 말을 듣고 가타노의 헤로쿠가 칼집을 기둥에 툭 치며 일어섰다. 누각 위로 오르는 사다리는 스무 남짓의 단(段)으로 되어 기둥 너머에 걸려 있었다. 모두가 영문을 알 수 없는 불안에 한참동안 침묵했다. 그러는 동안 능소화 향기 바람이 다시금 살짝 빠져나가자 갑자기 누각 위에서 헤로쿠가 뭔가 외치는 소리가 났다. 그리고 잠시 뒤에 황급히 사다리를 내려오는 발소리가 울적한 어둠을 뒤흔들었다. 예삿일이 아니다.

"이것 보라고. 아코기 년이 아이를 낳았어!"

헤로쿠는 사다리를 내려오자 낡은 땀받이 옷으로 싼 둥그스름한 것을 기세 좋게 등불 아래로 내보였다. 여자 냄새가 나는 때 묻은 천 조각 안에는 막 태어난 아이가 인간이라기보다 오히려 가죽을 벗긴 개구리처럼 큼직한 머리를 무거운 듯 움직이고 추한 얼굴을 찌푸리며 울어 젖히고 있다. 배냇머리하며 힘없는 가느다란 손가락까지 어느 하나 혐오감과 호기심을 동시에 불러일으키지 않는 것이 없었다. 헤로쿠는 좌우를 둘러보고 안고 있는 갓난아이를 좌우로 그네 태우듯이 흔들면서 득의양양하게 떠들어댔다.

"위로 올라가 보니 아코기 년, 창 밑에 죽은 듯이 웅크린 채 신음하고 있더라고. 바보라지만 여자는 여자야. 발작이라도 났나 해서 옆으로 가니까 어휴, 놀라지 않을 수 없지. 생선 내장을 쏟아낸 것 같은 것이 어둠침침한 데서 울고 있는 거야. 손을 댔더니 그게 꿈틀거리더라구. 털이 없는 것을 보면 고양이는 아닌 것 같고. 그래서 안아 올려 달빛에 비춰보니까 이렇게 막 태어난 아이인 거야. 봐봐. 모기에 물렸는지 가슴에도 배에도 붉은 반점이 나 있어. 아코기도 이제부터 엄마야."

햇불 앞에 선 헤로쿠를 둘러싸고, 열대여섯 명의 도둑들은 서있는 자는 서고 엎드려있는 자는 엎드린 채 모두 똑같이 목을 늘여 모두가 다른 사람이 된 것처럼 부드러운 미소를 머금고 막 생명이 깃든 빨갛고 못생긴 살덩이를 지켜보았다. 아이는 잠시도 가만히 있지를 않았다. 손을 움직이고 발을 움직였다. 그리고는 머리를 뒤로 젖히며 한바탕 요란하게 울어댔다. 그러자 이 없는 입 안이 보였다.

"야, 혀가 있어."

아까 콧노래를 불렀던 사내가 깜짝 놀란 소리로 말했다. 그러는 동안 모두가 상처 입은 것도 잊은 듯이 와아 하고 웃었다. 그때 그 웃음 소리 뒤를 쫓듯이 갑자기 이노쿠마 영감이 어디에 그런 힘이 남아 있나 싶을 정도로 커다란 목소리로 험악하게 뒤에서 말을 건넸다.

"그 아기를 좀 보여 줘. 어이. 그 아기를 보여 달라고, 이 불한당아!"

헤로쿠는 발로 영감의 머리를 툭 쳤다. 그리고는 위협하는 듯한 어투로 이렇게 말했다.

"보고 싶으면 봐. 불한당은 당신이지."

이노쿠마 영감은 탁한 눈을 크게 뜨고 헤로쿠가 몸을 구부려 성의 없이 내민 아이를 물어뜯을 것 같은 모습으로 가만히 쳐다보았다. 그렇게 보는 사이에 얼굴빛이 점점 납처럼 파래지고 주름투성이의 눈시울에 눈물이 맺혀왔다. 그러더니 떨리는 입가에는 묘한 미소가 감돌고 지금까지 없었던 천진한 표정이 어느새 얼굴의 근육을 부드럽게 풀어주었다. 게다가 그렇게도 말이 많던 그가 아무 말이 없었다. 주위 사람들은 '죽음'이 마침내 이 노인을 잡았다는 것을 알았다. 그러나 그의 미소의 의미는 아무도 아는 자가 없었다.

이노쿠마 영감은 드러누운 채 천천히 손을 뻗어 아기의 손가락을 살짝 만졌다. 그러자 아기는 바늘에라도 찔린 듯 서럽게 울기 시작했다. 헤로쿠는 영감을 꾸짖으려다가 그만두었다. 노인의 얼굴이 핏기 잃은 술에 절어 비대해진 노인의 얼굴이 그때만큼은 살아생전과는 다른 범하기 어려운 엄숙함으로 빛나고 있는 듯한 느낌이 들었기 때문이다. 그 앞에서는 샤킨조차도 마치 무언가를 기다리듯이 숨을 죽이며 양부의 얼굴을 그리고 또 자신의 정인의 얼굴을 눈도 떼지 않고 바라보았다. 그러나 그는 여전히 입을 열지 않았다. 단지 그의 얼굴에는 비밀스런 기쁨이 때마침 불기 시작한 새벽녘의 바람처럼 조용히 상쾌하게 넘쳐 왔다. 그는 이 때 어두운 밤 저 너머로 인간의 눈이 닿지 않는 저 먼 하늘에서 쓸쓸하고 차갑게 밝아오는 불멸의 여명(黎明)을 본 것이다.

"이 아이는, 이 아이는 내 아이야."

그는 분명히 그렇게 말하고 다시 한 번 아이의 손가락을 만지작거리더니 그 손이 힘없이 떨어지려 했다. 그것을 샤킨이 곁에서 살짝 받쳐주었다. 십여 명의 도둑들은 영감의 말을 듣지 못한 듯 모두 침을 삼키며 미동도 하지 않았다. 그러자 샤킨이 고개를 들고는 아이를 안은 채 서 있는 가타노의 헤로쿠를 보며 고개를 끄덕였다.

"가래가 차는 소리야."

헤로쿠는 누구에게랄 것도 없이 그렇게 중얼거렸다. 이노쿠마 영감은 어두움이 두려워 울어대는 아기의 울음소리 속에서 어렴풋한 고민을 계속하면서 꺼져가는 횃불처럼 조용히 숨을 거둔 것이다.

"영감도 결국 죽었구먼."

"그래. 아코기를 범한 자도 이걸로 다 밝혀졌네."

"시체는 저 덤불 속에 묻자고."

"까마귀밥으로 하는 것도 좀 안됐네."

도둑들은 저마다 그런 얘기를 을씨년스럽게 주고받았다. 그러자 멀리에서 희미하게 닭 우는 소리가 났다. 어느새 날 밝는 것도 머지않은 것 같았다.

"아코기는?"

샤킨이 물었다.

"마침 거기에 있던 옷을 덮어주고 재우고 왔어. 그 정도 몸이면 괜

찮을 거야."

헤로쿠의 대답도 평소와 달리 부드러웠다.

그러는 사이에 도둑 두세 명이 이노쿠마 영감의 시체를 문 밖으로 운반했다. 바깥은 아직도 어두웠다. 새벽녘의 희미한 달빛에 적적한 덤불숲이 가지 끝을 살짝 흔들고 능소화 향기는 한층 짙고 달콤하게 풍겨왔다. 이따금 어렴풋이 소리가 들리는 것은 대나무 잎에서 미끄러져 떨어지는 이슬일 것이다.

"인생무상."

"죽음은 덧없이 빨리 온다네."

"산 얼굴보다 죽은 얼굴이 더 좋아 보이지 않나?"

"어쩐지, 전보다 정말 사람다운 얼굴이 되었어."

이노쿠마 영감의 시체는 얼룩덜룩 혈흔에 물든 채 그런 이야기와 함께 대나무와 능소화 덤불 깊은 곳으로 떠메어 옮겨졌다.

❖ 9 ❖

다음날, 이노쿠마의 어느 집에서 처참하게 살해된 여자의 시체가 발견되었다. 젊고 오동통하며 아름다운 여자로 상처의 상태로 보아 꽤 격하게 저항한 것 같았다. 증거가 될 만한 것이라고는 그 사체가 입에 물고 있던 감색 적삼 소맷자락뿐이었다.

또 이상한 일은 그 집의 하녀로 있던 아코기라는 여자가 현장에 있으면서도 가벼운 상처 하나 입지 않았다는 것이다. 이 여자에 대한 게비이시 청의 조사에 의하면 대충 다음과 같은 일이 있었던 것 같다. '대충'이라고 한 것은 아코기가 천성적으로 백치에 가깝다는 점에서 더 이상 앞뒤가 맞는 증언을 얻기가 힘들었기 때문이다.

그날 밤, 아코기가 밤이 깊어 문득 눈을 떴을 때 다로 지로 형제와 샤킨이 뭔가 큰소리로 다투고 있었다. 대체 어찌된 일인지 생각하는 와중에 지로가 갑자기 칼을 뽑아 샤킨을 베었다. 샤킨이 사람 살리라고 도움을 청하며 달아나려고 하자 이번에는 다로가 다시 칼로 친 것 같았다. 그러고 나서 한참 동안은 그저 두 사람이 나무라는 소리와 샤킨이 고통스러워하는 소리가 이어졌으나 이윽고 여자가 숨을 거두자 형제는 갑자기 서로 끌어안고 오랫동안 아무 말도 하지 않고 울고 있었다. 아코기는 그것을 미닫이문 틈새로 내다보고 있었지만 주인을 구해주지 못한 것은 오로지 품에 안겨 자고 있는 아이에게 해가 가지 않을까 해서였다.

"게다가 그 지로라는 자가 이 아이의 아버지입니다요."

아코기는 갑자기 얼굴을 붉히고 그렇게 말했다.

"그리고는 다로와 지로는 나한테 와서 건강하게 잘 있으라고 했습니다. 이 아기를 보여주었더니 지로는 웃으면서 아이 머리를 쓰다듬어 주었는데 그래도 여전히 눈에는 눈물이 가득 고여 있었지요. 나는 조금 더 그대로 있었으면 했는데 두 사람 다 몹시 서둘러 곧바로 밖으로 나가더니 아마 비파나무인가에 묶어두었던 거지요, 말에 뛰어올라 어디론가 가버렸습니다. 말은 두 마리가 아니었습니다. 내가 이 아이를 안고 창문에서 보고 있었는데 한 마리에 두 사람이 타고 가는 모습이 달이 떠 있어서 잘 보였습니다. 그리고 나는 주인의 시체는 그대로 두고, 다시 잠자리에 들었습니다. 주인이 곧잘 사람을 죽이는 것을 보았기 때문에 그 시체도 내게는 무섭지도 아무렇지도 않았습니다."

게비이시 청에서는 겨우 그 정도 밝혀냈다. 결국 아코기는 혐의가

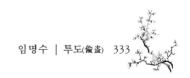

없다는 것이 밝혀져 바로 석방되었다.

그리고 십여 년 뒤, 비구니가 되어 아이를 양육하고 있던 아코기는 단고(丹後)30) 모 지방관의 수행원 중에 무용(武勇)으로 유명한 사내가 길을 지나가는 것을 보고 저 사람이 다로라고 사람들에게 알려준 적이 있었다. 과연 그 남자도 살짝 얽은 얼굴에다 애꾸눈이었다.

"지로라면 당장이라도 달려가 만나 보겠지만 저 사람은 무서워서……."

아코기는 처녀처럼 수줍어하며 그렇게 말했다. 그러나 그 사람이 정말 다로인지는 아무도 모른다. 단지 그 남자에게도 아우가 있고 또 같은 주인을 모시고 있다는 것만 그 후 풍문으로 들었을 뿐이다.

---

30) 단고 : 현재의 교토 북부.

유랑하는 유태인(さまよへる猶太人)

임훈식

기독교를 믿는 나라에는 어디에라도 '유랑하는 유태인'에 관한 전설이 남아있다. 이탈리아에도 프랑스에도 영국에도 독일에도 오스트리아에도 스페인에도 이러한 전설이 전해지고 있지 않는 나라는 거의 하나도 없다. 따라서 예로부터 이것을 제재로 한 예술상의 작품도 많이 있다. 구스타브 도레(Gustave Doré)[1]의 그림은 물론, 유젠느 수우(Eugéne Sue)[2]나 죠지 크롤리(George Croly)[3] 박사도 이것을 소설화했었다. 몽크 루이즈(Monk Lewis)[4]의 저 이름 높은 소설 속에도 루시퍼나 '피를 흘리는 수녀'와 함께 '유랑하는 유태인'이 나오는 것으로 기억한다. 최근에는 피오나 마클레오드라 칭해졌던 윌리엄 샤프(William Sharp)[5]가 이

---

1) Paul Gustave Doré(1832-83년) : 프랑스의 환상파 판화가 · 화가.
2) Eugéne Sue(1804-57년): 프랑스 환상파 소설가. 「파리의 비밀」 「유랑하는 유태인」 등. 여기서 芥川가 언급하고 있는 것은 「유랑하는 유태인」.
3) George Croly(1780-1860년) : 아일란드 태생의 시인 · 소설가. 芥川가 말하고 있는 것은, 소설 「살라시엘(Salathiel : Story of the Past, the Present and the Future)」(1829). 그 밖에 長詩와 詩劇도 썼다.
4) Monk Lewis(1775-1818년) : Matthew Gregory Lewis를 가리킴. 대표작의 이름을 위에 붙여서 Monk Lewis라고 통칭함. <저 이름 높은 소설>이란 「Ambrosio, or the monk」(1795)를 말함. '유랑하는 유태인'은 이 소설의 제2권 1장에 나오고 있다.

것을 제재로 하여 뭐라든가 하는 단편을 썼다.

그러면 '유랑하는 유태인'이란 무엇인가 하면, 이것은 예수 그리스도의 저주를 받아 최후의 심판이 올 날을 기다리면서 영구히 유랑을 계속하고 있는 유태인을 말한다. 그 이름은 기록에 따라 일정하지 않다. 혹은 카르타피루스라고 하고 혹은 아하스페루스라고 하기도 하고 혹은 부타데우스라고 하며 혹은 또 이삭 라쿠에뎀이라고 말하고 있다. 게다가 직업도 역시 기록에 따라서 다르다. 예루살렘에 있는 산헤드린[6]의 문지기였다고 말하는 사람도 있는가 하면, 아니 빌라도(Pilatos)[7]의 부하였다고 하는 사람도 있다. 그중에는 또 구두장이였다고 말하고 있는 사람도 있었다. 그러나 저주를 받게 된 원인에 대해서는 대체로 어느 기록이나 다름이 없다. 그는 골고다[8]로 끌려가는 그리스도가 그의 집 대문에 멈추어 서서 잠시 숨을 돌리려 했을 때, 매정하게도 욕설을 퍼부은 데다 마구 후려치기까지 했다. 그때 받은 저주의 말이 "가라고 하면 가지 않을 것도 아닌데, 그 대신에 그대는 내가 돌아올 때까지 기다리고 있어라."고 하는 것이었다. 그는 이후 바울이 세례를 받은 자와 동일인인 아나니아스(Ananias)의 세례를 받고 요셉이라는 이름을 가지게 되었다. 그렇지만 한번 받은 저주는 세상 멸망의 날이 올 때까지 풀리지 않는다. 실제로 그가 1721년 6월 22일 뮌헨 거리에 나타났던 일은 호르마이엘(Joseph von Hormayr)[9]의 수첩 속에 쓰여 있다. ―

5) William Sharp(1856-1905년) : 영국(스코틀랜드)의 시인·작가.
6) Sanhedrin : '최고법원' '의회' 등으로 번역된다. 유태인의 사법·행정·종무를 관장하던 최고 자치기관. 로마 통치시대 때 예루살렘에 설치되었다.
7) Pilatos : 로마제국 통치시대의 유태총독(26-36년 재임). 그리스도가 무죄임을 알면서도 사형 선고를 내렸었다.
8) Golgotha(또는 Calvaire) : 예루살렘의 교외에 있는 언덕. 여기서 예수 그리스도의 십자가형이 집행되었다.
9) Joseph von Hormayr(1782-1848년) : 오스트리아의 역사가.

이것은 최근의 일이지만 멀리 문헌을 찾아 올라가도 그에 관한 기록은 도처에서 발견된다. 그중에서 가장 오래된 것은 아마도 메튜 파리스(Matthew Paris)가 편찬한 세인트 알반스(Saint-Albans)에 있는 수도원의 연대기에 나와 있는 기사일 것이다. 이것에 의하면 大아르메니아의 대승정이 세인트 알반스를 방문하였을 때, 통역담당의 기사가 대승정은 아르메니아에서 종종 '유랑하는 유대인'과 식탁을 함께 한 적이 있었다고 말했다는 것이다.

 다음으로는 플랑드르(Flandre)의 역사가인 필립 무스키(Philippe Mouskes)가 1242년에 쓴 운문의 연대기 속에도 동일한 기사가 보이고 있다. 그렇기 때문에 13세기 이전에는 적어도 세상 사람들의 이목을 끌 정도로 그는 유럽 땅을 유랑하지는 않았던 것 같다. 그런데 1505년이 되자 보헤미아(Bohemia)에서 코코트라고 하는 직공이 60년 전에 그의 조부가 묻어 두었던 보물을 그의 도움을 빌어 발굴하는 일이 일어났다. 그뿐만이 아니다. 1547년에는 슈레스위히(Scheswig)의 승정 파울 폰 아이첸이라는 남자가 함부르크(Hamburg)에 있는 교회에서 그가 기도를 하고 있는 것을 만났다. 그 이후 18세기 초기에 이르기까지 그가 유럽 남북에 걸쳐 모습을 나타냈다고 하는 기록은 매우 많다. 가장 명백한 경우만을 들어보아도 1575년에는 마드리드(Madrid)에 나타났고, 1599년에는 빈(Wien)에 나타났으며, 1601년에는 루벡(Lubeck), 레벨(Revel), 크라카우 세 곳에 나타났다. 루돌프 보트레우스에 의하면 1604년경에는 파리에 나타났던 적도 있었던 것 같다. 그리고 나움부르그(Naumbourg)와 브뤼셀(Brussels)을 거쳐 라이프찌히(Leipzig)를 방문하고, 1658년에는 스텐포드(Stanford)에 있는 사무엘 워리스라고 하는 폐병환자인 남자에게 빨간 사루비아 잎 두 장에 참소리쟁이 잎 한 장을 맥주에 타서 마시면 건강을 회복한다고 하는 비법을 가르쳐 주었다고 한다.

그 다음에는 전에 말했던 뮌헨을 거쳐서 다시 영국에 들어가 켐브리지(Cambridge)나 옥스퍼드(Oxford) 교수들의 질의에 응답한 후, 덴마크에서 스웨덴으로 가서는 마침내 그 종적이 알 수 없게 되어버렸다. 그 이후 오늘날까지 그의 소식은 묘연하다.

'유랑하는 유태인'이란 무엇인가, 그는 과거에 어떠한 역사를 가지고 있었는가, 이러한 점에 관해서는 앞에서 말한 것처럼 그 대략을 밝혀낼 수 있었다고 생각한다. 그렇지만 그것을 전하는 것만이 결코 나 자신의 목적은 아니다. 나는 이 전설적인 인물에 관해서 일찍이 자신이 품고 있었던 두 가지 의문을 들고서, 그 의문이 일전에 우연히 자신의 손으로 발견되어진 고문서에 의해 둘 다 해결된 것을 공표하고 싶은 것이다. 그리고 그 고문서의 내용도 아울러 여기에 공표하고 싶은 것이다. 우선 첫째로 나 자신이 품고 있었던 두 개의 의문이란 무엇인가? —

첫 번째 의문은 전적으로 사실상의 문제이다. '유랑하는 유태인'은 거의 모든 기독교 국가에 모습을 나타냈다. 그렇다면 그는 일본에도 도래한 적이 있지는 않을까? 현대 일본은 잠시 제쳐 놓더라도, 14세기10)의 후반에 있어서 일본의 서남부는 대체로 천주교를 신봉하고 있었다. 델베로(Barthélemy d'Herbelot)11)의 저서를 보면 '유랑하는 유태인'은 16세기 초에 즈음하여 파디라가 이끄는 아라비아의 기병이 엘방(Elven)을 함락했을 때에 그 진중에 나타나서, Allah akubar(신은 위대하도다)라는 기도를 파디라와 함께 했다고 하는 것이 쓰여져 있다. 이미 그는

---

10) <16세기>가 맞음. 芥川의 착각으로 보여짐.
11) Barthélemy d'Herbelot(1625-95년) : 프랑스의 동양학자. 저서에 「Bibliothèque Orientale : 東洋全書」.

'동방'에조차 그 발자취를 남기고 있다. 다이묘(大名)라고 불렸던 봉건 시대의 귀족들이 황금 십자가를 가슴에 걸고 파테르 노스테르(Pater noster)12)를 말했던 일본을, — 귀족 부인들이 산호 염주를 굴리며 성모 마리아 앞에 무릎을 꿇은 일본을, 그런 그가 찾아오지 않았다고는 말 하지 못할 것이다. 더욱이 평범하게 말한다면, 당시의 일본인에게도 이 미 그에 관한 전설이 '유리 기구'나 사현금(四絃琴)과 마찬가지로 수입되 어 있지는 않았을까 — 하고, 이렇게 나는 의심하고 있었던 것이다.

두 번째 의문은, 첫 번째 의문에 비하면 약간 그 내용을 달리 한다. '유랑하는 유태인'은 예수 그리스도에게 무례한 짓을 했기 때문에 영 구히 지상을 유랑해야만 하는 운명을 짊어지게 되었다. 그렇지만 그 리스도가 십자가에 달렸을 때, 그를 괴롭혔던 자는 오직 이 유태인만 이 아니다. 어떤 자는 그에게 가시나무 관을 씌웠다. 어떤 자는 그에 게 자색 옷을 입혔다. 또 어떤 자는 그 십자가 위에 I・N・R・I13) 라는 표찰을 박아 붙였다. 돌을 던지고 침을 뱉었던 사람에 이르면 아 마도 셀 수 없을 정도로 많았음에 틀림없다. 그것이 어째서 그 혼자서 그리스도의 저주를 받았던 것일까? 혹은 이 '어째서'에는 어떠한 해석 을 가할 수 있을 것인가? — 이것이 나의 두 번째 의문이었다.

나는 수년 동안 이 두 개의 의문에 대해서 아무런 실마리도 얻지 못하고 헛되이 동서의 고문서를 섭렵하고 있었다. 그러나 '유랑하는 유태인'을 다룬 문헌 수는 매우 많다. 나 자신이 그것을 모두 독파하 는 일은 적어도 일본에 있는 한 전적으로 불가능한 일이다. 그래서 나

---

12) Pater noster : 라틴어. '우리의 (아버지 되는) 하나님'
13) 라틴어 'Iesus Nazarenus Rex Iudaeorum'의 略記. '유대인의 왕, 나사렛 예수'라는 의미. 신약성서의 요한복음 제19장 19절에 <빌라도가 패를 써서 십자가 위에 붙이니 나사렛 예수 유대인의 왕이라 기록되었더라>고 쓰여 있다.

는 마침내 이 의문도 결국은 풀 수 없을 것인가 하는 생각이 들었다. 그런데 마침 그러한 절망에 빠져들었던 작년 가을의 일이었다. 나는 최후의 시도로 생각하고서 히젠(肥前)과 히고(肥後) 및 히라도아마쿠사(平戸天草)의 여러 섬들을 편력하여 고문서 수집에 종사한 결과 우연히 손에 넣었던 분로쿠(文禄, 1592-1596년) 연간의 MSS.[14](写本) 중에서 마침내 '유랑하는 유태인'에 관한 전설을 발견할 수가 있었다. 그 고문서의 감정 등에 관해서는 지금 여기서 서술할 겨를이 없다. 다만 그것은 그 때 천주교도 한 사람이 들었던 것을 그대로 당시의 구어로 써 두었던 간단한 비망록이었다고 하는 것을 써 두기만 하면 충분하다.

이 비망록에 의하면, '유랑하는 유태인'은 히라도(平戸)에서 규슈(九州) 본토로 건너가는 배 안에서 프란시스 자비에르(Francisco de Xavier)[15]와 해후했다. 그 때 자비에르는 '시메온 선교사 한 사람을 데리고' 계셨는데, 그 시메온의 입으로부터 당시의 모습이 신도들 사이에 전해지고, 그것이 또 점차로 여러 곳으로 퍼져서 마침내 몇십 년인가 후에는 이를 기록한 필자의 귀에도 들어오게 되었던 것이다. 만약 필자의 말을 그대로 신용한다면 '프란시스 신부 유랑하는 유태인과 문답한 일'은 당시 천주교도들 사이에서 유명한 이야기의 하나로서 종종 설교의 재료로도 되었던 것 같다. 나는 지금 이 비망록의 내용을 대강 소개함과 함께 두세 가지 원문을 인용해서 위에서 적은 의문이 풀렸던 기쁨을 독자와 같이 맛보고자 한다. — 첫째로, 기록은 그 배가 '선물로 여러 가지 과일을 싣고' 있었다는 것을 말하고 있다. 따라서 계절은 아마도 가을이었을 것이다. 이는 후단(後段)에 무화과 운운의 기

---

14) 영어 'Manuscripts'('写本'의 複數)의 略記.
15) Francisco de Xavier(1506-1552년) : 스페인 예수회의 神父. 天文18년(1549년)에 來日하여 처음으로 기독교를 전했다.

사가 보이는 데에 비추어 보더라도 분명하다. 그리고 같이 탄 사람은 달리 없었던 것 같다. 시각은 한낮이었다. — 필자는 본문에 들어가기 전에 이것만 쓴다. 따라서 만약 독자가 당시의 장면을 마음속에 떠올리려고 생각한다면, 기록에 남아 있는 이 정도의 문장으로부터 물고기 비늘처럼 눈부신 햇빛을 반사하고 있는 해면과, 배에 실은 무화과랑 석류 열매와 그리고 그 속에 앉아서 열심히 서로 이야기하고 있는 세 사람의 홍모인(紅毛人)을 독자 자신이 상상으로 그려보는 수밖에 없다. 왜냐하면 그러한 것들을 생생하게 묘사하는 일은 단지 일개 학구인(学究人)에 지나지 않는 나에게 있어서 도저히 불가능한 일이기 때문이다.

그렇지만 만약 독자가 그것에 약간의 곤란을 느낀다고 한다면 펙이 그의 저서 「히스토리 오브 스텐포드」 속에서 쓴 '유랑하는 유태인'의 복장을 대강 여기에 소개하는 것도 독자의 상상을 돕는 데에 있어서 어쩌면 어느 정도의 효과가 있을지도 모른다. 펙은 이렇게 말하고 있다. '그의 상의는 자색이다. 그리고 허리까지 단추가 달려 있다. 바지도 같은 색으로, 역시 보기에 낡지는 않은 것 같다. 양말은 새하얗지만, 린네르인지 모직인지 짐작이 가지 않았다. 그리고 수염이나 머리카락도 모두 희다. 손에는 흰 지팡이를 가지고 있었다.' — 이것은 앞에 적었던 폐병환자 사무엘 워리스가 직접 목격했던 것을 펙이 기록해 두었던 것이다. 그렇기 때문에 프란시스 자비에르가 만났을 때도 그는 아마도 이와 유사한 복장을 하고 있었음에 틀림없다.

그런데 그것이 어떻게 '유랑하는 유태인'인지 알 수 있었는가 하면, '신부가 기도하셨을 때 그 녀석도 공손하게 기도했기' 때문에 프란시스 쪽에서 말을 걸었다고 한다. 그런데 이야기해 보니 아무래도 보통 인간은 아니다. 말하는 것으로 보나 말하는 태도로 보나 그 무렵 동양 으로 떠돌아다니던 모험가나 여행자와는 자연히 모습이 다르다. '인도 와 서양의 어제 오늘을 손바닥 들여다보듯이' 훤히 알고 있었기 때문 에 '시메온 선교사는 물론 신부 자신조차도 혀를 내두르셨다고 합니 다.' 그래서 '그대는 어디에 사는 사람인가 하고 물으니 한 곳에서 살 지 않고 떠돌아다니는 유태인'이라고 대답했다. 그러나 신부도 처음에 는 다소 이 남자의 진위(眞僞)를 의심하고 있었던 모양이다. '사후(死後) 의 천국을 걸고서도 맹세할 수 있는가'라고 말했더니 상대가 맹세한 다고 했기 때문에 그때부터 신부도 마음을 터놓고 여러 가지 문답을 하셨다는 것이다.' 라고 쓰여 있는데, 그 문답을 보면 맨 처음 부분은 단지 옛날에 있었던 사실을 물었을 뿐으로, 종교상의 문제는 거의 하 나도 언급하고 있지 않다.

　그것이 우르술라(Ursula) 성녀16)와 일만 일천 명의 동정소녀가 '순교' 를 했던 이야기와, 패트릭(Patrick) 사도17)의 지옥 이야기를 거쳐서 점차 로 오늘날의 사도행전 중의 이야기가 되고, 나아가서는 마침내 주 예 수 그리스도가 골고다에서 십자가를 졌을 때의 이야기로 되었다. 마 침 이 이야기로 넘어가기 전에 배에 실었던 무화과를 뱃사람이 나누 어 주는 것을 받아서 신부가 '유랑하는 유태인'과 함께 먹었다는 기사 가 있다. 앞에서 계절을 언급했을 때에 인용했기 때문에 여기 써 두지 만, 물론 특별한 의미가 있을 리는 없다. ― 그런데 그 문답을 보면 대 체로 아래와 같은 식이다.

---

16) Ursula(?-237년?) : Saint Ursula. 영국의 공주. 기독교의 전설적인 순교자. 聖女. 고 아, 모직물조합의 수호성인.
17) Patrick(387?-461년?) : 아일랜드의 使徒. 기독교의 선교사. 아일랜드의 기독교化의 기초를 쌓았으며 '아일랜드의 사도'라고 불리어졌음.

신부, "주님이 수난을 받으실 때는 예루살렘에 있었는가?"

유랑하는 유태인, "분명히 눈앞에서 수난당하시는 모습을 보았습니다. 원래 저는 요셉이라고 하는 자로 예루살렘에 사는 구두장이였습니다만, 그날은 주님이 빌라도님으로부터 재판을 받으시자 곧바로 온 집안 식구들을 문 앞에 불러 모으고서 죄스럽게도 주님의 고난을 즐거워하며 웃으면서 구경을 했던 자입니다."

기록이 전하는 바에 의하면 그리스도는 '무엇에 미친 듯한 군중 속을', 바리새인들[18]과 제사장이 지켜보는 가운데 십자가를 등에 진 시골 사람의 뒤를 따라서 비틀거리며 걸어 왔다. 어깨에는 자색 옷을 걸치고 있다. 이마에는 가시관이 얹혀져 있다. 그리고 또 손이나 발에는 채찍 자국과 찢어진 상처가, 장미꽃처럼 빨갛게 남아 있다. 그러나 눈만큼은 보통 때와 조금도 변화가 없다. '평소처럼 파랗고 맑은 눈'은 슬픔이나 기쁨도 초월한 불가사의한 표정을 나타내고 있다. — 이것은 '나사렛의 목수 아들'의 교(敎)를 믿지 않는 요셉의 마음에조차 이상한 인상을 주었다. 그의 말을 빌리자면, '나도 그때 역시 주님의 눈을 볼 때마다 왠지 모르게 그리운 느낌이 들었던 것입니다. 아마도 죽은 형과 꼭 닮은 눈을 하고 있었던 탓이겠지요.'

그러는 사이에 그리스도는 먼지와 땀투성이가 되어서, 때마침 지나가던 그의 문 앞에 발을 멈추고 잠시 숨을 돌리려고 했다. 거기에는 가죽 허리띠를 매고 일부러 손톱을 길게 한 바리새인들도 있었을 것이고, 머리카락에 파란 분을 바르고 나르드유[19]의 냄새를 풍기게 하

---

18) Pharisees : 바리새派 신자들. 기원전 2세기에 일어난 고대 유대교의 한 파. 율법 형식에만 치우쳤으며, 기독교를 반대하고 예수를 십자가에 매다는 데에 앞장섰음. 형식주의자·위선자의 별칭.

19) nard : 감송(甘松 ; spikenard)(히말라야産 방향 식물)에서 채취한 향유. 고대에는 매우 고귀한 것으로 귀중하게 여겨졌다. 신약성서의 마가복음서 제14장 3절에도

던 창녀들도 있었을 것이다. 혹은 또한 로마 병사들이 가지고 있는 방패가, 오른쪽에서나 왼쪽에서나 더운 햇빛을 눈부시게 반사하고 있었는지도 모른다. 그렇지만 기록에는 다만 '많은 사람들'이라고만 쓰여 있다. 그래서 요셉은 그러한 '많은 사람들에 대한 체면과, 제사장들에게 충성하는 모습을 보여주고 싶어서', 그리스도가 발을 멈춘 것을 보자 한 손으로 애를 안으면서 한 손으로 '사람의 아들'의 어깨를 붙잡아 일부러 몹시 거칠게 잡아 흔들었다. ― '머지않아 십자가에 달려서 편안히 쉴 몸이지, 등으로 욕설을 하고 더군다나 손을 들어 후려치기까지 했던 것입니다.'

그러자 그리스도는 조용히 머리를 들고서 나무라듯이 요셉을 보았다. 그가 죽은 형과 닮았다고 여겨지는 눈으로 엄숙히 응시했던 것이다.

"가라고 하면 가지 않을 것도 아닌데, 그 대신에 그대는 내가 돌아올 때까지 기다리고 있어라." ― 그리스도의 눈을 보는 것과 동시에 그는 이러한 말이 열풍보다도 세차게 순간적으로 그의 마음을 불태우는 듯한 기분이 들었다. 그리스도가 실제로 이렇게 말하였는지 어떤지 그것은 그 자신도 확실히 알지 못한다. 그러나 요셉은 '이 저주가 마음속에 맴돌고 있어서 이러지도 못하고 저러지도 못하는 기분이' 되었을 것이다. 들었던 손이 저절로 내려가고 마음속에 있던 증오가 자연히 사라지자, 그는 애를 안은 채 엉겁결에 길에 무릎을 꿇고서, 발톱이 뜯어져 있는 그리스도의 발에 흠칫흠칫하며 입술을 맞추려고 했다. 그러나 이미 때는 늦었다. 그리스도는 병사들에게 내쫓겨서 벌써 대여섯 걸음 그의 문 앞을 떠나 있었다. 요셉은 군중 속에 뒤섞여 자칫 모습을 잃어버릴 듯한 주님의 자색 옷을 망연히 지켜보았다. 그

<매우 값진 향유 곧 순전한 나드>라는 구절이 있다.

리고 그와 동시에 말할 수 없는 후회스런 생각이 마음속 깊은데서 움직여 오는 것을 의식했다. 그러나 누구 한사람 그에게 동정해 주는 사람은 없다. 그의 처자조차도 그의 이러한 행위를 역시 가시관을 씌우는 것과 똑같이 그리스도에 대한 조롱이라고 해석했다. 그리고 길에 있던 사람들이 더욱더 재미있는 듯이 웃으며 흥겨워했던 것도 무리가 아닌 이야기이다. — 돌도 태울 듯한 예루살렘의 햇빛 속에서 자욱하게 이는 모래 먼지를 둘러쓰고서 요셉은 눈에 눈물을 글썽이며, 팔에 안고 있던 애를 어느새 아내에게 빼앗겨 버린 것도 잊어버리고 언제까지나 무릎을 꿇은 채 움직이지 않았다. ……

'그런데 어쩌면 예루살렘이 넓다고 하더라도 주님을 욕되게 한 죄를 알고 있는 사람은 나 혼자일 것입니다. 죄를 알기에 저주도 받은 것입니다. 죄를 죄라고도 여기지 않는 자에게 하늘의 벌이 내릴 수는 없습니다. 말하자면 주님을 십자가에 매단 죄는 나 혼자가 지는 것입니다. 다만 벌을 받는다면 속죄도 있는 법이므로, 얼마 안 있어 주님의 구원을 받는 것도 나 혼자일 수밖에 없었습니다. 죄를 죄라고 아는 사람에게는 대체로 벌과 속죄가 하나가 되어 하늘로부터 내려오는 법입니다.' — '유랑하는 유태인'은, 기록의 맨 마지막에서 이렇게 나의 두 번째 의문에 답하고 있다. 이 답의 옳고 그름을 파고들 필요는 당분간 없다. 어쨌든 답을 얻었다는 것이, 그것만으로 이미 나 자신을 만족시켜 주기 때문이다.

'유랑하는 유태인'에 관해서 나의 의문에 대한 답을 동서의 고문서 중에서 발견한 사람이 있다면, 나는 그 사람이 나를 위해 가르침을 아끼지 말 것을 간절히 희망한다. 또한 나로서도 위와 같은 기술(記述)에 관한 인용서 목록을 들어서 이러한 소논문의 체재를 어느 정도 완전

하게 하고 싶지만, 공교롭게도 그렇게 할 만한 여백이 남아 있지 않
다. 나는 다만 여기에 '유랑하는 유태인'에 관한 전기(伝記)의 기원이
마태복음 제16장 28절20)과 마가복음 제9장 1절21)에 있다고 하는 베링
구드의 설을 인용하고서 일단 펜을 멈추고자 한다.

(1917년 5월)

---

20) 마태복음 제16장 28절 : <진실로 너희에게 이르노니 여기 섰는 사람 중에 죽기
    전에 인자가 그 왕권을 가지고 오는 것을 볼 자들도 있느니라>
21) 마가복음 제9장 1절 : <또 저희에게 이르시되 내가 진실로 너희에게 이르노니
    여기 섰는 사람 중에 죽기 전에 하나님의 나라가 권능으로 임하는 것을 볼 자들
    도 있느니라 하시니라>

두 통의 편지(二つの手紙)

장혜정

나는 어떤 기회를 통해 다음에 싣게 될 두 개의 편지를 손에 넣었다. 하나는 올 2월 중순, 나머지 하나는 3월 상순, — 우편요금은 선불로 지불된 채 경찰서장 앞으로 보내진 것이다. 그것을 여기에 싣게 된 이유는 편지가 직접 말해줄 것이다.

❖ 첫 번째 편지 ❖

— 경찰서장 각하,

우선 무엇보다 먼저, 각하는 제가 정상이라는 사실을 믿어 주십시오. 이것은 제가 모든 신성한 것에 맹세컨대 보증합니다. 그러므로 아무쪼록 제 정신에 이상이 없다는 것을 믿어 주십시오. 그렇지 않으면 제가 이 편지를 각하에게 올리는 것이 완전히 무의미해질 우려가 있기 때문입니다. 그러나 문제가 이 정도라면 제가 무엇을 걱정하여 이런 긴 편지를 쓰겠습니까?

각하, 저는 이것을 쓰기 전에 충분히 망설였습니다. 왜냐하면 이것

을 쓰는 이상 저는 제 집안의 비밀도 각하 앞에 폭로해야만 하기 때문
입니다. 물론 이것은 저의 명예에 꽤 큰 타격임이 틀림없습니다. 그러
나 제 입장에서는 이것을 쓰지 않으면 짧은 순간 존재하는 것조차 고
통이 될 만큼 절박했습니다. 여기서 저는 결국 단호한 처방을 내리기
에 이르렀던 것입니다.

그러한 절박한 필요성에 의해 이것을 쓰는 제가 어떻게 광인 취급
당하면서 잠자코 있겠습니까? 저는 여기서 새삼스레 한 번 더 부탁드
립니다. 각하, 아무쪼록 제가 정상이라는 것을 믿어 주십시오. 그리고
귀찮으시겠지만 이 편지를 한 번 읽어봐 주십시오. 이것은 제가 저와
제 아내의 명예를 걸고 쓴 것이기 때문입니다.

이와 같은 일을 장황하게 써내려간다는 것은 업무에 다망하신 각하
께 너무나도 귀찮고 성가신 일이라는 것을 염두에 두지 않은 처사일
지도 모릅니다. 그러나 제가 앞으로 말씀드리려고 하는 일의 성질상
각하는 제가 정상이라고 하는 사실을 믿으셔야 한다는 점이 아무래도
필요합니다. 그렇지 않으면 어떻게 이 초자연적인 사실을 인정하실
수 있겠습니까? 어떻게 이 창조적인 정력의 기괴한 작용을 가능하다
고 보실 수 있겠습니까? 그만큼 제가 각하께서 유념하시길 바라는 사
실에는 불가사의한 성질이 가미되어 있는 것입니다. 그래서 저는 굳
이 이러한 부탁을 드리는 것입니다. 게다가 앞으로 쓰게 될 일도 어쩌
면 농담이라는 비난을 면할 수 없을지도 모릅니다. 그러나 이것은 한
편으로는 제 정신에 이상이 없다는 것을 증명함과 동시에 한편으로는
이러한 사실도 자고로 결코 없지는 않았다는 점을 알리기 위하여 어
느 정도는 필요하지 않을까 하고 생각하는 것입니다.

역사상 가장 저명한 사례의 하나는 필시 카테리나(Ekaterina) 여왕에
게서 나타난 것이겠지요. 그리고 또 괴테에게 나타난 현상도 역시 그

에 못지않은 저명한 것입니다. 그러나 이러한 것들은 너무나도 인구에 회자되어 있기 때문에 여기에서는 굳이 말하지 않겠습니다. 저는 그보다 두세 개의 권위 있는 사례에 있어 가능한 간략하게 이 신비스런 사건의 성질을 설명해 드리고 싶습니다. 먼저 베르너(Werner) 박사가 전해주는 사례부터 시작하겠습니다. 그의 말에 따르면, 루드위히스부르그(Ludwigsburg)의 라쩰(Ratzel)이라는 보석상은 어느 날 밤 길모퉁이를 도는 순간에 자신과 조금도 다르지 않은 남자와 얼굴을 맞닥뜨렸다고 합니다. 그 남자는 그 후 얼마 안 되어 나무꾼이 떡갈나무를 베어 넘어뜨리는 일을 도와주다가 그 나무 밑에 깔려 죽었습니다. 이와 비슷한 것은 로스톡(Rostock)에서 수학교수를 하고 있던 벡커(Becker)에게 일어난 실례이겠지요. 벡커는 어느 날 밤 대여섯 명의 친구와 신학에 관한 의논을 하고 인용서가 필요해져서 그것을 가지러 혼자 자신의 서재로 갔습니다. 그러자 이외의 그 자신이 언제나 그가 앉아있는 의자에 앉아 무언가 책을 읽고 있는 것이 아니겠습니까? 벡커는 놀라서 그 인물의 어깨너머로 읽고 있는 책을 흘낏 보았습니다. 그것은 성경책이었고 그 인물의 오른쪽 손가락은 '너의 묘를 준비하라. 너는 죽게 될 것이니'라는 문장을 가리키고 있었습니다. 벡커는 친구들이 있는 방으로 돌아와서 모두에게 자신의 죽음이 가까이 왔다는 것을 말했습니다. 그리고 그 말대로 다음날 오후 6시에 조용히 숨을 거두었습니다.

여기서 보면 도플갱어(Doppelganger)의 출현은 죽음을 예고하는 듯이 생각됩니다. 그러나 반드시 그렇다고만은 할 수 없습니다. 베르너 박사는 딜레니우스 부인이라는 여자가 6살이 되는 자신의 아들과 시누이와 셋이서 검은 옷을 입은 제2의 그녀 자신을 보았을 때 아무런 이상한 일이 일어나지 않았던 것을 기록하고 있습니다. 이것은 또한 그러한 현상이 제삼자의 눈에도 비친다는 사례가 되겠지요. 스틸링(Stilling) 교수가 예시

하고 있는 와이마르(Weimar)의 트리플린이라는 공무원의 사례라든가, 그가 알고 있는 모 M부인의 실례도 역시 이 부류에 속할 만한 게 아니겠습니까?

더불어 제삼자에게만 나타난 도플갱어의 사례를 찾아보면 이것 또한 결코 드물지 않습니다. 실제로 베르너 박사 자신도 그의 하녀가 이중인격을 보았다고 합니다. 그리고 움(Ulm)의 고등재판소장인 플쳐(Pflzer)라는 남자는 그 친구인 경관이 게팅겐(Goettingen)에 있는 아들의 모습을 자신의 서재에서 보았다고 하는 사실에서 확실히 증명하고 있습니다. 그 밖에 『유령의 성질에 관한 탐구』의 저자가 예시하고 있는 컴퍼랜드의 카크린튼 교회 구역에서 7살의 소녀가 그 아버지의 이중인격을 보았다는 사례라든가 『자연의 암흑면』의 저자가 말하고 있는 H모라는 과학자로 예술가였던 남자가 1792년 3월 12일 밤, 그 숙부의 이중인격을 보았다는 사례 등을 세어보면, 필시 그것은 엄청난 수에 이르겠지요.

저는 우선 이러한 사례들을 이 이상 더 열거하며 귀중한 각하의 시간을 낭비하도록 만들고 싶지 않습니다. 그저 각하는 이것들이 모두 의심 없는 사실이라는 것을 알아주셨으면 좋겠습니다. 그렇지 않으면 각하께서는 제가 말씀드리려고 하는 것이 전혀 터무니없고 바보스런 일인 것처럼 생각하실 지도 모릅니다. 왜냐하면 저도 제 자신의 도플갱어로 고통받고 있는 사람이기 때문입니다. 그리고 이 일에 관하여 다소나마 각하에게 부탁드리는 이유가 있기 때문입니다.

저는 제 자신의 도플갱어라고 썼습니다. 그러나 자세하게 말하면 저와 제 아내의 도플갱어라고 말하지 않을 수 없습니다. 저는 이 지역의 — 같은 — 번지에 거주하고 있는 사사키 신이치로(佐々木信一郎)라는 사람입니다. 나이는 35세, 직업은 도쿄제국대학 문과대 철학과 졸

업 후 오늘날까지 사립 — 대학의 윤리와 영어 교사를 하고 있습니다. 아내 후사코(ふき子)는 4년 전에 저와 결혼했습니다. 올해 27살이 됩니다만, 아이는 아직 없습니다. 여기서 제가 특히 각하의 주의를 바라고 싶은 것은 아내에게는 히스테릭한 성질이 있다는 점입니다. 이것은 결혼 전후에 가장 심했고 한때는 저와도 거의 말을 하지 않을 만큼 우울한 적도 있었습니다만, 최근에는 발작도 거의 드물고 성격도 이전에 비하면 훨씬 쾌활해졌습니다. 그런데 작년 가을부터 또 정신에 무언가 동요가 일어난 듯 요즘에는 뭔가 이상한 말과 행동을 해서 저를 괴롭히는 일도 적지 않습니다. 다만 제가 어째서 아내의 히스테리를 역설하는가 하면, 이 기괴한 현상에 대한 제 자신의 설명과 어떤 관계가 있기 때문이고, 그 설명에 대해서는 나중에 자세하게 말씀드리기로 하겠습니다.

아무튼 저와 제 아내에게 나타난 도플갱어란 어떤 것인지 말씀드리자면 대략 지금까지 3번 있었습니다. 지금 그것을 하나씩 저의 일기를 참고해서 가능한 한 정확하게 여기에 기재하여 보여드리도록 하겠습니다.

첫 번째는 작년 11월 7일 시각은 오후 9시와 9시 30분 사이입니다. 그날 저는 아내와 둘이서 유라쿠자(有樂座)에서 열린 연예인 자선 쇼에 갔었습니다. 고백하자면, 그 모임의 티켓은 강매로 사게 된 제 친구 부부가 어떤 사정으로 갈 수 없게 되었기 때문에 우리들에게 친절하게 보내준 것입니다. 그 모임에 관한 것은 그다지 말씀드릴 필요는 없겠지요. 또 사실 악기를 연주하거나 노래를 부르거나 춤을 추는 데에도 흥미가 없는 저는 말하자면 아내를 위해서 갔던 것이기 때문에 프로그램의 대부분은 공연히 저의 지루함을 더하게 했을 뿐입니다. 그나저나 제가 말씀드리려고 생각했던 것도 그 주제가 완전히 빗나가버

린 결과가 된 것 같군요. 다만, 제 기억에 의하면 공연의 휴식시간 전
에는 간에이(寛永 : 1634년)시대의 고젠시아이(御前試合 : 천황 또는 장군 앞
에서 하는 무예를 겨루는 시합)라고 불리는 강담이었습니다. 당시 저의 사
고에 이상한 무언가를 기대하는 마음이 있지는 않았을까 하는 우려는
'간에이고젠시아이'라는 강담을 들었다는 이 한 가지 일만으로도 완전
히 없어지지는 않겠지요?

저는 휴식시간에 아내를 혼자 남겨두고 곧바로 소변을 보러 갔었습
니다. 말씀드릴 것도 없이 그 시간대에는 이미 주위의 좁은 복도가 사
람들로 북적이고 있었습니다. 저는 그 사람들 사이를 빠져나와 변소에
서 제자리로 돌아왔습니다만, 그 활 모양으로 되어있는 복도의 현관
앞으로 나오는 곳에서 예상했던 대로 저의 시선은 반대편 복도 벽에
기대듯이 서있는 아내의 모습에 머물렀습니다. 아내는 밝은 전등 빛이
눈부신 듯이 다소곳이 눈을 내리깔고 제 쪽으로 옆얼굴을 보인 채 조
용히 서있는 것입니다. 그러나 거기에 별로 이상한 것은 없었습니다.
제가 저의 시선을, 동시에 저의 이성의 주권을 거의 순간적으로 분쇄
하려는 무서운 순간에 맞닥뜨린 것은 제 시선이 우연 — 이라고 말하
기 보다는 인간의 지력을 초월한 어떤 은밀한 원인에 의해 그 아내의
옆에서 뒤를 보이고 서 있는 한 남자의 모습에 쏠렸던 때였습니다.

각하, 저는 그때 그 남자에게서 처음으로 제 자신을 확인했던 것입
니다. 제2의 나는 제1의 나와 같은 하오리를 입고 있었습니다. 제1의
나와 같은 하카마를 입고 있었습니다. 그리고 또 제1의 나와 같은 자
세를 취하고 있었습니다. 만일 그것이 이쪽을 향하고 있었더라면 필
시 그 얼굴도 또한 저와 같았겠지요. 저는 그때의 제 마음을 뭐라고
형용하면 좋을지 모르겠습니다. 저의 주위에는 많은 인간들이 끊임없
이 움직이고 있었습니다. 저의 머리 위에는 많은 전등들이 낮처럼 빛

을 발하고 있었습니다. 말하자면 저의 전후좌우에는 신비와 양립하기 어려운 모든 조건들이 준비되어 있었다고도 말할 수 있을까요. 그리고 저는 실제로 그러한 외부세계 속에서 돌연 이 존재 이외의 존재를 눈앞에서 보았던 것입니다. 저의 놀라움은 그 때문에 더 한층 경악할 만한 것이 되었습니다. 저의 공포는 그 때문에 더 한층 두려운 것이 되었습니다. 만일 아내가 그때 눈을 들어 제 쪽을 언뜻 보지 않았다면 저는 필시 큰소리를 질러 이 기괴한 환영 쪽으로 주의를 끌려고 했겠지요. 그러나 아내의 시선은 다행히도 저의 시선과 마주쳤습니다. 그리고 그와 거의 동시에 제2의 나는 때마침 유리에 균열이 가는듯한 속도로 어느새 저의 눈앞에서 사라져버렸습니다. 저는 몽유병 환자처럼 멍하니 아내에게 다가갔습니다. 그러나 아내에게는 제2의 내가 눈에 비치지 않았던 것이겠지요. 제가 옆으로 다가가자 아내는 평상시 어조로 "오래 걸렸네요?"라고 말했습니다. 그리고서 저의 얼굴을 보고 이번에는 머뭇거리며 "왜 그래요?"라고 물었습니다. 제 안색은 확실히 잿빛이 되어 있던 게 틀림없지요. 저는 식은땀을 닦으면서 제가 본 초자연적인 현상을 아내에게 털어놓을까 말까 망설였습니다. 그러나 걱정하는 것 같은 아내의 얼굴을 보고 어떻게 제가 이러한 사실을 털어놓을 수 있겠습니까? 저는 그때 더 이상 아내에게 걱정을 끼치지 않기 위하여 제2의 나에 관한 모든 것은 함구하기로 결심한 것입니다.

각하, 만일 아내가 저를 사랑하고 있지 않다면, 그리고 또 제가 아내를 사랑하고 있지 않다면 어떻게 저에게 이러한 결심이 생겼겠습니까? 저는 단언합니다. 우리들은 오늘날까지 진심으로 서로를 사랑하고 있었습니다. 그러나 세상은 그것을 인정해주지 않습니다. 각하, 세상은 아내가 저를 사랑하고 있다는 것을 인정해주지 않습니다. 그것은 무서운 일입니다. 수치스런 일입니다. 저로서는 제가 아내를 사랑하고 있다는 사실이 부정되는 것만큼 굴욕적인 것은 없을지 모릅니다. 게다가 세상은 더 나아가 제 아내의 정조마저 의심하고 있는 것입니다.— 제 감정이 격앙되어 그만 이야기가 빗나가고 만 것 같습니다.

하여튼, 저는 그날 밤 이후 일종의 불안감에 시달리기 시작했습니다. 그것은 앞에서도 말한 바 있는 사례처럼 도플갱어의 출현은 때때로 그 당사자의 죽음을 예고하기 때문입니다. 그러나 그 불안감 속에서도 한 달 정도의 날짜는 아무렇지도 않게 지나가 버렸습니다. 그리고 그 와중에 해가 바뀌었습니다. 저는 물론 그 제2의 나를 잊지는 않았습니다. 그러나 세월이 흘러감에 따라서 저의 공포나 불안 등은 차츰 부드러워졌습니다. 아닙니다. 때로는 실제로 모든 것을 환각이라는 이름으로 결론지어 버리려 한 일조차 있었습니다. 그러자 마치 저의 그 방심을 경고하기라도 하듯 제2의 나는 다시 제 눈앞에 나타났습니다.

그것은 1월 17일, 정확히 목요일 정오쯤의 일이었습니다. 그날 저는 학교에 있었는데, 갑자기 옛 친구 한명이 찾아왔고 다행히 오후부터는 수업도 없었기 때문에 친구와 함께 학교를 나와 스루가다이시타(駿河台下)에 있는 카페로 밥을 먹으러 갔습니다. 스루가다이시타에는 아시는 바와 같이 사거리 근처에 큰 시계가 하나 있습니다. 저는 전철에서 내릴 때, 문득 그 시계의 바늘이 12시 15분을 가리키고 있던 것을 알아차렸습니다. 그때 저에게는 눈을 머금고 있는 납과 같은 하늘을 뒤로한 채 큰 시계의 흰 판이 가만히 움직이지 않고 있는 것이 왠지 무서운 듯한 기분이 들었던 것입니다. 혹은 어쩌면 이것도 그 전조였을지도 모릅니다. 저는 갑자기 이러한 공포에 휩싸였기 때문에 큰 시계를 본 시선을 별 생각 없이 전철의 선로 하나를 사이에 둔 나카니시(中西) 가게 앞의 정류장으로 돌렸습니다. 그러자 그 빨간 기둥 앞에는 저와 제 아내가 어깨를 나란히 하고 다정한 듯이 서있는 게 아니겠습니까?

아내는 까만 코트에 짙은 밤색의 견 머플러를 하고 있었습니다. 그리고 쥐색의 오버코트에 까만 모자를 쓰고 있는 저에게 제2의 나에게, 무언가 말을 걸고 있는 듯이 보였습니다. 각하, 그날은 저도 말하자면 제1의 나도 쥐색의 오버코트에 까만 모자를 쓰고 있었던 것입니다. 저는 이 두 개의 환영을 얼마나 공포에 찬 눈으로 바라보았을까요. 얼마나 증오에 불타오르는 마음으로 바라보았을까요. 특히 아내의 눈이 제2의 나의 얼굴을 응석부리듯이 보고 있는 것을 알았을 때는 — 아아, 모든 것이 무서운 꿈입니다. 저에게는 도저히 당시의 제 위치를 재현할 만큼의 용기는 없습니다. 저는 별 생각 없이 친구의 팔꿈치를 잡은 채 멍하니 거리에 꼼짝 못하고 멈춰서 버렸습니다. 그때 소토보리(外濠)선 전차가 스루가다이 쪽에서 비탈길을 내려와서 요란한 소리를 내며 제 눈앞에 막아선 것은 완전히 천우신조라고도 말할 수 있겠지요. 우리들은 때마침 소토보리선의 선로를 반대편 쪽을 향해 곧장 가로지르려던 참이었던 것입니다.

전차는 물론 곧바로 우리들 앞을 통과해 빠져나갔습니다. 그러나 그 후 저의 시선을 가로막은 것은 그저 나카니시 가게 앞에 있는 빨간 기둥뿐이었습니다. 두 개의 환영은 전차의 뒤로 가려진 찰나에 보이지 않게 되었던 것입니다. 저는 묘한 얼굴을 하고 있는 친구를 재촉해서 우습지도 않은 일을 우습다는 듯이 웃으면서 일부러 성큼성큼 걷기 시작했습니다. 그 친구가 나중에 제가 미쳤다는 소문을 냈던 것도 당시의 저의 이상한 행동을 생각해 보면 아주 무리도 아닙니다. 그러나 제가 미치게 된 원인이 제 아내가 행실이 바르지 못하다는 데까지 이른 것은 다분히 저를 모욕하기 위한 것이라고 생각합니다. 저는 최근에 그 친구에게 절교장을 보냈습니다. 저는 사실을 쓰는 데 다급한 나머지 그때의 아내가 아내의 이중인격에 지나지 않는다는 사실을 증명하지 못했던 것 같습니다. 정오 전후라는 그 시간에 아내는 확실히 외출하지 않았습니다. 이것은 아내 자신은 물론이거니와 저의 집에서 일을 거들어 주는 하녀도 그렇게 말하고 있는 것입니다. 또 그 전날부터 두통이 있다고 말하며 이래저래 우울해 하고 있던 아내가 별안간 외출할 리도 없는 것이지요. 그렇게 보면 제 눈에 비친 아내의 모습은 도플갱어가 아니고 무엇이겠습니까? 제가 아내에게 외출했는지 안 했는지 물었을 때, 눈을 크게 뜨며 "안 했어요."라고 말한 얼굴을 저는 지금까지도 선명하게 기억하고 있습니다. 만일 세상 사람들이 말하는 대로 아내가 저를 기만하고 있는 것이라면 그런 아이와 같은 천진난만한 얼굴은 결코 나올 수 없는 것입니다. 저는 제2의 나의 객관적인 존재를 믿기 전에 저의 정신 상태를 의심해 보았던 것은 물론입니다. 그러나 제 두뇌는 전혀 혼란스럽지 않습니다. 숙면도 할 수 있습니다. 공부도 할 수 있습니다. 사실, 두 번째로 제2의 나를 본 이후에는 걸핏하면 어떤 것에 자주 놀라고 있습니다만, 이것은 그 기괴한 현상에 접한 결과이지 결코 원인은 아닙니다. 저는 아무래도 이 존재 이외의 존재를 믿지 않을 수 없게 된 것입니다.

그러나 저는 그 때에도 아내에게는 결국 그 환영에 관한 일은 말하지 않게 되어 버렸습니다. 만일 운명이 허락했다면, 저는 오늘날까지도 역시 함구하고 있었겠지요. 그러나 집요한 제2의 나는 세 번째 제 눈앞에 그 모습을 드러냈습니다. 이것은 지난주 화요일, 다시 말해 2월 13일 오후 7시 전후의 일입니다. 저는 그때 아내에게 모든 것을 털어놓지 않으면 안 되는 상황에 처한 것입니다. 우리들의 불행을 덜어 줄 수단이 이것밖에 없었기 때문에 어쩔 수 없었습니다. 이 일은 나중에 또 말씀드리기로 하겠습니다.

그날 때마침 숙직이었던 저는 방과 후가 되자마자 심한 위경련을 일으켰기 때문에 즉시 학교 담당의의 충고대로 차를 타고 집으로 돌아가게 되었습니다. 그러나 낮부터 내리기 시작한 비에 바람까지 불어서 집 근처에 도착했을 때는 세게 내리치는 비바람이었습니다. 저는 문 앞에서 서둘러 차비를 지불하고, 빗속에서 허겁지겁 현관까지 뛰어왔습니다. 현관의 격자문에는 항상 그렇듯이 안에서 못이 걸어져 있습니다. 그러나 저는 밖에서도 못을 뺄 수 있기 때문에 곧바로 격자문을 열고 안으로 들어갔습니다. 아마도 빗소리에 섞여서 격자문이 열리는 소리를 들을 수 없었던 것이겠지요. 안에서는 아무도 나오지 않았습니다. 저는 신발을 벗고, 모자와 오버코트를 못에 걸고, 현관에서 방 한 칸 정도 떨어진 건너편에 있는 서재의 맹장지 문을 열었습니다. 이것은 다실로 가는 도중에 교과서와 그 밖의 물건이 들어있는 손가방을 거기에 두고 가는 게 습관이 되었기 때문입니다.

　그러자 저의 눈앞에는 갑자기 의외의 광경이 나타났습니다. 북향인 창 앞에 있는 책상과 그 앞에 있는 회전의자, 그리고 그것들을 둘러싸고 있는 서재에는 물론 아무런 변화도 없었습니다. 그러나 이쪽으로 옆모습을 보이며, 그 책상 옆에 서있는 여자와 회전의자에 앉아있었던 남자는 도대체 누구였단 말입니까? 각하, 저는 이때 제2의 나와 제2의 나의 아내를 지척의 거리에서 보았던 것입니다. 저는 그 당시의 무서운 인상을 잊으려고 해도 잊을 수는 없습니다. 제가 서있는 문지방 위에서는 책상을 향해 나란히 있는 두 사람의 옆얼굴이 보였습니다. 창으로부터 들어오는 차가운 빛을 받아 그 얼굴은 둘 다 날카로운 명암을 만들어 내고 있었습니다. 그리고 그 얼굴 앞에 있는 노란 견으로 된 갓을 쓴 전등이 제 눈에는 거의 새까맣게 비쳤습니다. 게다가 무슨 운명의 장난입니까? 그들은 제가 이 기괴한 현상을 기록해 둔 제

일기를 읽고 있는 것입니다. 책상 위에 열려져 있는 책의 형태로 곧 그것임을 알 수 있었습니다.

저는 이 광경을 언뜻 본 순간과 동시에 저 자신도 모르게 비명이 저절로 제 입술을 부딪치고 나온듯한 기억이 있습니다. 또 그 비명에 이어 두 사람의 환영이 동시에 제 쪽을 본 듯한 기억도 있습니다. 만일 그들이 환영이 아니었다면 저는 그중 한 사람인 아내에게서라도 당시의 제 모습에 대해서 들을 수가 있었겠지요. 그러나 물론 그것은 불가능한 일입니다. 다만 확실히 기억하고 있는 것은 그때 제가 심한 현기증을 느꼈다는 것 외에 전혀 아무것도 없습니다. 저는 그대로 거기에 쓰러져 실신해 버린 것입니다. 그 소리에 놀라 아내가 다실에서 달려왔을 때에는 그 저주스런 환영도 이미 사라져버린 것이지요. 아내는 저를 그 서재에 눕히고 즉시 얼음주머니를 이마에 대어 주었습니다.

제가 정신이 들었던 것은 그로부터 30분 정도 후의 일입니다. 아내는 제가 실신 후 제정신이 든 것을 보고 갑자기 소리 내어 울기 시작했습니다. 아내는 요새 저의 말과 행동이 아무래도 이해가 되지 않는다는 것입니다. "당신 뭔가 의심하고 계신 거죠? 그렇죠? 그럼 왜 그렇다고 솔직히 말해주지 않는 거죠?" 아내는 이렇게 말하고 저를 책망했습니다. 세상이 아내의 정조를 의심하고 있다는 것은 각하도 잘 알고 계실 것입니다. 그것은 그때 이미 제 귀에도 들렸습니다. 필시 아내도 또한 누구라 할 것 없이 이 무서운 이야기를 듣고 있었던 것이겠지요. 저는 아내의 말이 저도 그러한 의심을 갖고 있는 것은 아닌가 하는 걱정으로 떨고 있다는 것을 느꼈습니다. 아내는 저의 모든 이상한 행동이 모두 그 의심으로부터 나온 것이라고 생각하고 있는 것 같았습니다. 거기에 제가 침묵으로 일관한다면 그것은 쓸데없이 아내를 경고하는 것밖에 되지 않습니다. 그래서 저는 이마에 놓인 얼음주머니가 떨어지지 않도록 조용히 얼굴을 아내 쪽으로 돌리면서 낮은 목소리로 "용서해 줘. 나는 당신에게 숨기고 있는 게 있어."라고 말했습니다. 그리고서 제2의 내가 3번씩이나 나의 눈앞을 가로막았던 이야기를 가능한 한 자세하게 이야기했습니다. "세상의 소문도 내 생각에는 누군가 제2의 내가 제2의 당신과 함께 있는 것을 보고서 날조한 듯해. 나는 당신을 굳게 믿고 있어. 대신 당신도 나를 믿어줘." 저는 그후 이렇게 힘을 줘서 덧붙였습니다. 그러나 약한 여자의 몸으로 세상 사람들의 의심의 대상이 되었다는 것이 아내에게는 얼마나 괴로운 일이었겠습니까? 또한 도플갱어라는 현상이 그 의심을 해소해 주기에는 너무나도 이상한 탓도 있는 게 틀림없습니다. 아내는 저의 머리맡에서 언제까지나 흐느끼며 울고 있었습니다.

그래서 저는 앞에서 언급한 여러 가지 사례를 들어 어떻게 도플갱어라는 존재가 가능한가라는 사실을 차근차근 아내에게 설명해 주었습니다. 각하, 특히 아내처럼 히스테릭한 성질이 있는 여자에게는 이렇게 기괴한 현상이 일어나기 쉽다는 것입니다. 그 사례도 역시 적잖이 기록되어 있습니다. 예를 들면, 그 유명한 몽유병 환자인 어거스트 뮐러(Auguste Muller) 등은 때때로 그 이중인격을 보였다는 것입니다. 다만 그러한 경우에는 그 몽유병 환자의 의지에 따라 도플갱어가 나타나는 것이기 때문에, 그 의지가 조금도 없는 제 아내의 경우와는 걸맞지 않다는 비난도 있겠지요. 또 한발 물러서서 아내의 이중인격은 설명할 수 있다고 하더라도 제 경우는 설명할 수 없다는 의문이 생길지도 모릅니다. 그러나 이것들은 결코 해석하기 어려울 만큼 곤란한 문제는 아닙니다. 왜냐하면 자신 이외의 인간의 이중인격을 나타낼 수 있는 능력을 가지고 있는 사람도 때론 있다는 것은 역시 의심할 수 없는 사실입니다. 프란츠 폰 바델이 닥터 베너에게 보낸 편지에 따르면, 에카르츠하우즌은 죽기 바로 전에 자신은 다른 인간의 이중인격을 보일 능력을 가지고 있다고 공언했다고 합니다. 그렇게 본다면, 두 번째 의문은 첫 번째 의문과 마찬가지로 아내가 그러한 의지가 있었는지 하는 문제에 봉착하게 되는 것이겠지요. 그건 그렇다 하더라도 의지의 유무라는 것은 의외로 불확실한 것이 아닙니까? 실제로 아내는 도플갱어를 나타나게 하려는 의도는 없었던 게 틀림없습니다. 그렇지만 저에 관한 것은 계속 염두에 두었었겠지요. 그저 저와 어딘가로 함께 가는 것을 바라고 있었는지도 모릅니다. 이렇게 아내 같은 성격을 가지고 있는 사람에게 도플갱어의 출현을 의도했다고 같은 결과를 초래한다는 것은 생각할 수 없는 일이 아닐까요? 적어도 저는 그게 있을 법한 일이라고 생각합니다. 하물며 제 아내와 같은 사례도 두세 가지 외에 산견(散見)하고 있지 않습니까?

저는 이런 것들을 말하며 아내를 위로했습니다. 아내도 겨우 납득이 간 것이겠지요. 그리고서 아내는 "그저 당신이 불쌍해요."라고 말하며, 잠자코 저의 얼굴을 바라볼 뿐 눈물을 거두었습니다.

각하, 저의 이중인격이 저에게 나타난 이제까지의 경위는 대체로 이러했습니다. 저는 그것을 아내와 저 사이의 비밀로서 지금까지 아무에게도 발설하지 않았습니다. 그러나 지금은 이미 그럴 때가 아닙니다. 세상은 공공연히 저를 야유하기 시작했습니다. 그리고 또 저의 아내를 증오하기 시작했습니다. 실로 요새는 아내의 부도덕한 행실을 풍자한 노래를 부르며 저의 집 앞을 지나가는 사람조차 있습니다. 제가 어떻게 그것을 묵시할 수가 있겠습니까?

그러나 제가 각하에게 이러한 일을 말씀드리는 것은 단순히 저희 부부에게 아무 이유 없이 모욕을 주기 때문만은 아닙니다. 그러한 모욕을 인내한 결과, 아내의 히스테리가 점점 심해지는 경향이 있기 때문입니다. 히스테리가 점점 더해지면 도플갱어의 출현도 어쩌면 보다 빈번해질지도 모릅니다. 그렇게 되면 아내의 정조에 대한 세상의 의심은 더 심해지겠지요. 저는 이 딜레마를 어떻게 벗어나면 좋을지 모르겠습니다.

각하, 이러한 상황에 처해 있는 저에게 있어서는 각하에게 보호를 의뢰하는 것이 마지막이자 유일한 길입니다. 아무쪼록 제가 말씀드린 것을 믿어주십시오. 그리고 잔혹한 세상의 박해에 괴로워하고 있는 우리 부부를 동정해 주십시오. 제 동료 한 사람은 떠들썩하게 신문에 나오고 있는 간통사건을 제 앞에서 이러쿵저러쿵 말해주었습니다. 제 선배 한 사람은 저에게 편지를 보내서 아내의 부도덕한 행실을 빗대며 넌지시 이혼을 권해 주었습니다. 그리고 또 제가 가르치고 있는 학생들은 저의 강의를 진지하게 듣지 못하게 되었을 뿐 아니라, 제 교실 칠판에 저와 제 아내의 캐리커쳐를 그려놓고 그 아래에 "경사 났네, 경사 났어."라고 써두었습니다. 그러나 그것들은 모두 조금이나마 저와 친분이 있는 사람들이지만, 요새는 생판 모르는 남인데도 말도 안 되는 모욕을 주는 사람들도 결코 적지 않습니다. 어떤 사람은 무명의 엽서를 보내 아내를 금수와 비교하였습니다. 또 어떤 사람은 집 담벼락에 학생 이상의 솜씨를 발휘하여 저속한 그림과 문구를 써놓았습니다. 그리고 더 대담한 어떤 사람은 저의 정원에 몰래 들어와 아내와 제가 저녁식사를 준비하고 있는 곳을 엿보러 들어왔었습니다. 각하, 이것이 인간다운 행위입니까?

저는 각하에게 이와 같은 일들을 말씀드리고 싶어서 이 편지를 썼습니다. 우리 부부를 능욕하고 협박하는 세상에 대해 정부는 어떻게 처리를 해줄 것인지 그것은 물론 각하의 문제이지 저의 문제는 아닙니다. 그러나 저는 현명하신 각하가 반드시 우리 부부를 위하여 각하의 힘을 가장 적절히 행사하실 것임을 확신하고 있습니다. 아무쪼록이 같은 태평성대에 불명예스런 오명을 남기시지 않도록 각하의 맡은바 소임을 다하시길 바랍니다.

더불어 저에게 질문하실 게 있으시면, 저는 언제라도 경찰서까지출두하겠습니다. 그럼 이만 줄이겠습니다.

❖ 두 번째 편지 ❖

— 경찰서장 각하,

각하의 태만은 우리 부부에게 최후의 불행을 안겨주었습니다. 제 아내는 어제 갑자기 실종된 채 지금까지 어떻게 되었는지 모릅니다. 저는불안합니다. 아내는 세상의 압박을 견디지 못해 자살한 것이 아닐까요?

세상은 결국 무고한 사람을 죽였습니다. 그리고 각하 자신도 그 증오할 만한 방조자의 한 사람이 되신 것입니다.

저는 오늘을 끝으로 이 지역에 거주하는 것을 그만둘 생각입니다.무능한 각하의 경찰 밑에서 더 이상 어떻게 안주할 수가 있겠습니까?

각하, 저는 그저께 학교도 사직하였습니다. 이후 저는 전력을 다하여초자연적인 현상에 관한 연구에 매진할 생각입니다. 각하는 필시 일반적인 세상 사람들과 마찬가지로 저의 이 계획을 냉소하시겠지요. 그러나 경찰서장의 신분으로 초자연적인 모든 것을 부정한다는 것은 수치스런 일이 아닙니까?

각하는 우선, 인간이 얼마나 아는 것이 적은가를 생각하셔야 될 것같습니다. 가령, 각하가 부리시는 형사들 중에서조차 각하가 꿈에도 생각지 못한 전염병을 가지고 있는 사람들이 많이 있습니다. 특히 그것이

입맞춤에 의해 신속하게 전염된다는 사실은 저 이외에 거의 누구도 알고 있는 자는 없습니다. 이러한 사례는 각하의 교만한 세계관을 파괴하기에 충분하겠지요. ⋯⋯

❖ ❖

　그리고서 그 뒤에는 거의 의미를 잃어버린 철학적인 것들이 장황하게 쓰여 있다. 이것은 불필요한 것이기 때문에 여기에서는 생략하기로 한다.

(1917년 8월)

역자일람 ──────────────────────────────

· 손순옥(孫順玉)

　　한국외국어대학교 대학원 / 문학박사 / 중앙대학교 일어학과 교수

· 김효순(金孝順)

　　쓰쿠바대학 대학원 / 문학박사/ 고려대학교 일본연구센터 연구교수

· 김난희(金鸞姬)

　　중앙대학교 대학원 / 문학박사 / 제주대학교 일어일문학과 교수

· 조사옥(曺紗玉)

　　二松学舎大学 大学院 / 문학박사 / 인천대학교 일어일문학과 교수

· 김정희(金靜姬)

　　니가타대학 대학원 / 박사과정수료 / 숭실대학교 일어일본학과 겸임교수

· 송현순(宋鉉順)

　　奈良女子大学 大学院 / 박사과정수료 / 우석대학교 일본어과 교수

· 윤상현(尹相鉉)

　　名古屋大学 大学院 / 박사과정수료 / 한국외국어대학교 강사

· 윤 일(尹 一)

　　규슈대학 대학원 / 문학박사 / 부경대학교 일어일문학부 교수

· 이민희(李敏姬)

　　고려대학교 대학원 / 박사과정수료

· 신기동(申基東)

　　도호쿠대학 대학원 / 문학박사 / 강원대학교 일본어학과 교수

· 신영언(申英彦)

　　오차노미즈대학 대학원 / 성신여자대학교 인문과학대학 명예교수

· 조성미(趙成美)

　　한양대학교 대학원 / 문학박사 / 한양대학교 강사

· 김정숙(金貞淑)

　　중앙대학교 대학원 / 문학박사 / 중앙대학교 일본어과 강사

- 이시준(李市埈)

  도쿄대학 대학원 / 문학박사 / 숭실대학교 일어일본학과 교수

- 김명주(金明珠)

  고베여자대학 대학원 / 문학박사 / 경상대학교 일어교육과 교수

- 조경숙(曺慶淑)

  페리스여자대학교 대학원/ 문학박사 / 경북대학교 강사

- 임명수(林明秀)

  도호쿠대학 대학원 / 박사과정수료 / 대진대학교 일본학과 교수

- 임훈식(林薰植)

  규슈대학 대학원 / 문학박사 / 경남대학교 일어교육과 교수

- 장혜정(張惠貞)

  한국외국어대학교 대학원 / 문학박사 / 한국외국어대학교 강사

아쿠타가와 류노스케 전집 I
芥川龍之介 全集

초판2쇄발행 2018년 8월 20일

저   자 아쿠타가와 류노스케

편   자 조사옥

본권번역 신영언 김정희 손순옥 임훈식 외

발 행 인 윤석현

발   행 제이앤씨

등   록 제7-220호

주   소 서울시 도봉구 우이천로 353 성주빌딩 3F

전   화 (02)992-3253(代) 팩스 (02)991-1285

전자우편 jncbook@hanmail.net

홈페이지 http://www.jncbook.co.kr

ISBN 978-89-5668-729-2 93830   정가 22,000원